In der nordschwedischen Provinz Västerbotten lebt seit Generationen die Familie Markström, fest verwurzelt in der ländlichen Gemeinschaft und streng im Glauben. Seit Jahrzehnten arbeiten die Menschen im Sägewerk und haben ihr bescheidenes Auskommen. Doch zu Anfang des 20. Jahrhunderts zieht in diesem vergessenen Winkel der Weltgeschichte die neue Zeit herauf: als der sozialdemokratische Agitator Elmbald aus dem fernen Stockholm »das finstere Land im Norden« bereist und den Sozialismus predigt. Allerdings vor tauben Ohren, denn die nordschwedischen Eigenbrötler und Dickschädel setzen sich mit aller Kraft zur Wehr, binden den vor Angst schwitzenden Agitator an einen Baum und füttern ihn mit Regenwürmern. Erst als der Sägewerkbesitzer den Männern Faulheit und schlechte Arbeit vorwirft, begreifen einige, daß sie der eigenen Zukunft im Wege stehen. Auch Nicanor Markström, fast noch ein Kind, läßt sich von den fremden Ideen faszinieren, während sein krummer, schielender Onkel Aron für zwei Kilo Butter dem Sägewerkverwalter von den Versammlungen der Arbeiter erzählt, ohne zu wissen, was er da eigentlich tut. Unter all diesen Frommen, Ergebenen, nicht so Vollkommenen, Machtlosen, ist Aron die tragischste der Figuren. Am Ende ist es Josefina Markström, die starke und unerbittlich fromme Frau, die ihre kleine Familie aus den Wirren der Zeit rettet und sich zur Auswanderung entschließt. *Etwas Besseres als den Tod finden wir überall*, so heißt es im Märchen von den Bremer Stadtmusikanten, in dem die Tiere ausziehen, um woanders ihr Glück zu suchen, nachdem ihre Arbeit für den Menschen entbehrlich geworden ist.

Per Olov Enquist, 1934 in einem Dorf im Norden Schwedens geboren, lebt in Stockholm. Er arbeitete als Theater- und Literaturkritiker und zählt heute zu den bedeutendsten Autoren Schwedens. Für seinen Roman ›Der Besuch des Leibarztes‹ wurde er in Leipzig mit dem Deutschen Bücherpreis 2002 ausgezeichnet. Zuletzt erschien sein Roman ›Lewis Reise‹ (München, 2003). Im *Fischer Taschenbuch Verlag*: ›Der Besuch des Leibarztes‹ (Bd. 15404) und ›Die Kartenzeichner‹ (Bd. 15405).

Per Olov Enquist

Auszug der Musikanten

Roman

Aus dem Schwedischen
von Wolfgang Butt

Fischer Taschenbuch Verlag

Überarbeitete Neuausgabe
Veröffentlicht im Fischer Taschenbuch Verlag,
einem Unternehmen der S. Fischer Verlags GmbH,
Frankfurt am Main, Oktober 2003

Lizenzausgabe mit freundlicher Genehmigung
des Carl Hanser Verlag München Wien
Die Originalausgabe erschien 1978
unter dem Titel ›Musikanternas uttåg‹
bei P. A. Norstedt & Söners Forlag, Stockholm
© Per Olov Enquist 1978
Deutsche Ausgabe:
© Carl Hanser Verlag München Wien 1982
Satz: Fotosatz Otto Gutfreund GmbH, Darmstadt
Druck und Bindung: Clausen & Bosse, Leck
Printed in Germany
ISBN 3-596-15741-2

*Prolog
1903*

Der Mann mit den Würmern

»Zauderst du am Scheidewege?
Warum bleibst du zweifelnd stehn?
Hat dich auch die Welt betrogen,
Möcht'st du nicht von hinnen gehn.
Doch, wie geht es dir hienieden?
Hast du Frieden?
Hast du Frieden?«

Lina Sandell-Berg, 1889

1

Der frische Wind hatte genau auf Ost gedreht und kam jetzt direkt vom Bottnischen Meer und von Finnland herüber und trieb weiße Schaumkronen die Burebucht herauf. Sah man hinaus, war das Meer von kleinen weißen Strichen bedeckt, und der Wind hielt unvermindert an. Der Junge war barfuß. Seine Beine waren dunkelbraun und verkratzt, aber alle Schürfwunden waren gut geheilt, und die Beine sahen leicht und stark aus. Die Füße waren ganz weiß. Er ging schnell und zielbewußt den Strand entlang, ohne stehenzubleiben, hielt sich oberhalb der nassen Steine am Rand des Wassers und hatte die Augen die ganze Zeit hartnäckig und aufmerksam auf die Gestalt weit draußen auf dem äußersten Zipfel der Landzunge gerichtet.

Es war ein klarer, schöner Tag. Der Junge hatte die Sonne schräg im Gesicht und mußte die ganze Zeit die Augen zukneifen. Der Mann dort draußen auf der Spitze war jetzt nur noch hundert Meter entfernt und bekam immer deutlichere Konturen. Er schien zu angeln. Er hielt eine Angelrute in der Hand. Er stand ein Stück draußen im Wasser, vielleicht auf einem Stein. Ja, es war ein Stein.

Er wurde immer deutlicher.

Jetzt sah der Junge alles sehr klar. Der Mann hatte die Schuhe ausgezogen und sie auf einen Stein gestellt, die Hosenbeine hatte er bis zu den Knien hochgekrempelt. Er war ziemlich dick und groß. Er trug eine schwarze Jacke und darunter etwas, das an ein weißes Hemd erinnerte. Keinen Schlips. Der Junge ging jetzt vorsichtig hinaus auf die Spitze der Landzunge, und als er nur noch zehn Meter entfernt war, wandte der Mann endlich den Kopf und sah ihn an.

Der is nich von hier, dachte der Junge und blieb stehen. Is'n Fremder. Mensch, wenn's 'n Stockholmer is.

Als Angelrute benutzte er eine schmale Birkenstange; daran hatte er eine Schnur aus schwarzem Eisengarn befestigt, und als Schwimmer diente ihm ein Holzstöckchen, das nun wild auf den Wellen schaukelte. Der Junge stand still am Strand, nur fünf Meter von dem Mann entfernt, und betrachtete ihn mit gespanntem, vor Aufregung zuckendem Gesicht. Nee, dachte er, jetzt voll überzeugt, keiner von hier. Keiner aus Bure. Die Beine des Mannes ganz weiß unter den aufgekrempelten Hosenbeinen, die Schnurrbartspitzen entschlossen nach oben gedreht, der dicke Bauch quoll über den Gürtel hinaus. Da stand er an einer Stelle, wo man nicht stand, wenn man Fische angeln wollte. Es mußte ein Fremder sein.

Er war die ganze Zeit in Bewegung, stand nie richtig still, ruckte an der Angelrute, schien gutgelaunt und zufrieden, lachte mit seinem vierkantigen Kopf auf die Bucht hinaus und dann dem Jungen zu, schüttelte bekümmert den Kopf, schaute feierlich nach oben, äugte nach dem Schwimmer, nickte bekräftigend aber unmotiviert in Richtung der Häuser auf der Nordseite der Bucht, schüttelte plötzlich wieder seinen Kopf, lächelte nachdenklich.

Aber sagte nichts.

»Krichse was«, sagte der Junge schließlich.

Die Wellen spülten in gleichmäßigen Abständen über die Steine und die Füße des Mannes. Nach einer Weile schien die Frage des Jungen ihn erreicht zu haben: er zog Schwimmer und Haken hoch und blickte bekümmert auf den rudimentären kleinen Rest, der vom Wurm übrig war. Dann schüttelte er melancholisch lächelnd den vierkantigen Kopf, nahm vorsichtig den Haken zwischen Zeigefinger und Daumen und begann mit kleinen grabenden, kauenden oder mahlenden Verrenkungen, den Mund und die Kiefer zu bewegen. Als würde er versuchen, etwas herauszubringen, entweder Wörter oder Speichel oder einfach einen Gegenstand, als hätte sich ein Priem in der Mundhöhle festgesetzt und müßte nun ans Tageslicht gelockt werden. Er spitzte die Lippen, neigte den Kopf zur Seite, die Backen rundeten sich und glätteten sich wieder, es mahlte und mahlte dort drinnen, als versuchte er, mit Hilfe der Zunge etwas herauszubringen: dann hob er mit äußerster Vorsicht die eine Handfläche nach oben und spitzte die Lippen wie zu einem Kuß. Der Junge fixierte ihn wachsam und mit verblüfft geweiteten Augen. Und nun sah er, wie zwischen den gespitzten Lippen des Mannes etwas hervorkam, spitz und beweglich.

Es war etwas Langes. Es lebte. Ein Regenwurm.

Er nahm den Wurm zwischen Zeigefinger und Daumen und zog ihn aus seinem Mund: sehr naß, glänzend weich und sich windend wurde der Wurm aus der Grotte des Mundes hervorgeholt, und einen Augenblick später hing er sanft baumelnd im klaren Sonnenlicht. Dann setzte der Mann ihn mit verblüffender Schnelligkeit und Fingerfertigkeit auf den Haken, blickte einen Augenblick nachdenklich auf den Jungen, verschob noch einige Augenblicke die Kiefer in einer mahlenden, zurechtlegenden Bewegung, als seien die Genossen des Regenwurms dort drinnen einen Augenblick lang von Unruhe und Melancholie ergriffen worden, könnten aber nun wieder zur Ruhe gebettet werden; und dann warf er die Schnur erneut aus.

Der Junge betrachtete den Mann nun mit einem Ausdruck äußerster Wachsamkeit und starker Sympathie.

Er fixierte intensiv die Backen des Mannes, die Backenbeutel, so als könnte er die Haut mit dem Blick durchdringen und erkennen, was dahinter war. Die Backe schien sich nach außen zu beulen, vielleicht war sie wohlgefüllt, aber sicher konnte er ja nicht sein. Er machte ein paar rutschende, eifrige Schritte ins Wasser hinaus, beobachtete die Backenpartie, hinter der er schlängelnde, kriechende Bewegungen zu bemerken meinte, beschattete die Augen mit der Hand, grinste wachsam. »Hasse de Würmer im Mund drin?« fragte er mit spröder, greller Stimme.

Der Mann sah ihn mit verständnislosem Gesicht an. Er schien über etwas nachzugrübeln, runzelte die Stirn, legte schließlich die Hand hinters Ohr, als hätte er nicht gehört oder nicht richtig verstanden. Der Junge tat noch einen Schritt nach vorn und rief mit noch grellerer und spröderer Stimme: »Oppe de Reengwürmer im Mund drin hass?«

Ein Ausdruck großen, nachdenklichen Ernstes kam über das Gesicht des Mannes. Er legte intensiv die Stirn in Falten, fixierte einige Augenblicke den Horizont: und plötzlich zerbarst sein Gesicht in ein freundliches und sonniges Lächeln, als hätte er endlich verstanden. Er nickte ruhig, beinah verschmitzt, drehte sich vorsichtig und mühsam auf dem Stein um, so daß er nun dem Jungen zugewandt stand, mahlte ein paarmal mit den Kiefern, beugte sich weit nach vorn und öffnete den Mund.

Er hielt die Zunge flach, wie einen Fußboden in der Grotte des Mundes, und da waren die Regenwürmer.

Der Junge stand genau vor dem Mann und sah ihm direkt in den Rachen hinein. Es wehte frisch und schön, die Bucht war weiß, der Himmel schwindelnd hoch und hellblau, und der Junge sah aus großer Nähe, wie die zwei Würmer auf der Zunge des Mannes sich langsam und träge und ziemlich mutlos umeinander schlangen.

»Jaa«, sagte der Junge und nickte heftig. Er schlug mit dem

Kopf vor und zurück, als wollte er ganz deutlich machen, daß er gesehen und verstanden habe. »Jaja.«

Es war ein unglaublich schöner Tag, fühlte er auf einmal. Er lachte eifrig und aufmunternd dem dicken Mann zu, der zu ihm hingebeugt stand. Vorsichtig schloß der Mann den Mund, streckte mühevoll den Rücken und sah mit resignierter Miene auf den Schwimmer, der hilflos unmittelbar vor dem Stein trieb. Dann lächelte er vertrauensvoll und bekräftigend auf die Bucht hinaus, schüttelte mit einem Blick auf seine Füße vielsagend den Kopf, holte den Köder ein, drehte sich vorsichtig auf dem Stein um, stieg ins Wasser und begann, langsam und schwankend auf den Strand zuzuwaten.

Der Junge, nach einem Augenblick des Zögerns, folgte ihm.

Erst jetzt sah er die Tasche. Sie war braun, hatte Verschlüsse aus weißem Metall und machte einen wohlgefüllten Eindruck. Sie war an einen Stein gelehnt. Der Mann setzte sich auf den Stein, formte die Hand zur Schale, spuckte mit einer raschen, weichen Mundbewegung die zwei Regenwürmer in die Handschale, betrachtete sie mit einem Ausdruck des Verlustes und plazierte sie behutsam in dem feuchten, dunklen Zwischenraum zwischen zwei Steinen.

»Dasse das waachs«, sagte der Junge sachlich. »Hätt ich Schiss vor.«

Es wehte kräftig und das Wasser glitzerte. Der Mann blinzelte fröhlich und freundlich den Jungen an, öffnete die braune Tasche und setzte sie auf seine Knie. Der Junge sah jetzt den Inhalt genau. Es war fast alles Papier. Es war bedruckt, es sah aus wie Plakate. Der Mann nahm ein kleines Bündel heraus, das Papier war gelb und die Buchstaben schwarz. Er sah den Jungen nachdenklich an und sagte:

»Aber vielleicht hast du Mut, mir hiermit zu helfen.«

Das is'n Stockholmer, dachte der Junge im gleichen Augenblick und wurde starr vor Angst. Bestimmt. Ihm wurde ganz kalt. Er trat vorsichtig einen Schritt zurück, aber dann blieb er stehen.

Das is'n Stockholmer.

Das Wasser war wie graues Glas, rauschte leicht rasselnd, während er mit weit offenen Augen langsam zur Oberfläche hochtrieb: er liebte es, tief hinunter zu tauchen und dann langsam nach oben zu treiben, dem Licht und der Luft entgegen. Das Wasser war dunkles Glas und allmählich immer helleres, er stieg auf wie eine Luftblase und plötzlich war er oben, und alle Geräusche waren wieder da.

Die Steine waren glitschig. Der Junge ging an Land. Es war wohl Zeit nun. Er mußte los.

Er war mager und fror immer, blaue Lippen und klappernde Zähne, wenn er gebadet hatte: er stand vollkommen still und zitterte und wartete darauf, daß die Wärme zurückkommen würde. Vor ihm auf einem Stein lagen die gelben Plakate. Es waren wohl ungefähr zehn Stück. Er hatte es schließlich versprochen. Der Mann mit den Würmern im Mund hatte ihn dazu gebracht, es zu versprechen. Die Zettel waren gelb, mit einem scharfen roten Rand. Der Text schwarz. Da stand: *Die Stimmrechtsfrage, die Sozialdemokratie und die Zukunft der Arbeiterbewegung.* Darunter war mit schwarzer Handschrift geschrieben: *Öffentliche Versammlung in Bure, Korsvägen, Donnerstag 6.30 Uhr abends.*

Ganz unten, in gedruckten Buchstaben: *Kommt vollzählig!*

Auf das oberste Plakat war Wasser getropft, das wieder getrocknet war, so daß das Papier etwas schrumpelig aussah. Er fror und klapperte mit den Zähnen und dachte: Ich hab's numal versprochen.

Ich hab's versprochen. Jetzt muß ich se aufhäng.

Auf dem Weg hinauf durch den Wald blieb er nur einmal stehen. Wie gewöhnlich am Betstein. Der war flach, ungefähr zwei Meter im Durchmesser, und hier hatte er im vorigen Sommer, dem ersten Sommer bei Onkel John, plötzlich dem Erlöser gelobt, eines Tages Prediger zu werden. Damals war er erst sieben Jahre alt gewesen. Er hatte sich rasch entschlossen, war auf die Knie gefallen, hatte Gott gepriesen und ihm gelobt, Prediger zu werden. Warum es über ihn kam, wußte er selber nicht, er wußte nur, daß er sich irgendwie ungeduldig gefühlt hatte und der Sache ein Ende hatte machen wollen. Hinterher war er eine ziemlich lange Zeit nervös gewesen und hatte das Gelöbnis auf handgreiflichere Weise bekräftigen wollen, beispielsweise durch ein Opfer. Doch hatte er nicht gewußt wie, auf welche Weise, bis er endlich auf die Sache mit dem Frosch gekommen war. Also hatte er einen Frosch gesucht und so das Evangelisationsgelöbnis bekräftigt. Wie Abraham mit seinem Sohn.

Es war aber doch ein bißchen eklig gewesen. Der Frosch hatte sich sozusagen geteilt, das Innere war herausgequollen, als er ihn aufschnitt.

Er nahm die Plakate und betete zur Sicherheit eine Weile über ihnen. Danach ging er. Nun fror er nicht mehr.

Das erste heftete er an einen Holzstapel. Das zweite an die Wand der Trockenanlage, gleich beim Eingang. Das dritte heftete er an die Verbindungsbahn, ganz unten. Das vierte heftete er an einen Pfahl, der fast in der Mitte des Bretterlagers stand. Das fünfte heftete er an eine Kiefer am Skärvägen. Das sechste heftete er an eine Kiefer etwas tiefer im Wald. Als er das siebte anbringen wollte, stellte er fest, daß die Reißzwecken alle waren.

Die drei letzten brachte er überhaupt nicht mehr an, aber deswegen hatte er kein schlechtes Gewissen mehr. Er hatte während der ganzen Zeit kaum einen Menschen getroffen, jedenfalls keinen, der fragte, was er da machte. Trotzdem fühlte er sich komisch und lustlos. Er hätte sich besser gefühlt, wenn er verstanden hätte, was eigentlich auf den Plakaten stand, aber das tat er nicht. Weil er nicht so richtig ein noch aus wußte, ging er den ganzen Weg zurück, um zu kontrollieren, ob alles in Ordnung war. Alles war, wie es sein sollte, die gelben Zettel hingen da, wo er sie angebracht hatte, aber dennoch bekam er plötzlich große Angst und fing an zu pfeifen.

Drei Zettel waren übrig. Man sollte, dachte er. Zur Sicherheit wäre das gar nicht so blöd. Zu gehen und.

Er blieb kurz vor dem Eingang zum Bretterlagerkontor stehen und überlegte. Leute gingen ein und aus. Hier war er noch nie gewesen, aber vielleicht sollte er.

Zuerst stand er lange unbemerkt und stumm drinnen im Kontor, und keiner kümmerte sich um ihn. Erst nach einer ganzen Weile fragte der Verwalter von seinem Platz im hinteren Raum, was zum Teufel der Bengel da zu suchen hätte. Da sahen ihn alle an. Er reichte die drei Plakate hin, die übriggeblieben waren. Es wurde allmählich vollkommen still im Raum.

Sie lasen alle sorgfältig den Text durch. Einer nach dem anderen.

Die Fliege saß an der Lampe und kroch langsam nach oben. Schwarz auf weiß. Als das Gesicht des Meisters näher kam, sah er Blutadern auf den Augenlidern: wie blaues Spinnengewebe. Es gab welche, dachte der Junge, als es beinah unerträglich wurde, die sagten, daß er Schnaps tränke. Die Wand war braun, und er wußte jetzt genau, während er geradewegs in diese braune Wand hineinstarrte und das Gesicht des Meisters mit den Augenlidern abwechselnd aus seinem Blickfeld verschwand und wieder darin auftauchte, daß er eine Dummheit gemacht hatte, als er mit den Zetteln ins Kontor gegangen war.

Es war furchtbar, als sie ihn ausfragten. Er hatte Angst. Es war nicht viel besser, wenn es still war. Besser wäre es gewesen, wenn sie geschimpft hätten.

Dumm hatte er sich angestellt.

Und der Verwalter fragte noch einmal in sein steif nervöses Gesicht hinunter: »Wo ist er? Ist er hier im Sägewerk oder in Öhrviken, oder wo zum Teufel steckt der verdammte Kerl?«

Der Junge war immer noch barfuß. Sein Haar war sehr dunkel und kurzgeschnitten; jemand, der über wenig einschlägige Erfahrung verfügen mußte, hatte es mit einer wahrscheinlich sehr stumpfen Schafschere gestutzt, und die Strähnen waren ziemlich ungleichmäßig, an einer Stelle war die

Schere viel zu tief gegangen, und die Kopfhaut schimmerte düster weiß hindurch. Der Junge stand mitten im Raum und bereute intensiv, man konnte es den Füßen und Knien ansehen. So unnötig das Ganze hier, rotierte es in seinem Schädel. Ich hättse ja auch vergraam könn. Un jetz sinse verdammich wütend auf mich un vielleicht saangses der Mutter.

Es machte plötzlich klick in seinem Kopf, das Warnsignal schlug an. Da hatte er das schlechte Wort wieder gedacht. Das war eine genauso große Sünde, wie wenn man es sagte. Er beschloß, den Gedanken noch einmal zu denken, ohne das schlechte Wort: jetzt sind sie *sehr* wütend auf mich.

Ganz sicher.

Plötzlich hörte er zu seiner Verwunderung seine eigene Stimme: sie kam ganz unfreiwillig, er öffnete den Mund und fragte etwas, obwohl er sich eigentlich gar nicht traute.

»Was heiß'n das, was da steht«, sagte er mit einer häßlich piependen und viel zu grellen Stimme, »was heiß'n sozial un so was?«

Doch keiner schien mehr auf ihn zu hören. Man unterhielt sich mit intensiv gesenkter Stimme darüber, wie und wo man einen Mann finden könnte, der sich in der Gegend aufzuhalten schien, und niemand beachtete den Jungen und seine Frage. Der Junge starrte verdrossen auf seine nackten Füße: das Weiße da unten sah lächerlich und komisch aus, und er bereute tief, daß er heute morgen die Stiefel zu Hause gelassen hatte. Es war warm im Raum, die Stimmen eifernd und hitzig, und er begriff nicht viel. Man wollte wohl suchen. Nachforschen, sagte der Meister ein übers andre Mal. Es handelte sich um etwas Gottloses, das war schon mal ganz klar, und er spürte mit einer bleischweren Gewißheit in der Brust, daß er zum Handlanger der Gottlosigkeit geworden war, wenn auch unwissentlich. Obwohl es dann vielleicht doch nicht ganz so blöd gewesen war, ins Kontor zu gehen.

Er fühlte sich plötzlich sicherer, wenn auch immer noch bedrückt. Er spürte, daß er etwas beitragen wollte, daß es noch mehr zu sagen gab.

»'s warn Stockholmer«, sagte er plötzlich laut und erklärend, »ganz bestimmt. Er hat de Reengwürmer im Mund gehabt.«

Sie sahen ihn an, alle, die sich im Raum befanden, und verstummten mit fragenden Gesichtern. Nur die Fliegen summten leise an den Fenstern.

»'s warn Stockholmer«, wiederholte der Junge erklärend und jetzt mit festerer Stimme, »weil e' hat nämich 'e Angelwürmer im Mund gehabt.«

2

Sie verhafteten den Agitator Johan Sanfrid Elmblad gegen drei Uhr nachmittags am 7. August 1903. Es geschah nur dreihundert Meter vom Sägewerk Bure entfernt, und er unternahm keinerlei Versuche, seine Identität abzustreiten, sich herauszureden oder zu fliehen.

Man hatte berichtet, daß ein unbekannter Mann spazierengehend oder herumschnüffelnd, die Ausdrucksweise war unterschiedlich, in der Nähe der Brücke über den Fluß gesehen worden war. Auf jeden Fall wirkte er wie einer, der nicht aus der Gegend kam, vielleicht sogar einer aus dem Süden. Es war nicht schwer, zwei und zwei zusammenzuzählen und auf Sozialist zu kommen. Unverzüglich wurden fünf Mann vom Kontor losgeschickt, und sie fanden ihn sofort. Er war bis zur Säge gekommen und führte offenbar gewisse Dinge im Schilde, wie man später herausbekam. Jetzt machte er sich jedenfalls zwischen zwei Bretterstapeln zu schaffen, vielleicht, um sich zu verstecken. Kaum überraschend, hatte er ein kleines Bündel von den gelb-roten Plakaten bei sich. Und so nahm man ihn fest. Einer der fünf Männer hatte ihn mit ziemlich scharfer und energischer Stimme angerufen, er war sofort mit einer fast lichtscheuen oder jedenfalls schuldbewußten, ängstlichen Bewegung stehengeblieben. Dann kamen sie heran. Zwei Stapelleger hatten ihn sicherheitshalber sofort fest in den Griff genommen, damit er den Ernst ihrer Absichten nicht unnötig mißverstehen sollte, und ihn vorsichtig zu Boden gezwungen. Der fette Mann, der also später als der Agitator Johan Sanfrid Elmblad entlarvt wurde, war beinah still gewesen, hatte allerdings gestöhnt und geächzt, wenngleich es sich nicht sonderlich lohnte, daß er sich wand.

Sie setzten ihn mit dem Rücken gegen das Holzmagazin. Mehr und mehr versammelten sich um den Platz: fast ein Auflauf, kann man sagen. Der Mann hatte einen ordentlichen schwarzen Anzug an, der allerdings ein wenig unansehnlich aussah, die Tasche mit den Broschüren und Plakaten hatte er bei dem leichten Tumult fallengelassen, aber einer holte sie und legte sie ihm auf die Knie. Er schwitzte stark und machte auf alle einen etwas verängstigten Eindruck. Es zuckte in dem fetten, vierkantigen Gesicht, er wischte sich unablässig die Stirn ab, und sein Blick flackerte auf die Art und Weise, die typisch war für Stockholmer dieser Sorte. Er wagte nicht, einen der Arbeiter fest anzusehen.

Schon nach ein paar Minuten war der Meister eingetroffen, das Verhör konnte beginnen.

Zuerst fragte man ihn, was zum Teufel er auf dem Gelände der Aktiengesellschaft verloren hätte. Der Fette hatte daraufhin angefangen, in erregtem und furchtsamem Ton zu fragen, ob er nicht ein Recht hätte wie jeder andere, was der Meister mit einem bestimmten Nein beantwortete. Der Mann zitterte am ganzen Körper und hatte sichtlich Schwierigkeiten zu sprechen; brachte nur einige unzusammenhängende und unbegreifliche Sätze heraus, daß er »die Stimmrechtsfrage zur Sprache bringen« wollte und daß es »Aufgabe der Arbeiterbewegung sei, alle zu sammeln«, konnte aber keine zusammenhängende Rede zustande bringen. Einer der Umstehenden, der Vorarbeiter Karl Erik Lindkvist, wohnhaft in Gamla Fahlmark, fragte ihn daraufhin, ob er nicht glaube, daß die schwedischen Arbeiter, die hier um ihn herumständen, die ehrlichen Arbeiter aus Skellefteå und Umgebung, die ihn gefangengenommen hätten, ob die nicht auch eine gute und einige Arbeitergemeinschaft seien, und ob er jetzt nicht kapiere, daß sie fest entschlossen seien, mit einem Ungeziefer wie ihm kurzen Prozeß zu machen. Da war er völlig platt und konnte nicht antworten. Der Meister hatte die Arbeiter um sich herum gefragt, was man mit dem Sozialistenlümmel machen sollte: ein paar schlugen daraufhin lachend vor, daß man ihm eine Tracht Prügel verpassen und ihn dann ins Meer werfen sollte. Der Meister fragte dann Elmblad, ob er eingesehen habe, was die Umstehenden von ihm hielten, bekam aber keine Antwort. Der Meister fragte dann noch einmal, nachdem er mit leichten Tritten in den dicken Magen seinen Worten Nachdruck verliehen hatte, ob ihm klar wäre, wie gering die Möglichkeiten wären, daß seine sozialistische Botschaft unter diesen Arbeitern Wurzeln schlagen würde. Da hatte der Mann genickt und geantwortet ja.

Die Umstehenden quittierten das mit einem einstimmigen und herzhaften Lachen.

»Wie heiß'e denn«, fragte schließlich einer der Stapelleger.

Der dicke Mann schwitzte jetzt gewaltig, sein Gesicht bebte und sein Unterkiefer zitterte, als wäre er drauf und dran loszuheulen. Er schien völlig unfähig zu antworten und schluckte mehrmals heftig, als ob er mit äußerster Mühe eine Antwort formulieren wollte, die nicht durchdrang oder nicht durchdringen konnte.

»Wie de heiß«, wiederholte der Meister.

Es war August, zwischen den Bretterstapeln war es sonnig, und die Luft war weich und angenehm.

Der Junge stand mitten zwischen den Männern und blickte neugierig und gespannt auf den Mann, der dort lag. Er sah jetzt ganz anders aus als am Vormittag. Und schließlich kam es, leise, als schäme er sich seines Namens.

»Elmblad«, sagte er. »Johan Sanfrid Elmblad.«

Später sammelte man Berichte darüber, was dieser Elmblad

getrieben hatte, und man stellte fest, daß er zuletzt in Öhrviken gewesen war.

Er war dort am Tag zuvor gewesen. Er war im Bretterlager in Öhrviken herumgegangen und hatte keine Anstalten gemacht, zu verbergen, welcher Art sein Vorhaben war. Es hatte sich natürlich unter den Arbeitern herumgesprochen, daß ein sozialistischer Agitator auf dem Gelände sei, um Unruhe zu verbreiten, und man hatte untereinander beratschlagt, was man tun sollte. Elmblad war, erzählte man später, herumgegangen und hatte auf seine typische Weise geredet, und die Arbeiter hatten sich darüber empört, daß niemand ihn zur Rede stellte, so daß Ruhe einkehrte am Arbeitsplatz, aber sie hatten nichts sagen wollen. Schließlich war er zum Verladeplatz hinuntergekommen und hatte vom Kai aus den Arbeitenden eine Rede über die Organisation gehalten.

Sie hatten zu allem lächelnd ja gesagt; was ihn zu ermuntern schien, weil er glaubte, daß sie von seiner *Verkündigung* mitgerissen wären. Am Schluß hatte er seine Tasche geöffnet und ein Bündel Zeitungen hervorgeholt; es waren Exemplare des berüchtigten Volksblatts. Er holte nun noch eine Schnur hervor, band sie fingerfertig um das Zeitungsbündel und bat die Arbeiter, die sich auf dem Schleppkahn befanden, die Zeitungen entgegenzunehmen und unter sich zu verteilen. Sie nahmen das Bündel an, das er ihnen zuwarf, und reichten es von Mann zu Mann weiter. So kam es schließlich bei dem Arbeiter an, der ganz draußen auf dem Schleppkahn, im Vorschiff, stand; der griff das Zeitungsbündel mit beiden Händen und schleuderte es mit aller Kraft ins Wasser hinaus, wobei er laut auflachte.

»So machen wir das hier mit Sozialistenzeitungen!« hatte er ausgerufen, und die ganze Arbeitskolonne von ungefähr vierzig Mann hatte mit lautem Lachen und Zurufen eingestimmt.

Elmblad war bei diesem Anblick vollkommen niedergeschlagen und total verblüfft gewesen. Er hatte lange dort am

Kai gestanden und sie ratlos angestarrt und offenbar keine Worte gefunden, um auf ihre Zurufe zu antworten. Vollkommen verdattert hatte er da gestanden und zugesehen, wie seine Agitation zunichte wurde. Dann war er abgezogen und hatte die Arbeiter am Kai und auf dem Prahm zurückgelassen.

Das hatte sich in Öhrviken am Tag zuvor gegen elf Uhr ereignet. Vierundzwanzig Stunden später war er in Bureå festgenommen.

Sie beschafften ein Tau, wickelten es ein paarmal um den fetten Körper, worauf vier entschlossene Arbeiter ihn auf die Schultern nahmen und zum Hafen hinuntertrugen. Elmblad jammerte die ganze Zeit und bat, daß man ihn loslassen sollte, doch die Arbeiter waren unbeirrt und handfest und beachteten sein Gezeter nicht.

»Du hast zum letztenmal die Füße auf den Grund und Boden der Gesellschaft gesetzt, du Sozialistenschwein«, erklärte der Meister, der an der Spitze der kleinen Prozession ging. Elmblad, der offensichtlich sehr nervös geworden war, als er sich gefesselt sah, und laut und für alle vernehmbar aufgeschluchzt hatte, schwieg nun die ganze Zeit apathisch und schien sich in sein Schicksal ergeben zu haben. Der Meister, ein kleingewachsener Mann, der sich bei vielen der gläubigen Arbeiter dadurch unbeliebt gemacht hatte, daß er häufig und bösartig fluchte, schien nun bester Laune zu sein und strich ab und zu dem gebundenen Elmblad übers Haar, oft mit kleinen gutmütigen Kommentaren der Art, daß alles schon gut werden würde. Als der Zug am Kai angelangt war, setzte man Elmblad auf den Boden und eröffnete ihm, daß man jetzt beabsichtige, ihm eine kostenlose Bootsfahrt nach Ursviken zu verschaffen, daß sich damit ihre Wege für immer trennen und die angekündigte Versammlung am nächsten Tag wohl nur spärlich besucht sein würde. Als Elmblad klar wurde, daß sie ihn in ein Boot setzen wollten, begann er erneut, unruhig zu werden und brach in stotternde Erklärungen aus, daß der Wind zu stark sei und daß er Angst habe vor Bootsfahrten und nicht aufs Wasser hinaus wolle.

Plötzlich schien es, als ob dies einige der Arbeiter unschlüssig gemacht hätte. Ohne Zweifel wehte ein starker Wind, und die Wellen gingen hoch: auch wollte keiner von ihnen die Ruder übernehmen, und einen Augenblick lang bestand große Ratlosigkeit und Verwirrung. Elmblad saß am Boden, befreit von den Tauen, die Aktentasche lag auf seinen Knien. Einer der Stapelleger schlug vor, man solle den Schlepper der Gesellschaft nehmen; so weit zu rudern würde viel zu viel Zeit kosten, und es sei doch im Interesse aller, daß der Sozialist so schnell wie möglich weggeschafft würde. Nach kurzer Diskussion einigte man sich darauf.

Es war fast fünf, als er an Bord des Schleppers geführt werden konnte. Alle Leinen waren losgeworfen, und die kleine Schar, die die ganze Zeit gefolgt war, war gehörig zusammengeschrumpft: übrig waren noch drei Arbeiter, der Meister und eine Anzahl Kinder. Elmblad setzte sich an Deck; am Kai stand eine kleine Gruppe, die winkte, als der Schlepper ablegte. Elmblad aber wandte sich nicht um.

3

Der Gasthof war einstöckig.

Vor vielen Jahren hatte ihn jemand in einem hellen Rot bemalt, das sicher die auf dem Lande traditionelle Preiselbeer- und -Milch-Färbung darstellen sollte, aber der Zahn der Zeit hatte an der Farbe genagt, und viele Winter hatten sie ausgebleicht. So war nur noch ein hellrosafarbener, abblätternder Rest übrig, unbeschreibbar trübe und fleischfarben wie Erbrochenes.

Elmblad quartierte sich gegen sieben Uhr abends im Gasthof in Ursviken ein, nach einem aufreibenden Tag, den eine friedliche Bootsfahrt abgeschlossen hatte, und ging sofort zu Bett.

Sein Zimmer lag im Obergeschoß.

Die Jacke hatte er ausgezogen. Die Hosen legte er auf den Fußboden, versuchte die Bügelfalten zurechtzuziehen und stellte die Tasche darauf, um die Knitterfalten zu glätten. Dann lag er still auf dem Bett und fixierte intensiv die Astlöcher in den Deckenbrettern. Langsam, sehr langsam, wich die Angst oder die Aufgewühltheit von ihm: er konnte allmählich wieder klar denken.

Diese Teufel, dachte er mit monotoner Hartnäckigkeit wieder und wieder. Diese verdammten christlichen Arbeiterteufel und ihre verdammte feige ignorante widerliche verdammte Gottesfurcht.

Trotzdem hab ich noch Glück gehabt, dachte er dann.

Nach einer Weile begannen seine Augenlider zu zittern: er schloß langsam die Augen, atmete ruhiger und gleichmäßiger, der Mund öffnete sich langsam, die Lippen glitten auseinander, und nach fünf Minuten schlief er. Die Hand fiel von der Brust, und aus dem linken Mundwinkel begann sehr langsam ein dunkler schnupftabakbrauner Speichelfaden die Backe hinunterzusickern. Gerade als der im Begriff war, hinter dem Ohrläppchen zu verschwinden, wachte Elmblad plötzlich auf, setzte sich mit einem heftigen Ruck im Bett aufrecht und sagte laut und erregt: »*Teufel!*«

Schon nach einer Sekunde erinnerte er sich, wo er war.

Draußen senkte sich eine schwache, dünne und bleiche Dämmerung herab, als würde eine weiche Tüllgardine langsam vorgezogen und nähme den Konturen der Häuser und der Birken und des Wassers ihre Klarheit. Die Espen zitterten unmerklich und flüsternd draußen im Hof, ein einsamer Hund bellte weit entfernt auf der anderen Seite der Ursvikbucht. Elmblad saß ganz still im Bett, alles war gleichzeitig sehr still und sehr bewegt. Es hätte schlimmer kommen können, dachte er. Entschieden schlimmer. Diese gottverdammten einfältigen Norrländer, dachte er; aber was half es schon, das zu denken. Trotzdem, es war nicht zu fassen, wie verdreht alles war.

An anderen Stellen im Land waren es die Lakaien der Aktiengesellschaften oder die Polizei oder der Teufel und seine Großmutter, die ihn jagten und ihm das Leben schwer machten. Aber hier waren es die Arbeiter selber. Das war das Bitterste von allem. Diese verdammten frommen Schafe, die ihr eigenes Bestes nicht verstanden, nein, das war das Bitterste. Seinesgleichen lachte ihn aus, und dann wurden sie so verdammt handgreiflich.

Zum Beispiel in Seskarö.

Er war mit dem Schiff gekommen, es sollte dort anlegen und Holz laden, und er hatte vorgehabt, an Land zu gehen und die Organisationsversammlung vorzubereiten. Schon von weitem hatte er die kleine Volksversammlung gesehen und die Rufe gehört. Die Rufe galten tatsächlich ihm. Sie hatten geschrien wie die Esel und den Kapitän gefragt, ob der Sozialistenteufel an Bord wäre. Und der Kapitän hatte ja gesagt. Da hatten sie zurückgebrüllt, dann zum Teufel legst du hier nicht an, denn hier kommt er nicht an Land. Und der Kapitän hatte dagestanden mit seiner verwirrten Miene und seinem schiefen Lächeln und ihnen versichert, daß der Sozialistenteufel doch vorhätte, nach Luleå zu reisen und gar nicht daran dächte, an Land zu gehen. Und daraufhin hatte er gnädigerweise anlegen und anfangen dürfen, Holz an Bord zu nehmen. Während die Menge auf der Brücke gestanden und sarkastisch Elmblads etwas fettliche Erscheinung kommentiert hatte.

Es waren keine Polizisten. Es waren keine Kapitalisten oder Bürger. Nein, der Haufen auf der Brücke, das waren Arbeiter. Nicht die anderen, nicht die feindliche Seite. Die Feinde hier oben in diesem verdammten gottverlassenen Norrland waren seine eigenen Leute. Das war das Bitterste.

Allerdings gab es auch andere, erinnerte er sich und versuchte sich aufzuheitern. In Båtskärsnäs war er auf dem Sägewerkgelände herumgegangen und hatte jemanden gesucht, den er treffen sollte, der aber nicht erschien. Und plötzlich war er auf einen ganzen Trupp gestoßen, die positiv waren und zuhören wollten. Mehrere von ihnen waren eigenarti-

23

gerweise bei der Aussperrung in Sundsvall dabeigewesen. Als sie hörten, daß Elmblad Agitator war, waren sie hoch erfreut und baten ihn inständig, er solle bis zum nächsten Tag bleiben, was er auch versprach.

»*Was ich versprach*«, sagte er mit lauter Stimme und ernstem Tonfall zu der ungestrichenen und astlochübersäten Decke hinauf. Er wartete einen Augenblick und ließ die Stille im Raum sich wieder legen! »Was ich meinerseits denen versprach, die dort anwesend waren.«

Anwesend waren.

Die Stille und die Feierlichkeit kamen ihm auf gewisse Weise passend vor, wie eine Arznei; und als das kleine brennende, schmerzende Gefühl im Unterleib plötzlich wieder da war, war er grenzenlos enttäuscht oder irritiert oder wurde ganz einfach melancholisch: bloß das jetzt nicht wieder, wo er es gerade geschafft hatte, ruhig zu werden. Gerade da mußte das. Er lag eine Weile da und versuchte, den kleinen nagenden, pressenden Schmerzpunkt zu vergessen, aber er wurde immer deutlicher, und am Ende resignierte er.

Der Nachttopf stand unter dem Bett.

Er zog ihn hervor, ließ vorsichtig die Unterhose herunter und versuchte so, ohne Hoffnung, aber auch ohne von vornherein aufzugeben, zu pissen.

Endlos lange kniete er auf dem Holzfußboden, ohne Erfolg. Es kam nichts, aber das Brennen ging weiter und ließ nicht nach. Es kam nichts. Es war eine Qual. Alles war eine Qual.

Alles ist eine Qual, dachte er. So ist es. Qual. Er müßte irgend etwas tun, er sehnte sich nach Hause, er konnte nicht pissen. Was tat er hier. Morgen sollte er laut Plan eine große öffentliche Versammlung im Kirchspiel Bure abhalten, vor einer Ansammlung von Quälgeistern, denen mit größter Sicherheit alles zuzutrauen war, außer vielleicht, daß sie ihn umbrachten; alles war eine Qual, er konnte nicht pissen, es kam nichts. Was tat er hier. So sinnlos, so quälend, er kniete auf dem sauber gescheuerten Fußboden, mit heruntergelassenen Unterhosen; den Nachttopf vor sich, und schüttelte ohnmächtig das schrumpelige kleine Glied. Aber nicht ein Tropfen kam, und der Schmerz und die Sinnlosigkeit und die Melancholie waren vollständig und kompakt und ließen nicht nach. Die Qual war durch und durch grau, und plötzlich wurde er von einem ungeheuren Selbstmitleid überwältigt und fing an zu weinen. Es ist schade um mich, dachte er schluchzend, es ist ein Jammer um mich, was soll das, was soll das Ganze eigentlich.

Er fiel langsam nach vorn gegen das Bett, lehnte die Stirn an die Matratze und preßte das Gesicht stumm gegen den blaugrauen Stoff. Er kniete noch immer, den Nachttopf zwischen den Beinen.

Er schloß die Augen und wartete. Die Matratze roch nach Kampfer.

In der Nacht kam im Traum seine Frau zu ihm, und wie immer, wenn er von ihr träumte, hatte sie den kleinen Idioten an der Hand. Sie trug die graue Arbeitsbluse, auf dem Kopf den gelben Hut, aber der Unterleib war nackt und blendend weiß. An den Füßen hatte sie die Segeltuchschuhe. Den Jungen hielt sie an der Hand. Er sabberte ein bißchen und sah zufrieden aus. Die beiden starrten ihn argwöhnisch oder anklagend an, sagten aber nichts. Dann begannen sie langsam zu verblassen, ohne daß er Gelegenheit gehabt hatte, ihnen zu sagen, was er glaubte, ihnen sagen zu müssen, was immer das nun war, sie wurden weißer und weißer, und am Schluß war der Traum genauso weiß wie ihre weißen Schenkel und ihr Bauch, und er war hellwach.

Er zog sich an. Vor dem Spiegel blieb er lange stehen und starrte ausdruckslos auf sein Gesicht, das genau so aussah wie vorher. Danach ging er hinunter in den Speisesaal.

Das Mädchen servierte ihm Finka.

Es war das dritte Mal in einer Woche, daß er Finka aß. Es war in zollange Stückchen gebrochenes Knäckebrot, das in einem Topf mit Milch aufgekocht wurde. Dann häufte man dieses warme teigartige Weiße auf einen Teller und setzte einen Klacks Butter auf die Spitze. Es war nicht übel, wie das Mädchen erklärend gesagt hatte, als sie ihm das Gericht vorsetzte. Ja, es war eigentlich richtig nahrhaft, wenn es gut zubereitet wurde. Es war wie Blöta, das er auch schätzen gelernt hatte, aber vielleicht etwas saftiger, und außerdem sogar billiger. Daneben stellte das Mädchen eine Tasse Preiselbeersaft.

Sein Teller war noch halb voll, als sie kamen. Vier Männer, und keine schmächtigen Typen. Sie kamen mit großer Vehemenz durch die Speisesaaltür des Gasthofs herein, es war, als wäre die Tür mit großer und wahnsinniger Kraft von außen aufgesprengt worden, und dann schritten sie herein über den kahlen Fußboden, nachdem sie zuerst ein bißchen geniert auf ihre Füße gesehen und geschwankt hatten, ob sie es wagen sollten, den frisch gescheuerten Boden zu betreten. Dann war der erste kühn auf Zehenspitzen über den Fußboden gegangen, und die anderen waren ihm der Reihe nach gefolgt, mit einem vorsichtigen Trampeln. Bevor er richtig verstanden hatte, was los war, waren sie in einem Kreis um ihn versammelt.

Einen von ihnen kannte er. Es war der einäugige Gasthofwirt, der ihn jetzt mit seinem weißen Fischauge starr anglotzte. Neben dem Wirt stand ein vierschrötiger Alter, der die traditionelle Mütze der Oberlotsen auf dem Kopf trug und es hochnäsig unterließ, sie abzunehmen. Die zwei anderen hatte er nie zuvor gesehen, aber eins war offensichtlich: sie waren Arbeiter, und sie waren großgewachsen und wütend.

Er legte langsam die Gabel auf den Teller. Dann nahm er die Hand vom Tisch und legte sie aufs Knie.

Einer der Arbeiter beugte sich vor, nach einem sehr kurzen Moment des Wartens, und fragte mit sachlicher Stimme: »Is vielleich 'n Bier gefällich?«

Die anderen ließen ein schwaches Glucksen, fast ein Kichern hören. Sie sahen alle mit mühsam unterdrücktem

Lachen auf Elmblad hinunter, mit vor Erwartung oder Wut aufgerissenen Augen. Elmblad schüttelte stumm den Kopf und fuhr fort, auf seinen Teller zu starren.

»We ham nämich de Spendierhosen an«, hörte er die Stimme erneut, schräg hinter sich. Jetzt war das Ganze richtig unangenehm, aber er rührte keinen Muskel und wartete angespannt. Plötzlich drehte sich ihm alles. Der Stuhl wurde weggerissen, mit einem mächtigen Tritt zur Seite gestoßen, man hörte ein Krachen, und er saß auf dem Fußboden. Die Männer lachten jetzt nicht mehr, schienen im Gegenteil sehr ernst oder beunruhigt zu sein über das, was geschehen war.

»So was«, sagte Elmblad mit einer Stimme, die ihm selber zitternd und keineswegs überzeugend vorkam, »so was ist doch wohl ziemlich unnötig.«

Er erhob sich. Als sie anfingen, auf ihn einzureden – sie benützten eine leicht schwedisch gefärbte Variante des Dialekts, der in der Gegend von Skellefteå zu Hause war –, hatte er wie immer Schwierigkeiten, zu verstehen, was sie sagten. Nach einer Weile redeten sie mit so lauten und erregten Stimmen auf ihn ein, daß er, ohne die Worte zu verstehen, dennoch ganz klar die Situation begriff, und da gab er die Versuche auf, ihnen zu antworten, schwieg nur noch bedrückt und wartete darauf, daß es ein Ende nehmen sollte.

Sie hörten sich alle ausgesprochen unfreundlich an.

Der Wirt schrie am lautesten. Er tobte und fluchte ein paarmal. Ein übers andere Mal kam er auf den Gedanken zurück, daß Elmblad eine satanische Giftschlange sei, der man den Kopf zertreten müßte.

Elmblad schwitzte unmäßig. Er spürte, wie er am ganzen Körper triefte, der Schweiß rann ihm in Strömen über das Gesicht, über den Schnurrbart, den Hals hinunter, er schämte sich wegen des Schweißes, aber was sollte er machen. Die Männer standen um ihn herum mit ihren ernsten, geröteten, erhitzten und wutverzerrten Gesichtern, und ihre Münder bewegten sich. Auf dem Tisch der Teller mit Finka, eine halb ausgetrunkene Tasse mit Preiselbeersaft.

Elmblad, dachte er still, es ist genauso gut, wenn du jetzt gehst.

Nachher wußte er eigentlich nicht, wie es zugegangen war. Er ließ sie einfach stehen, ohne ein Wort, und sie kamen ihm nicht nach. Er ging durch eine Tür, durch einen Hausflur. Er war ganz allein. Er ging eine Holztreppe hinunter. Sie knarrte. Es war nun vollkommen still. Er kam auf die Außentreppe hinaus. Sonne schien, Wind wehte, sein Gesicht war noch schweißgebadet, und er atmete schwer. Sonne im Gesicht, Wind, das war unsagbar schön.

Elmblad stand auf der Treppe und versuchte zu denken. Würde das nie ein Ende nehmen?

Da strich leise pfeifend etwas an seinem Kopf vorbei und klatschte dumpf vor seinen Füßen auf. Er drehte sich um und blickte nach oben. Im Obergeschoß des Gasthofs war eine Veranda, direkt über dem Eingang und umkränzt von sprödem, einstmals weißgestrichenem Tischlerzierat. Da oben standen sie jetzt. Da standen vier Männer aus Ursviken, von denen einer Gastwirt und ein anderer Oberlotse war, und sie spuckten auf ihn hinunter, als wären sie Kinder. Sie waren jetzt alle sehr fröhlich, in ihrem Spucken lag keine Gehässigkeit, sie bombardierten ihn mit Priemen und braunem Tabaksaft und waren dabei bester Laune und lachten, als sei das Ganze nur ein jungenhafter Scherz.

Elmblad stand einige Sekunden total verwirrt. Dann machte er ein paar Schritte zur Seite und wich den Spuckgeschossen mit Leichtigkeit aus. Ihre Munterkeit und Ausgelassenheit brachte ihn plötzlich in größte Verwirrung, es war, als ob irgend etwas nicht stimmte. Das Ganze war unbegreiflich. Dann ging er über den Hof und wandte sich mit wachsender Entschlossenheit hinab zum Hafen und dem Wasser zu.

Später schrieb er in sein Tagebuch: »Und wurde ich nach diesem Ereignis sehr nachdenklich, ob ich nicht abreisen und alles hinter mir lassen sollte. Aber dann wurde ich von Rachegefühl ergriffen. Abreisen! Nein, ich werde mit diesen Elenden kämpfen, wenn ich auch fallen sollte! Als ich diesen Entschluß gefaßt, begab ich mich zu einem Schmied, welcher ein Segelboot besaß, und bewegte ihn dazu, daß er versprach, mich nach Bure zu segeln, wo ich für sechs Uhr dreißig am Abend die Versammlung angekündigt hatte. Und kamen wir überein, daß er mich für zwei Kronen dorthin segeln und daselbst, während ich sprach, eine Stunde warten sollte, um mich alsdann zurückzubringen.«

4

Als Elmblad in Bureå an Land ging, war seine schwarze Jacke an einem Ärmel zerrissen, das Hemd war fleckig und verschmutzt und der Rücken der Jacke voller Schmutzstreifen.

Er sah einfach jämmerlich aus.

Das sagte er sich auch zu wiederholten Malen selbst. Johan Sanfrid Elmblad, du siehst einfach jämmerlich aus, dachte er. Du kannst in diesem Zustand nicht auftreten und eine Rede halten. Du siehst aus wie ein Landstreicher.

Aber die Umstände waren ja auch bis zuletzt gegen ihn gewesen.

Er hatte am Strand gesessen und gewartet. Es war drei Uhr gewesen, und er befand sich noch immer auf der Ursvikseite. Es wehte immer noch ziemlich frisch, und er sah, wie draußen auf der Bucht die Schleppkähne auf dem Weg nach Süden, nach Bjuröklubb und Umeå, in der kabbeligen See mächtig schaukelten. Es war richtig interessant, ihnen zuzusehen. Sie bereiteten dem Schlepper augenscheinlich Schwierigkeiten. Aber gerade wegen des Windes und des Geplätschers der ans Ufer schlagenden Wellen hatte er praktisch nicht hören können, wie sie kamen. Er hatte nur plötzlich den ersten Stockschlag gespürt und war in seiner Bestürzung fast vornübergefallen. Dann kam der nächste. Und noch einer.

Der Vorarbeiter der Stauleute, hieß es. Das erfuhr er später. Er war auf jeden Fall groß und stark und lachte, während er den Stock schwang. Zwanzig Meter entfernt stand ein Mann in Polizeiuniform und lachte herzhaft. Lachend betrachtete er die Prügelszene. So war es gewesen. Aber dann hatte offenbar auch der Polizist etwas von seiner guten Laune verloren, wahrscheinlich weil Elmblad nach der Polizei zu rufen und zu brüllen und zu krakeelen begonnen hatte. Elmblad war gezwungen gewesen, wie man so sagt, die Zähne zusammenzubeißen. Und die zwei hatten ihn gründlich durchgeprügelt. Es war schwer gewesen, nicht von Wut gepackt zu werden.

Aber notwendig, natürlich. Also hatte er die Zähne zusammengebissen.

Als er zwei Stunden später, nach einer Bootsfahrt, die viel zu aufregend gewesen war, um angenehm genannt werden zu können, auf der Bureseite an Land ging, sah er also immer noch jämmerlich aus. Die Jacke am Ärmel zerrissen, ein Schaden, den er sich leider teilweise selbst zuschreiben mußte, da er allzu heftig versucht hatte, sich aus dem kräftigen Griff des Polizisten, der ihn am Arm gepackt hatte, loszureißen. Während der ganzen Überfahrt hatte er still und vielleicht auch ein bißchen niedergeschlagen dagesessen, aber der frische Wind und die Gischt hatten dazu beigetragen, ihn ein wenig zu beruhigen. Es war eine ziemlich schwierige Situation gewesen. Froh war er nicht gewesen, wie er später im Reisebericht seine innere Stimmungswelt beschreibt.

Er gab dem Schmied eine Krone extra, damit er ihn zur Versammlung begleiten sollte. Es war ein besseres Gefühl, den nicht gerade schmächtigen Schmied neben sich zu wissen. Er ging Skärvägen hinauf und spürte im Nacken, daß die Leute ihnen durch die Fenster nachstarrten.

Die Kinder schlossen sich als erste an. Sie kamen in immer dichteren Trauben, sahen ihn voll Neugier und Entsetzen an, verweigerten auf Anrede die Antwort und folgten ihm dicht auf den Fersen. Sie waren wie eine Horde furchtsamer Hunde. Mitten unter ihnen lief der Junge, den er am Tag zuvor getroffen und der ihm geholfen hatte, die Plakate anzubringen. Der Junge trug jetzt Schuhe an den Füßen, war aber nicht bereit, den Mund aufzumachen oder auch nur zu erkennen zu geben, daß sie sich begegnet waren. Aber er schien ausgesprochen interessiert und hielt sich in der ersten Reihe unter den Kindern. Elmblad war die Gegenwart der Kinder eigentlich ein bißchen lästig, aber er ließ sich nichts anmerken. Als er zur Kreuzung kam, setzte er sich neben das Milchkannengestell und wartete.

Nach den Kindern kamen die Frauen. Danach kamen die ersten Männer, dann noch ein paar. Fünf Minuten vor der festgesetzten Zeit waren fünfzehn Kinder um ihn versammelt, ein paar weniger Frauen sowie sechs erwachsene Arbeiter, die ihn schweigend beobachteten, was er indessen keineswegs als feindlich, nur als abwartend auffaßte. Insgesamt waren vielleicht dreißig Personen anwesend. Das war, unter diesen Umständen, gar nicht schlecht.

Gerade als es halb sieben wurde, erschienen außerdem vier Gendarmen. Sie tauchten wie aus dem Nichts auf, hatten drei große Hunde bei sich und teilten sich in zwei Gruppen auf, die ihn von beiden Seiten beobachteten.

Sie taten nichts, aber sie sahen ihn unaufhörlich an.

Die Anwesenheit der Beamten schien zu bewirken, daß alle plötzlich von Unruhe, oder vielleicht von Unsicherheit, ergriffen wurden. Seine Aufgabe erschien ihm nun auf einmal sehr schwierig. Er zögerte. Er wußte nicht recht, was er machen sollte. Das Milchkannengestell war gut einen Meter hoch, die Stufen gingen auf der einen Seite hinauf, rund herum eine Ansammlung von Häusern, eine Schuhmacherwerkstatt und ein offener Platz, der zu nichts benutzt wurde. Die angesetzte Zeit war um einige Minuten überschritten, und alle betrachteten ihn gespannt, als glaubten sie im Innersten nicht, daß er es wagen würde, anzufangen, hofften aber dennoch, daß irgend etwas passieren würde.

Die Gendarmen hatten sich an den Wegrand gesetzt.

Die Frauen schienen ängstlich, aber ein paar von ihnen ki-

cherten gleichzeitig. Die Situation, dachte Elmblad, ist verzwickt. Das ist sie. Der Junge, der ihm mit den Plakaten geholfen hatte, stand ganz vorne, und Elmblad bemerkte plötzlich zu seiner Überraschung, daß der Junge ihm zunickte,
eifrig und begeistert, als habe er gerade an etwas Aufmunterndes gedacht und wolle sich mitteilen.

Diese Leute, dachte Elmblad, diese Leute sind unbegreiflich. In diesem Västerbotten zu missionieren heißt, im finsteren Tal zu wandern. Ich versteh mich nicht auf sie.

Er stieg langsam die drei Stufen zum Milchkannengestell
hinauf und sah über die Schar der Versammelten hin. Es sollte also sein. Nun mußte er anfangen. Er nahm seine Aktentasche, öffnete sie, nahm die Papiere heraus, und als er wieder
aufblickte, sah er, daß eine Person plötzlich die Gruppe verließ. Es war sein Freund, der Schmied aus Ursviken. Er ging
mit raschen und immer hastigeren Schritten von ihnen fort,
als gelte es, so schnell zu verschwinden, daß keine Worte oder
Zurufe ihn zurücklocken könnten; er schien in großer Eile
und war bald verschwunden. Er ging zum Hafen hinunter,
und Elmblad war auf einmal ganz klar, daß er diesen Abend
nicht würde zurücksegeln können.

Jetzt, dachte Elmblad mit einem sinkenden Gefühl von
Mutlosigkeit im Magen, jetzt sitze ich in der Klemme. Jetzt
bleibt mir nur noch, vor den arbeitenden Massen Bureås
meine Rede über die Organisationsversuche der Arbeiterbewegung zu halten. Und so begann er seine Rede.

Hinterher ging er zwischen denen, die die ganze Zeit dageblieben waren, umher und bot die Broschüren zum Verkauf
an.

Sie starrten ihn an, keineswegs unfreundlich, doch einer
von ihnen, ein Mann in den Fünfzigern, dessen Sprachfähigkeit besser entwickelt zu sein schien als die der anderen,
erklärte für sein Teil, daß er gern kaufen würde, wenn er nur
Geld hätte und wenn er sicher wäre, daß das Buch oder Heft,
wie es nun hieße, nicht sofort von den wartenden Gendarmen

konfisziert werden würde. Elmblad sagte, er verstehe seine Gesichtspunkte, und insistierte nicht.

Die Gendarmen waren aufgestanden.

Es war nicht viel zu machen, aber er begriff, daß das Wenige, das jetzt getan werden konnte, notwendig war. Drei der älteren Arbeiter gingen in einer kleinen Gruppe auf die Holzbrücke über den Fluß zu: er hatte plötzlich das Gefühl, daß sie die einzige Rettungschance darstellten, die er hatte, und lief mit unruhig wiegenden Schritten hinter ihnen her. Sie wandten sich um, als er sie keuchend einholte, schienen aber nicht verwundert. Er fragte hastig und fast verlegen, ob er sich ihnen ein Stück anschließen dürfe: der älteste von ihnen warf einen hastigen Blick zurück auf die Gendarmen, die noch keine Anstalten machten, ihnen zu folgen, nickte und ging ohne ein Wort weiter.

»Wohin gehen wir?« fragte Elmblad nach einer Weile.

Sie waren jetzt aus der Ansiedlung herausgekommen, gingen durch Wald, auf einem Pfad, der schräg eine Anhöhe hinaufführte. Es war fast acht Uhr, eine schwache Dämmerung brach herein. Als erster ging der ältere Mann, dann die beiden anderen, dann Elmblad. Fünfzig Meter hinter ihnen folgte eine weitere Gruppe. Sie bestand aus den vier Gendarmen, den Hunden sowie ein paar Männern, die sich offenbar aus purer Neugier angeschlossen hatten. Als letzter ging ein Junge. Elmblad wandte sich unentwegt um, um zu sehen, ob sie näher kamen, und er erkannte den Jungen von gestern.

Die Hunde zogen heftig.

»Wohin gehen wir?« fragte er noch einmal.

Die Hunde kläfften. Der Wald war dichter geworden, sie kamen in hohen Fichtenwald, und die Dämmerung brach herein. Elmblad wußte plötzlich ganz sicher und endgültig, daß er jetzt etwas tun müßte, rasch, sofort, wenn er eine Chance haben wollte.

»Ihr könnt weitergehen«, sagte er zu dem stummen Rücken vor sich auf dem Pfad. »Danke fürs Mitnehmen.«

Dann sprang er vom Pfad und stürzte Hals über Kopf und blindlings direkt in den Wald hinein. Beinahe augenblicklich hörte er die Rufe und das Bellen der Hunde.

5

Ein paarmal fiel er. In der Dämmerung waren die Details verschwommen, und weil er es nicht gewohnt war, im Wald zu laufen, stieß er mehrmals ziemlich hart an. Das Gelände stieg die ganze Zeit an, und als er zurückblickte, sah es aus, als ginge es einen Bergabhang hinauf, oder zumindest einen Höhenzug. Er sah die Verfolger nicht, aber er hörte sie die ganze Zeit. Er war sehr müde und versuchte verzweifelt, sich die Himmelsrichtungen ins Gedächtnis zu rufen.

Ich muß versuchen, ans Meer zu kommen, dachte er.

Die Tasche mit den Broschüren hatte er die ganze Zeit in der einen Hand. Er keuchte schwer, konnte nicht mehr laufen, ging nur noch mechanisch geradeaus. Das Gelände war eben geworden. Er stand plötzlich mitten auf einer grasbewachsenen Lichtung, rundherum stand dichter Fichtenwald. Er mußte sich geratscht haben, denn er blutete aus einer Schramme im Gesicht. Er war sehr erschöpft. Von einem plötzlichen Impuls getrieben, zog er die Jacke aus, kroch unter die dichteste Fichte, legte sich auf den Boden – die Aktentasche unter dem Kopf –, knöpfte die Jacke so hoch und dicht zu, wie er konnte, und lag still.

Der Boden war feucht, aber er nahm keine Notiz davon.

Die ganze Zeit hörte er die Hunde. Sie schienen in einem dichten Ring zu suchen, er hörte sie von allen Seiten, teils nah, teils weiter entfernt, und weil er nicht hören wollte, versuchte er, die Jacke so hochzuziehen, daß sie Kopf und Ohren bedeckte. Der Stoff der Jacke hielt nun einen Teil der Geräusche ab, so daß sie undeutlich und vage wurden, wie durch einen Traum gefiltert, und das war besser. Er hatte stark geschwitzt, während er lief, jetzt hörte er auf zu schwitzen, und es wurde kalt und feucht und unangenehm, aber er rührte sich nicht und öffnete nicht die Augen und veränderte seine Stellung nicht um einen Zentimeter.

Sie mußten näher gekommen sein. Und zum Schluß überkam ihn eine gleichgültige Erleichterung, als er merkte, daß einer der Hunde ihn gefunden hatte. Der Hund hechelte direkt neben ihm, suchte eifrig, schnüffelte vollkommen still und ohne zu bellen. Dann ein kräftiges, kurzes Bellen und gleichzeitig eine Jungenstimme, die den Hund eifrig zu ermahnen und ihn zurückzuhalten schien.

Der Hund hatte ihn gefunden. Aber es war der Junge, der mitgekommen war, nicht die Polizei, und als Elmblad die Augen öffnete, sah er die kleine dünne, magere Jungengestalt sich undeutlich wie eine Silhouette außerhalb des Fichtenzelts abzeichnen. Der Schatten kam und ging, undeutlich sah er den Hund, der unruhig wie ein rastlos jagender Schatten ein und aus flatterte. Der Junge hielt ihn an einer Schnur.

Der Junge. Da war er.

Sonst niemand.

Dies hatte er sich ja die ganze Zeit in seinen Alpträumen vorgestellt, aber dennoch hatten die Alpträume nicht genauso ausgesehen. Was er erwartet hatte, war immer schlimmer und quälender gewesen, eine Südstaatenlynchung im Mondlicht mit Hunden, die an seinen Beinen rissen und zerrten und mit Messern und Erhängen: Onkel Tom im Wald, auf der Flucht, gerade als die Leute des Plantagenbesitzers herangekommen sind, noch vor der Peitsche. Aber so war es hier ja nicht. Dies war das västerbottnische Küstenland im Sommer 1903. Der Hund beschnüffelte seinen Rücken, bewegte sich erregt hechelnd ganz dicht neben ihm, aber er biß nicht, schnappte nicht, tat nichts. Elmblad hörte nun, wo die Jacke weggerutscht und sein Kopf wieder frei war, daß der Wald überhaupt nicht mehr still war. Rund umher aus der Dunkelheit kamen Flüstern, Rufe und Hundegebell, es kam von weit her und aus nächster Nähe und gab der ganzen Situation eine

35

Stimmung geheimnisvoller neugieriger Unruhe. Der Junge
und der Hund befanden sich nun beide unter der Fichte, wo
Elmblad zusammengekauert lag, der Junge war auf allen vie-
ren hereingekrochen, wie ein Hund, und sein Gesicht war
dem Elmblads ganz nahe, wie ein weißer Fleck ohne sichtbare dunkle Details.

»Da bist du ja wieder«, flüsterte Elmblad leise. »Sag nichts,
und halt den Hund still.«

Der Junge nickte heftig.

»Sei nur still«, sagte Elmblad.

Der Junge saß ganz still, der Hund hechelnd, aber ruhig
hinter ihm in der Dunkelheit. Er sah, wie das Gesicht des Jungen noch näher kam: jetzt wurden die Augenhöhlen sichtbar,
der halbgeöffnete Mund.

»Was gibsen ze essen da untn in Stockholm?« hörte er die
atemlos flüsternde Stimme des Jungen direkt neben seinem
Ohr: er war jetzt ganz nahe, die Augen waren tiefe Löcher in
dem weißen Gesicht. Er verstand nicht, was der Junge meinte, antwortete nicht, wartete.

»Bisse wirklich aus Stockholm?« sagte der Junge wieder,
im gleichen Tonfall.

Elmblad nickte stumm ins Dunkel.

»Kommse nicht aus Pite, bisse nich einer aus Pite?«

Ein Hundebellen erschallte nun viel näher. Der Junge starrte ihn weiter aus nächster Nähe intensiv an: aber plötzlich sah
Elmblad, wie er sich zurückzog, an der Schnur des Hundes
zerrte, durch die Zweige hinausglitt und mit dem Hund außer
Sichtweite war.

Dann hörte Elmblad, wie der Junge mit seiner grellen, auf-
gekratzten und eigentlich ganz unwirklichen Stimme schrie:
»Kommt hierher! Hier is er! Ich habbn gefuundän! Kommt
hierher! Macht schnähäll!«

Während er schrie, kamen die Rufe der anderen plötzlich
näher, und alle Hunde fingen an zu bellen. Elmblad lag sehr
still unter der Fichte, und er schloß die Augen fest.

6

Es mußte eine ganze Zeit vergangen sein. Plötzlich sah er alles viel klarer. Der Mond war aufgegangen, hing dreiviertelvoll über den Baumspitzen, und die offene Lichtung war in mildes Mondlicht getaucht.

Sie hatten ihn an eine Kiefer gebunden.

Sie banden ihn mit einem ziemlich dünnen Seil, das sie sorgfältig und ohne ihm weh zu tun um die Beine, den Unterleib und die Mitte wickelten, um es schließlich noch ein paarmal um seinen Oberkörper zu schlingen. Es hatte keine Brutalitäten gegeben. Die Männer hatten mit vorsichtigen, verhaltenen Bewegungen gearbeitet und ihn weder gestoßen noch geschlagen. Es war ja auch nicht nötig. Er konnte und wollte nichts anderes tun als sich fügen.

Ihre Ruhe und Sorgfalt hatten auch seinen ersten, lähmenden Schrecken etwas vermindert. Mit besonderer Aufmerksamkeit hatte er verfolgt, daß sie das Seil so eng und sorgfältig um den Körper wickelten, einschließlich des Unterleibs. Es war eigentlich ein Gefühl, als ob das Seil zudeckte, als ob es ihn schützte. Er erinnerte sich ja sehr genau an das, was ihm den ganzen Nachmittag mit hämmernder Monotonie im Kopf rumort hatte, von der Sekunde an, als er sich in das Segelboot des Schmieds gesetzt hatte, und danach während des Vortrags und während der Jagd im Wald, und dann, immer mehr gesteigert, bis der Gedanke zu einem schmerzerfüllten, brennenden, hysterischen roten Punkt wurde, der sein ganzes Bewußtsein ausfüllte, als er unter der Fichte lag und sich dünn machte, bis zu der Sekunde, als der erste Mann seine Hand ausstreckte und ihn *anfaßte:* er hatte Angst, daß sie an ihm *schneiden* würden. Daß sie auf die Idee kommen würden, ihn zu schneiden. Nicht, daß sie ihn töten würden, oder so. Das machte ihm nichts. Er hatte überhaupt keine Angst zu sterben. Aber er hatte verdammte, fürchterliche Angst davor, daß jemand anfangen würde, zu *schneiden* oder zu *schnibbeln* oder so etwas.

Also: daß sie schneiden würden. Wie irre Blitze war dies eine wieder und wieder durch seinen Kopf geschossen, Schreckensbilder, wie sie ihn festnehmen und an Armen und Beinen festhalten und dann die Hose runterziehen würden und so. Da hörte er jedesmal auf zu denken, denn es war so furchtbar schrecklich. Eigentlich war es nur das, wovor er Angst hatte. Daß jemand auf die spaßige Idee kommen würde und ... Im übrigen hatte er ja gehört, wie die Lappen es machten. Sie warfen die Rentiere auf den Boden und *bissen es mit den Zähnen ab.*

Es war ein furchtbares Volk, das hier oben im oberen Norrland wohnte. Ein furchtbares Volk, ein furchtbares Land. Eine Ansammlung frommer, innig gläubiger Unternehmerlakaien und Verstümmler, Verstümmler Christi, es war schrecklich, sie waren nicht zu begreifen. Doch als sie dann das Seil so eng um seinen Unterleib wickelten, als sie einen so dichten Kokon um seinen leicht fettlichen Körper schlugen, da verspürte er einen Augenblick lang große Erleichterung und fast so etwas wie Geborgenheit.

Es waren sieben Männer, drei Hunde und ein Junge.

Der Mond schien jetzt sehr klar, der Wald hatte scharfe Konturen bekommen, und die Schatten der höchsten Kiefern fielen scharf und deutlich über die Lichtung. Die Kiefer, an die sie ihn gebunden hatten, stand frei von den anderen auf der offenen Fläche. Nachdem er ordentlich festgezurrt war, schien eine gewisse Unentschlossenheit sie alle befallen zu haben: offenbar wußten sie nicht recht, was sie nun tun sollten. Einer zündete eine Pfeife an, die übrigen setzten sich auf den Boden und begannen sich mit gesenkten Stimmen zu unterhalten. Jetzt waren nur noch zwei Gendarmen da, die anderen waren, soweit er sah, gewöhnliche Arbeiter. Elmblad strengte sich an, zu verstehen, was sie sagten, aber es war schwierig, weil sie teils leise sprachen, teils in diesem unverständlichen Dialekt redeten, den er nie lernen würde.

Doch soweit er es mitbekam, drehte sich die Diskussion gar nicht um ihn. Es hatte etwas mit dem Sägewerk zu tun. Es

schien um den Akkord der Stapelleger zu gehen, ob er rauf-
oder runtergegangen sei. Was es genau war, verstand er nicht.

Er begriff auf jeden Fall nichts.

Der Junge wanderte die ganze Zeit auf und ab, unruhig, als
fühle er sich bei den Männern nicht richtig wohl oder als
suche er etwas. Mal streichelte er die Hunde, mal verschwand
er im Dunkeln. Es war eine eigentümlich stille und laue
Augustnacht; der Wind hatte sich gelegt, der Mond hing fast
kreisrund über den Baumkronen und von den flüsternden
oder murmelnden Stimmen der Männer abgesehen, war
nichts zu hören. Elmblad kam sich eigenartig lächerlich vor.
Sie hatten ihn gejagt und gefunden und an eine Kiefer gebunden, aber nun stand er hier wohlvertäut im Wald im Küstenland von Västerbotten, und die Männer schienen ihn vergessen oder das Interesse an ihm verloren zu haben.

Wie um dem Ganzen die Krone aufzusetzen, meldete sich
die verdammte Blase wieder. Es war die verfluchte, verdammte Prostata. Er mußte pissen und konnte nicht, wenn er
wollte. Es würde in jedem Fall dauern und sehr schmerzhaft
sein. Was sollte er machen? Er versuchte, die Beine überein-
anderzuschlagen, aber das Seil ließ ihm keine Bewegungsfrei-
heit. Und nachdem er einmal angefangen hatte, ans Pissen zu
denken, wurde das Bedürfnis unweigerlich dringend, und er
wußte nicht, was er tun sollte.

Sie bitten, das Seil loszumachen, damit er ihn selbst raus-
holen und pissen konnte. Aber das würden sie sicher nicht
erlauben. Und außerdem würde er sicher nicht können, wenn
er dürfte, und dann würde es so furchtbar schmerzhaft sein,
daß er es sich nicht einmal vorstellen wollte. Oder sie bitten,
ihm zu helfen, was ihm noch unmöglicher vorkam. Und im
übrigen, dachte er, und der Gedanke ließ es ihm eiskalt in der
Magengegend werden, würde das ihre Gedanken in eine
bestimmte Richtung lenken. Zum Beispiel. Und jemand würde vielleicht so zum Spaß ihm die Hosen runterziehen, und
der eine Spaß würde den anderen ergeben. Und so würde ihre
Aufmerksamkeit gelenkt auf. Und einer würde dann.

Und dann das Messer.

Und dann.

Er begann schneller zu atmen und schwitzte plötzlich wieder. Es war völlig unerträglich. Er mußte pissen. Was sollte er tun. Sollte er es in die Hosen gehen lassen, ohne etwas zu sagen? Es würde zuerst warm und angenehm und danach kalt und klebrig und unangenehm sein. Und sie würden es sicher merken, früher oder später, und anfangen zu lachen. Und meinen, er hätte sich bepißt vor Angst.

Aber er hatte ja auch Angst. Das Problem war außerdem, daß er keine andere Hose mithatte. Sägewerkagitatoren zogen nicht mit einer großen Anzahl Reservehosen durch die Gegend. Dafür war das Budget der Organisation nicht eingerichtet. Also?

Der Junge stand jetzt nur drei Meter von Elmblad entfernt und starrte ihm aufmerksam direkt ins Gesicht. Immer noch keine Reaktion von den Männern. Es brannte immer schmerzhafter in der Blase: er schloß die Augen und versuchte an etwas anderes zu denken. Aber es fiel ihm nur der Traum der Nacht ein: seine Frau mit leuchtend weißem Unterleib, mit der grauen Bluse und dem kleinen Idioten an der Hand. Und wie sie ihn angesehen hatten, direkt durch ihn hindurch. Es brannte und brannte, da war es doch besser, die Augen aufzumachen. Der Mond war gelb und mild und trostreich, er blickte geradewegs hinein in Johan Sanfrid Elmblad und sah, wie es um ihn stand. Und der Mond, der gelb war wie eine Wiesenblume, lächelte freundlich und flüsterte; es ist Nacht, es ist dunkel, keiner sieht dich. Und so preßte der Agitator Johan Sanfrid Elmblad den Rücken fest, fest gegen den Stamm des Baumes, hielt den Atem an, drückte, wartete, versuchte noch einmal. Der Mond blickte die ganze Zeit mild und freundlich in ihn hinein, und schon nach ein, zwei Minuten fühlte er, wie die ersten warmen Tropfen langsam herausliefen.

Das erste Verhör war sehr kurz und sehr sachlich.

Ein Arbeiter, den die anderen Aron nannten, stellte die

erste Frage. Er schien irgendwie mit dem Jungen verwandt zu sein, vielleicht sein Vater oder älterer Bruder oder Onkel: sie blieben dicht beieinander und sprachen zuweilen zusammen. Dagegen sah er den Jungen nie mit einem der anderen reden. Er wurde also gefragt, warum er sich in Bureå aufhalte, doch als Elmblad versuchte, ihnen klarzumachen, warum die Agitation notwendig wäre und daß die Organisationsversuche bezweckten, dem Besten der Arbeiter zu dienen, wurden sie alle ungeduldig, und der Frager, der vielleicht Aron hieß, bat ihn, in einer Sprache von biblischem Klang, die aber mit Dialekt vermischtes Schwedisch war, statt dessen zu erzählen, wo er gewesen sei. Den Reiseweg meinten sie also. Er mußte ausführlich alle Orte aufzählen. Von Gefle per Schiff nach Luleå, dann Kalix, die Versammlungen in Karlsborg und Nyborg; er unterließ es jedoch, die Mißhandlung in Karlsborg zu erwähnen, wo er dreißig Stockhiebe bekommen hatte. Dann Haparanda, die mißglückte Ankunft in Båtskärsnäs und zurück nach Luleå.

Piteå. Nach drei Tagen hatte er das Dampfschiff in die Schären von Skellefteå genommen.

Das war alles.

Der Mann, den sie Aron nannten und der auf einem Auge schielte, fragte zu wiederholten Malen, welche Leute er in Piteå kannte und ob er nicht doch vom Gelben Josef oder anderen Anhängern der Freiheit der Arbeit ausgesandt sei. Elmblad, der glaubte, daß man ihn auf den Arm nehmen oder beleidigen wollte, schwieg zunächst, aber die Fragen kamen so lange, bis er mit einer gewissen Heftigkeit entgegnete, daß er selbstverständlich nichts mit Gelben* und Verrätern zu tun habe. Der Mann, den sie Aron nannten, schaute ihn daraufhin hilflos und verblüfft an und schüttelte betrübt den Kopf.

»Dann bisse also nich aus Pite?« fragte er noch einmal, wie um sich die letzte aller Sicherheiten zu verschaffen; aber

---

* Gelbe (schwed. *guling*): verächtliche Bezeichnung für nichtorganisierte Arbeiter und Streikbrecher. (Anm. d. Übers.)

nachdem Elmblad den Kopf geschüttelt hatte, schien ihr Vorrat an Fragen aufgebraucht zu sein. Sie betrachteten ihn nun alle ausschließlich verwirrt oder entmutigt.

Es gab keine Fragen mehr.

Die ganze Situation war, was Elmblad betraf, vollständig unbegreiflich. Nicht einmal die beiden Gendarmen schienen etwas zu sagen oder irgendeinen Vorschlag zu haben, was sie mit ihm machen sollten. Elmblad hatte sich zumindest vorgestellt, daß die üblichen Vorschläge wie: man sollte *dem Abschaum eine reelle Tracht Prügel verpassen* auftauchen würden, aber nein.

Elmblad schloß die Augen und wartete. Er hatte Schmerzen im Rücken; das Seil wurde unbequem, die Hosen waren durchnäßt.

Er dachte: wenn ich jetzt auch noch anfange zu heulen, komme ich nie mehr darüber weg.

Da sagte zum erstenmal der Junge etwas.

Es kamen Laute aus dem Mund des Jungen: eine grelle, unsichere Stimme, die er jetzt sehr gut kannte, die ihn jedoch immer wieder überraschte. Die Stimme hatte einen triumphierenden Unterton, als habe er ein wichtiges Geheimnis lange für sich behalten, nun aber endlich beschlossen, es preiszugeben.

»'s is 'n Stockholmer«, hörte man die dünne Jungenstimme sagen, »un e kann Reengwürmer essn.«

Und er fügte hinzu: »Er hat se im Mund gehabt. Habbichesehn.«

Die Mitteilung schien die ganze Gesellschaft zu beleben. Die fünf Männer reagierten auf die Behauptung zuerst mit Skepsis, dann mit erheiterter Ungläubigkeit, Neugier, Bestürzung, Ratlosigkeit und einer Spur mühsam verhohlener Begeisterung. Sie betrachteten, alle murmelnd oder brummend, den Gefangenen mit neuem Interesse. Elmblad sah im Mondlicht ihre Gesichter ganz dicht in seiner Nähe: der Mondschein verschärfte die Konturen, verwischte aber gleichzeitig die Farben. So wurden ihre Gesichter unmenschlich milchweiß, beinah blauweiß im spröden Mondlicht, und die Männer sahen nicht mehr so drohend schwarz oder übermächtig stark aus; nein, die Gesichter sahen aus wie Magermilch. Die kannte er von seinen Reisen: Magermilch. Milch mit Wasser verdünnt, der Rahm abgeschöpft, das Fett weg. Blaue Milch für rote Arbeiterkinder, so war es. Aber die bleich ausgehöhlten Arbeitergesichter, die er vor sich sah, schienen jetzt an einem Problem zu kauen, das sie weit mehr interessierte als seine Botschaft von Sozialismus und gewerkschaftlicher Organisation. Sie standen ganz dicht um ihn herum, und einer der Männer fragte ihn mit listiger, hoffnungsvoller und andächtiger Miene: »Issas wahr? Kannse Reengwürmer essen?«

Elmblad dachte einen Moment nach. Dafür schienen sie sich zu interessieren. Seit jenem Tag vor bald vierzig Jahren, an dem er als kleiner Junge zum erstenmal den Kniff gelernt hatte, seinen Mund zum Regenwurmbehälter zu machen, hatte er es nie als etwas Besonderes oder als eklig empfunden, Regenwürmer in den Mund zu nehmen. Aber er hatte auch noch nie einen Regenwurm gegessen, also geschluckt. Jetzt fragte der weißbleiche Arbeiter aus dieser sonderbaren norrländischen Küstengegend, ob er Regenwürmer essen könne. Was antwortete man eigentlich darauf, dachte er, in dieser Situation? Was interessierte ihn? Was würde passieren, wenn er nein sagte?

Elmblad sagte zuerst nichts. Aber schließlich schüttelte er den Kopf, allerdings vorsichtig, fast unmerklich.

Der Junge schien auf einmal sehr erregt.

»Habbich doch gesehn«, sagte er eifrig und gellend. »Ich habs doch gesehn, dasser 'e Reengwürmer im Mund gehabt hat! Is wirklich waah!«

Einige Augenblicke verwirrtes Schweigen. Offensichtlich wußte keiner, wovon das Gespräch eigentlich handelte, und der Mond schien nun sehr hell, und die Lichtung war von einem immer klareren, milderen Schein erleuchtet. Der fette

Mann hing festgezurrt am Baumstamm und schaute verwirrt von einem zum anderen. Er wußte nicht richtig, was man von ihm erwartete.

»Issas waah«, wiederholte der Mann, den sie Aron nannten, »issas waah?«

Gleichzeitig hob er die Hand und bohrte bedächtig mit dem Finger direkt in Elmblads Magen. Es ging unmittelbar wie ein Stoß durch den festgezurrten fetten Körper. Der Mund bebte, die Backen zitterten, die Kiefer preßten sich krampfartig zusammen: als hätte der Finger durch Zufall gerade den Knopf berührt, der einen lange aufgestauten, aber gut kontrollierten Schrecken auslöste. Jetzt brach er los, völlig frei und ungehemmt.

Elmblad nickte.

Er nickte immer heftiger, beflissen überzeugend, als hätte er sich entschieden, allen zu Willen zu sein und frühere Versäumnisse zu sühnen. Als er also nun kooperativ und positiv wirkte, zeigten sie sich alle sehr interessiert und sehr ernsthaft. Der schiefschultrige, schielende Arbeiter, den sie Aron nannten, wandte sich mit einem Gesichtsausdruck, der von neuem Respekt und von Achtung geprägt war, dem Jungen zu und sagte mit fester Stimme: »Kuck ma, oppen Reengwurm finden kannst.«

Sie nickten alle bekräftigend. Und so machte sich der Junge auf den Weg in die Dunkelheit, um für Johan Sanfrid Elmblad Regenwürmer zu suchen.

»Skellefteå«, schrieb er später in seinem Reisebericht an den Verband, der dann mit all seinen anderen Reiseberichten zusammengebündelt und in einem Schrank im Archiv der Arbeiterbewegung verstaut wurde, »ist einer von den dunkelsten und zurückgebliebensten Orten, die es z. Z. in Norrland gibt. Alle Versuche, daselbst ein Versammlungslokal zu bekommen, scheiterten. Die Guttempler wagten es nicht wegen des Pastors, und erhielt ich die gleiche Antwort vom Vorsitzenden der Missionsvereinigung, die gleiche Antwort gab jeder einzelne von allen, bei denen ich anfragte. Der Pastor allein bestimmte in der Stadt, und Anschauungen, die die Presse als Irrlehren und als Ausgeburt des Antichrist bezeichnete, sollten ferngehalten werden. Wie unangefochten die Pfaffenherrschaft in der Stadt ist, zeigt sich daran, daß die Freikirchlichen daselbst noch niemanden bekehren konnten. Die Heilsarmee hat einige Versuche unternommen, aber keinen Erfolg gehabt. Alle sehen sie voll Bewunderung zum Pastor auf, und einige fürchten ihn, alle wollen sie in seiner Gunst sein. In der Stadt ansässig ist außerdem ein großes Kontingent jener Leute, die den Besitz der Bauern übernommen haben – die Holzpatrone haben sich hier niedergelassen, und sie billigen das Wirken des Pastors mit Befriedigung. Die Zahl der Arbeiter ist nicht besonders groß, und die, die es gibt, sind fast alle Einheimische, ein paar Zugewanderte gibt es, das sind solche, die andernorts ihren Verpflichtungen innerhalb der Organisation nicht haben nachkommen wollen und hier vorläufig noch eine Freistatt finden können.

Im Kirchdorf Lövånger gab es nur ein Gemeindehaus, aber nicht für mich. Konnte nichts machen, dies war sicher das finsterste unter den Dörfern, und die Sozialistenfurcht schrecklich. Die Dörfer sollten indes am besten im Sommer besucht werden, wenn man die Versammlungen an den Landstraßen abhalten kann. Im Winter kann man dort nichts ausrichten. Man darf aber dort nicht lockerlassen, denn aus solchen Dörfern kommen die Streikbrecher. Beim Sägewerk in Bureå hatte ich auf eine gute Versammlung gehofft.

Aber daraus wurde nichts. Der Versammlungsraum, der der Aktiengesellschaft gehörte, hatte ein besonderes Wachkomitee, dessen wichtigste Aufgabe war, aufzupassen, daß keine Sozialisten hineinkamen. Es hat seine Pflicht auch gründlich erledigt.

Nichts jedoch übertrifft an Peinlichkeit die Ereignisse anläßlich meines dortigen Besuchs, die ich im folgenden schildern muß.«

Sie entzündeten ein kleines, ruhig brennendes Feuer aus trockenen Fichtenknüppeln und Teilen eines verkohlten Stumpfes und setzten sich um das Feuer, um die Rückkehr des Jungen abzuwarten.

Schließlich kam er.

Er glitt lautlos aus der Dunkelheit heran, ging schnell über den offenen Platz, trat ans Feuer, in der Hand hielt er zwei große, schöne Regenwürmer.

Sie waren noch erdig.

»'chhab 'e Würmer hier«, sagte er.

Elmblad hing, unförmig fett und zusammengesunken, immer noch an seiner Kiefer. Das Seil hatte sich um den Oberkörper ein wenig gelockert, er war jetzt etwas nach vorn geneigt, doch hatte einer der Arbeiter eine zusätzliche Schlinge um die Handgelenke gezurrt, damit das Risiko, daß er herausschlüpfen könnte, völlig ausgeschaltet war. Elmblad hielt die Augen beharrlich geschlossen, als sei er sehr müde oder habe resigniert, und sein Kopf hing in durchaus unnötiger Weise nach vorn.

Einer der Männer trat an ihn heran, tippte ihm vorsichtig in den Bauch und sagte: »Elmblad.«

Keine Antwort, aber die Augen öffneten sich langsam.

»Elmblad«, wiederholte der Mann, jetzt ein wenig ungeduldiger, doch immer noch mit keineswegs unfreundlicher Stimme. »We ham jetz de Würmer da.«

Der Junge stand dicht daneben. Zwischen den Fingerspitzen seiner Hände hielt er je einen baumelnden Wurm. Sie sahen Elmblad unverwandt an.

»Weil«, fuhr der Mann fort und räusperte sich beinah geniert, als sei er nicht gewohnt, Reden zu halten, »weil de gesach has, dasse Regenwürmer essen kanns, ham wer gedacht. Dasse ma zeigen solls, wasse fürn Kerl bis, sozesaang.«

Der Junge begann nun sehr vorsichtig, die Erde von einem

der Regenwürmer abzustreichen. Zum Schluß war er richtig sauber, glänzte kraftvoll beweglich ringelnd und machte einen sehr vitalen Eindruck, wie er sich in der hohlen Handfläche des Jungen aalte. Elmblad streckte den Kopf etwas vor und schaute auf die Hand.

»Könnt ihr mir erst die Hände losbinden?« fragte er in höflichem Ton und ohne verlegen zu wirken.

Sie sahen einander zweifelnd an. Der Lichtschein vom Feuer flackerte jetzt über ihre Gesichter, und weil der Feuerschein so viel weicher und wärmer war, bekamen ihre Gesichter einen ganz anderen Ausdruck: nicht mehr gespenstisch blaubleich, sondern wärmer, freundlicher, mehr wie Menschen. Die ganze Geschichte mit den Regenwürmern schien sie außerdem zu amüsieren, weil sie lustig und begreiflich war, und mehrere von ihnen lächelten oder lachten verstohlen. Doch bevor irgendeiner von ihnen einen Entschluß fassen konnte, hatte der Junge seine Hand ausgestreckt: er hatte den sich windenden Wurm zwischen Daumen und Zeigefinger und hielt ihn direkt vor Elmblads Mund. Er lachte eifrig, wie einer, der endlich die Gelegenheit gekommen sah, der Gesellschaft den versprochenen Trick vorzuführen, den sein dressierter Hund angeblich beherrschte.

Und der Hund parierte. Elmblad öffnete vorsichtig den Mund, beugte den Kopf vor, soweit er konnte und schnappte mit einer schnellen, fast reptilienhaften Bewegung den Wurm aus der Hand des Jungen. Er glitt hinein, und der Mund schloß sich.

Sie sahen alle, im schwach flackernden Schein des inzwischen fast heruntergebrannten Feuers, in dem der verkohlte Stumpf heftig glühte, wie sich Elmblads Backen bewegten. Die Schnurrbartenden zuckten, die dicken Backen drückten und schoben, die linke Backe beulte sich und kam zur Ruhe. Dann war das ganze Gesicht still.

»E' hatn da drin im Mund«, erklärte der Junge triumphierend, doch mit einer Spur von Mißfallen in der Stimme. Sie beugten sich alle vor und fixierten prüfend seine Backen.

»Ess'n auf«, sagte einer der Männer.

Keine Bewegung.

»Ess 'en Wurm auf.

» Keine Bewegung.

»Ess'n auf!!!«

Ein scheues, kindlich erschrockenes und beinah einfältiges Lächeln huschte über Elmblads Gesicht. Die Backen zitterten, blähten sich, die Backenbeutel zuckten und schlotterten wirr auf und ab, während sein Blick unsicher über die Gesichter der Männer glitt: da begriff er, daß sie es ernst meinten, und das halbe Lächeln, das erschrocken und unterwürfig sie zu erweichen versucht hatte, erstarb. Er schloß die Augen, schien Atem zu holen, und plötzlich bewegte sich der Adamsapfel krampfhaft auf und nieder, und er schluckte. Als der Wurm durch die Kehle hinabglitt, mußte er Widerstand geleistet oder durch wildes Krümmen signalisiert haben, daß ihm dies unangenehm war, denn Elmblad erstarrte auf einmal, als ob sich seine ganze Aufmerksamkeit nach innen richtete, auf etwas, das sich ganz und gar in seinem Innern abspielte.

Es war ein sonderbarer Anblick.

Alle studierten eingehend sein Gesicht, in dem die Augen jetzt starr einen Punkt fixierten, der sehr weit weg und gleichzeitig in ihn hineinverlegt zu sein schien. Dann geriet sein ganzer Körper in Bewegung, er schwang hin und her, als mache er einen Versuch, sich von dem Seil zu befreien, der Kopf reckte sich hilflos vor, der dicke Hals streckte sich bis zum Äußersten, der Mund öffnete sich, das Gesicht verfärbte sich dunkelrot, die Augen schlossen sich zu Schlitzen, die Zunge kam hervor, und er erbrach sich.

Das Erbrochene platschte auf die Erde und bildete eine säuberliche Lache. Sie beugten sich alle vor und begutachteten die Lache: das meiste war weiß, aber man konnte auch ganz deutlich sehen, daß Elmblad Finka gegessen hatte. Und dort, mitten in dem Ganzen, wand sich ein noch vitaler und lebendiger Regenwurm.

Sie blickten finster erst einander, dann Elmblad an. Er leckte sich die Lippen und versuchte geniert oder beschämt, unberührt auszusehen. Ein dünner Speichelfaden hing noch aus seinem Schnurrbart.

»Nennse das aufessen«, sagte einer der Männer verletzt und abweisend. »Hatter geloong.«

Der Junge schüttelte eifrig, fast beleidigt, den Kopf. Das war bloß Pech! Irgendwas war schiefgegangen, aber es war Zufall! Er wußte es doch ganz genau!

»Warum macht ihr das mit mir«, sagte Elmblad.

Er hatte so lange nichts gesagt, daß sie sehr überrascht waren, als er endlich den Mund aufmachte, und sie fanden keine Antwort. Der Speichelfaden hing noch immer glänzend an seinem Schnurrbart, die Röte in seinem Gesicht war dagegen verschwunden, und er war wieder wie vorher. Da ihnen nichts zu sagen einfiel, und es auch nicht leicht war, seine Frage zu beantworten, denn sie war ja ziemlich schwer zu beantworten, starrten sie alle entschlossen auf die zuckenden Windungen des nun immer trägeren und willenloseren Regenwurms in der Lache von Erbrochenem.

»Ihr seid doch Arbeiter«, sagte Elmblad wieder, jetzt mit etwas lebhafterer und flehenderer Stimme. »Verdammt, das bringt doch nichts. Warum behandelt ihr mich so?«

Der Junge hatte inzwischen mit einem kleinen Stock den Regenwurm aus der Kotze geangelt. Er hing dort über dem Stock, dick und apathisch, und rührte sich kaum noch: entweder war er schlecht in Form oder geradewegs am Krepieren. Das Feuer gab einen immer matteren Schein, der Mond war im Begriff zu verschwinden, bald würde es unmöglich sein, etwas zu sehen. Die Luft wurde kälter.

Der Junge hielt den Stock mit dem Wurm an Elmblads Mund und sagte mit bittender Stimme: »Ess'n doch jetz, dasse sehn, dasses kanns!«

Das Schweigen, das folgte, war so lang, daß es ihnen wie eine ganze Nacht vorkam. Die Hand des Jungen zitterte schwach, der Wurm hing fast ganz unbeweglich schlapp, und

49

Elmblad begriff, daß es sein mußte. Es war unausweichlich. Es gab kein Zurück.

Und also streckte er erneut den Kopf vor, reckte den dicken Hals und schnappte auf die gleiche ungeschlacht reptilienhafte Weise wie beim vorigen Mal den Wurm; er versuchte es noch einmal.

8

Als es vorbei war, blieben nur Elmblad und der Junge zurück.

Sie hatten die Seile ein wenig gelockert, so daß Elmblad auf der Erde sitzen konnte, mit dem Rücken an den Stamm gelehnt, aber noch immer gefesselt. Bevor sie sich auf den Weg machten (und sie hatten nicht besonders viel gesagt), hatte einer von ihnen dennoch angedeutet, daß er froh sein könnte. Es hätte schlimmer ausgehen können. Er würde die Nacht über hier sitzen bleiben müssen. Dann sollte er selber zusehen, daß er aus der Reichweite des gerechten Zorns der Arbeiter verschwände. Obwohl sie ihn ja nicht schlecht behandelt hätten. Außerdem, daß man hier oben weniger Nachsicht mit Stockholmern und Sozialisten hätte als anderswo im Lande.

So, ungefähr, hatten sie sich ausgedrückt. Allerdings in einer anderen Sprache, die er nur zum Teil verstand. Sie war weich und drückte Bedächtigkeit, Überlegenheit oder Bedrohlichkeit aus, sie glitt sanft über die Vokale und dehnte sich in launisch fließenden Höhen und Tälern. Es war eine erschreckende und unbegreifliche Sprache, und die sie sprachen, waren Arbeiter in diesem erschreckenden finsteren Tal, in das er sich aus freiem Willen und sehenden Auges begeben hatte und wohin er nie wieder zurückkehren zu müssen hoffte.

Nie mehr in das finstere Tal.

Nie mehr ins Skelleftetal.

Der Junge war da; sie hatten ihn zurückgelassen, als Wache. Auch einer der Hunde war noch da, sicher zurückgelassen als Schutz für den Jungen, als Schutz gegen den Sozialisten und den Sozialismus. Dafür brauchte man Hunde. Die Aufgabe des Jungen war, das Seil, wenn die Morgendämmerung kam, soweit zu lockern, daß der Sozialist sich nach einer Weile notdürftig selber befreien konnte, und dann sollte der Junge abhauen.

Das war die Aufgabe des Jungen.

Es war im August 1903. Und Johan Sanfrid Elmblad war zum erstenmal nach Skellefteå und Umgebung gekommen; es war seine erste Agitationsreise durch Lövånger und Bureå und Ursviken und Sävenäs. So ging es zu. Im Bericht an die Sägewerkgewerkschaft erzählt er von allem, außer von dem kleinen Detail mit den Regenwürmern, die er wieder auskotzte. Das behielt er dem Tagebuch vor, als ob er sich dessen schämte. Über den Jungen sagte er, daß »ich danach gezwungen wurde, mehrere Stunden an einen Baumstamm gebunden zu sitzen, mit einem Jungen aus der Gegend als Wachhund«. Er habe sich mit diesem Jungen »über vielerlei Dinge unterhalten, aber stieß ich nur auf die kompakteste Unverständlichkeit gegenüber allem, was ich sagte«.

Er meint sicher: Unverständnis.

Er erwähnt auch den Hund.

Als die Morgendämmerung kam, saßen sie noch immer da. Elmblad war über dem Seil zusammengesunken, er hatte zwischendurch heftig gefroren und stark gezittert, aber nun war es bald vorbei. Zweimal hatte er nachgegeben und in die Hosen gepißt, aber er hatte längst aufgegeben, und die Apathie war zuletzt eine Hilfe, weil er aufgehört hatte, daran zu denken, wie unangenehm es eigentlich war. Er saß nur da. Er versuchte auch nicht, zu sprechen. Zwei Fragen hatte er gestellt in der ganzen Zeit, die er und der Junge allein waren.

Die erste war: »Wie heißt du, Junge?«

Und der Junge hatte geantwortet: »Frans Nicanor Markström.«

Und dann, gleich danach, hatte er gefragt: »Willst du mich jetzt nicht losmachen?«

Aber *nein,* das Schweigen des Jungen war wie ein Echo aus der Dämmerung zurückgekommen.

Der Junge saß mit dem Rücken gegen einen Baumstamm gelehnt, die Arme um die angezogenen Knie geschlungen, und fühlte sich glücklich.

Die Morgendämmerung sickerte langsam zwischen den Baumstämmen hindurch: als würden dünne, spinnweben-graue Schleier behutsam und unmerklich, einer nach dem anderen, vom Wald abgehoben, bis nur die letzte weiche graue Helligkeit übrigblieb und feines Sonnenlicht die Baum-kronen übersprühte. Die Geräusche des Waldes waren jetzt sehr deutlich: das Singen der Vögel hallte zwischen den Bäu-men wider, als wären sie Säulen in einer riesigen Tempelhalle, wenngleich ohne Marmor. Nein, nicht an Stein dachte man, eher an grünes Moos und klare, hallende Vogellaute. Grünes Moos, Vögel. Der Junge saß ganz still und ihm war, als treibe er in einem Meer von Stille und Bewegung, er blickte zu den Kronen der Kiefern hinauf und sah, wie die mattgelbe Farbe der Stämme hervortrat und immer klarer und lebendiger wurde. Diese gelbe Farbe liebte er am meisten von allem, die Farbe, an der er sich berauschte in all den Stunden, die er im Wald zubrachte, auf dem Rücken, den Blick nach oben. Nur hier kann es so schön gelb werden im Wald, dachte er immer. Im Süden haben sie so eine Farbe nicht. Sie haben wohl kei-ne Kiefern, nicht so weich-gelbe wie hier. Er war einmal im Süden gewesen, weit im Süden bis nach Lövånger, und als er nach Hause kam, hatte er gesagt: im Sün in Lövånger ham se ga kein Wald, jeenfalls kein richting.

Auch nicht südlich auf Holmsvattnet zu.

Er hatte sich in dieser Nacht keine Sekunde allein gefühlt oder Angst verspürt. Es war spannend gewesen, und er hatte ja immer Onkel Aron zum Reden gehabt, wenn was war. Ja, der Aron, das war 'n Netter. Trotzdem war alles so komisch

gewesen. Wie Elmblad da im Wasser stand und angelte und
die Würmer im Mund hatte. Und dann die Plakate. Und dann
die Jagd, und daß er es war, der Elmblad als erster fand. Am
Sonntag, wenn Andacht sein würde im Bethaus, würde vielleicht der Prediger Gott dafür danken, daß er in seiner Gnade den Versucher zurückgewiesen hatte, und dann würde er
selbst ganz hinten auf der Holzbank sitzen, aber alle würden
trotzdem wissen, wer der Sache Gottes am tatkräftigsten
gedient hatte. Und er würde so tun, als ob nichts wäre.
Obwohl er es ja war, der den Stockholmer entlarvt hatte.

Elmblad schlief. Sein Kopf hing schlapp und massig nach
vorne, der Schnurrbart war verklebt, die Vorderseite des
Anzugs beschmiert, der eine Jackenärmel zerrissen, er hatte
mehrmals in die Hosen gepißt, und das konnte man auch
sehen. Jetzt schlief er. Es war ein kläglicher Anblick: der Junge musterte ihn mit einem Gefühl von Befremden, Resigna-
tion und anhaltender Bewunderung. Er hatte sein Fett
gekriegt, dieser Elmblad, obwohl keiner ihn geschlagen hatte. Ein västerbottnischer Christ schlägt keinen Mitmenschen,
das wußte jeder, aber vielleicht bringt er ihm Anstand bei.
Elmblad würde sicher nicht wiederkommen. Und damit war
etwas gewonnen. Mit Sicherheit.

Der Hund bewegte sich unruhig an der Seite des Jungen: er
lag zusammengerollt, aber dann und wann hob er unsicher
witternd den Kopf und ließ ihn wieder sinken. Es war Morgen, es würde ein sehr schöner Augusttag werden, der leichte Morgennebel war aufgestiegen, alle Einzelheiten waren
klar unterschieden und die Farben deutlich. Es ist schön,
dachte der Junge. Morgens ist es am schönsten. Obwohl
irgendwo in seinem Inneren wie ein rätselhaft irritierender
Schmerzpunkt die Frage nagte, *was wollte dieser Elmblad
eigentlich?* Was bedeutete er? Warum hatte man ihn eigentlich
gejagt? Warum war er so gefährlich?

Und, unauflöslich damit verknüpft: *un dasser 'e Würmer
im Mund gehabt hat.*

Elmblad schlief fest, mit offenem Mund und heiser

53

röchelnden Atemzügen. Bald schon würde er frei sein; die Fesseln würden gelöst, die Hände befreit werden, die Tasche würde vor ihn hingestellt werden. Alles in seiner Ordnung. Kein Unrecht begangen, kein Schade geschehen. Und der Junge würde sich davonmachen, uneinholbar. Aber noch war es nicht soweit.

Der Junge saß zusammengekauert mit dem Hund an seiner Seite und sah das Licht kommen. Bald würde es soweit sein, und dann würde er den Dicken wohl nicht mehr wiedersehen. Elmblad schlief, schwer in den Seilen hängend. Der Junge betrachtete ihn unverwandt. Es war ein so schöner Morgen. Es war wie der Anfang von einem Abenteuer. Als ob man die Tür des Lebens einen Spalt breit aufgemacht und ein Stückchen des Rätsels geahnt hätte. Er fühlte sich vollständig glücklich.

Teil 1

1. Die Himmelsharfe

»*Die Arbeit. Die Säge war 8rahmig, dazu kam der Holzplatz für Eichung und Entladung. Auf dem Holzplatz gab es auch Latten- und Plankenstaplung sowie Bündelung und Verladung dieser Waren. Es gab einen Kohlenhof, wo aus Kleinholz und Abfallholz Holzkohle hergestellt wurde, überwiegend im Winter. Im Sommer wurden aus diesem Abfall Hackspäne hergestellt. Belegschaft. In der ersten Gruppe Maschinist, Sägeeinrichter, Meister, Verwalter, Kontorpersonal. Dann Elektriker, Heizer, Schmierer, Vorarbeiter, Kanter, Sortierer, Stapler. Ansonsten keine Belegschaft. An der Säge Arbeit 7 Mon. pro Jahr (Holzplatz) plus zusätzlich Wintersägen zwei Monate.*«

1

Das Ende der Geschichte kam fast genau sieben Jahre später.
Es war im September, sehr klare Luft, einer der schönsten Herbsttage in diesem Jahr 1910. Und woran Nicanor sich am besten von allem erinnern sollte, war, wie plötzlich seine Mutter Josefina Markström, das steinharte, verschlossene, konzentrierte Gesicht aufgelöst von einer Rührung, die sie nicht kontrollieren konnte, das Fenster des Eisenbahnwagens aufzubekommen versuchte; der Zug immer noch still und das neuerrichtete Bahnhofsgebäude in Bastuträsk schön rot gestrichen und alle Birken verschandelt von diesen phantastischen gelben und roten Farben. Sie fing an, besinnungslos und gänzlich jenseits aller Kontrolle, an das Wagenfenster zu hämmern und zu rufen, daß es auf müsste, daß sie wissen wol-

57

le, wie es in Bastuträsk röche. Sie war völlig außer sich. Sie rissen alle am Fenster, aber es saß fest. Und durch das ziemlich beschmutzte Fenster starrte sie ohnmächtig hinaus auf das Bahnhofsgebäude von Bastuträsk, als wollte sie sein Aussehen tief in ihr Inneres aufnehmen und als hätte sie gern gewußt, wie es roch.

Da ertönte ein Signal. Der Zug ruckte an. Und das Ganze war vorbei, sie hatten einen Teil ihres Lebens hinter sich gelassen, und etwas Neues hatte angefangen.

Nicanor hatte der Mutter die Augen getrocknet und sie in das blaue Taschentuch schneuzen lassen, und nach einer Weile hatte sie sich beinahe wieder beruhigt. Aber Nicanor ging die ganze Zeit ein und derselbe Satz wieder und wieder und wieder durch den Kopf, und sechzig Jahre später konnte er ihn exakt zitieren. *Es gibt immer noch etwas Besseres als den Tod.*

So war es. *Es gibt immer noch etwas Besseres als den Tod.*

Er sollte einem sehr bekannten Märchen entnommen sein, doch welchem, hatte er vergessen. Das war nun nicht schwer herauszufinden. Es war das alte wohlbekannte Märchen von den Bremer Stadtmusikanten.

Der Anfang des Märchens, der Teil, der vom Auszug der Musikanten handelt, lautet ungefähr folgendermaßen:

Es war einmal ein Mann, der hatte einen Esel, und der Esel war alt und schwach geworden, und der Mann wollte ihn töten, denn er schaffte es nicht mehr, Säcke zur Mühle zu schleppen. Da lief der Esel davon und machte sich auf den Weg nach Bremen. Nach einer Weile stieß er auf einen Jagdhund. Der Hund war zahnlos und für seinen Herrn unbrauchbar und sollte erschossen werden. Aber der Esel sagte zu dem Hund, »*es gibt immer noch etwas Besseres als den Tod,* komm mit mir!« Dann trafen sie eine Katze, die Katze war alt und räudig und fing keine Mäuse mehr, und ihre Herrin wollte sie ertränken, denn die Katze war unbrauchbar. »Komm mit uns«, sagten der Esel und der Hund, »wir können immer noch Stadtmusikanten in Bremen werden.« Und dann trafen sie einen Hahn. Der Hahn krähte heiser und unglücklich und erzählte, daß morgen Gäste kommen würden, und da sollte ihm der Kopf abgehackt werden, und er sollte in die Suppe kommen. »Hör zu, Rotkopf«, sagte da der Esel, »du schreist dich heiser für die, die dir den Kopf abhacken wollen, aber du kannst deine Stimme zu etwas Besserem gebrauchen. Wenn wir zusammen musizieren, geht es sicher gut. Es gibt immer noch etwas Besseres als den Tod.«

Und so zogen sie alle nach Bremen. Der alte Esel, der untaugliche Jagdhund, die räudige Katze und der heisere Hahn. Sie brachen auf, sie hatten nichts zu verlieren als ihr Leben, und so begaben sie sich auf die lange Reise nach Bremen.

Daran würde Nicanor sich immer erinnern: die Worte *es gibt immer noch etwas Besseres als den Tod,* Josefinas Verzweiflung, als sie nicht erleben konnte, wie es in Bastuträsk roch, das Fenster, das festsaß, und schließlich das Signal des Zuges.

2

Der Junge hieß Frans Nicanor Markström, gerufen wurde er Nicanor. Es war ein gewöhnlicher Name. Man fand ihn tot an einem Märztag 1973, da war er fast achtundsiebzig Jahre alt.

Ich kannte ihn gut. Dieses Buch handelt nicht nur von ihm, aber auch von ihm.

Er hatte sich im Bett zusammengerollt, nackt. So fand man ihn. Er mußte ein, zwei Tage tot gewesen sein. Er hatte auf der Seite gelegen, die Arme zusammengepreßt. In dieser Embryonalstellung war er steif geworden. Man bog ihn gerade, zog seine versteiften Gelenke auseinander, schloß den Mund. Der Alte war sehr dünn und vertrocknet, wie ein trockenes Stück Laub, nein eher wie eine tote und eingetrocknete Fledermaus. Die Arme wie verkümmerte Flügel, als hätte er sich auf dem

Weg in den endgültigen Schlaf gegen den Gedanken gewehrt, zu fliegen. Und der Mund. Im Tod war sie schließlich geöffnet, die Klappe, die er fast immer gehalten hatte, so ängstlich darauf bedacht, daß kein Unbekannter sein Geheimnis enthüllen sollte. Im Tod hatten die Lippen sich getrennt, sich geöffnet, als habe er zu guter Letzt seine deformierte Zunge aus dem Käfig des Mundes freilassen wollen.

Die Diagnose war Lungenentzündung, oder etwas in der Richtung, was ja am einfachsten war. Drei Tage, bevor er gefunden wurde, hatte er sich zum letztenmal gezeigt. Er wohnte die letzten fünf Jahre in einer kleinen modernisierten Zweizimmerwohnung in einer ehemaligen Baracke nördlich vom Siel, flußabwärts, wo die E4 den Bure-Fluß überquert; eines Abends war ein junges Mädchen auf dem Eis, unterhalb von Nyströms, eingebrochen. Es hatte spät am Abend seinen Tretschlitten genommen, war am Flußufer entlanggefahren und plötzlich eingebrochen und ertrunken. Es war zwölf Jahre alt und taubstumm. Man hatte im Dunkeln zuerst nicht einmal das Loch gefunden, sondern mußte einen Krankenwagen und ein paar Autos hart an die Flußböschung heranfahren, wendete die Scheinwerfer auf den Fluß hinaus und schaltete die Lichter ein. Die Autos hatten alle dagestanden wie rätselhaft starrende Wesen von einem anderen Planeten, mit riesigen gelben Augen, die Lichtbahnen weit über den Fluß warfen. Hinter den Autos die Neugierigen, draußen auf dem Eis die Feuerwehrmänner.

Der Junge, der Nicanor Markström hieß und jetzt achtundsiebzig Jahre alt war, hatte von seinem Fenster aus alles gesehen und war hinausgegangen. Er wohnte ja nur hundert Meter entfernt. Er hatte kaum was anzuziehen, es war saukalt, aber es schien ihm sehr daran gelegen zu sein, zu Hilfe zu kommen (obwohl, was hätte er machen können), und so war er aufs Eis hinausgeschlurft und vorsichtig, vorsichtig flußabwärts gegangen. Wie ein kleines schwarzes eingetrocknetes Wesen war er von oben kommend in den Lichtkegeln der Autos aufgetaucht.

Und man hatte ihm zugerufen, daß er verschwinden solle, schnell. Daß es gefährlich sei. Und unendlich langsam war Nicanor Markstörm ans Ufer geschlurft und die Flußböschung hinauf.

Er hatte kaum was an.

Viel zu lange hatte er da gestanden und über das Eis gestarrt. Sie fanden die Eisspalte, aber nicht das Mädchen: man nahm an, daß der Körper in den Rücksog zum Siel hineingeraten war und nun irgendwo dort draußen im Kreis trieb. In derselben Nacht kam harter Frost, das Eis krachte noch eine Woche, bevor es aufbrach, und als man das Mädchen wiederfand, war Nicanor tot.

Ich wohnte in jenem Frühjahr in Los Angeles. Man schrieb und berichtete. Nicanor tot.

Es war vorbei mit unseren Gesprächen. Den Rest mußte ich selber ausfüllen.

Ich stelle mir gern vor, daß es das stumme ertrunkene Mädchen war, das seine letzten Fieberträume ausfüllte. Das wäre logisch. Ich glaube, ich weiß, wie es war. Sie verfolgte ihn, geradewegs durch seine achtundsiebzig Jahre hindurch stieg das unbekannte ertrunkene Mädchen in seine Träume auf, als habe es sich die ganze Zeit über dort am Grunde seines Lebens befunden und sei nun von der Strömung und vom Wasser aufgehoben worden und durch all diese Jahre gestiegen. Es nahm das Gesicht von Eva-Liisa und die Hände von Onkel Aron an, und so fügte sich am Ende das Puzzle zusammen.

In dieser Nacht klang das Eis. Im Traum war alles wie graues, durchsichtiges Glas; das Mädchen stieg und sank im Traum, wanderte durch das graue Glas immer näher auf ihn zu. Das Eis dröhnte, ein schweres, schwingendes echoerfülltes Dröhnen, das kam und ging, das Mädchen stieg und sank in dem fließenden grauen Glas, und er sah, daß es Eva-Liisas Gesicht hatte.

Auch den Klang des Eises erkannte er wieder. Alles war

unheimlich vertraut und deutlich. Es war wie in seiner Kindheit. Es gab vollkommen weiße Januarnächte (wenn der Mond fast weiß war), und es war kalt kalt kalt; die Telefondrähte waren an der Hauswand befestigt, das Haus war wie ein Resonanzkörper, und die Drähte sangen. Der Klang war in dem Winter gekommen, nachdem der Bell-Apparat montiert worden war. Es war ein unerhörter Klang, der wie von den Sternen hergeholt schien, und er kam Nacht auf Nacht: immer wenn es kalt war. Es dröhnte, als sei das Holzhaus ein Cellogehäuse und jemand dort draußen in dem knisternden eiskalten Dunkel striche mit einem Riesenbogen über die Saiten. Es waren tausend Jahre västerbottnischer Einsamkeit, die da klangen, wortlos und traurig, die Nächte hindurch.

So lag er die letzten Stunden seines achtundsiebzigjährigen Lebens, mit bebenden Gliedern und seine ausgetrockneten gummigleichen Beine hoch an die Brust gezogen, wie um die Wärme zu halten, lag still und lauschte auf das Dröhnen des Eises. Es war wie zu Hause. Das eine Ende der Drähte war an einem Holzhaus in einem Dorf in Västerbotten befestigt, das andre befand sich draußen im Raum, die Drähte hingen an toten Sternen, es heulte und dröhnte, der Klang kam aus dem Weltraum und war wortlos und handelte von den Wortlosen.

Das war die Himmelsharfe.

Im Traum sah er den Körper des taubstummen Mädchens sehr deutlich vor sich. In dieser Nacht trieb es, tief unter dem Eis, sank und stieg hinauf gegen die ausgebuchtete Unterseite des Eises, wurde von dem langsamen Strom zum Siel hingetragen, stieg und sank, die Arme erhoben wie zur Umarmung. Immer deutlicher sah er im Traum, daß es die Züge Eva-Liisas trug: wie ein stummer Zwillingsembryo glitt es durch das Wasser auf ihn zu, wiegend, stumm und blind und taub, aber voll von den Lockrufen der Geschichte, von Gebeten und Flüstern.

Denk an mich. Denk an mich. Vergiß mich nie. Mach meinen Tod nicht wertlos und unbrauchbar, ich bin nicht stumm, wir sind nicht stumm. Nimm dich meiner Stummheit an, wenn du meine Worte nicht hörst. Schwerelos und verstümmelt, wie du, nimm dich dennoch meiner an. Der Mund weit offen, gefüllt mit Wasser, wie Onkel Arons letzte triumphierende stumme Schreie, nimm dich meiner an. Wir sind hier. Jetzt treffen wir uns. Das Wasser grau wie Glas, aber Laute sind vernehmbar, und wir sind viele, die wir unsere stummen Rufe gemeinsam rufen können.

Im Dunkel der Nacht und des Traumes sah er ihr Gesicht ganz deutlich. Ihr Körper wurde gegen das Eis hochgepreßt, ihre Augen waren geöffnet und sehr freundlich, dunkel und schräg wie die Eva-Liisas, das Gesicht offen und friedlich und wehrlos, und sie lächelte ihn an. Kein Zweifel, es war Eva-Liisas Gesicht, da war die große Wunde auf der einen Backe, wie er sie zuletzt gesehen hatte, als er sie in Guarany traf, die halbe Backe weg. Aber im Traum war es nicht mehr schrecklich und entsetzlich, sondern ganz natürlich. Die Augen waren ja noch da, sie waren dunkel und schräg und warm und sagten, daß sie ihn gern hatte, und Onkel Aron auch, und daß sie sich nichts mehr machte aus dem, was geschehen war. Sie sagten ihm, was er wissen wollte: daß sie alle wieder Geschwister waren. Die Hände hoben sich zu ihm auf in einer weichen, unbeholfen umarmenden Geste, es waren Onkel Arons Hände, auch das war richtig und natürlich.

Alles war am Ende richtig.

Denk an uns. Denk an uns, die wir alle Möglichkeiten hatten, wie du. Vergiß uns nicht. Hier sind wir. Verstümmelt und stumm, aber auf dem Weg.

Wir sind auf dem Weg.

Und er konnte ihre Stimme hören durch das wassergraue Glas, so deutlich, und jedes Wort, das sie flüsterte, erreichte ihn, und er konnte verstehen. Und die Klänge vom Eis her wuchsen und nahmen Form an: das war die Himmelsharfe, die wieder erklang, und endlich verstand er. Die Drähte waren am Holzhaus befestigt, sie schwangen sich hinaus in den schwarzen Weltraum, dort fanden sie Halt, der Klang sehr deutlich, das war der Riesenbogen, der an die Drähte rührte, der Klang war vollkommen verständlich. Er begriff, daß er wieder zurückgekommen war ins Küstenland von Västerbotten.

Und endlich verstand er.

3

Die letzten fünf Jahre traf ich Nicanor ziemlich selten. Dieses Buch handelt nicht von ihm, sondern von den anderen. Also wird es so sein, daß das, was er erzählte, mit hineinkommt, aber weniger er selber.

Ich nehme an, daß er es so hätte haben wollen.

Drei Jahre nach seinem Tod durfte er eine postume und gleichzeitig völlig anonyme Berühmtheit erleben, die ihn mit Erstaunen, Entzücken und Unruhe erfüllt haben würde. Eins dieser letzten Male, die wir uns sahen, war im Frühjahr 1972; es war nach der Stillegung des Sägewerks, und es war März, klare Sonne, reine, frische Luft, und die Zeitungen hatten noch nicht angefangen, über die Vergiftungen von Rönnskär zu berichten. Wir machten einen kurzen Spaziergang über das Eis und zur Aufnahmeanlage hinauf. Sie waren dabei, die Gatter abzumontieren. Und es war Nicanor, der im Vorbeigehen und reichlich bitter, doch eigentlich in scherzhaftem Ton bemerkte, daß so einer, der Sägewerke aufkaufte, nur um sie stillzulegen und dabei eine höllische Masse Millionen zu verdienen, daß so einer eigentlich kein Sportführer werden dürfte. Unsere anständige Leichtathletikjugend soll mit so einem nichts zu tun haben. Zu einem Jugendleiter soll man aufsehen können. Und er legte das Gesicht in freundliche Falten und lachte in die phantastische Sonne und den Schnee hinaus, der sich endlos weit zum Bottnischen Meer hin erstreckte, und ich lachte, aber dann landete Nicanors kleine Predigt in einem Theaterstück, und zur allgemeinen Verblüffung wurde eine mordsmäßige Affäre daraus.

Aber da war Nicanor seit drei Jahren tot, und all die merkwürdigen Debatten blieben ihm erspart.

Und das war auch gut so. Nicanor war nie richtig medienangepaßt gewesen. Sie würden nie verstanden haben, was er sagte. Und wenn sie es verstanden hätten, hätten sie es nicht begriffen. Die Geschichte ist zu lang, ob er nun bei der Himmelsharfe angefangen hätte oder bei Onkel Arons Steinsack oder den Ratten in Guarany.

So mußte es gehen, wie es ging.

Nicanor war fünfzehn, als man Onkel Aron fand. Das war im April 1910.

Bis zu seinem Lebensende sollte er sich daran erinnern, wie Anna-Lena Wikström, die verdammte Sau, den ganzen Weg vom Wehr bis Oppstoppet hochgelaufen kam und in die Küche rein und nicht einmal soviel Grips hatte, in der Tür stehenzubleiben und zu warten, und wie sie mit lauter, triumphierender und erregter Stimme gerufen hatte: *»Se ham 'n Aron gefunn, un e' is ganz geschwolln! Und e' ist toot!«* Und wie Josefina sich aufrichtete und völlig eckig wurde am ganzen Körper: ihr Gesicht nahm auf einmal diesen mißbilligenden, verletzten und steifen Ausdruck an, der immer über sie kam, wenn sie sehr aufgebracht war. Sie drehte sich auf der Stelle um, ging zur Wanduhr, öffnete sie, nahm den Schlüssel hervor, schraubte die Uhr auf, hielt das Pendel an, legte den Schlüssel zurück und schloß die Uhrtür: alles mit einer wie mechanischen, fast rituellen Präzision (und es war ja auch ein Ritual, jemand war tot), so daß Nicanor und das Mädchen sie nur stumm anstarrten. Dann wandte sie sich um und sagte mit belegter, feindlicher und abweisender Stimme (als befänden nur sie beide sich in der Küche, und sie lehnte es aus prinzipiellen Gründen ab, mit dem Besucher zu sprechen): *»Geb dem Määchen 'n Stück Kuchen un was ze Lutschen un sag ihr, dasse gehn soll!«*

Josefina hatte ihren Bruder wohl sehr gern gehabt. Nicanor verstand das plötzlich.

Also gab er der jetzt etwas weniger triumphierend dastehenden Anna-Lena Wikström ein Stück Kuchen und ein Stück Kandiszucker zum Lutschen und bedeutete ihr stumm, zu gehen. Und sie ging. Aber die ganze Zeit, während er sein Lumberjack anzog und in seine Schuhe stieg, beobachtete er seine Mutter, sah den verschlossenen, beinah haßerfüllten Ausdruck auf ihrem Gesicht, als versuche sie, mit äußerster Anstrengung zu verhindern, daß die Haut barst.

Keine Gefühle oder Tränen. Das stimmt. Sie war wohl stark. Er kam hinunter zum Wehr, die Leiche war schon geborgen und niedergelegt worden. Der Körper war nicht sonderlich gut konserviert, trotz der Kälte: er war aufgequollen und ballonartig, die Hände sahen geradezu grotesk aus. Besonders die Finger. Die Haut war über die Nägel hinausgequollen, und die Nägel waren nur als kleine blauweiße verhärtete Knorpelstücke am Grund einer Vertiefung zu erkennen, hinabgesenkt in ein schweineartig weiß schwellendes Übermaß an Fett und wasseraufgedunsenem Fleisch. Auf den Innenseiten der Hände war das Fleisch aufgerissen. Es war wie ein Hammerschlag in den Magen; als Nicanor kam, öffnete sich der Ring um Onkel Aron ehrfurchtsvoll, denn nun würde hier Trauer sein. Es kam ihm vor, als glitte er auf den Körper zu, widerstandslos, er konnte nichts anderes tun als still dazustehen und hinabzustarren und zu fühlen, daß alles wie ein Hammerschlag in den Magen war, und in seinem Kopf rotierte nur dies eine ohne Ende: *die Hände. Die Hände. Die Hände.*

Es war der 24. April 1910. Das war der Tag, als man Onkel Aron fand. Er hatte sich umgebracht.

Plötzlich war nur ein Gedanke in Nicanors Kopf: Eva-Liisa darf das nicht sehn. Nicht das hier. Nicht so, wie es jetzt aussieht. Und er drehte sich um und lief fort von dem Körper und von dem Kreis der andächtig trauernden Menschen und lief und lief. Oben bei Lundströms am Skärvägen traf er sie.

Sie kam wehend, der grüne Mantel flatterte um ihre Beine, keine Handschuhe, rote Hände. Sie hatte gehört, und sie wollte sehen. Er hielt sie fest, und sie fielen hin. Dann standen sie wieder auf. Nach einem kurzen Augenblick riß sie sich wieder los, aber er fing sie wieder ein. Nur wenige Minuten später gingen sie wieder zurück. Er hielt sie behutsam, sehr behutsam, und sie weinte. Er nahm ihre Hände, die kalt waren. So war es, als Onkel Aron gefunden wurde.

Mit Onkel Aron hatte es sich so verhalten, daß er es nicht ganz leicht hatte bei Frauen. Er war kurzgewachsen, war von Geburt an etwas schief (als hätte Gott schon im Schöpfungsakt vorausgesehen, daß er auf dem Holzplatz Planken tragen und sowieso schief werden würde), und er schielte auf einem Auge. Es zeigte schräg nach innen zum Augenwinkel, während das andere beharrlich geradeaus starrte: das gab seinem Gesicht einen Ausdruck von Unschlüssigkeit und sah tatsächlich ein bißchen komisch aus. Er war von Hjoggböle ins Dorf gezogen und wohnte in den Junggesellenbaracken am Skärvägen.

Er war, wie man so sagt, eine allgemein bekannte Figur.

Nicanor mochte ihn, schämte sich aber doch ein bißchen der Verwandtschaft. Aron war nicht dumm, sah jedoch unerhört einfältig aus. Nein, nicht unerhört, nur ziemlich. Er war nie betrunken, prügelte sich nie, war stets freundlich, konnte nicht dafür, daß er schielte, fast nie lief ihm der Tabaksaft aus dem Mundwinkel, und er war weder berüchtigt noch gottlos. Aber trotzdem war es Nicanor unbegreiflich, wie dieser leicht schiefe, einseitig schielende und ein bißchen sonderliche Junggeselle aus den tristen Skärväg-Baracken aus dem gleichen Schoß hatte geboren werden können wie seine eigene stattliche und tief christlich würdevolle Mutter, Josefina. Natürlich gab es gewisse Ähnlichkeiten (wenn sie müde wurde, schielte auch ihr Auge zur Nasenwurzel hin!) – aber es war, als ob der Mangel an *Würde* bei diesem Onkel Aron ihn disqualifizierte, ein echtes Mitglied der Familie zu sein.

Bei den Markströms gab es immerhin Würde. Aber bei Aron – nichts. Und als Nicanor ihn nach dem Tod sah, aus

dem Wasser gezogen wie ein verfaultes Walroß und stinkend
weiß aufgequollen, da war es genau dieser Mangel an Würde,
an den er sich bis zu seinem Ende erinnern sollte. Das gab
ihm, schmerzlich und mit verspäteter Heftigkeit, ein Gefühl
von Schuld. Die steif schielenden Augen glotzten blind zu
einem ganz und gar gleichgültigen Himmel hinauf, Onkel
Aron war ein bis in den Tod unwürdiger Kadaver, das war
unerbittlich logisch.

Die Hände wie Schildkröten. Hände, die, so vermuteten
wohl die meisten, nie eine liebende Frau berührt hatten.

Doch Nicanor wußte, ja er wußte, daß es anders war. Der
Onkel, der jetzt dalag wie eine Schildkröte (er war an die
Oberfläche getrieben, zwischen die Stämme, war an einem
Bootshaken hängengeblieben, und das Eisen hatte die Kleider
über dem Bauch und das Fleisch aufgerissen) –, Onkel Aron
hatte geliebt. Die Hände hatten Haut berührt, Frauenhaut.
Hand auf Haut.

Zuerst die Geschichte von Onkel Arons Händen, und von
Elsa, die ins Unglück geriet und ein Holzbein bekam.

Die Industrien lagen an der Küste, die Industrien brauchten Leute, die Leute lebten in den Dörfern im Landesinnern.
Viele kamen, sie brauchten alle Geld, denn die kleinen Hof-
stellen konnten nicht alle ernähren. Also kamen sie zu Fuß
von Forsen und Sjöbotten und Hjoggböle und Gamla Fahlmark, sie trugen Behälter mit Essen und Dickmilchflaschen,
gingen den langen Weg über Burheden und zum Sägewerk
hinunter. Einige wenige schafften es, morgens und abends zu
gehen; die aus den nächstliegenden Dörfern. Andere blieben
die Woche über am Ort, oft logierten sie zu einem geringen,
aber spürbaren Preis bei einer Familie. Jedes Wochenende
ging man nach Hause. Samstagabends um sechs war man fertig und machte sich auf den Weg. Montagmorgens um sechs
mußte man zurück sein.

Es waren fast alles Männer. Die Junggesellen (und zu diesen gehörte Onkel Aron, nachdem er hergezogen war: da

wurde er als Junggeselle definiert und in Prästjärnet einquartiert) wohnten in den Baracken.

Es waren auch einige Frauen dabei.

Sie arbeiteten als Stauerinnen, und sie waren vermutlich die ersten weiblichen Stauer in Schweden. Sie beluden Schuten mit Stangen- und Splintholz; das galt als eine leichtere und für Frauen eher geeignete Arbeit und brachte ungefähr zwei Kronen am Tag ein. Man nannte sie Splintholzweiber, sie kamen aus den Dörfern und waren, wenn es hoch kam, so an die zwanzig.

Die meisten waren um dreißig, vierzig Jahre alt, und sie waren wohl nicht besser oder schlechter als andere Leute. Aber sehr rasch wurden sie zum Gegenstand einer besonderen, üppig wuchernden und wahrscheinlich grundfalschen Mythologie: es hieß, daß sie gewisse Dinge trieben. Daß sich im Inneren der Schuten kleine dramatische Ereignisse abspielten. Daß ihre Moral möglicherweise nicht über jeden Zweifel erhaben sei.

Vielleicht hatte der spezielle Ruf der Seeleute, liederlich zu sein, auf sie abgefärbt: auf jeden Fall sagte man sehr bald den Splintholzweibern nach, daß sie den Besatzungen gewisse Dienste erwiesen. Es wurden Geschichten erzählt, und die Standardgeschichte ging folgendermaßen: sie handelte davon, wie der Kapitän auf einer Holzschute in den Lastraum hinunterkam, mit einem Reichstaler in der einen Hand wedelnd und mit einem betörenden Lächeln auf den Lippen zwischen den Weibern umherging und fragte, wie es mit einer kleinen Tour zwischen die Stapel wäre. Und wie diese oder jene (die meisten hatten geheimnisvoll unanständige Kosenamen) dann sittsam hinterhergetrottet sei, wie das Paar in einem einigermaßen dunklen Winkel verschwunden sei, wie das Weib den Rock gehoben, sich vorgebeugt und den Kapitän den fröhlich pulsierenden Seemannsstaken zwischen die willigen Schinken habe schieben lassen.

Auf genau diesem Niveau pflegte die Geschichte rein sprachlich sich abzuspielen. Saftiger Staken, willige Schinken

69

und all das Übliche. Die Sprache war voll von einer etwas angestrengten, feierlich hochschwedischen und gleichzeitig kicherigen Steifheit mit Wortkonstruktionen, denen man anmerkte, daß sie in den allerdunkelsten Winkeln der Gesellschaftskasernen zurechtgefeilt worden waren. Auch ein Lied über die Splintholzweiber erblickte das Licht des Tages und lebte fort. Es ist unglaublich lang, wird auf die Melodie »Amanda Lundbom« gesungen und beschreibt eingehend und liebevoll die Begegnung von brünstigem Seemann und willigem Splintholzweib. (»Doch vierzehn Tag nach dem Liebesspiel / Begann's zu rumoren im Seemannsstiel / Er prangt' in blaugelb lila Pracht / Das hatte die Fotzenwut gemacht.«) Was für Wörter! »Fotzenwut«!!

Das Lied war nicht nur lang, sondern auch moralistisch. Die letzten Strophen erzählen, triumphierend, könnte man sagen, wie der lüsterne Kapitän »wurd' in einer Kur plaziert« und »Sein langer Schwanz wurd' operiert«; die Moral war, daß er den Lohn für seine Sünden bekommen hatte. In welcher Kur das Splintholzweib plaziert wurde, verschwieg das Lied. Wenn man sich nur an den Text hielt, bekam man leicht den Eindruck, die mutige Stauerin im Hafen von Bureå sei eine Art Robin Hood der Skellefteå-Gegend gewesen, die listig ihre proletarische Möse mit Gonorrhoe-Bazillen bestrichen, dem widerwärtigen Feind aus dem Süden Schwedens, also dem *Stockholmer,* lockend den Rock gelüftet, seinen liederlichen Schwengel vergiftet und dann triumphierend, und getragen vom grenzenlosen Enthusiasmus der arbeitenden Massen, seinen traurigen Abzug ins Krankenhaus und auf den Operationstisch betrachtet hätte.

Es war eine Legende, in mehrfacher Hinsicht. Die Legende war nicht unbedingt leicht zu deuten, aber sie war jedenfalls nicht nur Ausdruck volkstümlicher Vulgarität. Sie baute außerdem auf der unumstößlicher Tatsache auf, daß die Frauen zwölf Stunden pro Tag arbeiten mußten, die Wanderungen von und zur Arbeit nicht mitgerechnet, für zwei Kronen. Diese nicht ganz bedeutungslose ökonomische

Wirklichkeit schuf eine Art Hintergrund für das Splintholzweiberlied und all die phänomenalen Wörter von Fotzenwut und farbenprangenden Schwänzen.

Vor diesem einfachen Hintergrund muß man die Geschichte von Onkel Aron und Elsa mit dem Holzbein sehen.

Sie war aus Gamla Fahlmark, dreißig Jahre alt und Witwe mit einem Kind (ihr Mann war an einem Julitag bei Sjöbosand ertrunken), und sie verdiente ihren Lebensunterhalt auf den Holzschuten. In der Woche mietete sie ein Zimmer in Bureå, hatte das Kleine bei einer Tante, an den Wochenenden tippelte sie nach Hause. Irgendwann im Sommer 1902 (es kann auch im darauffolgenden Jahr gewesen sein) wurde sie in einem Lastraum von einem ins Rutschen geratenen Stapel begraben. Es war ja auch, wie nachher jemand sagte, eine Sauerei, daß die Weiber so schlampig waren. Was Elsa betraf, griff der liebe Gott jedenfalls direkt ein und strafte sie für die Schlamperei. Sie kam mit dem Leben davon, doch das rechte Bein wurde bis aufs Knochenmark zermatscht, und man machte nicht einmal einen Versuch, es zu retten, weil selbst ein Idiot sehen konnte, daß der Klumpatsch nicht zu retten war. Der herbeigerufene Sanitätssachverständige, ein in der Krankenpflege kundiger Steuermann, sah, daß eine sofortige Operation notwendig war und schnitt die Fetzen auf der Stelle ab (Elsa war in einen barmherzigen Schlummer gefallen und hatte keine Möglichkeit, eine andere Entscheidung zu treffen). Sie wurde nach Skellefteå gebracht, wo sie sich rasch erholte, mit einer Prothese versehen und entlassen wurde.

Das Holzbein sollte ihr zu lokaler Berühmtheit verhelfen. Das Kleine nahm ihre Tante endgültig zu sich.

Elsa mit dem Holzbein wurde rasch zu einer Legende. Ungeachtet dessen, wie ihr moralisches Ansehen vor dem Unglück gewesen war, nachher schien es jedenfalls mit ihrem sozialen Ansehen rapide bergab zu gehen. Vielleicht lag es am Holzbein. Vielleicht lag es hauptsächlich daran, daß sie, im Unterschied zu den meisten anderen, weder äußerlich fromm tat noch innerlich fromm war. Sie hielt einen auffallend frostigen Abstand zu Pastoren und Predigern, war stets krank, wenn häusliche Katechese anstand, und wurde deswegen oft vom Pastor getadelt, schwieg und ließ es über sich ergehen, wurde aber schwarz in den Augen.

Sie lebte davon, daß sie *zuging,* wie es hieß, also für Bessergestellte backte, wusch und putzte. Sehr bald begannen Geschichten über sie umzugehen. Nicanor hörte mehrere davon.

Am besten erinnerte er sich an eine, die er an einem Sommernachmittag 1907 am Wehr außerhalb des Holzplatzes hörte. Sie hatten dort gesessen, eine Bande von vielleicht achtzehn Burschen, im Mittelpunkt ein rothaariger und großgewachsener Zwanzigjähriger aus Hjoggböle mit Namen Levi Hägglund. Er erzählte, wie es mit Elsa war. Es war eine faszinierende Vorlesung, alle saßen atemlos da und wagten nicht zu mucksen, damit der Vorlesende nicht ins Stocken geriet. Sie saßen alle auf dem Wehr mit den Beinen im Wasser, Levi Hägglund stand aufrecht wie ein Apostel und erzählte, was er mit Elsa mit dem Holzbein erlebt hatte. Es war eine unerträglich lange Geschichte, angereichert mit den festen Stereotypen erotischer Fabulierkunst, es waren *bebende Brüste* und *herrliche Schenkel* (allerdings in Dialekt und mit jenen charakteristischen Schwankungen zwischen Predigtschwedisch und Skellefteå-Mundart, die immer zum Vorschein kamen, wenn der Erzählung eine alte schöne und prächtige Schmuddelgeschichte zugrunde lag, die man irgendwo gelesen hatte, und dann der Schwanz in die Höhe und rums und Schweiß und Ächzen und Stöhnen und der Höhepunkt).

Und sie lauschten, voller Neid und Ungläubigkeit und Verwunderung.

Am besten konnte sich Nicanor an Levi Hägglunds großartigen Abschluß erinnern. Er stand wie gesagt die ganze Zeit, als spräche er zu einer Volksmenge, blickte aufs Meer hinaus, auf seinem rosigen Gesicht leuchteten andächtige Begeisterung und Triumph, und die ganze Zeit schüttelte er der Gemeinde die geballte Faust entgegen, als wollte er seine unglaublichen Einsichten in ihre Köpfe hämmern. Er schrie beinahe. *»Könnter mir glaum, Jungs«*, grölte er mit großem Ernst und mit dem festen Willen, eventuelle Zweifler zu überzeugen, *»Jaa das war'n Weib das!«* Und er schöpfte Atem, suchte nach Inspiration, suchte nach einem Gleichnis, mit dem er wie der gute Prediger seine ungläubigen Gemeindebrüder überzeugen könnte, und fand schließlich dieses gute Gleichnis.

»Jungs«, sagte er in tiefem Ernst, *»also verstehter Jungs, se wa so verdammich geil, dasse 'n Saft am Holzbein runterlaufen hatte!«*

Da verstanden sie.

Später dachte Nicanor: wie entsetzlich. Und so entsetzlich ungerecht. Und daß sie das nötig hat. Aber das war, nachdem er wußte, daß Onkel Aron bei ihr gewesen war und zum erstenmal mit seinen Händen Frauenhaut berührt hatte.

Aron, Aron.

Alles, was ich von ihm weiß, habe ich von Nicanor, manchmal fällt es mir schwer, ihn deutlich zu sehen. Ich verstehe, daß das, was später geschah, wichtig war, daß Onkel Aron für Nicanor nie einfach nur eine leicht verrückte Nebenfigur war. Daß er etwas *ausdrückte:* und daß das, was später mit Aron und Eva-Liisa geschah, der schmerzerfüllte Mittelpunkt war, von dem so vieles ausging. Etwas, das ständig wiederkam in den Erzählungen um Aron, war der vage, undeutliche Geruch eines unnützen Menschen: eines, den man nicht brauchte, eines, der nie eine Chance bekam.

Mit Aron verhielt es sich so, daß die Saite der Himmelsharfe, auf der er spielte, an einem schwarzen Fleck Antimaterie befestigt war, weit dort draußen. Eine Art Festpunkt, doch war nicht sicher, welcher. Laute kamen, der Klang war hörbar, aber unsingbar. Ich bin sicher, hätte er fünfzig Jahre später gelebt, er hätte meine Hand schütteln und physisch zeigen können, daß er einen *Platz* im Dasein hätte: einen Berührungspunkt, einen lebendigen Schmerzpunkt. Er hätte beispielsweise Mannschaftsbetreuer der B-Mannschaft des IF Bure sein können, hätte jeden Samstag die Trikots (schwarzweiß gestreift) in Ordnung gebracht, hätte genau sechs Limonaden gekauft (in der B-Mannschaft mußten sich zwei Mann eine Limonade teilen, der Mannschaftsbetreuer und der Torwart tranken immer zusammen); und man hätte sich den Teufel geschert um sein Schielen, seine unförmigen Hände und seinen halbschiefen Rücken. Und daß er kein Glück mit Frauen hatte.

Es würde *einen Sinn gehabt haben,* daß es ihn gab.

Zu Mittsommer war Nicanor auf dem Jugendfest in Sjöbotten gewesen; es war nach seiner Version im Sommer 1906. Hauptredner des Jugendfestes war Prediger Stenlund, er war mit der Kutsche aus dem nahe gelegenen Skellefteå angereist und wurde mit dem Respekt und Ernst betrachtet, die Predigern, Stadtbewohnern und Obrigkeiten stets zuteil wurden. Zu einem Jugendführer soll man aufsehen können, wie Nicanor stets zu sagen pflegte. Das Fest (das zustande gekommen war, um zu verhindern, daß die Jugendlichen während des Mittsommerfestes sich auf den Tanzböden herumtrieben) begann um sechs Uhr abends, wurde mit gemeinsamem Gesang eingeleitet, worauf der Prediger Stenlund das Gebet sprach. Dann folgte die Predigt. Sie endete ein paar Minuten vor neun.

Dann war Pause. Es gab Bethauskaffee mit Gebäck.

Einige kamen auf die Idee, daß man um die Stange tanzen könnte. Das war unmittelbar, nachdem der Kaffee ausgetrunken war, und bevor man sich aufs neue unter Jesu und Pastor Stenlunds Fittiche begeben sollte. Es war ein bißchen gewagt, Volkstänze zu tanzen, obgleich das Repertoire gesittet war: es war Jungfru jungfru skär und Vi går över daggstänkta und Åjänta und so weiter. Und ungefähr zehn Minuten hüpften sie im Kreis herum, mit einem teils erheiterten, teils verlegenen und übermütigen Kichern, und unter den Tanzenden waren mehrere tief Gläubige.

Und sie tanzten.

Aber gegen zehn trat Pastor Stenlund auf die Treppe (er hatte einen Seitenscheitel und ein schweres, etwas hölzernes Gesicht) – er musterte schweigend die Tanzenden, erhob mit einer Gebärde die Hände zum Himmel und bat die Tanzenden, ruhig zu sein, indem er rief »Hört mal her, liebe Freunde! Hört mal her, liebe Freunde!«

Tanz und Gesang verstummten. Alle sahen gespannt auf Pastor Stenlund. Dieser legte bekümmert seine Stirn in Falten, blickte fragend gen Himmel, ließ das Schweigen einige Augenblicke wirken, nickte den Versammelten bekräftigend zu und hielt eine kleine Ansprache: »Hört mal her, junge Freunde!« sagte er mit seiner tiefsten und aufrichtigsten Stimme, »darf ich euch mal was fragen. *Also wie würd' ihr euch vorkomm'* (hier legte er eine Kunstpause ein und ließ den Blick über die jungen und alten leicht verlegenen Gesichter gleiten, die jetzt unverwandt von seinem eigenen festgehalten wurden) – *also wie würd' ihr euch vorkomm', wenn in diesem Moment der Erlöser wieder auf die Erde käme und fände euch* (hier noch einmal eine Pause, schwanger von Ernst und zerborstener Illusion) – *und fänd' euch beim Tanzen?*«

Sein Kopf senkte sich langsam, gedankenschwer, er nickte und wiederholte wie zu sich selbst, mit leiser Stimme, aber in dem lähmenden Schweigen durchdringend hörbar: »*Und fände sie beim Tanzen...*«

Hinterher wollte Nicanor nach Hause gehen. Pastor Stenlund hatte das gemeinsame Singen nach der Pause eingeleitet, gebetet, erneut gepredigt und abgeschlossen. Nun war es vorbei. Das Jugendtreffen war zu Ende. Keiner hatte weitergetanzt.

Es war lange bevor man den Weg über das Harrsjömoor legte; man ging den krummen Weg über Burheden und Gammelstället und die Biegung hinunter nach Strömsholm, der Weg über die Kiefernheide war sandig und gelb und pflegte fürchterlich zu stauben. In dieser Sommernacht jedoch war alles sehr still. Nicanor liebte diese unglaublich weite Kiefernebene. Sie war rein, voll von gelben Stämmen, die ein

Meer von gelben Wänden bildeten, das man nach allen Seiten durchbrechen konnte. Es war hell. Er lief zu Fuß den elf Kilometer langen Weg ins Dorf hinunter, und als er ungefähr auf halbem Wege war, hörte er hinter sich jemanden kommen.

Es war ein Radfahrer. Nicanor sah ihn von weitem, eine Gestalt, die verbissen über der Lenkstange zusammengekrümmt versuchte, das höchstmögliche Tempo zu halten und gleichzeitig auf dem schmaleren und festeren Radweg zu balancieren, der sich neben dem Fahrweg entlangschlängelte.

Er fuhr schnell. Schon von weitem erkannte Nicanor sogleich, wer es war.

Es war Onkel Aron.

Weil Aron offenbar energisch entschlossen war, irgendeinen Rekord zu brechen, und seine Geschwindigkeit hoch war, dauerte es eine Weile, bis er das Vehikel zum Stillstand brachte. Er verlangsamte würdevoll das Tempo und kam dreißig Meter vor Nicanor zum Stehen, lehnte das Fahrrad mit etwas umständlicher Sorgfalt an eine Kiefer. Die Schlägermütze hatte er auf dem Gepäckträger. Die setzte er nun sofort auf, wie zu einem Empfang.

So bekleidet erwartete er seinen Neffen.

Etwas Sonderbares und Fremdes war über Onkel Aron gekommen, das sah man von weitem. Man konnte es zum Beispiel an der Körperhaltung sehen. Er erschien übertrieben lässig, lehnte mit betonter Anspruchslosigkeit an der Kiefer: aber er war nicht mehr schüchtern, nur angespannt und merklich beherrscht. Alles deutete darauf hin, daß etwas Außergewöhnliches geschehen war. Ja, die lässige Körperhaltung schrie es förmlich heraus, etwas Außergewöhnliches war geschehen. Ein Sohn unserer Gegend hat, neben seiner harten Arbeit im Dienst der Gemeinschaft und des Unternehmens, die ungewöhnliche Leistung vollbracht ... vollbracht ...

Ja, er hat etwas *vollbracht*.

Irgend etwas war es. Je näher Nicanor kam, um so deutlicher wurde Onkel Arons Gesicht. Es war beherrscht, feierlich, vollkommen ruhig, und es hatte einen ganz neuen und fast *religiösen* Ausdruck bekommen. Es leuchtete von Anspruchslosigkeit und Männlichkeit, und schon auf zehn Meter Abstand begann Nicanor zu ahnen, was geschehen war, obwohl er sich im Innersten weigerte, es zu glauben. Er *kannte* doch Aron! Er *kannte* ihn doch so gut! Warum sollten Mirakel und Wunder ausgerechnet einem Onkel Aron geschehen, den er doch so gut *kannte*?

Aron verharrte immer noch in der gleichen lässigen Haltung. Nicanor sah ihn fragend an, aber Aron schwieg zufrieden und beharrlich, und so blieb nichts übrig, als ihn zu fragen.

»Wass'n los?« sagte Nicanor atemlos.

Keine Antwort. Aber der Schatten eines Lächelns huschte jetzt über Onkel Arons Gesicht. Ein bedauerndes, verstehendes, vertrauliches Lächeln angesichts dieses Nicanor, der noch jung und unwissend war. Das Lächeln glitt über das Gesicht, in dem das Auge eigenwillig und ergeben zum Ansatz des schmalen, aber knolligen Nasenrückens hin schielte, es flog über die tief eingefallenen Backen, wo an der Oberfläche liegende Blutadern ein wirres Netz von roten und blauroten Strichen bildeten, die Wind und Schnee vieler Winter eingeätzt hatten, und breitete sich weiter aus, so daß die nicht ganz makellosen Zähne in einem butterblumengelben Lächeln aufleuchteten, das sekundenlang sowohl warm als auch versöhnlich war. So breitete das Lächeln sich aus, erreichte einen Höhepunkt und verschwand.

Und dann antwortete er.

Er sagte nur ein einziges, aber ausdrucksvolles Wort. Er sah Nicanor steinern an, wie ein Mann einen anderen Mann ansieht, hob langsam seine rechte Hand, hielt sie unter Nicanors Nase, den leicht wurstartigen Mittelfinger etwas höher als die anderen, sah Nicanor ernst und auffordernd an und sagte, wie ein Befehl unter Freunden, das eine, ausdrucksvolle Wort: »RIECH!!«

Und Nicanor beugte sich vor, ganz nah an seine Hand heran, und roch.

Alles verschwindet mit den Jahren. Gefühle verflüchtigen sich, Erlebnisse verblassen, die Wörter sind nicht mehr das, was sie einmal waren. Aber bestimmte Gerüche halten sich immer. Und durch Jahrzehnte hindurch sollte sich Nicanor an die Düfte jener Mittsommernacht auf Burheden erinnern, wie sie sich vereinten zu einer einzigartigen und rätselhaften Einheit: der Duft von Kiefer und der Duft von Sand, der schwindelnd leichte Duft von Elsterngeschrei und von Heidekraut, der Duft von Nacht und von Licht, und mitten im Zentrum alles dessen der leichte, aber unbegreifliche runde, schwere Duft von Frau, der rätselhafte und strenge Duft, der von Onkel Arons Finger kam.

Ja, Frau war es. Es mußte, verstand er später, der Duft einer sehr einsamen Frau gewesen sein, die Elsa Burman hieß, die es zuweilen schwer gehabt, aber sich nie an die Einsamkeit gewöhnt hatte, und die einmal bereit gewesen war, sie mit einem anderen ziemlich unnützen Menschen zu teilen. Ein Duft von Frau war es. Er haftete noch an Onkel Arons Hand, und obgleich Nicanor selbst zu jung war, den Duft zu kennen, so wußte er Bescheid. Es bedurfte keiner Worte. Und Aron wußte, daß es keiner Worte bedurfte. Er zog die Hand zurück, immer noch mit dem gleichen Ausdruck stolzer, aber anspruchsloser Selbstverständlichkeit, räusperte sich verlegen, spuckte unentschlossen aus, nahm das Fahrrad in die linke Hand und begann, ohne ein Wort, zu gehen.

Nicanor schloß zu ihm auf, nahm ihm das Fahrrad ab und schob es. Etwas ging ihm im Kopf herum, er mußte das Geschehene kommentieren, aber was sollte er sagen? Plötzlich kam es, ganz selbstverständlich. »Abbe was hättse gesacht«, sagte er, »wenne Erlöser auf einmal wiedergekomm wär, wie du grad'n Finger beschmiert hass?«

Es kam keine Antwort. Onkel Aron ging mit leicht eingeknickten Knien, mit der etwas schiefen Körperhaltung, die ihn aussehen ließ, als ob er den Körper seitwärts vor sich her schöbe. Er hatte nicht gehört oder nicht verstanden, oder die Wörter waren nicht zu ihm durchgedrungen. Er brummte leise, er sang ein Lied. Vermutlich war es ein geistliches Lied von bleibendem Wert, das er sang, obwohl er es einfach nur sang, weil er so froh war.

Und Nicanor dachte: er ist wohl froh, daß ich auch hier bin. Ich sag nichts mehr.

Onkel Arons Arme hingen gerade nach unten und pendelten schwer und methodisch vor und zurück. Es war beinahe Paßgang. Er schien das Schwingen der Arme so zu kontrollieren, daß seine rechte Hand nie den Körper streifte; als hielte er ihn so weit von sich, daß er nie, nie an irgend etwas rühren und also niemals den schweren, rätselhaften Duft von Leben und Frau verlieren sollte, an dem Onkel Aron Nicanor, als ersten, hatte teilhaben lassen.

4

Es war Anna-Lena Wikström, die gelaufen kam und schrie: *»Se ham'n Aron gefunn! Se ham'n Aron gefunn!«* Es war etwas von Schadenfreude, fast Gehässigkeit in der Stimme, dachte Nicanor. Diese Satanshexe. Vielleicht war das der Grund, warum Mama gesagt hatte, sie sollte verschwinden mit einem Stück Kuchen und was zum Lutschen.

Nach zwei Monaten trieb er an die Oberfläche.

Er hatte den Rucksack genommen und mit Steinen gefüllt. Dann war er zum Meer hinuntergegangen, hinaus aufs Eis zwischen Storgrund und Yxgrund, in der Hand die Brechstange, den Steinsack auf dem Rücken. Und wie es in der Schrift vorausgesagt ist, daß ein Mühlstein um den Hals gelegt werden würde dem Sünder, der eins von Gottes Allergeringsten verführt, so hatte Onkel Aron vollkommen freiwillig diesen Steinsack auf seinen schiefen Rücken geladen, war spät eines Abends in die Dunkelheit hinausgegangen und hatte sich mit grauenhafter Entschlossenheit den Weg in die ewige Verdammnis gebahnt.

Man hatte die Stelle gefunden. Der Schnee war darübergetrieben, und alles war fast zugeweht, aber man hatte achtzehn Kartoffeln um das Loch verstreut gefunden. Dies war lange ein ungelöstes Rätsel, aber schließlich ging es doch auf.

Am Tag zuvor hatten sie erfahren, daß Eva-Liisa ein Kind bekam. Und weil dieses Kind auf die Art und Weise zustande gekommen war, wie es der Fall war, ging es, wie es ging. Onkel Aron und Josefina hatten ein Gespräch geführt. Und an dem Abend füllte er seinen Rucksack und ging.

Es war sicher eine ziemlich einsame Wanderung, die er in dieser Nacht unternahm. Wie still es gewesen sein muß. Nicht, daß es an Geräuschen gefehlt hätte: ein heftiges Schneetreiben kam vom Bottnischen Meer herein, und der Schnee war voller Laute. Aber es war wohl dennoch ziemlich still. Keine Stille ist tiefer als die im Inneren eines ewig Verdammten in Västerbottens Küstenland, wenn er in die Verdammnis geht. Onkel Aron nahm sicher keine Laute wahr: keine Himmelsharfe und keinen frommen Choral. Auch keine Gerüche. Er erinnerte sich wohl nicht einmal an die Nacht auf Burheden, als er Nicanor an dem Duft von Frau hatte teilhaben lassen.

Anderes war dazwischengekommen. Jetzt ging er mit dem Mühlstein um seinen eigenen Hals, und mit der wahnwitzigen Entschlossenheit, einmal in seinem Leben etwas ganz zu Ende zu führen, und so, wie es sein mußte.

Als Nicanor ihn zwei Monate später sah, aus dem Wasser gezogen und gestrandet wie eine zerfetzte, aufgequollene weiße Schildkröte, war es, als ginge ein Messer mitten durch ihn hindurch. Er hatte keine *Verantwortung* für Onkel Aron übernommen. Und während die Leichengaffer dort standen mit ihren einfältigen, neugierigen und lüsternen Gesichtern, spürte Nicanor, daß es seine Aufgabe hätte sein müssen, Onkel Aron *in Schutz zu nehmen:* jetzt war es zu spät.

Plötzlich fiel ihm ein: Eva-Liisa. Sie darf das nicht sehen.

Und so kam es, daß er Skärvägen hinauflief und sie noch erreichte, wie sie in ihrem grünen Mantel, den wachsenden

Bauch vorgestreckt, daherkam. Er hielt sie fest, und sie fielen hin. Und standen wieder auf. Und sie riß sich los, aber er fing sie und sagte, daß um Onkel Arons willen und daß sie dem Kleinen keinen Schaden zufügen dürfte.

Schon ein paar Minuten später waren sie auf dem Weg nach Hause. Und sie sagte zu ihm: »Dich haben sie kaputtgeschnitten. Mir ist das hier passiert. Onkel Aron ist tot. Die, die arbeiten wollen, dürfen nicht. Ich will hier nicht mehr bleiben.«

Nicanor hielt ihre Hand, und sie gingen. So war das, als Onkel Aron gefunden wurde.

2. Daß nicht die Saat der Sünde

» Wie Jesus ward gepeinigt
Fließet Tränen, Klag' erschall'
Da er trägt unsere Sünden all'
So wie Jesu Schmerzen waren
Hat noch niemand Schmerz erfahren.«

1

Nicanors Mutter inszenierte die Zeremonie mit großer Energie. Sie holte Bibel und Gesangbuch aus der kleinen Kammer, legte die heiligen Schriften auf der Küchenbank zurecht, wies den anwesenden Söhnen ihre Plätze vor den aufgereihten Stühlen an, wo sie auf die Knie kommandiert wurden; dann wurde Eva-Liisa auf den korrekten Platz dirigiert, vor der Bank, auf den Knien, zwischen Vater und Mutter.

Dann war alles fertig. Sie sollten sich nun in Andacht und Gebet sammeln. Oder mit anderen Worten: die Teufelsaustreibung konnte beginnen. Sie sollten alle gemeinsam für Eva-Liisa beten (die damals elf Jahre alt war), daß der Teufel sie nicht in seine Garne zu verstricken vermöchte, und daß nicht der Sünde Saat, die sie befallen hatte, auf die anderen übertragen werde, die unschuldigen Kinder, auf Nicanor und seine drei Brüder. So mußte es geschehen. Und so geschah es auch.

Eva-Liisa Backman.

Vom ersten Augenblick an war sie für Nicanor ein fremder Vogel; ein eigentümlicher fremder Vogel mit dunklem Haar und grauschwarzen Augen. Hätte er gewußt, was *lieben* war, hätte er gesagt: sie liebe ich. Aber er wußte es ja nicht. Trotzdem wurde sie seine geliebte große Schwester. Sie kam aus Karelien, an einem Junitag 1904, er würde es nie vergessen.

Auf der Backe hatte sie ein Muttermal, groß wie ein Einörestück, braun und geronnen. Die Augen schräg und grauschwarz, die Fingernägel abgekaut, die Nagelhaut abgebissen bis aufs Fleisch. Sie hatte oft blutige Fingerspitzen. Das Haar schwarz und kurzgeschnitten. Um den Hals trug sie eine Metallkette, und daran hing ein Medaillon.

Darin war das Bild ihrer Mutter.

Ob das stimmte oder nicht, wußte niemand. Das Bild dieser eigenartigen Mutter war für Nicanor und seine Brüder eine Quelle ständiger Verwunderung, gemischt mit einer heimlichen und unterdrückten Verehrung. Sie baten oft darum, das Bild sehen zu dürfen, wozu Eva-Liisa anfangs gern bereit war. Später immer unwilliger. Die Frau in dem kleinen ovalen Medaillon war in mittleren Jahren, sie saß an einem Piano vor einer Gebirgslandschaft, eine Palme neben sich, und sie hatte, wie Nicanors Mutter sich ausdrückte, ein *zigeunerhaftes Aussehen*. Das bedeutete: sie war ein bißchen exotisch, so als wäre sie Ausländerin oder im besten Fall Stockholmerin. Sie schien ein Musikstück zu spielen, blickte aber starr und beinahe feindlich in die Kamera. Die Kleider waren eine Spur zu aufdringlich.

Das sah gar nicht gut aus.

»Das ne Zigeunerin«, stellte Josefina kategorisch fest, ein für allemal. Und damit war die Sache entschieden.

Im Mai 1904 kam Eva-Liisa mit einer Holzschute nach Ursviken und wurde am gleichen Abend in das kleine Krankenhaus von Skellefteå eingeliefert und am Blinddarm operiert. Sie hatte wild phantasiert, ihre Mutter, die als *Wirtin an Bord* arbeitete (das ist wahr, so steht es in dem einzigen Papier, das es gibt) – also Köchin? Geliebte des Kapitäns? weiblicher Superkargo? –, hatte sie ins Krankenhaus begleitet, sie nach der Operation einmal besucht und war dann zur Holzschute zurückgekehrt, die zwei Tage später auslief nach

Hudiksvall und weiter nach England. Zurück ließ sie Eva-Liisa sowie eine schriftliche Vollmacht, in der versichert wurde, daß die, die sich des Mädchens annähmen, volle Entschädigung erhalten sollten vom Vater des Mädchens, der angeblich ein berühmter Forscher namens Thesleff war, der werde Kontakt aufnehmen; das Ganze war kurz gesagt ein einzigartiger Brei von wenig glaubhaften Behauptungen. Eva-Liisa wurde gesund, die Schute war weg mitsamt ihrer nicht gerade treuen Mutter, das Medaillon hing um ihren Hals, ein Einspalter in der Lokalpresse berichtete von dem bedauernswerten Fall, sie kaute auf den Fingernägeln und saß da, und keiner wußte so recht, was man mit ihr machen sollte.

Nicanor Markströms Vater K. V. Markström brachte sie an einem Junitag 1904 mit. Sie fuhren im Pferdewagen. Bis auf weiteres sollte sie Pflegekind sein, welche finanziellen Absprachen getroffen worden waren, weiß keiner. Sie sprach ein singendes Finnlandschwedisch, trug an einer Schnur um den Hals ein Paket, das eine unglaublich spitzenvolantverzierte Bluse aus Karelien enthielt, und schwieg hauptsächlich in den ersten Wochen. Dann wurde sie von Mutter Josefina, die irritiert die kindlich lüsterne Aufmerksamkeit bemerkte, die ihre Söhne dem Mädchen widmeten, sehr rasch an die Arbeit gesetzt. Und plötzlich war sie eine von ihnen.

Eine von ihnen. Allerdings nicht richtig.

Das war, als sie noch in Hjoggböle wohnten: sie mußte auf den Dachboden ziehen. Es war ein großer unmöblierter Boden, der bis in den Oktober benutzt wurde: auf der linken Seite war ein Alkoven. Der Boden hatte seinen Reiz: die Dachpappennägel drangen durch die Bretterverkleidung und bildeten einen Wandteppich aus Nägeln, und im Sommer war der Boden fast das Beste im ganzen Haus: luftig, einsam, so voll von schweigendem Nichts und Allem. Weil keiner eigentlich glaubte, daß sie länger als einen Monat bleiben würde, sollte sie für den Anfang dort bleiben. Dann blieb sie doch; der Alkoven auf der linken Seite war eigentlich nicht winterfest, aber es ging, und die Felldecke war warm. In den ersten Wochen saß sie nachts lange lange vorn am Giebelfenster und sah hinaus über den See: die Espen bewegten sich sachte wie stilles Flüstern, um drei Uhr kam die Morgendämmerung vom Meer her, der Nebel wurde fortgewischt, und alles wurde klar und scharf.

Keine Vögel, endlose Winter. Hier, im Küstenland von Västerbotten, sollte sie ihre Jugend verbringen.

Hier am Fenster saß sie oft, an langen Sommerabenden, wenn die Mückenfenster eingesetzt waren, und der Wind kühl und rein. Sie war in Karelien geboren, und Nicanor stellte sich immer vor, daß sie an Karelien dachte, wenn sie dort saß. Er selbst wußte nicht richtig, was *Karelien* war, und so nach und nach wurde *Karelien* in seiner Vorstellung zu einer mythischen Landschaft. Es bekam Züge alter romantischer Kupferstiche oder der Doré-Illustrationen zur Bibel: als wäre dieses merkwürdige *Karelien* eine Berglandschaft im Orient mit pittoresken Wasserfällen und singenden Schafhirten, die ihre Herden vor sich her über Berg und Tal trieben.

Da saß Eva-Liisa, eingehüllt in ihr Schweigen, vor dem Dachbodenfenster in Hjoggböle und dachte an Karelien. Ein fremder Vogel war sie.

Und Tochter einer Pianistin.

Das Pianistinnenkind; Nicanors Mutter kam in aggressiveren Momenten gern auf diesen Ausdruck zurück. Um der Wahrheit die Ehre zu geben, so gab es wohl keinen unter den Brüdern in der Familie, der eine Ahnung davon hatte, was ein *Pianist* eigentlich war oder wie ein Piano klang. Aber schon das Wort klang gefährlich, spannend und sündig. Es war auf die gleiche Weise sündig ausländisch anziehend wie das Wort *Sozialist*, das Nicanor zugleich angezogen und erschreckt hatte, damals als er den phantastischen Mann mit den Würmern im Mund getroffen hatte, in der Nacht, als der Agitator Elmblad festgenommen wurde und eine Lehre erteilt bekam, in der Nacht, als Nicanor Wache gesessen und sich plötzlich so glücklich gefühlt hatte, als hätte er die Tür des Lebens einen Spalt breit offen gesehen. *Pianist* bedeutete, das verstanden sie intuitiv, daß jemand die Tasten der Sünde anschlug auf einem Instrument, das seinen Platz nicht in Christi Wohnungen hatte: der klingende Ton, der da entstand, mußte des Teufels sein. Dies im Unterschied zu dem himmlischen und durch und durch frommen Ton, der entstand, wenn man die Orgel von Petterson & Hammarstedt in Gang trat, die in den Kammern einer Anzahl tief Gläubiger hier im Küstenland stand.

Eine Mutter zu haben, die an einem Piano saß, war nicht gut. Gewisse Instrumente waren des Teufels, andere Gottes. Nur bestimmte Zeremonien machten es möglich, einige von den Instrumenten des Teufels in Christi Dienst zu verwenden. Gitarre war in den meisten Fällen Gottes Instrument.

Säge war es auch, zweifellos.

Die Fuchsschwanzvirtuosen waren angesehene und respektierte Leute. Sie kletterten anspruchslos auf die Bethausestrade, klemmten den Handgriff des Fuchsschwanzes zwischen die Knie, bogen das Blatt zu einer Rundung und bearbeiteten die Rückseite des Fuchsschwanzes mit einem Bogen, so daß ein langer, unerträglich klagender, düsterer und auf jede Weise frommer und innig gläubiger Ton entstand. Soziale und religiöse Umstände wirkten auf eine in der Musikgeschichte einmalige Art und Weise zusammen, was die Fuchsschwanzmusik betraf. Die meisten Männer arbeiteten im Wald (im Winter) und kannten das Instrument gut.

Aber der Ton des vibrierenden Sägeblattes verkündete, daß die Welt ein Jammertal war; er war düster, langsam, der Anstieg von einer Note zur nächsten erfolgte mit äußerster Mühe und ganz ohne Intervall, die Musik *bekräftigte*, daß die Veränderungen in diesem Jammertal mit äußerster Mühe vor sich gehen mußten, und am besten so langsam, daß es nicht zu merken war. Daß danach das Vibrato in seiner zitternden Inbrunst Untertöne enthielt, die mühsam zurückgehaltene Sentimentalität ausdrückten, die Sehnsucht nach dem Bräutigam wie die Sehnsucht nach Hawaii (letzteres als ein nie bewußt gemachter und etwas sündhafter Traum), verstärkte den Gesamteffekt. Anständige Sentimentalität, Schmerz, ein

Tropfen Herrnhuter Blutsmystik sowie Düsterkeit: doch, die Fuchsschwanzmusik war Gottes.

Das Problem war möglicherweise der Bogen.

Zum Bogen gehört, erfahrungsgemäß, die Geige, und die Geige war ohne Zweifel etwas potentiell Gottloses. Nicanor konnte einmal durch Zufall miterleben, wie es zuging, als Oskar Nybergs ältester Sohn, zur Bestürzung aller, von seinem Vater eine Geige bekam, Oskar Nyberg selbst war wie die meisten ein tief und innig Gläubiger, ein Felsen in der Gemeinde, einer von denen, auf die Gott, wenn nicht seinen Tempel, so immerhin sein Bethaus baute; er war in Holmsvattnet geboren, war Kleinbauer und hatte nur sieben Kinder, von denen fünf indessen Jungen waren. Alle waren tief gläubig, außer dem ältesten, der einmal draußen auf Burö bei einem Mittsommerfest fluchend und kartenspielend beobachtet worden war. Nun verhielt es sich aber so, daß einer der mittleren Jungen, Petrus, so getauft nach dem gleichnamigen Apostel, sich für Musik interessierte, sich lange eine Geige gewünscht und auch durch fleißige Extraarbeit im Verlauf von fünf Jahren das Kunststück fertiggebracht hatte, selber das Geld für eine solche zusammenzukratzen.

Die Frage war nur: sollte er sie kaufen dürfen? Oskar Nyberg gab schließlich klein bei, aber nicht bedingungslos.

Das Versprechen bekam er unter zeremoniellen Formen. Die Zeremonie spielte sich in Oskar Nybergs Küche ab. Ihr wohnten sämtliche Kinder Nybergs außer dem ältesten (gottlosen) bei, der alte Nyberg selbst, Nicanor (aus reinem Zufall) sowie der Prediger Amandus Eriksson aus Innervik, der am selben Abend Gebetsstunde halten sollte und nun als Extrazeuge oder Repräsentant Gottes, oder wie man seine Rolle beschreiben will, fungierte.

Es ging, in aller Kürze, folgendermaßen vor sich. Oskar Nyberg fiel zuerst am Herd auf die Knie und sprach ein kurzes Gebet. Dann erhob er sich, ging auf seinen Sohn Petrus zu, der bleich und feierlich in der Mitte des Raumes stand und betreten auf seine Fußspitzen starrte. Oskar hatte die Bibel in der einen Hand. »Petrus«, begann er mit kraftvoller Stimme seine Ansprache an den Sohn, der dabei unglücklich zusammenzuckte und mit flackerndem Blick nach einem Festpunkt im Raum suchte, »Petrus du krichs jetz de Erlaubnis, dasse 'ne Geige kaufn darfs. Und du kanns dadrauf spielln, abbe nur unte eine Bedingung. Wenne versprichs ...« – hier verdunkelte sich die Stimme des Vaters, und die Spannung in der Küche stieg – »*wenne versprichs, dasse nie im Leem aufn Tanzvergnüng geichst!*« Auf das Wort *Tanzvergnügen* folgte ein Schweigen so voller frostigem Abscheu, daß alle in der Küche nach Luft rangen; aber dem Sohn Petrus gelang es, sich zusammenzunehmen. Er legte die Finger auf die ihm vorgehaltene Bibel, sagte mit belegter Stimme (war er bewegt oder nervös?): »Jaa, ich schwör ...«, worauf Prediger Eriksson aus Innervik spontan zum Gebet überleitete und danach die Zeremonie abschloß, indem er die letzten Strophen von Lina Sandells »Leb' für Jesus! Nichts ist sonst doch wert, daß man es Leben nennt!« anstimmte.

Petrus sollte sein Versprechen, nie bei einer Tanzveranstaltung zu spielen, halten. Leider hielt er es in einem Ausmaß, daß er es nicht einmal so weit brachte, auf der Geige spielen zu lernen: ob es das wachende Auge Gottes war, das ihn lähmte, oder ob es mangelnde Musikalität war, weiß niemand, aber er kratzte mit wachsender Hoffnungslosigkeit einige Monate auf der Geige herum und hörte dann auf. Nach ungefähr einem Jahr, als er ein wenig bekümmert einzusehen begann, daß seine Investition allzu ungenutzt dalag, kam er mit einer Anfrage zu seinem Alten, ob es trotz des Gottesgelöbnisses nicht doch eine Möglichkeit gäbe, die Geige an einen Bekannten *auszuleihen,* der eventuell vorhätte, auf einem Tanzvergnügen zu spielen (oder vielleicht hatte der nicht unbegabte Petrus die Absicht, das Gerät zu vermieten, wer weiß). Oskar Nyberg, der ja selber nie auf einen solchen Gedanken gekommen wäre und diesen alternativen Sündenfall nicht vorhergesehen hatte, latschte daraufhin schleunigst in die Kammer, holte die Bibel, kommandierte Kniefall und so weiter und so weiter und ließ den nun finster resignierenden Sohn einen zusätzlichen Ergänzungseid vor Gott und allen Menschen ablegen, indem er sich verpflichtete, dieses Werkzeug des Teufels zu Sündenveranstaltungen auch nicht *auszuleihen.*

All dies ist natürlich eine Parenthese; aber es war in diesem Milieu nicht gerade ein *Verdienst,* eine Mutter gehabt zu haben, die einmal Pianistin gewesen war; das ist die Pointe. Nicanors Mutter, die der sozusagen sowohl geistliche als ökonomische Haushaltsvorstand war und eigentlich alles bestimmte, kommentierte Eva-Liisas sonderbaren Familienhintergrund nicht gern. Aber tief in ihrem Herzen muß sie sehr früh davon überzeugt gewesen sein, daß Eva-Liisas Mutter, wie sie auf dem Medaillon in Erscheinung trat, etwas unfaßbar Sündiges, Hurenhaftes, Stockholmerisches, um nicht zu sagen Pianistenähnliches anhaftete, und daß vielleicht, vielleicht Reste dieser Erbsünde auch in Eva-Liisa steckten.

Warum, muß sie sich gefragt haben, warum, warum mußte diese Sündensaat in unser Haus getragen werden? Es wurde nicht gerade besser, als die arme ahnungslose Eva-Liisa in einem verzweifelten Versuch zu erklären, daß diese Pianisse von Mutter wirklich existierte und die Sache mit dem Piano nichts Gottloses war, vorbrachte, daß die Mutter einmal, wie sie sich ausdrückte, *in Helsinki konzertiert* habe.

In Helsinki konzertiert! Das war beispiellos. Für ein Kleinbauern- und Waldarbeiterpaar, dessen Vorfahren vierhundert Jahre lang in einem Gebiet gelebt haben, das sich von Byske im Norden bis Lövånger im Süden erstreckte, waren dies entlarvende Worte. Nicanors Eltern besaßen in all ihrer Kargheit eine große Wärme und Großzügigkeit, aber zugleich eine aggressive Wachsamkeit gegenüber allem, was sich *vermaß.* Demütig sollte man sein. Aber das hier klang nicht demütig.

In Helsinki konzertiert!

Ein skeptisches, demütiges, aber kritisches Lächeln ging durch die Familie Markström. Man sagte zuerst nichts. Dann begann das Wort »konzertieren« in unterschiedlichen Zusammenhängen aufzutauchen, meist falschen. Es fing damit an, daß Nicanors Vater, der weiß Gott ansonsten nicht gerade ein Spaßvogel war, nach dem Essen prüfend seinen Magen drückte, sich räusperte, um sich blickte und leise und wie entschuldigend sagte: »Nääh, ... 'ch glaub, daß ich ma aufn Lokus rausgeh un konsetier!«

Die Bemerkung wurde späterhin fleißig zitiert. Ihr sollten eine Unzahl ebenso humoristischer Bemerkungen über das gleiche Thema folgen, wenn auch in unterschiedlichen Varianten. Eva-Liisa schwieg. Sie sah vielleicht ein, daß das, was sie gesagt hatte, auf den falschen Boden gefallen war, aber ihr muß alles sehr fremd gewesen sein: diese sonderbare västerbottnische Mischung von Frömmigkeit und Sentimentalität, Strenge und Vulgarität, Wärme und Kälte, Wachsen und Tod.

Puritanismus und Leichtsinn.

Die Sitten in dem finsteren Tal waren nicht leicht zu begreifen.

Langsam, langsam führten sie sie ein in ihre Welt.

Als sie zum erstenmal mitgenommen werden sollte ins Bethaus, waren beide Eltern sichtlich nervös. Es war ein Sonntag gegen Ende August. Der sanfte und leicht zu Tränen gerührte Gabriel Annerscha sollte predigen; er war schon zu seinen Lebzeiten eine Legende, und daß er sich nicht gerade kurz fassen würde, wußten alle. *Laßt euch abermals sagen, meine Freunde,* würde er mit seiner gütigen Bauernstimme unaufhörlich, unaufhörlich sagen, wie um die graue Grütze der Verkündigung durch muntere kleine Preiselbeeren aufzuhellen, und das Ganze würde gut und gerne seine drei Stunden dauern.

Würde Eva-Liisa sich zu betragen wissen?

Nicanors Vater K. V. war offenbar nervös. Das Bethaus war der gegebene Ort, um den vieldiskutierten Neuankömmling in der Familie Markström vorzuzeigen: das Mädchen aus Karelien, dem das Schiff davongefahren war, die Pflegetochter, die eine Mutter gehabt haben sollte, die Piano spielte. Das Bethaus war der Ort für die Einführung; näher konnte man in Hjoggböle einem Einweihungsritus für junge Mädchen bei Stämmen im inneren Kongo nicht kommen.

K. V. war nervös. Er rieb sich die Hände, als ob er fröre, ging zum Wassereimer und trank eine Kelle, betrachtete heimlich Eva-Liisa, wie um zu kontrollieren, ob ihr Kleid die rechte und korrekte Anonymität hätte, damit es nicht den Eindruck von Eitelkeit erwecken konnte, und sagte schließlich mit einer durch und durch gekünstelten Natürlichkeit: »Höma, Nicanor, du kannsich wohl hintn aufe Holzbank setzn un nimms'e Eva-Liisa neem dich.«

Er brauchte keine weiteren Anweisungen zu geben. Nicanor begriff genau. Er sollte so schnell wie möglich die Holzbank ganz hinten im Bethaus besetzen, die neben dem Kamin stand, Eva-Liisa mit sich nehmen und sie in die Ecke drücken. So brauchte sie beim erstenmal nicht bei der Familie zu sitzen. Falls etwas passierte. Und bis die Leute sich gewöhnt hatten.

Auf jeden Fall: sie wurde auf die Holzkiste gesetzt. Und dort sollte sie, warum auch immer, bleiben.

Abgesondert, aber dicht an Nicanors Seite.

2

Bis zum Schluß träumte er von ihr.

Sie stieg empor durch seine Altmännerträume und war Mädchen und Greisin zugleich. Es waren keine Alpträume, sie waren ganz sachlich und natürlich. Es war das Gesicht von Eva-Liisa, wie es war, als sie zu ihnen kam, und mit der Wunde, die sie hatte, als er sie zum letztenmal sah. Genau gleichzeitig. Und die Augen weit geöffnet, nicht anklagend, sondern fragend. Im Traum wußte er die Antwort mit absoluter Sicherheit, aber die Frage, wie war die Frage?

Es hatte auch etwas mit den Ratten in der Grube zu tun.

Es war in einem der frühen Jahre. Nicanor und sie hatten hinter dem Kuhstall eine Gefängnisgrube für Ratten gegraben. Sie hatten eine Grube gegraben, sie mit Brettern ausgekleidet und ordentlich vernagelt. Ganz oben war Blech. Da warf man die Ratten hinein, sie waren lebendig und vital, ziemlich lange. Es war spaßig und gleichzeitig ein bißchen grausig. Manchmal warf man Abfall und Kartoffeln hinein, um den Spaß zu verlängern und zu sehen, wie sie miteinander kämpften. Das Schlimmste und Beste war ihr Krieg gegeneinander, solange sie noch die Kraft dazu hatten.

Dort saßen Nicanor und Eva-Liisa mucksmäuschenstill und sahen es geschehen.

Es war nichts Boshaftes oder Gemeines in ihren Gesichtern, sie saßen nur dort an diesen bleich gelben Sommerabenden im Küstenland von Västerbotten und sahen neugierig und nachdenklich und unschuldsvoll zu, wie sie da unten kämpften, in einem sinnlosen Bruderkrieg. Und wahrscheinlich dachten sie, *wir sind keine Ratten,* und die hungrigen Ratten kämpften weiter ihren sinnlosen Bruderkrieg, den Kampf gegen die eigenen Artgenossen, Kannibalismus, Haß und Verzweiflung, und dort oben die interessiert spähenden Kinderaugen, die registrierten und beobachteten.

Im Traum schienen ihre Augen zu fragen: warum haben wir nicht gelernt aus dem, was wir gesehen haben?

Oder auch: was hätten wir tun sollen?

3

Niemand wußte genau, wie es anfing. Auf einmal war es da. Plötzlich fing sie an zu stehlen.

Nicht viel. Eher wie eine kleine Andeutung.

Vielleicht ist es falsch, eine *kleine* Andeutung zu sagen. Es ist ein Unterschied zwischen Stehlen und Stehlen. Zwei Öre

sind nicht immer zwei Öre, eine Krone ist nicht immer eine
Krone. Das erste und einzige Haushaltsbuch, das aus dem
Markströmschen Haushalt bewahrt ist, stammt aus dem
Jahre 1908, als man nach Oppstoppet gezogen war: es ist mit
Bleistift geschrieben und genau geführt, und addiert man die
Einkünfte während des Jahres (es ist gemacht! und korrekt!),
so zeigt es sich, daß der keineswegs arbeitsscheue Karl Valfrid
Markström in diesem Jahr 864 Kronen verdiente. Das war
alles, der Rest löst sich in Kleinposten auf: eingenommen bei
D. A. Markstedt in Kåge 12 Tage à 4,20. (Ausgezeichnet! Kam
er am Wochenende nach Hause?) Sortieren auf dem Holzplatz 103 Stunden à 32 Öre. Weniger gut, aber nah, konnte zu
Hause schlafen. Januar insgesamt 15 Schichten im Sägewerk
à 2,94 per Schicht – Glück! Glück! Wer hatte sonst Einkünfte zwischen Dezember und Februar, wenn die Säge oft stillstand? Die Ausgaben ebenso exakt notiert.

Und so weiter. Und so weiter. 864 Kronen im Jahr. Über
Diebstahl machte man keine Witze.

Diebstahl war die Ahnung einer Schlange im Gras. Plötzlich ein Hauch von Kälte, Furcht.

Zuerst war es ein Zweiörestück, als sie beim Kaufmann
gewesen war. Anfangs wurde es nicht entdeckt, dann rechnete
Karl Valfrid das Ganze mit der üblichen lutherischen Pflicht-
treue nach und kam zu dem verblüffenden Ergebnis, daß zwei
Öre fehlten. Ein Unglück mußte geschehen sein: aber sicherheitshalber fragte er Eva-Liisa, wohin die zwei Öre gekommen seien. Sie stritt ab, von der ganzen Sache etwas zu wissen, doch so heftig, rasend und blitzschnell, daß es sofort für
alle offensichtlich war, daß sie das Geld genommen haben
mußte. Man bat sie bei Gott, die Wahrheit zu sagen. Und da,
plötzlich und ohne eigentlich bedrängt zu sein, riß sie sich
den linken Schuh vom Fuß, nahm das Zweiörestück, das sie
dort versteckt hatte, hervor, warf es mit einem Knall auf den
Tisch und lief hinaus.

Sie sahen alle einander an, sprachlos. Nicht nur stehlen.
Sondern auch noch Zorn zeigen.

Zu stehlen war eine Todsünde, ebenso Zorn zu zeigen. Es war vollkommen klar, daß dies in der Familie Bestürzung hervorrufen mußte. Da war diese arme Seele bei den Markströms aufgenommen worden, wie eine Ziege unter den Schafen, und nun schämte sie sich nicht, zu stehlen. Man konnte glauben, daß ein schlechter Charakter in dem Mädchen steckte.

Erst elf Jahre, und stehlen.

Der Ton der Himmelsharfe wurde dumpfer, dröhnte traurig und verlassen über die Verwirrung wie das Brüllen einer Kuh fern vom Stall. Was sollte man tun. Ihr Vater sollte irgendeine Art feinerer Pinkel gewesen sein, der Bücher über Zigeuner schrieb. Aber ihre Mutter war Pianistin. Im übrigen war es mit dem Vater vielleicht auch nicht so weit her.

Eva-Liisa schwieg. Es kam eine Zeit, in der alle schwiegen, und nur eine verstohlene Träne in Josefinas Auge verriet, daß sie sich quälte unter dem Eiseshauch aus dem brennenden Ofen der ewigen Verdammnis (so dachten sie alle: allzu heiß, allzu kalt), der sie angerührt hatte.

Eva-Liisa schwieg. Sie sah Nicanor oft mit dunklen, vollkommen unergründlichen Augen an, aber wenn er fragte, hatte sie nichts zu sagen. Sie setzte sich nur an das Dachbodenfenster und schaute hinaus, als hätte sie mitten durch alles hindurch plötzlich die blühende Landschaft Kareliens wahrgenommen: die Wasserfälle, die schimmernden Gebirge, die Hirten mit ihren Schafherden und das Gras, so frisch und grün.

Eine Woche später wurde sie wieder ertappt.

Josefina Markström holte Bibel und Gesangbuch aus der Kammer, legte sie auf der Küchenbank zurecht, und so versammelten sie sich alle an diesem Sonntagnachmittag zu Andacht und gemeinsamer Buße.

In Josefina Markströms langem, schlaksigem und starkem Körper steckte ein richtig begabter Zeremonienmeister. Besonders bei dieser Art kleiner interner Messen entfaltete sie ihre Virtuosität. Sie plante sorgfältig, wußte genau, wie die Stühle gestellt werden sollten, wer zu knien hatte und wo, welche Lieder gesungen werden mußten und wie die Stimmung sich verdichten und in Sündenbewußtsein umschlagen sollte. An diesem Sonntagmorgen zuerst ein paar tiefe Seufzer, während sie Blöta aßen. Ein kleiner bebender Zug um den Mund, gern eine Träne (verstohlen weggewischt), mitten am Tage noch eine Träne, eine wachsende Stimmung von Bedrücktheit und Melancholie. Am besten und korrektesten wäre es, überhaupt nicht zu Mittag zu essen (fastender Magen! knurre und darbe! ein Gefühl physischer Buße!) – sowie, selbstverständlich, eine feste Kontrolle darüber, daß die Stimmung nicht durch unpassende Scherze oder Geschichten oder dahingesummte Liedchen weltlichen Ursprungs gebrochen wurde.

Sie hielten sich alle merklich im Zaum. Sie lagen dort auf den Knien: der Fußboden war makellos gescheuert wie immer und zeugte davon, daß hier eine Familie wohnte, die zwar in großer Armut lebte, die aber bei Gott sowohl fromm wie (in ebenso hohem Maße) nicht im geringsten verlottert war.

Da lagen sie auf den Knien. Es war nichts Ekstatisches oder Pfingstbewegungsmäßiges (ein Schimpfwort!) oder auf andere Weise Frivoles über Nicanor und seiner Familie. Sie waren durch und durch sachlich, auf eine reichlich gefühlsbetonte Weise, doch ohne jeden Anflug von Ekstase: sie lagen dort auf den Knien, ernst, gesammelt und gänzlich unwillig, in ein Halleluja oder irgendeine ähnliche stockholmerische Weltlichkeit und in Aberglauben auszubrechen. Sie waren gefaßt und konzentriert, und während Mutter Josefina, sekundiert von ihrem Mann, abwechselnd Gebete und Andachttexte sprach, verdichteten sich der Ernst und das Gefühl der Sündenlast.

Eva-Liisa mitten unter ihnen.

Die Lieder sangen sie aus Zions Klängen. Es war das eigene, für den Bedarf der Gemeinden eingerichtete Gesangbuch der Stiftung, und sie sangen aus ihm, weil die *Klänge* einen ganz besonderen Anstrich von Anspruchslosigkeit hatten. Sie waren einfach, fromm, proletarisch mit Untertönen von Herrnhuter Tränen- und Blutsmystik; mit ihrer Mischung von Volkstümlichkeit, Sachlichkeit, Leidensmystik und Anspruchslosigkeit hoben sie sich vorteilhaft ab von dem hochmütigeren, steifen und etwas *stockholmerischen* Gesangbuch. *Simons Klänge,* wie es im Volksmund hieß, *gab nicht vor,* etwas Besonderes zu sein: es wandelte mit kleinen anspruchslosen und ungekünstelten Schritten auf dem schmalen Weg zum Himmel und vermaß sich nicht.

Zions Klänge gehörten ihrer Welt an, das hochmütige Gesangbuch nicht.

Also stimmten sie an diesem bemerkenswerten Sonntagnachmittag ein Lied aus Zions Klängen an. *»Seh ich mich an, so muß ich schier erschrecken, / Bin ich doch bloß ein arm, verloren Schaf«,* sangen sie, und Josefinas schrille, klagende Stimme führte die kniende Schafherde an. Ihre Stimme war auch in ziemlich großen Versammlungen herauszuhören. Ihr durchdringender, schriller Klang war von lokaler Berühmtheit, ebenso die Unbekümmertheit, mit der Josefina von ihr Gebrauch machte. Ihre Stimme bewegte sich schrill, kummervoll und klagend und mit der gleitenden Unerbittlichkeit, die diesem västerbottnischen Jammertal eigen war, zwischen Tonstufen, sie übertönte alles in ihrer durchdringenden Düsterkeit. *»Schau ich auf Dich, so wächst mir neue Hoffnung, / Denn das verlorne läßt Du nicht allein«,* sang sie mit hoffnungsloser und anklagender Stimme, und Papa K. V.s Stimme brummte verlegen hinterher, wie ein an einen Dampfer angekettetes und im Kielwasser hilflos schlingerndes Ruderboot. Die Söhne summten diskret mit. Keiner von ihnen hatte dieses Lied besonders häufig gesungen; es war wohl mehr wegen seiner Textqualitäten herausgesucht worden, weil die Zeremonienmeisterin hier zutiefst empfand, daß der Lieddichter direkt zu der kleinen diebischen Pianistinnentochter aus Karelien sprach. Doch die Melodie war schwer und unbekannt, Josefinas fromm schrille Stimme pflügte vornweg, und die anderen versuchten, zuzuhören und sich eine Auffassung von der Tonfolge zu bilden.

»*Seh ich mich an, so kann ich nur erbeben, / Denn Schuld und Sünde lasten schwer auf mir!*«

Nicanor blickte, tief und anscheinend in inniger Frömmigkeit über den Stuhlsitz gebeugt, aus den Augenwinkeln gespannt und erwartungsvoll auf Eva-Liisa. Sie beugte sich vor und schloß die Augen. Ihr Gesicht wirkte verbissen, wie in einem Krampf, die Lippen bewegten sich schwach, als machte sie trotz allem einen Versuch mitzusingen, obwohl sie es im Innersten nicht wollte oder sich nicht dazu durchringen könnte. »*Schau ich auf Dich*«, sangen sie in einem Chor, der so fest zusammenhielt wie ein Vogelschwarm, »*kannst Du die Furcht mir nehmen, / Denn Du, Lamm Gottes, meine Sünden trägst.*«

Dann leitete Josefina Markström zum Gebet über.

»*Lieber Herr Jesus*«, betete sie in der sehr *schwedischen* Sprache und mit der sehr *schwedischen* Stimme, die sie bei feierlichen Anlässen benutzte, und die dem, was sie sagte, in den Augen der Kinder stets einen ernsteren und sakraleren Charakter gab, »*Lieber Herr Jesus, du siehst, daß die Eva-Liisa gesündigt hat. Wende dich in Gnade ihr zu und wasche ihre Sünden rein im Blut des Lammes. Sie hat gestohlen und Geld genomm un nich 'e Wahrheit gesacht und de zwei Öre aufn Tisch geschmissen*« (und fast augenblicklich begann ihre Sprache zu schwanken und zu krängen, als sei der Skellefteå-Dialekt ein scheuendes Pferd, das sich nur widerwillig von dem sakralen Schwedisch bändigen und nur zur Einleitung die Feierlichkeit der Situation das Sprachniveau bestimmen ließe), »*un jetz bitt'n we Dich lieber Jesus dasse dich in Gnade über dies Kind erbarms das sone Sünderin ist und das ga nich versteht wasse da schrecklich Sündhaftiges gemacht hat*« – hier folgte eine Pause, in der Josefina die ersten Tränen abtrocknete und gleichzeitig offenbar Gelegenheit nahm, der Gebetssprache sozusagen Zügel anzulegen, so daß sie sich mehr der feierlicheren Mundart anglich, die man gemeinhin

Schwenska nannte. »*Lieber Herr Jesus*«, fuhr sie mit der gleichen unerhörten Ernsthaftigkeit und Aufrichtigkeit fort, »*du
siehs uns Arme hier in unserer Not, und du weiß auch, dasses
schwer is wenn das tägliche Brot für alle Münder reichen soll,
abe rackern tun we von morgens bis ahms im Schweiße unse-
res Angesichs und schuftn un komm nich aufn grünen Zweich,
aber lieber Herr Jesus, das weisse, stehlen, das tun we nich!
Nee, stehlen, das ham we noch nie getan, gestohlen ham we
noch nie!*«

Und da hörte Nicanor durch die lähmende Stille der Küche
die barsche, aufmunternde Stimme von Papa K. V. gefügig
sekundieren: »*Nee, das iss'e Wahrheit, gestohlen ham we noch
nie!*«

Und Nicanor sah, von seinem leicht zurückversetzten
Platz aus, daß Josefina Markström weinte. Ja, sie weinte
tatsächlich; keine falschen Krokodilstränen, sondern echte
Tränen aus Kummer oder Besorgnis oder Erregung. Nicanor
hatte seine Mutter viele Male weinen sehen, doch diesmal
wühlten ihn ihre Tränen auf eine besondere Weise auf, als
wolle er sie in ihrem Kummer trösten und zugleich seinen
Widerstand dumpf hinausschreien, gegen die Tränen und die
Gebete und die Kirchenlieder und gegen die *Stille* im Raum.
Doch während die Tränen über ihre Backen liefen, fuhr sie
fort zu beten, immer eifriger, als versuche sie erregt, Gott dem
Allmächtigen zu versichern, daß diese Markströms nie, nie
und nimmer diebisch gewesen wären oder sich am privaten
Eigentum anderer vergriffen oder Geld gestohlen hätten.
»*Lieber Herr Jesus*«, fuhr sie nach einer kürzeren Besin-
nungspause fort, »*du siehs uns alle in Deiner Güte, du siehs
auf die die verschmachten in dieser Sündenwelt und denen's
schlech geht, nimm dies Mädchen Eva-Liisa anne Hand und
führse aufn rechten Pfad dasse nich so eine wird wie die Halb-
wüchsing die sich rumtreim mit ihre Bälger un in Sünde leem.
Das weißtu lieber Jesus, daß die Sündensaat in ihr Herz
gesäht is und laß nich die Sünde vonner Eva-Liisa die
unschulding Kinder ansteckn.*«

An diesem Punkt der Fürbitte schienen die Reue und die Angst Nicanors Eltern mitten ins Herz zu treffen. Mama Josefina begann laut zu schluchzen, und in dem Schweigen, das in der Küche der Markströms herrschte, war es ihnen, als dröhnte ihr Schluchzen in ihrer aller Ohren. Jetzt folgte ein Moment der Unsicherheit, dann schloß sich Karl Valfrid Markström etwas zögernd an, aber eher summend und brummend, so daß man nicht richtig sicher war, ob er für die Verlorene betete oder über sie weinte. Ja, sie weinten beide, teils aus Kummer über Eva-Liisa und ihren Diebstahl, teils aus Sorge und Furcht, daß die Saat der Sünde sich von diesem jungen, aber schon verdorbenen Weizenkorn auf die eigenen Kinder übertragen und das Böse in ihnen Wurzeln schlagen würde. Und so fügte sie am Schluß noch an: *»Und deshalb Herr Jesus Du Erlöser der ganzen Welt hilf uns daß die Saat der Sünde nich 'n Anselm befällt unnen Axel unnen Daniel unnen Nicanor, lieber Jesus du bis so gütig un pass auf dasse nich auch so wern wie d' Eva-Liisa. Um des Blutes willen, Amen «*

»Um des Blutes willen, Amen!« echote der Gatte triumphierend und erleichtert zu ihrer Rechten. »Amen, amen, amen, amen«, kam es einzeln, doch loyal von den Jungen. Danach wurde es eine Weile still, und Mama Josefina blickte ernst und auffordernd Eva-Liisa an.

»Amen«, kam es schließlich auch von ihr.

»Un jetz sing we ›Ich bin ein Gast und Fremdling‹ gemeinsam«, erklärte das Familienoberhaupt in einem etwas verspäteten Versuch, als der eigentliche Leiter der Feierlichkeit zu erscheinen. Er stimmte das Lied selbst an, etwas zu hoch, und die andern fielen mit einigermaßen gepreßten Stimmen ein.

Sie sangen, und Eva-Liisa sang mit. *»Denn hier auf dieser Erden«*, sangen sie, *»ist Sünde überall. Legt ihren dunklen Schatten über das Schöne all. Kann sie auch nicht verdammen, denn selbst verdammt sie ist, so kann sie mich doch quälen, in dieser Erdenfrist.«*

Das sangen sie. »*Heim, Heim, mein liebes Heim*«, sangen
sie. Alle fünf Strophen. Dann war es vorüber.

Am Abend waren sie alle eigenartig still.

Nicanor tat fast gar nichts, sondern betrachtete die anderen, als wolle er etwas wissen, wagte aber nicht zu fragen. Was
er sah, war nicht außergewöhnlich. Papa machte sich mühevoll an seinem Haushaltsbuch zu schaffen und trug die Einkünfte und Ausgaben der Woche ein; das Haushaltsbuch war
ein Schreibheft mit linierten Seiten und blauem Umschlag,
und er sollte es sein ganzes Leben lang behalten. Josefina war
schweigsam und saß da, als wäre sie steif im Nacken, was sie
immer zu sein pflegte, wenn sie müde oder erregt oder
wütend oder traurig war: was es genau war, bekam man selten heraus. Sie bekamen Abendessen, aufgewärmte Roggenmehlgrütze mit Preiselbeeren. Die Portionen wurden gerecht
abgemessen; Josefinas Gesicht, als sie das Essen austeilte, war
streng und abweisend, sie bewegte sich eckig, und es war, als
wollte sie beim Verteilen des Essens peinlichste Gerechtigkeit
einhalten. Nicanor wünschte plötzlich, sie würde ihnen allen
über den Kopf streicheln, wenn sie ins Bett gingen, sie alle
streicheln, auch Eva-Liisa, aber er wußte ja, daß es eine Sache
der Moral war, einander nie zu berühren.

So blieb es beim Essen und der Gerechtigkeit und bei Gute
Nacht und unbewegtem Gesichtsausdruck und Schluß.

Am Abend konnte er nicht schlafen. Er stand auf und trank
Wasser aus dem Eimer. In der kleinen Kammer lagen Mama
und Papa auf der Ausziehbank und schliefen; durch die
Küchentür sah er Josefinas seitwärts gewandtes Gesicht. Im
Schlaf war ihr Gesicht weich, kindlich, sie schlief mit halb-
geöffnetem Mund, es sah aus wie die Andeutung eines verwirrten, glücklichen Lächelns. Er stand still, atmete vorsichtig, um niemanden zu wecken. Sie schlief wie ein Kind.

Lange, lange stand er so da, als versuche er, etwas zu verstehen. Dann hatte er sich entschlossen, stieg behutsam die
Bodentreppe hinauf, öffnete die Tür, blickte auf Eva-Liisas

Bett. Das Licht der Sommernacht fiel mild auf den Fußboden, er sah, daß sie aufrecht in ihrem Bett saß. Die Decke hatte sie bis zum Hals hochgezogen, das Kissen im Rücken. Als sie ihn hörte, schien sie einen Augenblick lang erschrocken zu sein, aber dann wandte sie den Kopf langsam zum Fenster hin.

Sie denkt an Karelien, dachte er. An die Gebirgstäler und die weidenden Schafe.

»Eva-Liisa«, flüsterte er leise.

Sie antwortete nicht. Nachdem er sich vorsichtig auf die Bettkante gesetzt hatte, sah er, daß ihr Gesicht völlig verquollen war, und da begriff er. Den Kopf stützte sie gegen die Oberkante des Bettes, aber der Blick ging hinaus durch das Fenster. Sie weinte nicht mehr.

Er wußte sich keinen Rat.

Er hatte nichts zu sagen, und sie würde ja doch nicht antworten. Das Fenster war übersät mit Fliegendreck, die Espen draußen zitterten unmerklich, es war, als sei ihr Blick an etwas da draußen gefesselt und würde sich ihm nie wieder zuwenden. »Eva-Liisa«, flüsterte er, und das Schweigen hielt an.

Er blickte sich um.

Auf der anderen Seite stand ein Vorratsschrank: plötzlich glitt er vom Bett, glitt weich über den Fußboden. Dort hinter der Tür war der Kandiszucker. Keiner durfte ihn anrühren, dennoch nahm er die Zange, knipste ein Stück los, schloß die Tür.

Als er wieder auf dem Bett saß, sah sie ihn an.

Die dunklen Augen sahen ihn fest und unentwegt an. Es war, als ob sie dadurch, daß sie ihn fixierte, eine Antwort bekommen oder um etwas bitten wollte, aber die Augen lieferten sich nicht aus, sie waren wachsam und geschwollen, und er glaubte nicht mehr, daß sie in Karelien waren und Alpenblumen im Schnee leuchten sahen. Das Haar kurzgeschnitten, die Fingernägel abgekaut, Herr sieh uns an in Gnade, daß nicht die Saat der Sünde, und dann, daß die Jungen nicht werden wie sie. Um des Blutes willen.

Sie atmete unmerklich, als schliefe sie, aber die Augen waren geöffnet.

Er streckte die Hand vor, hielt ihr das Stück Kandiszucker entgegen. Sie bewegte sich nicht, nahm es nicht an. Er wartete lange. Draußen bewegte sich weich, still zitternd, das Espenlaub, aber er sah nur Eva-Liisas Augen, die sehr dunkel waren und ihn betrachteten. Er führte das Stück Kandiszucker näher zu ihr hin, hielt es dicht dicht an ihren Mund. Die Lippen trocken, ein wenig zerbissen, sie atmete. Dicht dicht an ihre Lippen hielt er es. Und dann, endlich, sah er, wie sich ihre Lippen fast unmerklich öffneten: und mit der äußersten Zungenspitze rührte sie vorsichtig an die weiße Bruchkante des Kandiszuckers.

3. Ein lächelnder Mann

»Indem wir gleichzeitig
unsere Dankbarkeit bezeugen
für die wahrhaft humane Behandlung,
die uns stets
von Ihrer Seite
zuteil geworden ist, zeichnen wir
mit aufrichtiger Hochachtung«

1

Nicanors Vater sagte in jenen Jahren oft: was nützt schon das Stimmrecht. Gott verleiht den Armen Stimme.

Es ist gar nicht so einfach, das Stimmrecht zu behalten, meinte er. Denn wenn sie die Steuern nicht bezahlen konnten, hatten sie kein Stimmrecht mehr. K. V. fand, daß es mit Gott einfacher war. Man erinnerte sich zum Beispiel daran, wie er einmal zu einer Versammlung nach Skellefteå gerufen wurde, er hatte damals eine Stimme, denn es war ein gutes Jahr gewesen, und sie wollten eine wichtige Sache durchbringen. Er fuhr. Da schickte die Bure-Gesellschaft einen Verwalter, der überstimmte die gesamte Kommune Skellefteå. K. V. kam nach Hause und hatte mit der ganzen Angelegenheit nichts zu tun, er war überstimmt worden. Da sah man es doch. Es war eine Mühsal, das Stimmrecht zu behalten, und wenn man es hatte, war es nichts wert. Es waren harte Bedingungen. Er rackerte sich wirklich ab, um das nötige Bargeld zusammenzukratzen. Er fuhr unbehauene Stämme nach Hause und schnitt sie zu Balken zurecht, und die Oberfläche dieser Balken mußte ungeheuer glatt aussehen, da durfte nichts schräggehauen sein, und die Kanten mußten alle exakt stimmen. Sie hatten ein Brett, das war kantengerecht, danach behauten sie ihre Stämme. Eine Sorte nannten sie 9'9-Hölzer, wenn man die Zoll- und die Fußzahlen in der Länge einhielt, bekam man gute Bezahlung. Das brachte eine Krone. Außerdem hatte er einen langen Weg zu fahren. Er hatte in jenen Jahren ein Pferd und fuhr bis Östra Fahlmark und machte dort mit seinem Pferd eine Ruhepause und fuhr dann weiter nach Bureå. Und dann runter zur Anlage in Bureå, wo die Vermessung stattfand. Sie hatten Zollstöcke und maßen zuerst die Fußlänge, und dann wurde kontrolliert, ob keine Kante schief oder zu schmal war, alles mußte absolut perfekt sein. Und so kleinlich: wenn auch nur eine Kleinigkeit an einem Balken auszusetzen war, bekam er nicht das volle Maß angerechnet. Wenn aber der ganze Balken schief war, wurde er einfach auf die andere Seite geworfen, und er durfte ihn nicht einmal mit nach Hause nehmen. Der zählte nicht. Leute wie ihn, die aus den Dörfern kamen, behandelte man nach Gutdünken.

Und die Sozialisten? Wie die Sozialisten waren, wußte man doch: die rissen das Maul auf und schrien, aber was eigentlich los war, begriffen sie nicht.

Seine Stimme sollte man Gott anvertrauen. Bei Gott hatte jede arme Seele vierzigtausend Stimmen. Da wurde keiner überstimmt, und schiefe Balken wurden nicht weggeschmissen wie nutzloser Abfall. Das war seine Meinung. Gott ist gerecht. Vor seinem Richterstuhl werden wir nicht aussortiert.

Man sagte ihnen immer: Gott hat uns das Land gegeben. Und sie sahen auch, daß das Land wuchs.

Alle konnten es sehen. Die Küste hob sich. Das Küstenland von Västerbotten wurde von Jahr zu Jahr etwas größer. Sie wußten, daß das nicht überall so war: bei den Heiden im Kongo war es nicht so, und auch nicht bei denen, die gezwungen waren, im Süden zu leben. Aber Västerbotten wurde ständig größer. Ein neues Jahrhundert kam, und die Landhebung ging weiter, obwohl einige prophezeit hatten, daß exakt im Jahr 1900 eine Wende kommen und das Land und die Küste wieder ins Meer zurücksinken würden, als wäre Västerbotten ein am Meeresrand liegender schlafender Riese, der langsam einatmete, so daß das Wasser sich zurückzog, und dann ausatmete, so daß das Wasser wiederkehrte. Aber die Wasserlinie fuhr eigensinnig fort zurückzuweichen. Einen Zentimeter im Jahr. Gott schenkte ihnen einen Zentimeter im Jahr. Schritt für Schritt, Schritt für Schritt wuchs das Land. Und wenn Gott sich diese unendliche Mühe machte, wenn er diese unendliche Geduld zeigte, warum sollten sie selbst dann nicht desgleichen tun und die gleiche Geduld zeigen?

Nahm das Wasser ab, oder hob sich das Land? Sie wußten es nicht. Aber Gott gab ihnen einen Fingerzeig. Unendlich langsam hob sich das Land. So mußte es sein. Veränderungen vollziehen sich langsam. Ein Zentimeter im Jahr.

Hier, im Küstenland von Västerbotten, wuchsen sie auf.

Es gab wenig Arbeiter. Bauern um so mehr.

Auch das Wort *Kleinbauer* konnte sich zuweilen allzu großartig ausnehmen. So großspurig wie *Landwirt* war es aber nie. Man hatte zwei, drei, manchmal vier Kühe, nie mehr. Davon konnte man kaum leben, also mußte man andere Arbeit suchen. Im Frühjahr, Sommer und Herbst waren es das Sägewerk in Bureå und die Stauerarbeit im Hafen. Die Stauerkolonnen kamen meistens aus den umliegenden Dörfern und blieben in Gruppen zusammen. Im Winter wurde das Sägewerk geschlossen, und die Arbeiter wurden nach Hause geschickt, der Hafen fror zu, und es war vorbei mit der Stauerarbeit, nur die Holzfällerei blieb übrig. Das war ein Ausweg: falls nun nicht der Schnee so hoffnungslos war, daß die Pferde schlappmachten oder erfroren.

Die meisten wanderten also von Arbeitsplatz zu Arbeitsplatz. Kleinbauern und teilzeitarbeitende Sägewerkarbeiter oder Stauer oder Waldarbeiter. Die Dörfer lagen verstreut im Abstand von fünf, zehn, fünfzehn Kilometern um das Sägewerk herum, meistens ging man, später kam das Fahrrad, das Ganze war eine transporttechnische Frage. Es war wichtig, ein Transportmittel zu haben, wenn man die Absicht hatte zu überleben.

Waren sie Arbeiter? Viele fühlten sich eher als Bauern. Viele wußten es nicht richtig. Sie arbeiteten, das war alles.

Er hieß Karl Valfrid Markström, geboren in Östra Hjoggböle, und er hatte vier Kinder, eins davon war Nicanor.

Die erste Erinnerung an den Vater war die Perleule. Sie setzte sich aufs Dach, und K. V. nahm die Schrotflinte mit dem blaubemalten Schaft und Messingbeschlag von der Wand und wollte auf die Eule schießen. Und er schoß. Da fiel die Eule. Aber als sie die Eule holten, konnte Nicanor keine Perlen an ihr finden. Da fing er an zu weinen, aber Papa sagte, daß sie keine Perlen hätte, sondern daß das nur der Name der Eule wäre.

Ansonsten war er oft weg. Manchmal kam er spät abends mit dem Fahrrad aus Bureå, die fünfzehn Kilometer über Burheden, schwitzte stark und sagte jedesmal als erstes *»Sachma Mama kannse mirn halbes Glas Saft gehm«*. Und dann trank er, langsam, das ganze Glas leer. Aber er sagte nie, daß er ein ganzes Glas Saft haben möchte. Man bat immer um weniger, als man brauchte, denn selig sind die Anspruchslosen, denn sie sollen, nein, nicht die Erde *besitzen*, so weit wollte es keiner treiben, aber die Demütigen und Anspruchslosen machen kein Aufhebens von sich, sondern wissen sich zu bescheiden.

Die Dörfer waren immer sehr klein, sie waren nicht mehr als diskrete kleine Löcher im Waldteppich.

Ansonsten bedeckte der Wald alles. Der Wald legte sich wie ein ebenmäßig grüngelber Teppich über alles, erstreckte sich bis zur Küste, ertrank im Meer. Kreuz und quer durch den Wald kleine armselige Bänder, Fahrradpfade oder Wege, zwischen den Dörfern.

Die Dörfer waren immer klein, und arm. Doch schienen sie eine nicht nachlassende Anziehungskraft auf ihre Bewohner auszuüben. Wer sich einmal hier niedergelassen hatte, Häuser gebaut hatte, ansässig geworden war, der blieb auch da. Sie und ihre Kinder blieben, Generation auf Generation, Jahrhunderte hindurch. Sie blieben Kleinbauern, und Holzfäller, sie heirateten innerhalb ihrer Klasse und innerhalb des Dorfes oder innerhalb der benachbarten Dörfer, die Familien blieben, das soziale Muster wurde nie gebrochen. Man konnte die Spitze eines gigantischen Zirkels mitten ins Dorf setzen und einen Kreis von dreißig Kilometern Radius ziehen, und wenn man dreihundert Jahre in der Zeit zurückging, war trotzdem die ganze Familie mit allen Seitenlinien innerhalb dieses Kreises.

Hier lebten sie. Hier würden sie bleiben, bis zu dem Tage, an dem der Erlöser zurückkehren und sie zu sich aufnehmen würde in sein Reich. So war es bestimmt.

»*Du wirs noma 'n richting Mann!*« sagte er oft lobend zu Nicanor. »*'n richting Mann!*«

In den Dörfern waren es die Frauen, die in allem das Sagen hatten.

Es ist leicht zu verstehen, warum. Mann und Frau hatten einen gemeinsamen Arbeitsplatz, das war der Kleinbauernhof. Dort arbeiteten sie gemeinsam von morgens bis abends, vom Melken in der Frühe bis zum letzten Füttern der Kühe. Aber wenn der Mann lange Perioden des Jahres gezwungen war, von zu Hause fortzugehen, wenn die Nebenarbeit im Wald oder in der Industrie oder auf den Schiffen anfing, dann war die Frau allein.

Sie war dann die alleinige Machthaberin.

Es war teils, teils: es war eine elende Plackerei. Aber es bedeutete auch Macht. Der Mann fuhr morgens um fünf, leistete sein Tagewerk, kam spät am Abend müde und kaputt nach Hause, konnte vielleicht noch eine halbe Stunde beim Ausmisten helfen, aß und fiel ins Bett. Wenn er im Wald arbeitete, war er über längere Zeit fort. Einmal im Winter arbeitete K. V. beim Holzfällen in Malåträsk, drei Monate lang, und während der ganzen Zeit sahen sie ihn zweimal. Aber die Frauen blieben zu Hause. Sie hatten dann alles zu bestimmen: sie bestimmten über Kuh und Kinder, über Milch und Buttern, sie schaufelten Mist und hielten Abendandacht, flickten die Kleidung und sorgten dafür, daß die Kühe gedeckt wurden, sie kauften das Essen ein und verwalteten die Haushaltskasse, erteilten Strafen und Lob, sie waren die höchste religiöse Autorität und schritten an der Spitze der Familiendelegation zum Bethaus.

Manchmal, in regelmäßigen Abständen, kam der Mann von der Arbeit nach Hause. Er war todmüde, und was sollte er sagen, welchen Überblick hatte er: er war ein Lohnsklave und schaffte Geld ins Haus. Die Perioden, in denen er zu Hause blieb und seinen Hof bestellte, waren die besten. Da konnten die Kinder zwei arbeitende Menschen beobachten, die gleichwertig waren, wenngleich es in der Praxis dennoch so war, daß das Wort der Frau schwerer wog.

Manchmal, in regelmäßigen Abständen, erreichte sie das Gerücht aus der großen Welt und wußte zu berichten, daß es Gegenden gab, wo die Frau Hausfrau war und überhaupt nichts tat und nur zu Hause saß und unzufrieden damit war, daß sie nirgendwo etwas zu sagen hatte (sonderbar!!!) und frei werden wollte oder so ähnlich.

Das hörte sich merkwürdig an. Es mußte in einem entfernten Land sein, sehr weit weg, einem sonderbaren Land, wo es nicht die Frauen waren, die bestimmten. Und wo die Frauen nicht arbeiteten, sondern sich sogar noch ducken und unterdrücken ließen. Das mußte im Kongo sein, oder unten bei Stockholm, wo die Heiden Schweden waren. Es gab allerdings tatsächlich auch innerhalb des Kirchspiels ein Exemplar der oben beschriebenen sogenannten Zierpuppe. Das war die Pastorsfrau. Sie war den ganzen Tag nur zu Hause und schlug die Zeit tot. Sie wurde mit einer Mischung aus Ehrfurcht, Verwunderung, Verachtung und Verwirrung betrachtet. Man nahm an, daß sie die Frau der neuen Zeit repräsentierte.

Die Küste hob sich. Der schlafende Riese atmete.
Langsam.

Im Jahre 1324 erließ die Vormundschaftsregierung Magnus Erikssons eine Verfügung, in der Menschen »die an Christus glauben oder sich zum christlichen Glauben bekehren wollen«, aufgerufen wurden, sich im Land zwischen den Flüssen Ume und Skellefte anzusiedeln. Sie sollten ungehindert Land in Besitz nehmen dürfen und vorübergehende Steuerfreiheit genießen.

Aus Hälsingland strömten sie herbei.

1413 wurde die Bevölkerung in Västerbotten auf ungefähr 1900 Menschen geschätzt. Um die Mitte des 16. Jahrhunderts war diese fest ansässige Bevölkerung auf ungefähr 15 000 angewachsen. Die Bevölkerung Skellefteås belief sich in jenem Jahre 1413 jedoch nur auf 450 Personen. Im Kirchspiel Lövånger lebten 150 Personen. 1543 gab es im Gebiet von Skellefteå 54 Dörfer, 350 Haushalte und insgesamt 2632 Personen. In Skellefteå selbst lebten 945 Menschen, in Bureå 450.

Im Jahre 1700 hatte das Kirchspiel Skellefteå 3000 Einwohner, verteilt auf 57 Dörfer. Skellefteå im Jahre 1900: 19 952 Einwohner.

Kleine offene Flächen kultivierten Bodens im Waldteppich. Kleine Dörfer längs der Küste, Flecken konzentriert um die Flußmündungen. Flachland, Moore, ein paar Felsen an der Küste. Dies war das Land, das Elmblad das finstere Tal nannte.

Aber es hob sich.

Es lebte, sehr langsam hob es sich aus dem Meer.

K. V. Markström hatte eine kleine höchst ungeistliche Ader. Er sang Lieder. Also keine Hymnen oder Psalmen, sondern Lieder. Durch und durch weltliche Lieder; Josefina mißbilligte das Ganze offiziell, fand aber doch ein gewisses Vergnügen am Zuhören. Nachher wies sie ihren Gatten scharf zurecht, mit heller und freundlicher Miene, damit er wußte, daß er es wieder tun durfte.

»*Eine klägliche Weise sei Euch hier gesungen*«, sang er mit schriller und übermütiger Stimme, »*die Tränen hervorlockt bei Alten und Jungen. Und ich bin nicht schuld, daß die Weise ist fatal, sie handelt vom Klemensnäser Sägepersonal.*«

Das Lied war weit und breit bekannt. K. V. sang es häufig, Nicanor kannte es auswendig. Es war das Lied, das vom sogenannten Klemensnäsbrief handelte. Zuweilen vergißt man, daß die Situation früher eine andere war.

Also: daß der Widerstand ein anderer war, daß die Bereitschaft, Konflikte auszutragen oder ihnen auszuweichen, rationale Gründe hatte, daß die Spaltung sich wie von selbst entwickelte und doch so lange dagewesen war, daß der Gegner weitaus besser organisiert war und andere Methoden der Bestrafung und Belohnung kannte, daß der Respekt vor der Obrigkeit in schmerzlichen und konkreten Erfahrungen wurzelte. Daß man nicht kapitulierte, weil einem die Kapitulation Lustgefühle bereitet hätte.

Der berühmte Verrat hatte seine Wurzeln. Aber die sahen vielleicht anders aus, als man sich vorgestellt hatte.

Nicanors Vater hatte also das Klemensnäslied in seinem Repertoire.

Das Lied bezog sich auf eine kleine Begebenheit, die auf ihre Weise die geistige und gewerkschaftliche Entwicklung der Skellefteå-Gegend illustriert. Sie trug sich zu im Jahre 1894, und das Lied stammt aus demselben Jahr. Die Situation entstand in einer Krise und war das Resultat eines lange und geduldig ertragenen Leidens. Jahr auf Jahr waren die Einkünfte zurückgegangen, Entlassungen waren willkürlich und diktatorisch erfolgt. Alle lebten am Rande des Existenzminimums, und nördlich des Flusses war die Lage noch schlimmer, weil dort keiner die Möglichkeit hatte, wie die Arbeiter auf der Südseite, von Verwandten mit Kleinbauernhöfen in Notzeiten Hilfe zu bekommen.

Die Lage war miserabel. Das war ganz normal. Das Normale war schließlich unerträglich geworden.

Da entschloß man sich zu einer Aktion. An einem Maiabend 1894 setzte man eine Versammlung im Wald an. Etwa hundert Arbeiter erschienen, sie versammelten sich auf einer Lichtung, die Stimmung war erregt. Nach einer halben Stunde allgemeinen Murrens wurden eine Planke und zwei Steine herangeschafft, man baute ein kleines Podium, und der erste Redner bat um Ruhe. Was er sagte, wußten sie alle nur zu gut, doch an dem kühlen Maiabend lauschten sie dennoch mit großer Aufmerksamkeit. Es ging um die Misere und daß sie am Hungertuch nagten und um die wieder einmal drohende Senkung der Löhne.

Es wurde, wie Augenzeugen der Versammlung später berichteten, ein hitziger Abend. Viele waren aufgestanden und hatten erklärt, daß es jetzt überhaupt keinen Sinn mehr haben könnte, noch zu arbeiten. Ein Mann namens Bengt Lindkvist hatte gesagt, wenn man von seiner Arbeit nicht leben kann, dann kann man genausogut aufhören zu arbeiten. Verhungern tun wir so oder so.

Nach einer Stunde hatte man sich geeinigt. Man wollte eine Resolution verfassen. Die Empörung war groß, man machte eine halbe Stunde Pause, und drei Mann wurden dazu bestimmt, einen Brief an die Gesellschaft aufzusetzen. Es wurde der berühmte Klemensnäsbrief, und die Protestversammlung dieser hundert aufgebrachten Arbeiter aus Västerbotten resultierte in folgendem bemerkenswerten und im nachhinein geradezu klassischen Schriftstück.

Herrn Direktor
O. V Wahlberg!
Skellefteå

Da die neue Sägeanleitung es mit sich gebracht hat, daß die Verschnittmenge sich im Vergleich zur alten Anleitung erhöht hat und dadurch unser Verdienst proportional im Vergleich zu den vorhergehenden Jahren abgenommen hat, erlauben wir uns respektvoll die Anfrage, ob nicht ein Ausgleich vorgenommen werden könnte, um dieser Lohnverminderung vorzubeugen? Und wären wir sehr dankbar für ein Entgegenkommen in dieser Angelegenheit und auf eine Art und Weise, die Sie selbst für gut befinden.

Indem wir gleichzeitig unsere Dankbarkeit bezeugen für die wahrhaft humane Behandlung, die uns stets von Ihrer Seite zuteil geworden ist, zeichnen wir mit aufrichtiger Hochachtung

Klemensnäs im Mai 1894

Dann folgte eine lange Reihe Namen. Ein Arbeiter mit Namen P. G. Sjölund hatte als erster unterzeichnet. So weit so gut. Sie schrieben den Brief, lasen ihn vor, unterzeichneten ihn, und die Reihe der Namen war sehr lang.

Die eigentlichen Schwierigkeiten waren danach aufgetaucht.

Alle waren sie sich einig, daß es ein sehr guter Brief war, die Formulierungen waren geglückt, und man hatte genau den richtigen Ton getroffen. Es stand nichts drin, das Anstoß erregen konnte. Aber als man fragte, wer von den Versammelten bereit war, den Brief zu überreichen, entstanden die Schwierigkeiten.

Zuerst kam ein langes, drückendes Schweigen. Auf der Planke, die über zwei Steinen lag, stand der Mann, der den Brief geschrieben hatte, hielt das Papier hoch und wartete. Langes, drückendes Schweigen. Ein Mann aus Yttervik hatte daraufhin ums Wort gebeten und gemeint, daß es nur natürlich sei, wenn der erste Unterzeichner, Sjölund, die hohen Herren aufsuchte. Sjölund war völlig bestürzt und hatte den Vorschlag heftig zurückgewiesen. Er hätte Frau und Kinder, und wenn man bei der Gesellschaft den Eindruck bekäme, daß er der Initiator dieser *gewerkschaftlichen* Aktion sei, würde er zweifellos entlassen werden.

Seine Kinder würden verhungern wie Katzenjunge. Er sagte nein. Sie verstanden, daß er auch nein meinte.

Der Mann auf der Planke, der das Papier hochhielt, wechselte die Hand.

Andere Namen wurden gerufen. Oscar Henriksson. Per Lindgren. E. A. Fällman. A. Degerstedt. N. H. Markström. Wiktor Sjölund. A. Renberg. A. Lundström. N. Nygren. Alle weigerten sich.

Der Mann auf der Planke ließ den Arm sinken.

Der Abend war jetzt sehr spät geworden. Mehrere von den Arbeitern waren bereits gegangen. Sie mußten früh am nächsten Morgen aufstehen.

Der Mann auf der Planke hatte sich hingesetzt. Der Klemensnäsbrief ist mit Tinte und in kräftiger, säuberlicher Handschrift geschrieben und zweimal gefaltet. Er existiert noch. Ein Text von anscheinend nicht gerade revolutionärem Wortlaut, aber keiner wagte den Brief zu überreichen.

Man muß sich bewußt machen, daß die Situation früher eine andere war.

»*Indem wir gleichzeitig unsere Dankbarkeit bezeugen für die wahrhaft humane Behandlung, die uns stets von Ihrer Seite zuteil geworden ist, zeichnen wir mit aufrichtiger Hochachtung ...*«

War es in Klemensnäs schlimmer als anderswo? Keineswegs. Eher umgekehrt: das Unternehmen wurde auf eine eher weniger autoritäre Weise geführt als viele vergleichbare. Doch die Angst war wirklich. Die Situation war eine andere.

Nach zwei Stunden hatte man immer noch keinen gefunden, der das Schreiben zu überreichen wagte. Und so verlief die Aktion im Sande. Der Brief wurde nie überreicht. Aber er sollte trotzdem bekannt werden, denn es entstand ein Lied über die Begebenheit, das oft gesungen wurde. *»Daherzureden ist keiner zu faul, doch kommt es drauf an, hält jeder das Maul. Denn Einigkeit ist selten und höchst verbal beim ehrenwerten Klemensnäser Sägepersonal.«* Die Moral des Liedes war einfach: das Lied macht die feigen Arbeiter lächerlich, die zuerst das Maul weit aufrissen und gegen die Hungerlöhne protestieren wollten und dann nicht wagten, den Protest vorzubringen.

Man war in allen Punkten vollkommen einig gewesen, daß der Normalzustand von Ausbeutung und Hungern unerträglich war; daß das Schreiben höflich sein sollte; daß das Schreiben richtig formuliert war; daß keiner wagte, es zu überreichen. Man war sich über all dies vollkommen einig gewesen.

Die Küste atmete. Sie hob sich, sie lebte. Der Widerstand nimmt viele Formen an.

K. V. Markström hatte wie gesagt eine ungeistliche Ader: er sang Lieder. Auch das Klemensnäslied pflegte er zu singen, in der unklaren Überzeugung (vielleicht nicht gerade Schadenfreude, aber fast), daß das ehrenwerte Klemensnäser Sägepersonal *falsch* gehandelt hatte, unklar deswegen, weil er nicht wußte, ob das Falsche in der ursprünglichen Aktion oder in ihrem Scheitern lag. Hatten die Feigen Vernunft angenommen? Oder waren die Dummdreisten klug geworden? Oder die Mutigen feige?

K. V. Markström wußte es wohl kaum, er sang nur. *»Wenn sieben von ihnen ein Rabe begegnet, wird der achte nur mit 'ner Krähe gesegnet. Wollen neune vorwärts, will der zehnte zurück, das ist ein erprobtes und altes Stück.«*

So sang er. Denn Einigkeit war selten und höchst verbal. Nicht nur beim ehrenwerten Klemensnäser Sägepersonal.

3

Es gibt noch ein Foto von K. V. und Nicanor.

Es wurde irgendwann in den zwanziger Jahren aufgenommen, also nach der Gehirnblutung. Nicanor bewahrte es sorgfältig auf, weil er sich so gut daran erinnerte, wie es aufgenommen wurde. Es war wie gesagt nach der Gehirnblutung. Zuerst hatte man K. V. auf den Topf gesetzt, damit er das Schlimmste von sich lassen sollte (sie waren durch Schaden bei früheren Gelegenheiten klug geworden), dann Papier in die Unterhosen gestopft, ihm die Sonntagshose angezogen (etwas eng, weil er während der Krankheit aufgequollen war), ihn ordentlich gewaschen, ihm das Haar naß gekämmt (in dem vagen Versuch, ihn wie einen pensionierten Tangokavalier aussehen zu lassen) und ihn in die Stadt geschleppt. Da steht Nicanor an seiner Seite auf dem Foto, todernst, glotzäugig, als hätte er den Atem angehalten. Stimmt.

Herr Markström selber hat etwas zu kurze Jackenärmel, er sitzt auf einem Stuhl, die Hand des Sohns väterlich auf seiner Schulter, selbst hält er beide Hände im Schoß, in einer Pose, die Ruhe und Zuversicht (vielleicht das Vertrauen in Gott?) demonstrieren soll, die sich aber vor den kritischen Blicken der Nachwelt eher wie eine eigenartig obszöne Geste ausnimmt, so als sei er mit beiden Händen beim Onanieren und hätte zu spät entdeckt, daß das Glied weg ist. Aber er sitzt auf einem Stuhl, den Hintern sicher auf ein paar Nummern des Skelleftebladt gedrückt, Nicanor an seiner Seite.

Der Hintergrund ist der richtige, eine Gebirgslandschaft.

Viele Jahre später sollte Nicanor noch oft zu diesem Bild zurückkehren; er konnte stundenlang dasitzen und es anstarren, als verberge sich hinter der vergilbten Oberfläche ein Geheimnis, das sich ihm eines Tages entschleiern würde. Es war das Gesicht des Vaters, das ihm Rätsel aufgab. Das Groteske an diesem Gesicht war, wie sehr es dem eines lebendigen Menschen glich. Zwar waren die Augen nach dem Schlaganfall leer, als seien sie herausgenommen und durch Porzellanknöpfe ersetzt worden, und das Gesicht hing auch ein wenig schief. Aber unter diesem Schiefen, Toten, Porzellanartigen und Erstarrten deutet sich ein Lächeln an, ein schwaches Echo von Leben: als sei die Oberfläche abgestorben, aber tief darunter noch Leben vorhanden. Als weigere er sich hartnäckig, dieses Leben aufzugeben, das doch seit einem Jahrzehnt schon tot und zerstört war. Es war, als glaubte Nicanor ein Zeichen von Leben in dem schon fast erloschenen Gesicht des Vaters zu entdecken. Sie hatten eine lebende Leiche noch einmal ausstaffiert, sie mit Zeitungspapier im Hosenboden und mit dem Schürhaken im Rücken versteift, die Gebirgslandschaft in Position gebracht und abgedrückt, aber diese lebende Leiche versuchte dennoch, von weit her aus dem Totenreich, ihm eine Nachricht zu senden, eine Botschaft, die aus diesem beinah toten Gesicht ablesbar war, das vorgab, Karl Valfrid Markström darzustellen.

Das Erschreckende war, daß dieser tote Mensch so hartnäckig versuchte, einem lebendigen zu gleichen. Aber dennoch gelingt es ihm nicht, die Botschaft auszudrücken.

K. V. Markström war nur 1,65 groß, mager; 1924 bekam er einen Schlaganfall und starb drei Jahre später im Glauben an seinen Erlöser. Von ihm könnte man sagen, daß er nur während einiger kurzer Minuten seines Lebens, und da völlig unbewußt, als Brücke zwischen dem Erlöser und dem Sozialismus fungierte.

Ganz unbewußt. Aber trotzdem.

Die einzige Zeitung, die er las, war das konservative Skellefteblad.

Auf diesem Weg erreichten ihn keine zur Revolution ermunternden Kampfsignale. Daß die Arbeiter in den Sägewerken in Dal und Sandö für das Organisationsrecht kämpften und in den Streik traten, worauf die Sägewerkbesitzer Kempe Streikbrecher heranholten, die mit Revolvern bewaffnet wurden, verschwieg das Blatt ebenso fürsorglich wie die

Sandö-Krawalle im Mai 1907, wo die drei *Sandö-Männer* zu je acht Jahren Gefängnis verurteilt wurden, weil sie einen Landgendarm mit einem Holzknüppel malträtiert hatten. Nein, das war nicht seine Welt, auch nicht die des Skellefteblad. Zwar drangen vage Echos einer wachsenden Arbeiterbewegung auch hinauf nach Skellefteå, aber diese Echos hatten dumpfe und drohende Untertöne, wie von Kartenspielen und Fluchen, und man schob den Riegel vor und schloß die Haustüre, auf daß die Saat der Sünde nicht eindringen möge.

Dennoch hatte der Vater ein lebendiges Interesse für die Umwelt, das zum Teil durch die Spalten des Skellefteblad zufriedengestellt wurde. Er liebte es, laut die kleinen absurden Nachrichten aus der großen Welt vorzulesen, die die Spalten der Zeitung füllten. Er saß dann gern auf der Küchenbank, genau unter der tickenden Wanduhr, und las mit lauter und klagender Stimme, während die übrige Familie in andächtigem Schweigen verharrte.

Besonders liebte er die kleinen kurzen Nachrichten aus der Stockholmer Gesellschaft, die die Redaktion des Skellefteblad den kleinen Leuten des Skelleftetals nicht meinte vorenthalten zu dürfen. »*Generalmajor Freiherr Ernst von Vegesack*«, las er mit seiner klagenden Stimme, die eigentlich den Lebensanleitungen der Hauspostille für dieses finstere Jammertal hätte vorbehalten sein sollen, »*wurde am Mittwoch 82 Jahre alt. Er hat seit fast einem Jahr seine Wohnung nicht verlassen können, bringt aber, ungeachtet seines schweren Rheumatismus und anderer Gebrechen, dennoch den größeren Teil des Tages vollständig bekleidet in seinen Räumen zu.*«

Das war alles. Die ganze Nachricht. Und der Vater verstummte und ließ die Zeitung sinken, die Wanduhr tickte, und er blickte auffordernd die Zuhörenden an, aber was hätten sie eigentlich sagen sollen? Ja was?

Wenn er das Bild des Vaters betrachtete, glaubte er die ganze Zeit ein Echo dieser Stimme zu hören. Die lebende Leiche auf dem Foto hatte eine Nachricht für ihn, pathetisch und furchterregend. Ihr Echo hallte durch die Jahre. War die Nachricht von großer Wichtigkeit oder bedeutungslos? Er erwartete fast, daß die Gestalt auf dem Foto sich in der nächsten Sekunde bewegen, die Hand in die Hose stecken, die Zeitung, die jetzt die Unterhose ausfüllte, hervorholen würde, daß sie das nur leicht bepinkelte Skelleftebladt hervorziehen, es auseinanderfalten und dann, während die lächelnden Gebirge und die treue Familie ihn aufmunternd betrachteten, mit ruhiger und vertrauensvoller Stimme lesen würde: *Er hat seit fast einem Jahr seine Wohnung nicht verlassen können, bringt aber, ungeachtet seines schweren Rheumatismus und anderer Gebrechen, dennoch den größeren Teil des Tages vollständig bekleidet in seinen Räumen zu.* Und dann würde Josefina auf einmal dort an seiner Seite sein, wie immer, und mit ihrer anerkennendsten, positivsten und imponiertesten Miene ihm zunicken und soufflierend murmeln *Newassachse dazu ... wassachse dazu ... ungeachtet ... vollständig bekleidet in seinen Räumen ... wassachse dazu ...*

Dieser Respekt! Dieser noch nie entfachte Zorn, dieses Verständnis. Dieser noch nie geweckte Zorn.

Da sitzt er auf dem Foto und lebt und ist tot und ist es doch nicht.

Viele sahen im Vater wohl einen unterdrückten und ziemlich schwachen Menschen, selbst in seinen besten Jahren vor dem Schlaganfall. Und teilweise traf das wohl auch zu: ein brüllender Haustyrann war er keinesfalls. Er hatte seine Statur gegen sich, und sein kleingewachsener, sehniger Körper machte neben dem langen, knorrigen, um nicht zu sagen muskulösen seiner Frau zuweilen einen etwas komischen Eindruck. Aber es wäre total falsch, ihn als Pantoffelhelden oder als grauen, anonymen Lohnsklaven abzutun.

Nicanor hörte nie auf, von seinem Vater überrascht zu werden. Sicher war er treu, fromm und von seiner ganzen Veranlagung her sehr anpassungsbereit, aber es fehlte ihm auch nicht an Anflügen von bizarrem Humor, der, bisweilen exakt im absolut unpassenden Moment eingesetzt, vollkommen wahnwitzige Ergebnisse zeitigen konnte. Nicanor vergaß nie jenen Karfreitagnachmittag, an dem die Familie zu Hause in der Küche saß und darauf wartete, daß dieser Tag des Leidens seinem Ende zuginge. Sie sprachen in leisem und der Stimmung angemessenem, gedämpftem Tonfall über die Eitelkeit der Welt und die kommenden Freuden des Himmelreichs, woraufhin der Vater, als die Rede auf die immerhin existierenden guten Seiten des Jammertals kam, mit etwas verträumtem und abwesendem Blick und ganz nebenbei konstatierte: *»Jaa-o; wenner mich fracht, isses vonne weltlichen Freuden noch am besten, wemman auf'm Lokus sitz!«*

Vonne weltlichen Freuden! Unglaublich! Wenn er es zumindest im Scherz gesagt hätte – aber es war seine bodenlos todernste Art, die seine Umgebung zuweilen buchstäblich umhaute. Erst als Ostern vorüber war, fand Nicanor zur rechten Sündenbekümmernis zurück. K. V.s Art und Weise, plötzlich und in ganz unblasphemischer Absicht weltlichen Kummer mit himmlischem Scherz zu verknüpfen, erlangte auch beinahe Berühmtheit: es gibt in der Bureå-Gegend eine Geschichte, die noch in den siebziger Jahren erzählt wurde und die von Karl Valfrid Markström ausgeht. Sie ist eigentlich nicht so lustig, nur typisch. Sie stammt aus der Zeit, als er auf dem Holzplatz arbeitete und Planken trug. Sie schichteten Stapel auf. Alle ärgerten sich maßlos darüber, daß die Firmenleitung, um Platz zu sparen, jeden Stapel so weit in die Höhe wachsen ließ, daß die letzten Lagen nur mit allergrößter Mühe hochgebracht werden konnten: man war gezwungen, jede Planke hochkant zu stellen und sich bis zum äußersten zu strecken, damit der Mann oben auf dem Stapel das eine Ende zu fassen bekam. Jedesmal, wenn der Vorarbeiter vorbeiging, warf man ihm einen fragenden und auffordernden Blick zu, aber die Anweisung, den Stapel zu wechseln, blieb aus.

Schließlich wurde es K. V. zu dumm. Als der Vorarbeiter das nächste Mal vorüberging, sagte er, zitternd vor Erregung und in gekränktem, empörtem und unwirschem Tonfall:

»Sachma, issas eintlich nötich, daß wern Erlöser untere Füße kizzeln eh wern Stapel wechseln könn!«

Er war ein ernsthafter Christ und ein lächelnder Mann. Das sollte eine gewisse Rolle spielen. Das Lächeln auf seinem Gesicht kam nämlich nur bei bestimmten sozialen Gelegenheiten zum Vorschein, aber dann kam es. Er lächelte, oder wie man in Buremundart sagte, er *griente*. Manche nannten ihn *Grienmarkström*. Jeder, der ihn einem Gottesdienst hatte beiwohnen sehen, wußte sogleich warum, und es war auch diese Eigenart, die ihn aus Versehen zum gewerkschaftlich stimulierenden Brückenschlag zwischen dem Erlöser und dem Sozialismus beitragen ließ.

Das war so.

Markströms hatten ihren Platz im Bethaus auf der linken Seite. Die Familie marschierte herein, Josefina an der Spitze, dann die Jungen der Reihe nach, der Vater am Schluß. Sie nahmen Platz auf der linken Seite, drei Bänke von vorne, zum Gang hin. Da saß dann Karl Valfrid Markström und hatte seinen Spaß. Vielleicht ist das ein bißchen brutal ausgedrückt. Aber Tatsache ist, daß er lächelte. Er lachte in sich hinein oder sah freudestrahlend aus, und das die *ganze Zeit.* Er setzte sich, hielt die Hand wie einen verstärkenden Trichter unter das rechte Ohr, als sei er höchst begierig, jede Silbe der christlichen Freudenbotschaft, die gleich verkündet werden sollte, mitzubekommen, und begann zu lauschen.

Er saß vornübergebeugt, wie zum Sprung bereit, fixierte intensiv den Prediger und lächelte herzerfrischend.

Es gab Prediger, besonders mit den örtlichen Verhältnissen nicht vertraute Gastredner, die durch den Anblick dieses weit vorn sitzenden, hemmungslos lächelnden Mannes vollkommen aus der Fassung geraten waren, Prediger, die den Faden verloren oder die Predigt vorzeitig beendet hatten. Doch lag ja keine böse Absicht hinter seinem Lächeln, nichts Hinterhältiges oder Ironisches oder Höhnisches. Und vor allem (was man vielleicht glauben könnte) lag absolut nichts Einfältiges in diesem Lächeln.

Es war ganz einfach so, daß er unerhört aufmerksam *mitging*. Daß er sich so anstrengte, seine grundsätzliche Loyalität zu zeigen. Er hing an den Lippen des Verkünders, Silbe für Silbe, nahm jede Nuance, jede Feststellung zum Anlaß, so über alle Maße warm, offen und *aufmunternd* zu lächeln, als ob es jeden Augenblick darum ginge, diesen Verkünder des Wortes voranzutreiben, zu neuen freudenreichen Höhen, ihn dessen zu versichern, daß er fortfahren solle, daß alle ihm folgten, daß sie *einig* waren.

Die Sache hatte nur den Haken, daß diese Zustimmung, dieses wohlmeinende Nicken und das bekräftigende Lächeln sozusagen verwirrend oder ab und zu direkt absurd wurden, wenn die Botschaft für fröhliches Lächeln keinen Anlaß gab. Und, um bei der Wahrheit zu bleiben, war das ziemlich oft, wenn nicht sogar meistens der Fall. *»Und dann werden die Flammen des ewigen Feuers über euch kommen, die ihr tot seid im Geiste und euch nicht die Mahnung des Erlösers zu Herzen nehmt, daß ihr auf die Knie fallen und die Botschaft vernehmen sollt«*, donnerte Prediger Byggström unverdrossen von seiner Kanzel. Aber warf er einen Blick in die Richtung, wo Karl Valfrid Markström saß, sah er nur ein sonniges und eifrig nickendes Gesicht, das dieses himmlische Manna wie Sirup in sich hineinzuschlecken schien. *»Abbe das sach ich euch, was ihr seid, nämlich Schlangengezücht und ewich verdammt sein sollter un im ewing Feuer schmoren«*, trumpfte er nun auf, in jener unvergleichlichen Mischung aus Hochschwedisch, Bibelsprache und Dialekt, die so häufig von den Kanzeln in den Dörfern serviert wurde, aber nicht, daß das K. V. aus der Fassung gebracht hätte, der jetzt vor Freude und Entzücken beinah aufgelöst schien. *»Falsche Propheten, Lügenmäuler und Heuchler seid'e wie e da seid!«*, versuchte es der jetzt ernstlich irritierte Prediger, er sprach direkt in das sonnige Gesicht da unten, erntete aber nur eifriges Nicken und vertrauliches, einverständliches Augenzwinkern, das hundertprozentig bekräftigte, daß es genau so schlimm stand und er das Ganze als richtig aufmunternd empfand.

Ausgenommen vielleicht die Predigten vom Jüngsten Gericht; manche Prediger widmeten ja dem Evangelium etwas mehr Zeit als dem Gesetz, und da war der Effekt nicht ganz so durchschlagend. Aber direkt anstößig wirkte seine permanente Fröhlichkeit, wenn die Prediger sich bei der Passionsgeschichte aufhielten.

Es war die allgemeine Auffassung, daß man die Passionsgeschichte unter Tränen hören müsse. Nicanors Vater war anderer Meinung.

»Da kreuzigten sie ihn, und mit ihm zwei andere, zwei Übeltäter, einen zur Rechten und einen zur Linken, und Jesus in der Mitte«, begann der Prediger mit seiner tiefsten, trauerumflortesten Stimme vom Rednerpult herab. Aber nein. Es war wie verhext. Sie brauchten ja nicht einmal ihre vor Trauer gesenkten Köpfe zu erheben und den Vater von der Seite aus verstohlen anzusehen, so *wußten* es alle in der Familie. Ja, sie wußten es im voraus, und der Prediger wußte es, und alle anderen wußten es. Karl Valfrid Markström neigte den Kopf zum Hörtrichter der Handfläche, lächelte sein unverdrossen strahlendes Lächeln, nickte hoffnungsvoll und aufmunternd und schien ganz mit seinem kleinen sehnigen Körper mit dem Verkünder der düsteren Botschaft dort oben mitzuleben: während der Verkünder bei diesem Anblick immer geneigter schien, sich in sich selbst zurückzuziehen und dort zu bleiben. Doch er fuhr tapfer fort. *»Da kamen die Kriegsknechte und brachen die Beine dem ersten und dem zweiten, der mit ihm gekreuzigt war«* – ausgezeichnet, nickte K. V.s sonniges Antlitz, in dem keine Passionsbotschaft die Freude zu verdunkeln vermochte oder auch nur einen Schatten von Melancholie über seine Stirn huschen ließ.

Einige der Prediger hatten schließlich ihre Lektion gelernt. Sie wußten, daß man nie, nie schräg nach rechts unten blicken durfte. Denn taten sie es, war dort unweigerlich Karl Valfrid Markströms knorriges Lächeln, wie ein Freudentanz bei einem Begräbnis.

Das Merkwürdige war, daß dieses Lächeln nur während

der Predigt da war. Es war ganz unbewußt mechanisch an die düstere oder freudenreiche Botschaft der Bibel geknüpft; war die Verkündigung vorbei, war die Freude vorbei. Kurz, es bedurfte nur dessen, daß der Prediger mit einem resignierten Amen! den Verkündigungssack zuschnürte, so erlosch K. V.s Lächeln, als sei die Flamme der Freude ausgeblasen worden. Sie würde nicht vor dem nächsten Gottesdienst wieder aufflackern. Wenn der unendlich langsame, klagende Gesang angestimmt wurde (Josefina vorneweg! laut, schrill und gleitend! *So wie Jesu Schmerzen waren, hat noch niemand Schmerz erfahren!*), war das Gesicht des Vaters wieder völlig normal, ganz gefaßt und grau. Er murmelte verlegen dem Gesang hinterher, immer im Schatten seiner Frau, die wie eine taube Walküre die Sängerschar auf einer schrill klagenden Dünungswelle vorwärts führte, oder wie man die Sache nun ausdrücken will.

Zu allem Überfluß war er sich dessen nicht bewußt, daß er lächelte.

Nicht die Spur.

Offenbar bekam Nicanors Mutter wegen 'm K. V. sein *Gegriene* oft kleine Sticheleien zu hören, und zumindest einmal hörte Nicanor, wie sie sich bei ihrem Mann über sein wahnsinniges Bethausgesicht beklagte.

Der Vater zeigte sich vollkommen verständnislos.

»Du solls nich da inne Bank sitzen unnen Prediger angrien«, sagte sie vorwurfsvoll und scharf. Der Vater war die maßlos gekränkte Unschuld.

»Das lüchse«, setzte er sich mit ungewöhnlicher Heftigkeit zur Wehr. »'ch sitz donich un grien!! Is nich waah!«

»Du griens«, stellte sie kategorisch fest.

»'ch grien nich!«

»Du griens!« donnerte sie da mit ihrer ganzen Autorität und ihrem prinzipiellen Widerwillen dagegen, daß man ihr widersprach.

Er starrte sie finster, vorwurfsvoll, aber resignierend an, sah ein Unwetter heraufziehen und entschloß sich, die Sache nicht weiter zu treiben und leitete den taktischen Rückzug ein.

»Also meinetweeng, jaja, wenn de meins, wenn de meins«, sagte er in gemäßigtem und schlichtem Ton und wandte sich zur Tür. Doch draußen auf der Treppe überkam ihn noch einmal der Ernst der Anklage, er blickte zum Himmel auf, wie um Kraft zu schöpfen, machte kehrt, steckte den Kopf zur Küchentür herein und erklärte mit seiner unnachgiebigsten und entschiedensten Stimme: »Ich grien nich!!«

Und so weiter. Und so weiter. Nicanor konnte sich erinnern, daß sie noch eine Stunde so dastanden, unterbrochen durch die taktisch bedingten Rückzüge des Vaters und die strategischen Gegenangriffe, nachdem die Mutter sich beruhigt hatte, daß sie dastanden und sich stritten (»Du griens!« – »Ich grien nich!« – »Tusse doch!« – »Tu ich nich!«) ohne Ergebnis.

Sie waren wohl beide guten Glaubens.

Viele meinten, dieses Bethauslächeln sei K. V. Markströms Art zu maskieren, daß er schlief und nichts hörte; daß seine lächelnden Kiefer sich versteift hätten wie die Beine bei einem schlafenden Pferd und daß die Augen geschlossen wären, obwohl sie geöffnet zu sein schienen. Aber das war faktisch nicht der Fall. Es waren andere Gefühle beteiligt.

Ein lächelnder Mann. Es gilt, das Lächeln zu deuten.

Im Oktober 1906 kam der Sägewerkagitator Johan Persson ins nördliche Västerbotten hinauf.

Er schreibt hinterher einen Bericht, der im Archiv der Arbeiterbewegung aufbewahrt ist. Eine triste Lektüre. Er kommt am 1. Oktober in Skellefteå an und verläßt die Stadt fünf Tage später, ohne irgend etwas ausgerichtet zu haben. Es ist das alte, bekannte Lied. Alle Versuche, Versammlungslokale zu beschaffen, scheitern, der Pastor schreckt alle ab und hat alles in der Hand, die Religiosität ist kompakt, alle Organisationsversuche sind fast aussichtslos. Die Nähkränzchen des Gelben Josef florieren da und dort, am schlimmsten in Sävenäs, die Gelben machen gemeinsame Sache mit den Lakaien der Aktiengesellschaften, und jeder Versuch, gewerkschaftliche Ortsgruppen in der LO* zu organisieren, mißlingt. Es gibt zahllose Streikbrecher, genauer gesagt solche, die im Falle eines Streiks arbeitswillig wären. Der einzige Kampf, der hart geführt wurde, war der steinharte Kampf der Arbeitgeber für das Recht der Streikbrecher, während eines Arbeitskonflikts zu arbeiten. In Byske und Piteå örtliche Abteilungen des Schwedischen Arbeiterverbundes, unterstützt von den Arbeitgebern. Gelbe überall.

Trostlos.

Gegen Ende des Berichts kommt jedoch ein etwas optimistischerer Ton auf; er gibt Rechenschaft über einige mehr oder minder mißlungene Versammlungen, die er in diesen fünf Tagen in den Dörfern entlang der Küste gehalten hat, und faßt zusammen: »Doch ist es sicher der Mühe wert, auch hier durch kräftige Agitation für die Sache des Sozialismus zu wirken. Hier ist für die Zukunft viel zu gewinnen. In diesen zurückgebliebenen Landstrichen kann man Arbeiter treffen, die unsere Redner kräftig ermuntern und die nicht vor der Pfafferherrschaft kapitulieren. Ich konnte selbst bei einem Treffen in der Sägewerkgemeinde *Bure* Leute beobachten, die durch Lächeln und zustimmendes Kopfnicken unsere Sache kräftig zu unterstützen schienen. Es ist deshalb ratsam, die Arbeit fortzusetzen, und wenn unsere Agitation nicht nachläßt, wird es nicht lange dauern, bis selbst die Arbeiter und Bauern von Västerbotten anfangen, auf unserer Seite zu marschieren und ihre Angst vor der roten Farbe aufzugeben.

Johan Persson hatte recht. Er gründete seinen Optimismus indessen auf einen ganz bestimmten und im Grunde ein wenig isolierten Fall. Er hatte an der Kreuzung von Skärvägen und Kustlandsvägen eine Versammlung abgehalten und auf einem Melkschemel gestanden. Es war Abend. Ein feiner

---

* *Landsorganisationen,* der schwedische Gewerkschaftsverband (Anm. d. Übers.)

Nieselregen hatte in der Luft gelegen, ansonsten aber war es ein warmer und schöner Abend. Nur ungefähr zehn Zuhörer waren erschienen, wenn man die Erwachsenen zählt; außerdem waren ungefähr dreißig Kinder gekommen. Er hatte von seiner Sache gesprochen. Die Zuschauer wirkten nicht sehr interessiert. Sie hatten ihn mit dumpfen, steinernen Gesichtern betrachtet, und als er versuchte, sie durch Fragen oder direkte Anrede zu aktivieren, hatten sie mit Schweigen geantwortet. Ein paar eingeflochtene Scherze waren wirkungslos verpufft. Er war dann dazu übergegangen, von der Gleichheit der Menschen zu sprechen und hatte in einem spontanen Einfall Paulus zitiert: »Denn hier ist nicht Jude oder Grieche, nicht Knecht oder Freier, nicht Mann oder Frau ...«

Von diesem Punkt des Vortrags an hatte ein Mann in der Versammlung plötzlich großes und positives Interesse für den Redner gezeigt. Er hatte, bei den Worten des Paulus, die rechte Hand ans Ohr geführt, wie um besser zu hören. Der Mann war ziemlich klein, aber aus seinem auffallenden Interesse und seiner allgemein positiven Haltung schloß Persson, daß es auch hier ein starkes Interesse für die Sache des Sozialismus gab: es galt nur, es zu wecken. Der Mann hatte die Hand wie ein Hörrohr ans Ohr gehalten, hatte den Körper vorgebeugt, als setze er zu einem Sprung an, hatte den Redner intensiv fixiert, ihm ein übers andere Mal aufmunternd zugenickt und durch kräftiges Lächeln gezeigt, daß er verstanden hatte und einverstanden war.

Für Johan Persson war das ausschlaggebend, und er gründete seinen Bericht auf dieses im Grunde positive Erlebnis. Nach der Versammlung war der Mann verschwunden, bevor Persson Kontakt aufnehmen konnte. Aber er war dagewesen. Es hatte ein leichter Nieselregen in der Luft gelegen, nur wenige waren gekommen, aber blickte er nach rechts, sah er einen Arbeiter, der seine Sache unterstützte: ein freundlich, beinah sonnig, und ganz offenbar einverstanden und entschieden lächelnder Mann.

Da konnte man ansetzen.

4. Eine Lebensfrage ersten Ranges

*»Da unser Ansehen als Arbeiter
für uns eine Lebensfrage
ersten Ranges darstellt,
können wir dasselbe nicht
dem Gutdünken
irgendwelcher Leute preisgeben.«*

1

Im Mai 1907 kam ein Schlepper namens S/S Nya Trafik in den
Hafen von Bureå. Er kam aus Ursviken. Steuermann an Bord
war ein Mann mit dem Namen Seth Lundmark. An Bord des
Schiffes befand sich außerdem ein Mann mit Namen Zetter-
kvist; er ließ die Nachricht verbreiten, daß man willige und
verantwortungsbewußte Arbeiter für eine Arbeit im Süden
suchte. Der Lohn würde gut bemessen sein.

Aus Bureå, Ursviken und Frostkåge bekamen sie zusammen vierundachtzig Mann, die sich bereit erklärten zu fahren.
Unter ihnen war Onkel Aron. Sie fuhren im Mai 1907 und
kehrten im September des gleichen Jahres zurück. Aron war
recht wortkarg hinsichtlich dessen, was er erlebt hatte, aber
er erzählte Nicanor, daß das Ganze ein Auftrag gewesen sei
für Arbeitswillige, die Arbeitsunwillige ersetzen sollten.
Arbeitsunwillige waren solche, die nicht arbeiten wollten,
sondern streikten. Auf dem Schiff waren sie übel dran gewesen. Sie hatten hin und zurück an Deck gesessen und
furchtbar gefroren. Für Verpflegung mußte man selber sorgen. Es gab nur einen einzigen Eimer als Toilette. Keine

Lebensrettungsausrüstung. Viele waren seekrank geworden. Auf der Rückreise war ein erst achtzehnjähriger Junge aus Frostkåge an Blinddarmentzündung erkrankt. Er war krepiert. Der Verdienst war nicht der Rede wert gewesen. Es war eine elende Zeit gewesen. Oft hatten die Leute sie beschimpft, obwohl sie doch nur arbeitswillig waren. Es war unangenehm gewesen. Die Rückreise war geradezu schrecklich gewesen. Er hatte gefroren. Es war nicht viel, was er zu erzählen hatte. Er war nicht gewillt, Einzelheiten zu erzählen. Aber eins machte er deutlich. Das war, daß man im Süden ganz unterschiedlicher Meinung war.

»Se ham dagestann un gebrüllt. Manchmal schämte man sich beinah. Geschrien hattense.«

»Welche se?«

Onkel Aron erzählte es nicht. Aber klar war, daß im Süden Meinungen aufeinanderprallten. Er kam im September 1907 zurück, und irgendwie hatte es den Anschein, als ob etwas geschehen wäre.

Onkel Aron bekam einmal ein Butterfaß. Er benutzte es nie. Aber ein leichter, säuerlicher, eigentümlich lockender Duft ging davon aus.

Die Geschichte von dem Butterfaß hängt zusammen mit dem, was später geschah.

2

An einem späten Herbstabend im Oktober 1907 wurde die erste einer langen Reihe von Versammlungen abgehalten; sie fand statt in Petrus Lundgrens Küche in Oppstoppet.

Im gleichen Jahr, also im Sommer 1907, war die ganze Familie nach Bureå gezogen.

Man hatte die Versammlung auf acht Uhr am Abend angesetzt. Es hatte den ganzen Tag gegossen, Regen und Schneematsch, und die Wege waren saumäßig, weil es nicht gefroren hatte. Bevor die protokollierte Versammlung anfing, wurde eine Menge verschiedener Themen angesprochen. Frans Lindström meinte, daß man den Pastor hätte verständigen und um seine Anwesenheit bitten sollen. Per Nyström brachte die Notwendigkeit eines Regenschutzes auf dem Holzplatz zur Sprache. Amos Jonsson klagte über den schlechten Zustand der Wege in der Gemeinde, Amandus Wikström erinnerte sich an ein Erlebnis beim Drainieren in Holmsvattnet, und danach konnte die Versammlung beginnen.

Die Küche war groß, und fünfzehn Personen fanden leicht Platz. Man hatte sich nicht die Mühe gemacht, zusätzliche Stühle zu leihen, sondern vier saßen auf der Küchenbank, zwei auf dem Spülstein, drei auf Stühlen, und die übrigen setzten sich auf den Fußboden. Petrus Lundgrens Frau hatte wie üblich frisch gescheuert, weshalb sich alle im Flur die Schuhe ausgezogen hatten. Links vom mächtig beheizten Herd stand der Wassereimer mit der Kelle. Sie kamen einer nach dem anderen.

Um viertel nach acht konnte man anfangen.

Nicanor war mit seinem Vater hergekommen. Ein paar Minuten später kam Aron.

Nicanor war nicht zum erstenmal in Petrus Lundgrens Küche in Oppstoppet, im Gegenteil. Seit sie ins Dorf gezogen waren, war er sehr häufig dort gewesen. Petrus Lundgren war ein Cousin von Josefina, es war prima, wenn man Verwandte hatte. Lundgrens waren prima, und das beste an Lundgrens Küche war, daß dort die Post ausgelegt wurde. Das ging so vor sich. Gegen sechs Uhr kam der Postsack zu Lundgrens. Man öffnete dann den Sack und sortierte die Post in kleinen Haufen auf der langen Bank, einen für jeden Haushalt. Es machte nichts, wenn man ein bißchen zu früh kam. Kam man zu früh, ging es folgendermaßen vor sich. Nicanor kam herein, ohne anzuklopfen, denn das tat man nicht, und stellte sich an die Küchentür und wartete. Dann würde die Elsa Lundgren sagen: *Nee siema an bis dus, Nicanor, na dann setz' ich ma.* Und dann setzte er sich auf den Stuhl an der Tür oder auch auf die Bank. Es war ein Unterschied, ob man nur mal hereinschaute oder ob man die Post holte. Wollte man die Post holen, nahm keiner Notiz von einem. Dann war es nichts Besonderes. Wollte man mal hereinschauen, dann würde die Elsa oder jemand anderes fragen, ob man vielleicht Kaffee haben wollte. Dann würde man nicht gleich annehmen, sondern sagen *nein danke.* Dann würde sie einen ein bißchen nötigen und mit einer Tasse Kaffee kommen. Dann würde man sagen *nee sachma 's ist abbe donich nötich.* Dann würde man vorn an der Tür sitzen und trinken; eine Tasse Kaffee und was Leckeres. Ganz allein. Und dabei würde man ein bißchen reden. Wollte man nur die Post holen, gab es keinen Kaffee. Dann konnte man einfach dasitzen und so ganz allgemein den Lundgrens zuschauen. Dann war es auch nicht nötig, etwas zu sagen.

Auf diese Weise kannte Nicanor Petrus Lundgrens Familie sehr gut.

Ein paarmal, als er zu ihnen gekommen war, und man sich sozusagen auf die neu zugezogenen Cousins einstellen wollte, in aller Freundschaft, hatte man ihn auch zum Essen eingeladen. Da ließ er sich nur sehr schwer nötigen. Das hatte zwei Gründe. Teils mußte man Zurückhaltung üben und sich länger sträuben, wenn es um die Grütze ging, als wenn es um Kaffee ging. Es war immerhin Essen. Teils konnte er den Alten nicht leiden. Das war der Anselm, der Großvater auf dem Hof. Mit dem war das nämlich so, daß er irgendeine Art Schorf oder Ekzem im Haar hatte und sich immer dort kratzte. Wahrscheinlich Ekzem, er hatte weißes Haar, aber es sah aus, als trüge er darunter eine braune Kappe. Wenn er aß, war es nicht gerade ein Vergnügen, am selben Tisch zu sitzen. Erst aß er eine Zeitlang Grütze. Dann legte er gedankenverloren den Löffel nieder, sah zur Decke auf und fing an, mit dem Nagel des rechten Mittelfingers trübsinnig die Kopfhaut zu kratzen. Wenn er genug zusammen hatte, nahm er die Hand herunter und aß es auf.

Nicanor war gegen so etwas empfindlich und ekelte sich. Das taten die anderen sicher auch, aber sie hatten sich wohl daran gewöhnt. Lundgrens hatten ansonsten immer gute Grütze. Es war Roggenmehlgrütze, auf einen flachen Teller geschüttet. Sie lag eine Weile und wurde so gerade fest. Dann nahm man etwas Melasse (Sirup konnte man sich nicht leisten, aber Melasse war auch gut, wenn sie auch hauptsächlich für die Kühe gedacht war) und füllte sie in ein Loch, das man in die Mitte der Grütze gemacht hatte. Dann nahm man ein bißchen Grütze und ein bißchen Melasse und ein bißchen Milch und aß. Er mochte ihr Essen eigentlich gern, aber mit den Mittelfingerübungen des Alten konnte er sich nur schwer anfreunden. Deshalb lehnte er meistens ab.

Man konnte ja sagen, daß man schon gegessen hatte oder so. Auf diese Weise kannte Nicanor Lundgrens Familie sehr gut.

Onkel Aron kam als letzter.

So viele hatte noch niemand vorher in Lundgrens Küche gesehen. Man konnte glauben, daß es Hauskatechese geben sollte. Aber da die Orgel nicht aus der kleinen Kammer hervorgeschleppt worden war, ging es offenbar um etwas anderes. Einen besonders frommen Eindruck machte die Versammlung nicht, obwohl der anerkannt innig gläubige Amandus Wikström anwesend war, allerdings ohne seine Kühe im Schlepptau.

Später wurde es allgemein bekannt, daß gerade er es gewesen war, der die Initiative zu der Versammlung ergriffen hatte. Das war, gelinde gesagt, erstaunlich. Allerdings hatte er schon immer in dem stabilen Ruf gestanden, ein unheimlich unberechenbarer Kerl zu sein. Teils war er gläubig. Teils konnte er Kühe dressieren. Teils ging das Gerücht, daß er es gewesen war, der im Jahr zuvor dem von Umeå heraufgeschickten Agitator Hjalmar Gustafsson geholfen hatte, der damals Schwierigkeiten gehabt hatte, im Dorf sprechen zu können, und dem von den Leuten des Direktors Prügel angedroht worden waren; diesem Gustafsson hatte er geholfen und ihn über Nacht beherbergt. Amandus Wikström war ein kleiner, sehniger und in mancher Hinsicht patenter Kerl, der wegen seiner guten Hand mit Kühen örtliche Berühmtheit erlangte. Das war in der Zeit, als er bei seinem Vater in Ljusvattnet arbeitete. Dort hatte er (das war in den achtziger Jahren) es beinahe fertiggebracht, die Kühe zu zähmen, so daß sie alle möglichen Befehle befolgten. Man sprach von ihm als dem Kuhbändiger von Ljusvattnet, und der Abstand der Jahre hatte die Vorstellungen darüber, was er zuwege gebracht hatte, ins Mythische gesteigert. Den wildesten Mythen zufolge konnte er die Kühe auf Kommando auf den Hinterbeinen stehen, mit den Vorderbeinen in der Luft zappeln und das Hauptmotiv von »Ein feste Burg ist unser Gott« muhen lassen. Andere, vertrauenswürdigere Quellen besagten, daß er ihnen beigebracht habe, Kommandos zu befolgen, so daß die Kuhherde aussah wie eine gut dressierte Schulklasse, wenn sie, mit Amandus an der Spitze, dahergetrottet kam.

Dann hatte er Kühe und Dressur und Landwirtschaft aufgegeben und war Arbeiter geworden. Aber der Mythos lebte weiter. Außerdem war eine große Anzahl klassischer Anekdoten mit seinem Namen verbunden. Die bekannteste stammte aus der Zeit, als er als Knecht in Fahlmark gearbeitet und einmal aus Versehen die Misttonnen so nah an den Strand gestellt hatte, daß die Flut sie im Frühjahr weggeschwemmt hatte. Daher stammte der Ausspruch. » Wennich nochen Jahr leb, *un das tuich ja wohl,* stellich 'e Misttonn nich mehr anne See.«

Dies galt in weiten Kreisen als drastische und kontroverse Aussage, was jeder, der nicht im Küstenland von Västerbotten aufgewachsen ist, vielleicht unbegreiflich findet. Das Kontroversielle daran war die reichlich selbstsichere Feststellung *un das tuich ja wohl* – also überleben bis zum nächsten Jahr.

Das war der Höhepunkt der Vermessenheit. Dieser elende, aber störrische Sünder nahm an, daß er bis zum nächsten Jahr leben würde, ohne im selben Atemzug die Gnade und Barmherzigkeit Gottes anzurufen und zu versichern, daß er einsähe, daß man nur durch seine Gnade lebte: ohne die konnte man kaum auf eine Stunde, geschweige denn auf eine ganze Nacht rechnen. Dermaßen den Göttern zu trotzen. Amandus Wikström nahm sich in diesem Ausspruch (der ja auch mythisch und also verstärkt wurde) wie ein västerbottnischer Prometheus aus, dessen grenzenloser Übermut ohnegleichen war. Zu allem Überfluß ging seine Weissagung in Erfüllung. Er überlebte nicht nur das erste Jahr nach der Katastrophe mit den Misttonnen, sondern noch eine ganze Reihe anderer. Er erwies sich, zum Leidwesen aller, als ein zählebiger Teufel, der nie seine Strafe bekam, jedenfalls nicht in diesem Erdenleben. Aber Josefina Markström hatte jedesmal einen verbissenen, einsichtsvollen und frommen Zug um den Mund, wenn sie von ihm sprach: »Wennich nochen Jahr leb, *un das tuich ja wohl,* stellich'e Misttonn nich mehr anne See.« Zwar war der liebe Gott gütig, sagte der Ausdruck um ihren Mund. Aber für gewisse Leute war es ein besonderes Glück, daß seine Güte so unendlich war. Sonst hätte der Amandus seine Misttonnen gleich mitnehmen können an einen speziellen heißen Ort. Welchen sagte sie nicht.

Und ausgerechnet hier, in Petrus Lundgrens Küche, erhob sich dieser berüchtigte Amandus Wikström, räusperte sich, bat um Ruhe und hielt die mit Spannung erwartete Einleitungsrede. Hier haben, konstatierte er sachlich, einige von Bureås Arbeitern sich versammelt, um die entstandene Situation zu besprechen. Es sei nicht beabsichtigt, beeilte er sich zu sagen, um Einwänden zuvorzukommen, eine Gewerkschaft oder etwas Ähnliches an die LO Angeschlossenes zu bilden. Aber dagegen läge es im Bereich des Möglichen, eine Arbeitervereinigung zu bilden. Der Jahresbeitrag sollte mäßig sein, und irgendwelche gottlosen Dinge sollten nicht vorkommen.

Das sollte man jetzt diskutieren. Der Grund, weshalb die Frage jetzt aufgegriffen würde, sei der, daß die Gesellschaft im Begriff zu sein schien, die Löhne zu senken. Wieder ein-

mal. Und daß die Lage dann ziemlich ausweglos wäre. Das
sähen sie wohl alle ein. Es gäbe also viel zu diskutieren.

Er sprach zehn Minuten, ruhig, fast unpersönlich sachlich,
und gab dann das Wort frei.

Zuerst wurde es ziemlich still.

Als man aber einmal in Gang gekommen war, wurde doch
viel gesagt. Die Diskussion war in jeder Weise aufrichtig. Man
sprach über die Löhne und was man verdienen konnte. Sie
redeten auch darüber, was sie für den Lohn bekamen, und
über die Möglichkeiten zu überleben. Das alles wurde eingehend diskutiert. »Von Jöns Thoresson wurde vorgeschlagen«,
schrieb man später ins Protokoll, »daß die Vereinigung einen
Namen haben sollte, und einigte sich die Versammlung, daß
die Vereinigung *Bures unabhängige Arbeitervereinigung*
heißen sollte.«

Es war fast elf Uhr abends, als die Versammlung beendet war
und alle nach Hause gingen.

Nun war es soweit. Man hatte es beschlossen. Eine Arbeitervereinigung war gebildet worden. Eine kleine Fraktion
unter Führung von Frans Westermark hatte gefordert, in die
Statuten sollte aufgenommen werden, daß diese Arbeitervereinigung eine Arbeitervereinigung und keine Gewerkschaft
sei, und es müsse klar zum Ausdruck kommen, daß sie auf
christlichem Grund stände, aber nach zweimaliger Abstim-
mung wurde das als unnötig abgelehnt. Daß die Arbeitervereinigung keine Gewerkschaft war, war ja klar, weil sie nicht
der LO angeschlossen war und auch nicht beabsichtigte, sich
der LO anzuschließen, weil keiner das geringste Interesse
hatte, der LO angeschlossen zu werden, und hatte denn überhaupt jemand etwas von der LO verlauten lassen? Nein. Was
den christlichen Grund betraf, waren die Meinungen geteilt.
Einige fanden, daß der christliche Grund so selbstverständlich wäre, daß man es nicht noch schriftlich zu haben brauchte und daß es auf keinen Fall etwas Unchristliches, Gottloses
oder Glaubensfeindliches in der Arbeitervereinigung gäbe.

Andere sahen den christlichen Grund eher als zweifelhaft an, weil es vielleicht Mitglieder gäbe, die nicht so tief gläubig wären oder die meinten, daß die Glaubensfrage nicht direkt etwas mit den Lohnsenkungen der Sägewerkgesellschaft zu tun hätte.

Man kam überein, die Frage zu vertagen.

Nicanor, Aron und der Vater gingen ein Stück des Heimwegs gemeinsam. Aron kam ihnen merkwürdig aufgeregt vor; er hatte natürlich während des ganzen Abends kein Wort gesagt, aber nun hielt er einen langen, überraschend wortreichen und im großen und ganzen unbegreiflichen und verwirrten Monolog über seine Gefühle angesichts dessen, was er gesehen und gehört hatte. »Nun kommt der Streit auch hierher«, murmelte er wie zu sich selber, während sie durch den Regen nach Hause stapften. »In Hudik war schon Krach, un jetz gehts bei uns in Bure los. Überall auffe Welt is bald Streit. Gott is de Arbeiter ihr bester Freund sahngse« (»Jao jao!« souffliierte K. V. routiniert von der Seite, »da hasse rech!«) »... abbe was hamwer davon.« Er sprach geradewegs in den Regen und die Dunkelheit hinein, und Nicanor und der Vater lauschten verblüfft und unsicher dem plötzlichen Ausbruch. »Im Süün in Kramfors hamsen Streit un jetz isse Streit bald hier. Un e wä oom in Pite gewesen und da hätt e Prügel gekrich« (dies war eine für Nicanor neue und überraschende Auskunft, doch der Vater schien besser informiert zu sein und nickte nur still zustimmend in die Dunkelheit) »un jetz kämense auch hierher. 'n Gelben hättensen genannt un Strajkbreche un'e hätt'e Schnauze voll gekrich, dabei hätt'e nur gearbeit.«

»Ode etwa nich.«

Aber auf der Versammlung hätte er geschwiegen. Und nichts sagen wollen. Weil ein paar wüßten, daß er oben in Pite gewesen wäre.

»Pite«, fragte Nicanor verblüfft, »bisse in Pite gewesen un has gearbeit?«

Es war unmöglich, sich einen Reim zu machen auf Onkel

Arons Gerede. Aber daß er beunruhigt war wegen der Dinge, die im Anzug waren, konnte man merken. Und er bog ab nach Skäret hinunter, doch bevor die kleine schiefe vierkantige Gestalt von dem treibenden Schneeregen verschluckt wurde und verschwand, beendete er den längsten und verwirrtesten Monolog seines Lebens, indem er mit lauter und bedeutungsschwerer Stimme zu Nicanor und seinem Vater sagte:

»Abbe's ist wie mein Vater gesacht hat, alse Prediger Andersson von Stalldach gepredich hat un runtergefalln is. Da hatt'e gesach, un dassis waah: *Wenn sich ein erhöht und steht un hält'e Predich aufm Stall, dann kann'e runterfalln un im Misthaufn lan'n!*«.

Sie starrten beide verwundert auf Onkel Aron. Sein Gesicht war verfroren und kältegepeinigt im Schneetreiben, das ganze Gesicht verzerrt, das schielende Auge zeigte steif und stumm nach innen. Er hatte seine Meinung gesagt. Dann ging er zu seiner Baracke, und die Dunkelheit verschlang ihn.

3

Ein Mann aus der Verwaltung mit Namen Tiblad rief in der folgenden Woche Onkel Aron ins Kontor.

Tiblad war Verwalter bei der Gesellschaft. Er war ausnehmend freundlich, bat Onkel Aron, Platz zu nehmen, und leitete dann eine längere Unterhaltung ein. Er bemerkte, er sei froh, es mit anständigen und reellen Leuten zu tun zu haben, und daß die Arbeiter der Bure-Gegend im allgemeinen reelle Leute seien. Er ließ anklingen, daß Onkel Aron zum Stamm der zuverlässigen Arbeiter gehöre und fragte schließlich, wie ihm die Arbeit im Sägewerk gefalle.

Onkel Aron, der die ganze Zeit sehr verschüchtert gewesen war und keinen Ton gesagt hatte, fuhr bei diesen Worten auf, blickte schief schielend den Verwalter Tiblad an und erklärte, daß ihm seine Arbeit gefalle. Der Verwalter schien bei diesen Worten beruhigt zu sein und lächelte Onkel Aron freundlich zu, der ein wenig unsicher, aber dann immer erleichterter dem Verwalter mit einem seiner seltenen Butterblumenlächeln antwortete. Das Gespräch ging weiter, und einige Minuten später ließ Verwalter Tiblad wie nebenbei die Bemerkung fallen, daß er von der Versammlung erfahren habe, die stattgefunden hätte, und auf der eine unabhängige Arbeitervereinigung gebildet worden sein sollte. Er fügte schnell hinzu, daß die Sache ihn ja nichts anginge, aber er wisse, daß Onkel Aron zu den Arbeitern gehörte, die hinter dem Projekt stünden. Bevor Aron sich erklären konnte, machte der Verwalter eine besänftigende Handbewegung und ging dazu über, seine allgemeine Einstellung darzulegen.

Nachdem er seine allgemeine Einstellung dargelegt hatte, bat er Aron, sich zu erklären. Weil dies etwas zäh und stolpernd vonstatten ging, nahm der Verwalter wieder das Wort und fragte, ob Aron nicht bereit sei, von Zeit zu Zeit diesen Besuch zu wiederholen und zu berichten, wie die Organisationsarbeit voranschritte.

Aron nahm dieses Anerbieten eifrig an. Der Verwalter Tiblad erklärte jedoch, daß es sicher gut sei, wenn keiner der anderen von diesen Gesprächen erführe, die ja lediglich stattfänden, um Mißverständnisse auszuräumen und Eindrücke zu vermitteln. Nachdem er Aron auf diese Weise für den Besuch gedankt hatte, schenkte er ihm ein Paket Butter.

Das Paket war in Papier eingewickelt, Aron öffnete vorsichtig eine Ecke und sah nach. Es war Butter. Es war ziemlich viel Butter, fast zwei Kilo. Gelb leuchtende Butter. Er blickte fragend auf Tiblad, der bekräftigend nickte.

Butter.

In der Nacht schlich sich Nicanor zu Eva-Liisa hinein. Sie schlief wie immer leicht, wie ein Vogel, als er ihre Hand berührte, war sie schon wach. Sie flüsterten lange in der Dunkelheit, der feuchte Schnee trieb ans Fenster, er sah ihre Silhouette. Sie flüsterten lange.

Er saß auf dem Fußboden. Er fror nicht.

4

Beim zweiten Treffen in Petrus Lundgrens Küche, am Abend des 12. November, wurde K. V. Markström zum Vizesekretär von Bures unabhängiger Arbeitervereinigung gewählt. An die zwanzig Personen waren anwesend, doch nur eine mit der stillen Billigung der Gesellschaft, aber davon wußte noch keiner etwas, außer diesem einen. Das war Onkel Aron.

Nachher gingen sie alle schweigend durch den stillen weißen Schneefall nach Hause. Der Raum war stumm und weiß, keine Himmelsharfe klang und alles war unerhört still wie Warten oder Erwartung.

Das Protokoll wurde bei Markströms aufbewahrt, und Nicanor sollte es später behalten. Es war ein großes rotes Schreibheft mit blauen Linien, und das erste Blatt fehlt, sicher als Klopapier benutzt oder etwas Ähnliches. Aber sonst ist alles erhalten.

Man braucht es nur zu lesen.

28. November. »Wurde vorgeschlagen, wie man sich zu den Löhnen auf dem Holzplatz stellen sollte, weil es hieß, daß es nicht gut aussähe mit einer Lohnerhöhung. Nach kurzer Diskussion beschloß die Vereinigung, eine Erhöhung des Akkords um 10 % zu fordern. Und wurde ein Mann, nämlich Oskar Bergmann, gewählt, um auszurechnen, was das für die verschiedenen Löhne ausmachen würde.«

Weiter, von der gleichen Versammlung: »Ein Mitglied schlug vor, man sollte fordern, daß am Walpurgistag arbeitsfrei sein sollte. Was die Vereinigung beschloß zu fordern. Wurde die Frage aufgeworfen, sonntagabends im Sägewerk arbeitsfrei zu bekommen. Diese Frage wurde bis auf weiteres vertagt.«

Es kam über diesen Punkt zu einer Diskussion. Der die Frage nach dem arbeitsfreien Sonntagabend gestellt hatte, war ein Mann aus den Dörfern; er wußte, was das bedeutete. Im übrigen, fügte er hinzu, sollte man sonntags überhaupt nicht arbeiten. Im Prinzip waren sich alle einig: aber als Elon Wikström danach gesprochen hatte, hatte er viele auf seine Seite bekommen. Er meinte, es sei ein schlechtes und unheilverkündendes Zeichen, daß die Vereinigung schon jetzt so *aufsässig* wirkte. Es würde nach außen hin so wirken, als ob man sich groß vorkäme, als ob sie glaubten, was zu sein, und so weiter. Wünsche zu äußern, meinte er, sei eine Sache. Mit Forderungen zu kommen, dazu noch in einem pochenden Ton, das war etwas anderes. Das einzig Richtige sei, Zurückhaltung zu zeigen. Dies alles war dann von einigen anderen scharf zurückgewiesen worden, die außerdem die Ansicht vertraten, man sollte vor der bevorstehenden Wintersaison eine Erhöhung des Stundenlohns von 27 auf 30 Öre verlangen.

Der Vorschlag wurde an und für sich als vernünftig angesehen. Aber man distanzierte sich von dem Wort *Forderung*. Man einigte sich darauf, nicht aufsässig zu erscheinen, und daß der Vorschlag bis auf weiteres ruhen sollte.

Petrus Ehnmark gab seinen Widerspruch zu Protokoll.

Der folgende Paragraph ist jedoch, in seinem Zusammenhang, rätselhaft; da heißt es: »Frage seitens des Vorstands, soll die Vereinigung in ihrer Thätigkeit fortfahren? Nach längerer Disskussion der Frage wurde beschlossen, mit der Thätigkeit der Vereinigung fortzufahren.«

Es war die zweite Versammlung der Vereinigung. Danach gingen sie hinaus in den unendlich stillen weißen Abend, der Schnee fiel lautlos, und der Feuersturm der Revolution war weit weit entfernt. Und doch hat es so angefangen.

Oder, richtiger gesagt: das Merkwürdige war, daß es überhaupt anfing. In dieser weißen, keuschen Stille.

»Frage seitens des Vorstands, soll die Vereinigung in ihrer Thätigkeit fortfahren?«

Zweifelte man am Sinn des Ganzen?

Sicher. Aber man machte weiter.

Den 5. Dezember. »Auf Vorschlag wegen der Entlohnung für den Winterbetrieb im Sägewerk erklärten die Vertrauensmänner, daß der Direktor 27 Öre pro 100 fürs Sägen angeboten hatte. Diesen Preis fand die Vereinigung zu niedrig. Und beschloß deshalb, 30 Öre pro 100 als Mindesttagelohn für die Säge sowie für die Holzarbeiter und die Stapler zu verlangen. Konrad Lundgrens Vorbehalt, man sollte den Arbeitgeber nicht hindern, wenn er für einzelne Arbeiten mehr bezahlen wollte.«

Den Arbeitgeber nicht *hindern,* wenn er mehr bezahlen wollte!

Es wurde auch diesmal wieder Frühjahr.

Die Versammlungen fanden den Eintragungen zufolge sehr unregelmäßig statt, aber Bures unabhängige Arbeitervereinigung schien dennoch ihr zurückgezogenes, flackerndes, aber zähes Leben zu leben.

Den 16. April.

»Die Vertrauensmänner erstatteten Bericht über die von der Vereinigung geställten Forderungen, und zwar folgender Maassen, daß er jetzt in diesen schweren Zeiten nicht mehr als 27 Öre bezahlen kann. Und auch im Mai war er nicht besonders gewillt.«

Sicher nicht – aber wer war nun dieser er, der mit so starker und autoritativer Stimme zu sprechen schien? Der Direktor? Oder hatte die *Gesellschaft* menschliche Gestalt angenommen und prophezeite düster auch für den Mai schwere Zeiten?

Paragraph 4 von derselben Versammlung: »Wurde die vertagte Frage behandelt; nämlich sonntagabens frei zu haben, aber nach langer Disskussion wurde Vertagung auf die nächste Versammlung beschlossen.«

140

Eigentlich lag darin etwas ziemlich Sonderbares; daß es ausgerechnet in diesem Bereich Profit und Arbeitgebermoral erlaubt war, die Gebote Gottes, wie sie in der Heiligen Schrift formuliert waren, außer Kraft zu setzen. Hier entweihte man vermittels sündhafter Arbeit konstant den Ruhetag, und niemand stand auf und protestierte. Vielleicht hatte die generationenlange Arbeit mit Tieren und Ställen das Gefühl für das Sündhafte der Sonntagsarbeit abgestumpft; andererseits war ein Sägewerk keine Kuh, die absolut gemolken und gefüttert werden mußte.

Die Frage kam jedoch in immer kürzeren Abständen wieder auf. Aber keiner verfolgte sie energisch.

Weiter, Aufzeichnung von der gleichen Versammlung: »Wurde die Frage aufgeworfen, was man für die Jungen machen könnte, die zwei von drei Schichten in vierundzwanzig Stunden haben. Nach verschiedenen Wortmeldungen wurde ein Komite von drei Mitgliedern gewählt, um die Frage zu untersuchen. Gewählt wurden G. V. Nyström, Nils Mattson und Frans Eriksson.«

Den 1. Mai.

»Weil das übliche Versammlungslokal wegen Scheuern nicht ging, fand die Versammlung bei Viktor Holmström statt. Dann wurde disskutiert, warum hinsichtlich des Feierns des Ersten Mais getheilte Meinungen bestanden. Die Disskussion mußte die Antwort auf die Frage erbringen.«

Weiter unten im selben Protokoll:

»Wurde vorgeschlagen, die vertagte Frage des arbeitsfreien Sonntagabends zu disskutieren. Und wurde die Frage auf unbestimmte Zeit vertagt. Aber Frans Eriksson schlug vor, daß die Vertrauensmänner diese Frage dem Arbeitgeber ankündigen sollten, damit sie nicht unerwartet kommt, falls die Vereinigung in Zukunft in der Frage Beschluß faßt.«

Dann wieder ein Anstrich von Mißmut oder Unsicherheit über dem säuberlich, wenn auch mit ungeübter Hand in Blockschrift geschriebenen Protokolltext:

»Über die Frage, die Vereinigung aufzulösen, gab es eine ziemlich lange Disskussion. Wurde aber beschlossen, mit der Thätigkeit der Vereinigung fortzufahren.«

Dann zwei Paragraphen weiter:

»Wurde der Vorschlag gemacht, etwas auszudenken wie zu erreichen ist, daß kein Ausfall entsteht, wenn ein Sägegatter in Reparatur ist, aber wurde beschlossen, daß es bleiben soll wie es ist.«

Auf die gleiche Weise, damit es so blieb wie es war, oder weil es so war wie es war:

»Kam der Vorschlag, daß die Abräumer an der Säge einen zur Hilfe bekommen sollten, um die Gatter frei halten zu können. Wurde abgelehnt.«

Er fand, daß er die Veränderungen *riechen* konnte. Erst war es der Geruch in Petrus Lundgrens Küche, als er anfing: er war schwer, bedrückend sauber, ein wenig vorsichtig anständig. Dann die Küche bei Aron Häggblom am Skärvägen: viel kleiner, ein wärmerer Geruch, wie von Menschen, die zusammengedrängt saßen und einander wärmten und sich dabei nicht unwohl fühlten. Dann das Versammlungslokal bei der IOGT. Kühler, sauberer, aber auch ein wenig freier.

Die Veränderungen waren zu riechen. Und es war, als verlören sie langsam, ganz langsam den Respekt vor etwas: nicht viel, nur als ob kleine, kaum wahrnehmbare Stückchen von einer jahrhundertedicken Firnisschicht abblätterten.

Sie fingen alle an, Gefallen daran zu finden, ein bißchen.

Vielleicht war es doch gar nicht so blöd.

Man hörte es auch am Ton des Protokolls. Unzählige Male hatte man in mehr oder weniger resignierten Worten die Frage des arbeitsfreien Sonntagabends aufgegriffen. Und auf einmal taucht in einer Protokollaufzeichnung vom 16. Mai 1908 folgender gänzlich unvermittelter und rätselhafter Satz auf:

»Die vertagte Frage wegen des arbeitsfreien Sonntagabens wurde behandelt und wurde beschlossen, daß Sonntagabendarbeit in der Säge vom 24. Mai an ausgeschlossen ist.«

Wurde beschlossen! Daß die Arbeit ganz *ausgeschlossen* ist! Was für ein Ton, ganz plötzlich! Wenn das nicht war, was Elon Wikström *aufsässig* genannt hatte, und das gegenüber dem, der von Gott, der Gesellschaft, der Regierung und den Aktieninhabern eingesetzt war, die Arbeit zu leiten und zu verteilen, wenn nicht das, dann war nichts aufsässig. Merkwürdigerweise berichtet keine Protokollaufzeichnung aus dem nächsten halben Jahr vom Ausgang des Beschlusses, nein, in Wirklichkeit sind schon die folgenden Punkte im gleichen Protokoll in einem anderen und zurückhaltenderen Ton gehalten, als hätte man geglaubt, zu heftig ins Horn gestoßen zu haben, hätte verschreckt und unsicher auf das Echo gewartet und dann wieder zu sprechen begonnen, aber mit gedämpfteren Stimmen, wie um diskret den Eindruck des plötzlichen Zornausbruches abzuschwächen.

Da steht:

»Die Lohnfrage für die Säge wurde behandelt und wurde beschlossen, daß die Frage bis auf weiteres offen bleiben soll, und daß sie sägen solln bis sie den Tageslohn bekommen, der dabei rauskommt mit dem Preis, den der Arbeitgeber angeboten hat.«

Ein Beschluß wurde jedoch in großer Einigkeit gefällt. Er betraf die Frage finanzieller Hilfe für den Kauf von Bibeln für Konfirmanden. Der Beschluß kann auf vielerlei Weise gedeutet werden, aber der Text, ungekürzt, lautet folgendermaßen:

»Wurde beschlossen, daß die Vereinigung eine Summe Geld schenkt, und zwar für ein Neues Testament für jeden der Jungen, die im Frühjahr aus der Schule gekommen sind. Wurde kein bestimmter Betrag beschlossen, sondern ein Drittel von dem Geld, das für diesen Zweck nöthig ist.«

Der Elch bewegte sich wie ein grauer, schwerelos gleitender Schatten über das Moor: noch zu weit entfernt. Kühles graues Licht, bald sechs Uhr. Onkel Aron hielt das Gewehr unbeweglich im Anschlag, folgte mit dem Blick dem grauen Schatten, der lautlos über das Riedgras glitt. Der Hochsitz war alt und hatte gerade Platz für zwei Personen. Er stand am Rande des Harrsjömoors, an der Bergkante nach Westen, und man sah noch Schneeflecken.

Da bäumte sich der Schatten auf, blieb stehen, witterte und verschwand hinter einer Kieferninsel, die mitten in der braungrauen Fläche des Moors trieb.

Aron brummte etwas, rückte sich zurecht, schwenkte den Gewehrlauf nach links. Gerade da kam der Elchschatten wild ausbrechend aufs Moor hinaus: der Schuß krachte und kam sogleich in schwachen, rollenden, immer undeutlicher werdenden Echos zurück. Der Elch lief weiter, ohne die geringste Spur eines Zögerns; und wenige Sekunden später war er vom Waldrand verschluckt.

Aron legte still das Gewehr nieder. Er rollte sich langsam herum auf den Rücken und blickte nachdenklich in den hellgrauen Morgenhimmel hinauf. Sein Gesicht war jetzt ganz normal, die Erregung war verschwunden, er bewegte mechanisch und leer kauend den Mund. Nicanor betrachtete ihn von der Seite.

»De Elch hätt we brauchen könn«, sagte Onkel Aron schließlich. »Un das kanse me glaum«, sagte er in einem Tonfall, als hätte er etwas sehr Wichtiges mitzuteilen, »wenns en Strajk gib, dann darf man kein Elch verpassn!«

Und Nicanor begriff, daß Onkel Aron ihn auf seine Weise vorzubereiten versuchte auf einen Kampf, den er in der Welt der Zukunft kommen sah.

Die Moral war dagewesen, solange man zurückdenken konnte. Sie war vollkommen fertig, wurde vererbt, von Jahrhundert zu Jahrhundert. Jemand mußte sie einmal geschaffen haben, aber darüber machte sich keiner Gedanken. Sie enthielt eine Menge Gebote, die jedoch nie klar formuliert worden waren, sie war christlich lutherisch moralistisch und sie erlaubte dem Menschen, im Schweiße seines Angesichts zu arbeiten und seine Ehre zu verteidigen.

Sie schrieb auch manches andere vor. Das Interessante war die Sache mit der Ehre. Da war etwas, eine Möglichkeit, ein potentieller Anknüpfungspunkt für die neuen Ideen, die kommen sollten.

Das Ganze war sehr kompliziert. Andererseits war die Entwicklung der schwedischen Gesellschaft sehr kompliziert. Und das, was geschah und geschehen sollte, und die Verrate, die begangen und nicht begangen wurden, die wurden erst begreiflich, wenn man nach diesen sonderbaren Wurzeln grub. Plötzlich war es, als befänden sich die Endpunkte der Himmelsharfe an ganz neuen und sehr überraschenden Stellen. Manche paßten sich einer Moral oder Ideologie an, die seit Jahrhunderten dagewesen war. Andere benutzten sie für ihre Zwecke.

Es brauchte seine Zeit. Es war überaus unklar. Die Unklarheit war indessen ganz natürlich.

Nein, nicht natürlich. Aber begreiflich.

Am 23. September 1908 ist im Protokoll der Versammlung von Bures unabhängiger Arbeitervereinigung eingetragen:

»Der Vorsitzende verlas einige Vorschläge, die an die Vereinigung eingesand worden waren. Und die, welche interessiert waren (unleserlich) beizutragen. Die Versammlung disskutierte, wieweit es einen begründeten Anlaß zu dem Gerücht gab, daß ein gewißer Vorarbeiter durch Äußerungen gegenüber dem Arbeitgeber, z. B. daß zu hoher Stundenlohn bezahlt würde, und das die Arbeitszeit nicht vollkommen ausgenützt wird. Was soll die Vereinigung in solchen Fällen unternehmen? Die Frage wurde sehr lebhaft disskutiert. Und wurde beschlossen, daß der Vorstand zusammen mit denen, die beleidigt worden sind, die Frage auf die beste Weise klären soll.«

Das war das erste Anzeichen.

Die Delegation war die erste in der Geschichte der Vereinigung.

Sie bestand aus Amandus Wikström, Egon Lundgren und K. V. Markström. Amandus Wikström galt als Delegationsleiter und Sprecher (sein altes Image als Kuhdompteur begann sich zu verflüchtigen, er sprach ruhig und gefaßt, und man sah ihn teilweise mit anderen Augen), aber alle waren einstimmig von der Vereinigung gewählt worden und hatten die Aufgabe, herauszufinden, wie die Gesellschaft sich zu der Angelegenheit stellte. Und man ging. Aber als sie dann im Kontor standen, begannen sie sich unsicher zu fühlen; Amandus Wikström versuchte zwar, so klar wie möglich die Hauptpunkte in dem Ganzen herauszustellen, aber es klang nicht so überzeugend, wie man gehofft hatte.

Tiblad verstand nicht oder wollte nicht verstehen.

»Es geht also nicht um den Stundenlohn«, sagte er in ziemlich gereiztem Ton. »Keinerlei ökonomische Forderungen.«

»Nichts«, sagte Egon Lundgren hastig, »neenee.«

Verwalter Tiblad sah plötzlich scharf K. V. Markström an; als ob er sich plötzlich an etwas erinnerte.

»Du bist Markström, nicht wahr«, sagte er fast freundlich.

»Jao, binnich.«

»Du bist mit Aron verwandt.«

»Jao, binnich.«

Er blickte starr auf K. V., und plötzlich bekam sein Gesicht einen Ausdruck wie von Lachen, oder Hohn, oder Verachtung. Nein, nicht Verachtung: von wachsamem Interesse. Er fragte noch einmal: »Keine ökonomischen Forderungen?«

»Nee«, sagte K. V. Markström, der sich auf unbestimmte

Weise noch immer angesprochen fühlte, obwohl er es nicht war, »hat nix mit Geld ze tun. Abbe se warn wütend weil Sie gesacht haam, dasse schlechte Arbeiter wärn.«

Es war lange ganz still im Raum. Dann schüttelte Verwalter Tiblad fast unmerklich den Kopf, lächelte plötzlich, machte auf dem Absatz kehrt und sagte im Hinausgehen: »Naja. Dann sind sie vielleicht auch schlechte Arbeiter.«

Sie blieben eine Weile stehen, aber das hatte ja keinen Sinn. Nichts, absolut nichts war passiert. Es war sinnlos gewesen. Aber Amandus setzte langsam seine Lederkappe auf, den sogenannten Lederknubbel, den er schon immer früh im Herbst trug, nahm bedächtig eine Prise, seufzte tief, blickte seine Kameraden an, als erwarte er von ihnen einen Kommentar, den er natürlich nicht bekam, und sagte: »'n müssen we wohl 'ne Versammlung machen.«

Und es gab eine Versammlung.

Die Luft war still, aber der feine Regen wehte in kleinen dichten, feuchten Schleiern über die Versammelten hinweg. Der September in jenem Jahr hatte schön begonnen, mit klaren Farben und milden Tagen, aber plötzlich brach der Herbst wie ein lange geplanter Überfall über die Küste herein, und eine Woche lang ergoß sich kalter Regen über das Kirchspiel Bure in der Provinz Västerbotten. Vom Bottnischen Meer her blies ein steifer Wind, und wenn man auf der Spitze des Burebergs stand, sah man das Meer als eine sich heranwälzende graue Lehmmasse, die schon nach wenigen hundert Metern im blaugrauen Nebel nach Finnland hin verschwand. Der Anschlag an der Tafel beim Guttemplerlokal war zweimal in vierundzwanzig Stunden vom Regen fortgewaschen worden, aber hartnäckige Vereinigungsmitglieder, die nicht einfach einem Regen nachgeben wollten, hatten ihn wieder erneuert. Dann hörte der Regen auf, lag nur noch wie ein leichter Schleier in der Luft. Jetzt hing der Anschlag da, feucht zwar, aber beharrlich. Er hatte immer noch denselben deutlichen, provokativen und höchst aufsehenerregenden Wortlaut. *Bure*

Arbeiter! hatte zuoberst auf dem ersten Anschlag gestanden, leider mit einer Tinte geschrieben, die nicht viele Minuten Regen aushielt und also etwas zerfloß.

ARBEITER VON BURE! hieß es verbessert auf dem nächsten Anschlag, diesmal mit feuchtigkeitsbeständigerer Schrift, und darunter stand:

Aufruf zur Versammlung wegen der Beleidigung der Arbeiter von Bure durch den Arbeitgeber.

Und darunter in sehr kleiner Schrift: *Massenversammlung Sonnabend 7 Uhr.*

Es kamen viele. Es kamen sogar so viele, daß man einander mit einer gewissen Verblüffung ansah. So viele, schienen die Blicke zu sagen, was sollen wir jetzt machen, so viele? Vielleicht hatte es sich herumgesprochen, daß die Versammlung einen sehr speziellen Zweck verfolgte. Es ging in erster Linie nicht um etwas Erschreckendes oder Gewerkschaftliches, wie zum Beispiel Vorschläge, eine Gewerkschaft zu bilden, oder die Sache des Sozialismus zu unterstützen oder aufsässige Forderungen nach Verringerung der Lohnsenkungen, unverändertem Lohn oder (im Extremfall) nach Lohnerhöhungen; nein, die annähernd zweihundert Menschen, die hier standen, fügten sich in die uralte schwedische Tradition ein, daß man *Zurückhaltung zu üben verstand.* Der leichte Sprühregen hielt unvermindert an, und viele sprachen (schon vor Beginn der Versammlung) mit ruhigen, sachlichen, doch von unterdrückter Erregung leicht bebenden Stimmen über das, was passiert war: über die Beschuldigungen, daß diese Arbeiter von Bure nicht hart genug arbeiteten und keine guten und *ehrlichen* Arbeiter wären, nicht so fleißig und verantwortungsbewußt, nicht so treu und zuverlässig; nein, hier lagen Beschuldigungen vor, die andeuteten, daß die Arbeiter von Bure Tunichtgute und schlampige Pfuscher seien, die ihren Lohn nicht wert seien. Es war, als hätten die Beschuldigungen so tief und hart getroffen und einen so verletzten, wütenden und beleidigt murmelnden Zorn verursacht, daß alle diese Männer, die so lange gelernt hatten, nicht aufsässig

zu sein und sich mit niemandem anzulegen, nun trotz allem
ernstlich empört waren. Und es zeigten. Und vorhatten, es
offen zu zeigen.

Als erster sprach Amandus Wikström.

Er war etwas nervös. Außerdem war er erregt; deshalb zitterte seine Stimme anfangs, als sei er ein Kind, das zu Unrecht
Prügel bekommen hat für etwas, was es nicht getan hat. Sein
Gesicht war angespannt, und dies war seine erste öffentliche
Rede überhaupt. Trotzdem ging es am Ende ziemlich gut. Er
sagte ganz einfach, daß das Maß jetzt voll wäre. Er sagte, daß
es schwer wäre, mit dem Hungerlohn der Gesellschaft eine
Familie zu versorgen, das sei eine Sache. Jetzt bliebe ihnen
bald sowieso nur noch übrig, den Kindern Schweinefutter ze
geem, de Schweine ham nämich fetteres Fleisch alse Kinder
von Bure. Aber der Lohn war eine Sache. Darüber wollte man
jetzt nicht streiten. Man war nicht hier, um höhere Forderungen zu stellen. Aber wenn jetzt angedeutet wurde, daß die
Arbeiter auch diesen geringen Lohn nicht wert wären, wenn
die Unternehmensleitung durchblicken ließ, daß die Arbeiter
nicht ihre Pflicht täten als gute und gewissenhafte Arbeiter,
dann war die Geduld am Ende. Die wo untn inne Baracken
wohn un sich kaputtfrieren un Blutkloß essen, de so vergam-
melt un langhaarich ist dassen rasieren kanns, un die Schimmel fressen müssen un im stinking Wasser stehn, die beklaang
sich nich. Aber wenn man die Ehre der Arbeiter in Frage
stellte, dann wirs höchse Zeit, daß man ein paar offene Worte sage. Hier war man nun versammelt, um klipp und klar die
Wahrheit zu sagen.

Hier verstummte er einen Augenblick und sah sich auffordernd um, und aus der Tiefe der Volksmasse erhob sich eine
Stimme und rief laut und kräftig in das gespannte Schweigen
hinein: »*Richtich so, gebt se was auf'm Quappenkopp!*« Der
Zwischenruf bewirkte eine gewisse Unruhe und löste ein
etwas unpassendes Gekicher aus; für einen Moment schien
dies Amandus Wikström aus dem Gleichgewicht zu bringen,
sein Blick flackerte, und seine Kiefer vollführten eine stum-

me und hilflos mahlende Bewegung. Aber dann hatte er sich wieder gefaßt und fuhr fort bis zum kraftvoll intonierten Schlußsatz: »*Jetz isses genuch. Wennse so von uns denken, könn se sich ihre Arbeiter holn wo se wolln, abbe nich hier. Un dassollnse auch z höörn krieng!*«

Er stieg von der Holztreppe des Guttemplerlokals hinunter, seine Backen waren gerötet, trotz der Kälte und des immer stärker werdenden Regens. Es gab Applaus. Er klang dumpf aber herzlich; die meisten applaudierten mit nassen Handschuhen. Eine einzige Glühlampe leuchtete. Sie warf einen bleichen blauweißen Schein über sie, ließ ihre Gesichter gespenstisch bleich aussehen. Keiner von ihnen lächelte mehr. Amandus Wikström stieg die Treppe hinunter, eine Pause folgte, und dann kletterte Egon Burström hinauf.

Er sollte die Resolution vorlesen.

Sie war im voraus abgefaßt worden; ihr Text ist noch erhalten, weil der erste Resolutionsentwurf mit Bleistift auf den letzten Seiten des Protokollhefts der Arbeitervereinigung niedergeschrieben wurde. Sie wurde von Egon Burström mit ruhiger und fester Stimme von der Treppe des Guttemplerlokals verlesen und hatte folgenden Wortlaut.

»Zweihundert Arbeiter von Bure haben sich versammelt, um die im Zusammenhang mit der Erneuerung des Arbeitsabkommens entstandenen Fragen zu erörtern, und haben einstimmig beschlossen, folgende Stellungnahme abzugeben.

Da zur Zeit die größte Verwirrung in der äußeren Verwaltung herrscht, die man sich denken kann, erscheint es außerordentlich schwer, im Augenblick zu einem Resultat hinsichtlich einer Abkommensänderung zu kommen, das von der Gesellschaft auf der einen Seite und von der Arbeiterschaft auf der anderen Seite akzeptiert werden kann. Da bei allen möglichen Gelegenheiten besonders darauf hingewiesen wird, daß die Schlampigkeit und die Faulheit der Arbeiterschaft schuld ist an dem schlechten Resultat, das die Berichte im Juni, Juli und August ausweisen, um nicht die kommenden Monate zu nennen, wo es möglicherweise Naturereignisse sind, die hinderlich beitragen – gegen das ständig wiederholte Gerede von der Unbrauchbarkeit der Arbeiterschaft, in das wir uns in Zukunft nicht mehr finden können, sondern sehen wir uns genötigt, uns mit den Aktieninhabern in Verbindung zu setzen und zu versuchen, eine sachkundige Untersuchung unter Mitwirkung des Staates auf unserer Seite zuwege zu bringen. Da unser Ansehen als Arbeiter für uns eine Lebensfrage ersten Ranges darstellt, können wir dasselbe nicht dem Gutdünken irgendwelcher Leute preisgeben.«

Bei diesem letzten Passus, den er mit einer Schärfe vortrug, die die Worte gegen das Übrige deutlich absetzte, hielt er inne und schaute über die Menge hin. Es war vollkommen still. Sie hatten die ganze Zeit sehr aufmerksam zugehört, ein Raunen der Verwunderung war durch die Menge gegangen, bei dem Passus, daß man sich an die Aktieninhaber wie an den Staat wenden wollte, aber jetzt schwiegen sie. Und als er über ihre Gesichter hinsah, alle die, die das kalte bleiche Licht der Glühlampe über der Außentreppe des Guttemplerlokals erfaßte, sah er keinen einzigen, der lächelte. Es war, als hätten die Worte, die Egon Burström zuletzt verlesen hatte, sie alle auf eine eigentümlich persönliche Art und Weise berührt. Ihre stummen weißen Gesichter sahen zu ihm auf, ganz still und ruhig, und sie waren wie ein Echo, das ihm Antwort gab. Die Worte betrafen die Ehre der Arbeit, das Ansehen der Arbeiterschaft, ihre Ehre. Ja, sagte das Echo in der Stille zu ihm hinauf, es besteht Anlaß zuzuhören. Wir hören zu. Es geht uns an. Es ist wichtig. Wir hören dir zu, endlich.

Egon Burström senkte den Blick auf das Papier, räusperte sich, wendete das Blatt und fuhr fort zu lesen:

»Gegen obengenannte unbefugte Beschuldigungen nehmen wir uns die Freiheit, das besonders gute Verhältnis zu betonen, das hier früher zwischen der Verwaltung und der Arbeiterschaft geherrscht hat. Als es nicht ungewöhnlich war, daß die Verwaltung Zusammenkünfte mit Kaffe usw. veranstaltet hat. Die Arbeiterschaft selbst hat Verständnis und Wertschätzung für die Verwaltung gezeigt, indem sie ihnen gemeinsam Geschenke als Erinnerungen von der Arbeiterschaft verehrt hat. Weil noch dazukommt, daß der Hauptteil der Arbeiterschaft dazu beigetragen hat, dieses Unternehmen von einer Bauernstelle von ein paar tausend zu einer Millionengesellschaft hochzuarbeiten. Wir sind sogar Zeugen gewesen, daß an die 50 Arbeiter die Silbermedaille der Patriotischen Gesellschaft entgegennehmen durften. Daß der Arbeiter zu einem gewissen Teil träge und stumpf und gleichgültig geworden ist und in gewisser Weise das Interesse für die Arbeit verloren hat, ist wohl zuzugeben, aber wie sollte es anders sein, wenn wir aufgrund dessen, daß die Säge meistens aus verschiedenen Ursachen stillsteht, größtenteils wegen des kopflosen Umbaus, der durchgeführt und mehrmals umgeändert worden ist, mit Unkosten für die Gesellschaft und für die Arbeiter und auch Zeitverlust für die Gesellschaft wie für die Arbeiter. Es ist zweifelhaft, ob es überhaupt zum Sägen kommt und wir sollten (unleserlich) anrufen. Wenn die Ordnung so aussieht, daß eines morgens, wenn wir um sechs Uhr zur Säge kommen, das Holz, das wir sägen sollen auf Björkö liegt, um halb neun kommt es von dort und ...«

Hier endet der Resolutionsentwurf: eine Seite ist aus dem Protokoll herausgerissen, der Schluß fehlt also. Dies las man vor. Dies wurde als Stellungnahme angenommen. Um neun Uhr am Sonnabend, heißt es, war die Versammlung beendet. Oder, mit der exakten Formulierung: »Aufgrund des kalten und ungünstigen Wetters wurde die Versammlung um 9 Uhr abends in voller Einigkeit aufgelöst.«

Es wurde ihm immer mehr zur Gewohnheit, nachts mit ihr zu reden. Er schlich sich zu ihr hin, berührte ihre Hand und saß dann zusammengekauert auf dem Fußboden. Sie flüsterten. Und Eva-Liisa immer die Pelzdecke bis zum Kinn hochgezogen, in einer warmen Höhle, und Nicanor unten auf dem Fußboden.

»Was is bei der Säge los?« fragte sie.

»Weiß nich«, flüsterte er zurück. »Es hat damit angefangen, daß der Verwalter reinkam und schrie und tobte«, flüsterte er schräg hinauf zu ihrem Kopf über dem Pelzdeckenrand. »Un keiner hat gewußt, was los war. Abbe se hättn schlecht gearbeit, hatter gesacht. Und e' kam rein und hat gesacht jetzt bleibt verdammich de Säge stehn. Un dann hatter'n Konrad Andersson entlassen. Un zur Strafe mußtense alle nach Haus gehn. Abbe das wissense ja alle, dasse das nur machen könn, weil de Gesellschaff im Winter nix verliert, wenn de Säge steht. Abbe de Konrad war traurich un se ham gesacht dasser geweint hat.«

»Isses waah«, sagte sie still.

»Geweint hatter. Und manche fänden, daß die Arbeitervereinigung die Sache als ihre eigene in die Hand nehmen sollte. Un man könnt's ja mitm Strajk versuchen bisse Recht gekricht haam. Un dassen entlassen solln.«

»Konrad Andersson?«

»Nee, 'n Verwalter.

Und dann, nach einer ganzen Weile, hörte er, wie sie flüsterte: »Schrecklich, dasser geweint hat.«

Das war die erste Konfrontation. Die erste Protokolleintragung über den Zwischenfall war der Bericht der Vertrauensmänner, eingetragen am 6. Oktober 1908. Er lautet:

»Der Direktor ging auf die Forderung der Arbeiter ein, für die Zeit bezahlt zu werden, die die Säge in Folge der Untersuchung der Angelegenheit stillstehen muß. Auf die Forderung der Arbeiter, daß der Verwalter entlassen werden sollte bei wiederholter Handlungsweise, sowie daß K. Andersson seinen Platz wiederhaben sollte, wenn er das wünschte, antwortete der Direktor, daß er die Sache in die Hand nehmen würde, das würde sich schon regeln lassen. Der Direktor verbat sich schriftliche Mitteilungen von der Vereinigung.«

7

Es kam ein Winter, wie ihn noch keiner erlebt hatte.

Zuerst tobte zwei Wochen lang ein Wintersturm aus Osten, schob Schneewände von Kvarken herauf, machte alle Wege mit meterdicken Schneewehen unpassierbar, hüllte das Sägewerk in weiß wirbelnde Wolken, schichtete Packeis am Kai auf, versperrte die Flößrinnen und ließ den Eispanzer der Ketten zu Armdicke anschwellen. Selbstverständlich stand die Säge still. Sie stand vom 12. Dezember an und den ganzen Januar hindurch, und darauf folgte ein unerhört kalter Februar, und die Säge stand weiter still, dann kamen einige warme Tage, und man setzte die Säge in Gang, und die, die beim Rollen der Stämme beschäftigt waren, redeten sich ein, daß sie Glück gehabt hätten, und dann stand die Säge wieder zwei Tage still, ging einen Tag, stand einen, sie war wie eine launische Frau, dachten sie; es war hoffnungslos, sie gingen hinunter zum Sägewerk und warteten und bekamen Bescheid, daß heute nichts wäre, und gingen nach Hause, und plötzlich lief die Säge.

Fürs Warten bekam man nichts. Wer nicht arbeitete, sollte auch keine Bezahlung bekommen. Warten im Schneesturm brachte auch nichts ein. Der Winter war also im großen und ganzen ausgefüllt mit Arbeitslosigkeit. Über das Wetter bestimmte im übrigen Gott. Es war ziemlich hoffnungslos. Und wenn die Säge ging, war es fast genauso hoffnungslos.

Eigentlich sollte man.

Obwohl. Nee.

Irgend etwas lag in der Luft seit der berühmten Versammlung über die Ehre der Arbeit im vergangenen Herbst. Eine beginnende Ungeduld, oder eine reißende Geduld; ein beginnender Zorn. In jenem Frühjahr sollte Nicanor im Sägewerk anfangen, er sollte in der gleichen Schicht arbeiten wie Onkel Aron, und er merkte, daß sich etwas anbahnte.

Eigentlich *sollte* man.

Dann, gerade eine Woche, nachdem die Säge ernstlich in Gang gekommen war, kam die Entscheidung. Am 18. Februar kam die Mitteilung, daß der Lohn per 100 Hölzer – »aufgrund der schlechten Zeiten« – auf 32 Öre festgesetzt werden sollte. Das war eine Senkung um exakt 10 Prozent. Und der Rest der verdammten Lohnliste sah ganz genauso aus.

Eigentlich sollte man.

Ein Mann, der in den Baracken wohnte und dessen Name unbekannt ist, war der erste. Er nahm seinen Essenbehälter und ging nach Hause. Er fand nicht mehr, daß es noch einen Sinn hatte.

Nachher wußte keiner, wie es eigentlich zugegangen war. Im nachhinein würde sicher ein Historiker den Streik als einen dieser kleinen anonymen Arbeitskonflikte katalogisieren, die dem Großen Streik vorausgingen, ihm den Weg bereiteten und ihn ankündigten: ein Konflikt in Grenzen, ein lokaler Arbeitskampf, verursacht durch Senkung der Akkordlöhne und Elend und allgemeinen Hochmut auf der Arbeitgeberseite: Aber hier, im Küstenland von Västerbotten, war kein Nährboden für Streiks, das wußten ja alle. Nicht im geringsten. Hier war das Paradies der Arbeitswilligen.

Trotzdem nahm ein Mann aus den Baracken seinen Essenbehälter und ging. Nicht daß die anderen ihm folgten; nein, es war nicht so, daß einer anfing und alle anderen folgten. Einer nach dem anderen dachten sie gründlich nach. Dann nahmen sie ihre Essenbehälter und gingen nach Hause. Aber vielleicht hatte es etwas mit dem Winter zutun, oder mit dem Sturm, der so unerbittlich gewütet und alle Arbeit zunichte gemacht hatte, oder es war die Lohnpreisliste und daß man auf 85 Prozent abrutschte, oder auch der Schnee und der Sturm und die Ehre der Arbeit und die Essensknappheit und schimmliger Blutkloß und Sickerwasser und Konrad Anderssons Tränen, alles zusammen.

Was alle sehen konnten, war, daß die Leute anfingen, nach Hause zu gehen. Auf einmal gingen sie alle; gingen fort vom Sägewerk. Es war um elf Uhr an einem Vormittag, an einem Montag. Sie nahmen ihre Essenbehälter und gingen. Ganz wortlos, sehr still. Kein richtiger Zug, nichts eigentlich Organisiertes, nicht in einer Reihe, nicht in einem Haufen. Sondern vereinzelt und langsam gingen sie einer nach dem anderen fort von der Säge, gingen Skärvägen hinauf, ganz undramatisch. Und daran sollte Nicanor sich am besten von allem erinnern: wie sich schließlich alle in Bewegung befanden, noch nicht gemeinsam, doch alle einzeln in die gleiche Richtung. Als hätte ein Sturm von Kvarken her alle Arbeiter der Aktiengesellschaft Bure weggeblasen.

Auch an das Schweigen erinnerte er sich. Keiner hatte richtig Lust, etwas zu sagen. Es war sozusagen überflüssig. Aber in seiner Brust entstand ein schweres und warmes Gefühl, und obwohl keiner von denen, die da gingen, etwas Besonderes sagte, war er sicher, daß sie alle dasselbe fühlten. Sie gingen ganz allein, wenn auch ungefähr gleichzeitig und in ungefähr die gleiche Richtung, aber er war sicher, daß sie alle fühlten wie er, alle diese einsamen Männer, die gleichzeitig einen Entschluß gefaßt hatten und nun fast gemeinsam Skärvägen hinaufgingen, fort vom Sägewerk.

Das war Streik.

Um zwölf Uhr am darauffolgenden Tag trat die Arbeitervereinigung zusammen.

Das Protokoll legt auf seine Weise Zeugnis davon ab, daß die Vereinigung von dem stummen Ausmarsch aus dem Sägewerk total überrascht worden war, und in jedem Fall davon, daß sie den Konflikt nicht initiiert hatte. Es war ein Streik, das war es. Aber was würde nun folgen? Und wie sollte die Vereinigung sich verhalten?

Das Protokoll dieser ersten Zusammenkunft nach dem Beginn des Konflikts lautet in seinem vollen Wortlaut wie folgt.

§ 1

Die Versammlung wurde v. Vors. um 12 Uhr eröffnet.

§ 2

Erste Frage, inwieweit soll die Vereinigung, weil nämlich jene, die die Arbeit verlassen haben, nicht die Statuten befolgt haben, die Sache in die Hand nehmen oder nicht. Wurde von der Vereinigung beschlossen, die Sache als ihre eigene anzunehmen.

§ 3

Verschiedene Vorschläge kamen, in welcher Form man Erhöhung fordern sollte für die, die 85 % hätten. Und wurde nach langer Disskussion von der Vereinigung beschlossen, 37 Öre per 100 Stück Hölzer als Mindesttageslohn für den Winter zu fordern, sowie Holz für Gatter, die wegen Reparatur ausfallen.

§ 4

Wurde beschlossen zu fordern, den Lohn der jungen für 100 Stück in Proportion zu diesen 37 Öre zu erhöhen.

§ 5

Kamen Vorschläge, wie die Vereinigung sich verhalten soll, falls ihre Forderung abgelehnt wird. Wurde beschlossen, daß die Arbeit am Montagmorgen wiederaufgenommen werden soll, bis sie eine Stellungnahme erhielten, falls man nicht vorher Bescheid bekommen hat.

§ 6

Die Versammlung wurde eine zeitlang unterbrochen, bis die Vertrauensmänner vom Kontor zurückkommen würden,

wohin sie unmittelbar mit der Forderung der Vereinigung
gingen.

§ 7

Nach der Rückkehr vom Kontor berichteten die Vertrauensmänner, was der Verwalter Tiblad zu der Angelegenheit
äußert. Daraus ging herfor, daß er die Lohnpreisliste ändern
wollte, so daß sie sie am Sonnabend wiederbekommen würden, aber daß sie den gleichen Preis enthalten würde. Er hatte auch gesagt, daß diejenigen, die in Zukunft Arbeit haben
wollten, sich vor Montag Mittag bei Sägemeister Gren anmelden sollten, und daß sie dann auch hören würden, wann die
Säge wieder anfängt.

§ 8

Nach langer Disskussion beschloß die Vereinigung, festzustellen, ob jemand in der Vereinigung vorhat, sich anzumel-
den, und zu diesem Zweck wurden die Mitglieder aufgerufen
und wer sich nicht anmelden wollte, sollte mit ja antworten,
was allgemein der Fall war bei denen, die beim Aufruf anwesend waren.

§ 9

Wurde beschlossen, daß die Versammlung Morgen nachm.
um 3 Uhr anfangen soll.

§ 10

Wurde auch einhellig beschlossen, daß Vereinigungsmitglieder, die beweißbar ertappt werden bei verräterischem Auftreten während des Konflickts oder unnötig mit Unbefugten
über die Verhandlungen oder was die Vereinigung betrifft
disskutiert haben, nach wiederhergestelltem Frieden boikot-
tiert werden.

Die Versammlung wurde geschlossen
am Tag gleichen Datums
G. Bergman Sekretär

5. Alfons Lindbergs Lokus

Manchmal fragt man: wie ging es zu, was waren die Voraussetzungen, wie war die konkrete Situation, warum ging es nicht anders? Gute Fragen. Sie sind wahrscheinlich leichter zu beantworten, wenn man berücksichtigt, welche Menschen tatsächlich – also nicht theoretisch – beteiligt waren. Als die Bewegung kam, war die Bewegung schon da. Die erstere hatte Rücksicht zu nehmen auf die letztere.

Die die Bewegung bildeten, bildeten auch die Richtung der Bewegung. Das war nicht unvermeidlich. Es hätte umgekehrt sein können. Aber man mußte Rücksicht nehmen auf Menschen, darauf, daß sie aussahen, wie sie aussahen. Warum sahen sie denn aus, wie sie aussahen?

Gute Frage. Eine von vielen.

Würden sie zusammenhalten können?

Der erste kleine interne Konflikt in der Arbeitervereinigung kam schnell. Er drehte sich um Alfons Lindberg. Er war zu dem Zeitpunkt fünfundvierzig Jahre; die Streitfrage war, ob die Errichtung des neuen Lokus für die Verwaltung als Streikbrecherei anzusehen sei.

Alfons Lindberg war ein guter und zäher Arbeiter, mäßig fest im Glauben in seinen jungen Jahren, danach etwas fester unter dem harten Druck einer schwierigen Ehe und anderer Prüfungen im Privatleben. Er interessierte sich eigentlich nicht für so etwas wie Politik. Er war im Herbst zuvor der Arbeitervereinigung beigetreten, teils weil er davon gehört hatte (ein Gerücht, das nur zu einem Drittel der Wahrheit entsprach), daß die Arbeitervereinigung Bibeln an Konfirmanden verteilte, was ihn beruhigte, da offenbar die Arbeitervereinigung irgendwie ein Zweig der Inneren Mission war;

teils weil jemand ihm eingeredet hatte (nicht ganz unkorrekt), es sei das erklärte Ziel der Arbeitervereinigung, daß in Zukunft nur Mitglieder der Arbeitervereinigung als ordentliche Arbeiter gelten sollten.

Abgesehen von der Sache mit dem Sozialismus gefiel es ihm, sich selber als ordentlichen Arbeiter zu sehen.

Als der kleine Februarkonflikt kam, der plötzlich gar nicht mehr so klein war, hatte man ihm gerade eine Spezialarbeit übertragen. Er sollte einen neuen Lokus für die Unternehmungsverwaltung bauen (das ist also wahr). Ein kleines gewisses Örtchen, das näher bei der Verwaltung liegen sollte als die früheren gewissen Örtchen. Das Protokoll ist in diesem Punkt eindeutig. »Ein anderes Mitglied, nämlich Alfons Lindberg, wollte von der Vereinigung wissen, wie er es mit einer Arbeit halten sollte, die er gleich nach dem Wochenende auszuführen gebeten worden war, näml. ein Steinfundament zu legen sowie einen Lokus für die Verwaltung zu bauen.«

Das war Paragraph 10. Er sollte drei Kronen pro Tag bekommen, was immerhin etwas war, und nun kam der Streik.

Alfons Lindberg war in Bure geboren, war Witwer und hatte vier Kinder. Seine Ehe war voller Kümmernisse gewesen. Selber war er ein friedfertiger Mann mit einem Hang zu melancholischem Lächeln, aber die Ehe hatte ihm eine Frau beschert, die mit ihrer eigenartigen Mischung aus Heftigkeit, Fürsorglichkeit und Brutalität sein Leben während vieler Jahre verdüsterte. Sie gehörte zu der Kategorie Menschen, die gern melancholisch werden, und sie machte sich bei solchen Gelegenheiten in einer – gemessen an ihrer Melancholie – ungewöhnlich drastischen Sprache Luft.

Sie war nicht großgewachsen, eher das Gegenteil, aber ihr Vokabular, wenn sie erregt wurde, war erschreckend. Und sie wurde leicht erregt. Alfons war also oft erschreckt, und man sagte von ihm, daß er ungewöhnlich gute Nerven habe, aber daß sein schlohweißes Haar die Wahrheit verrate. Wenn der

Alfons Lindberg sich nicht gut betragen hatte oder wenn sie über irgend etwas niedergeschlagen war oder melancholisch wurde, pflegte sie ihn leise und intensiv anzufauchen: »*Mensch wenne dich nich zesammreiß brech ich dir de Knochen un schlach dich zum Krüppel dasses weiß!*« Das alles ohne den geringsten Unterton von Scherzhaftigkeit, und dem Alfons wurde ehrlich angst und bange. Wußte er doch, welch unerhörte Reserven an Gewalttätigkeit sie mobilisieren konnte. Welche Reserven an Fürsorglichkeit aber auch. Manchmal flossen Gewalttätigkeit und Fürsorglichkeit auf merkwürdige Art zusammen. So bei jener berühmten Gelegenheit, als sie in einem Anfall von Raserei (sie hatte sich plötzlich melancholisch gefühlt und wußte, daß es Alfons' Schuld war) den Alfons mißhandelte, indem sie ihm ein paar alte, schmutzige Unterhosen, lange Unterhosen aus flauschiger Wolle, um die Ohren schlug und gleichzeitig, sachlich und besorgt in einem, brüllte: »*Halt dir 'e Aung zu dasse dir nich anne Knöpfe wehtus!*« – während sie unverdrossen die Unterhosen ins Gesicht des perplexen Mannes klatschte.

Später bekam sie Krebs; ihre Melancholie wandte sich nun mehr nach innen als nach außen, sie wurde schweigsam und saß oft draußen auf dem Lokus und weinte bitterlich, und zuerst nahmen sie ihr die eine Brust weg und dann die andere, und sie welkte und schwieg und vergilbte, und Alfons Lindberg saß im Krankensaal einmal die Woche und hielt ihre Hand, und dann war sie weg. Als er nach Hause kam und es den Kindern sagte, weinte er. Dann ging er, wie es der Brauch war, und hielt die Wanduhr an, und die ganze Zeit weinte er. Er machte sich vielleicht nicht soviel aus all den Prügeln, die er bekommen hatte. Auf jeden Fall: vier Kinder hatte er, und die Nachbarn hatten sich immer darüber gewundert, daß er so oft, viermal, rangekommen war; aber sie begriffen wohl nichts von dieser Ehe.

Nachdem die Ehefrau heimgegangen war zu Gott, wurde er Mitglied in Bures unabhängiger Arbeitervereinigung. Immer fester baute er auf Gott. In Armut und Elend blieb er doch stark im Geist, wenn auch das Fleisch schrumpfte. Er hielt den Kopf hoch und die Ohren steif. Bei seinem ersten Besuch in Bures unabhängiger Arbeitervereinigung ging ein Vereinigungsmitglied auf ihn zu, um ihm sein Beileid auszusprechen. Jaja, murmelte man düster und in beiderseitiger Befangenheit, es war ganz still im Raum, und um das Schweigen auszufüllen, hatte die freundliche Seele teilnahmsvoll hinzugefügt: *»Ja, jetz bisse wohl einsam?!«*

Alfons Lindberg hatte zwar ein mildes, einnehmendes Gesicht, in dem die Augen ziemlich eng zusammensaßen, aber es war dennoch nicht besonders schön, weil dieses Franziskus-Antlitz von einem Unterkiefer vervollständigt wurde, der eine Spur zu weit vorragte und öfters eine mahlende, schaufelnde Bewegung vollführte, als sei er ständig darauf aus, Tropfen aus einer erkälteten Nase aufzufangen. Doch aus dem milden Gesicht kam seine kräftige Stimme wie Donner an einem klaren Sommertag. Als nun die freundliche Seele Alfons Lindberg fragte, ob er sich nicht einsam fühlte, trat eine sehr unerwartete Reaktion ein. Alfons hatte begonnen, mit den Augen zu blinzeln, merklich belebt angefangen, seine Gesichtszüge zu ordnen, das Schaufelblatt von Unterkiefer hatte froh zu vibrieren begonnen, und mit seiner unpassenden Donnerstimme hatte er gerufen: *»Nee, ich bin nich einsam!«*

Unglaublich! Er war nicht einsam! Augenblicklich trat eine andächtige und gespannte Stille ein im Saal, wo Bures unabhängige Arbeitervereinigung sich versammelt hatte und gleich zur Tagesordnung kommen sollte. Man hätte eine Stecknadel zu Boden fallen hören können. In dem gespannten, erwartungsvollen und neugierigen Schweigen war deutlich die unsichere und verwirrt tastende Frage der freundlichen Seele zu vernehmen, *»ja ja was was wasse nich sachs, du bis gar nich einsam?«*, worauf das Schaufelblatt vibrierte, in einer neuen enthusiastischen Zuckung rotierte und dröhnend zurücktrompetete: *»Nee, nee binnich nich, einsam!«*, woraufhin die freundliche Seele, in derselben Verwirrung, doch nun ernsthaft interessiert am neuen Privatleben des Alfons Lindberg fragte: »*Aha aha ahso ... sach bloß dasse dir ne neue Frau na' Haus geholt hass?*« Und mitten in die nun absolut totenstill lauschende Versammlung der Arbeitervereinigung hinein (es müssen ungefähr zwanzig Personen anwesend gewesen sein, und alle waren gleich gelähmt) donnerte Alfons Lindberg mit starker und überzeugter Stimme: »*Nee, ich binnich einsam, ich 'ab doch 'n Erlöser Jesus Christus!!!*«

Es war, als ob bei diesen Worten die Luft aus ihnen allen gewichen wäre; sie duckten sich geniert, murmelten, wußten nicht recht, was sie diesem felsenfesten Enthusiasten noch sagen sollten. Nur die kondolierende freundliche Seele stotterte nun, ziemlich betreten, düster und mit beinah enttäuschter Stimme: »*Ja ja ja also sozesaang wie e'...*«

Als Alfons Lindberg also bei einer der ersten Streikversammlungen in Bures unabhängiger Arbeitervereinigung ums Wort bat, horchten viele verblüfft auf. Er war bis dahin kein Mann des Wortes gewesen, hatte sich auch nicht gerade interessiert gezeigt. Er reckte die Faust in die Höhe. »*Isse Frage zur Geschäftsordnung*«, rief er; den Ausdruck mußte er bei einer der früheren Versammlungen aufgeschnappt haben.

Er bekam das Wort. Es ging ganz einfach darum, ob er, obwohl Streik war, den neuen Lokus des Unternehmens vor dem Verwaltungsgebäude bauen dürfe oder nicht.

Fanden die anderen dies ein bißchen peinlich, oder komisch?

Einige waren offensichtlich leicht irritiert durch diesen unbegreiflichen Alfons Lindberg; es war ihnen, als mache seine Frage diesen für alle so lebenswichtigen Konflikt unwichtig, als verwandele er ihn zu etwas Kuriosem, Bauernposse statt Klassenkampf (obwohl sie alle den ersten Ausdruck entschieden besser kannten als den zweiten), und als käme seine Frage wie etwas im Grunde Unwürdiges, wie ein Furz bei einer Beerdigung.

Schlechter Vergleich. Der Konflikt war keine Beerdigung. Und eventuell war Alfons Lindbergs Problem auch alles andere als ein Furz.

Auf jeden Fall, im Nu war der Streit da.

Es war der erste Streit in der Geschichte der Vereinigung, und der erste, bei dem es zu harten Auseinandersetzungen kam. Die ziemlich trockenen Notizen im Protokoll über »harte Worte« und »heftige Disskussion« und die Schlußzeile »nachdem wieder Ruhe eingetreten war, wurde beschlossen« geben nur einen blassen Eindruck von der Debatte, die mit Ebon Erikssons kategorischer Erklärung eingeleitet wurde, daß der Streik total sein solle, absolut total, ohne Ausnahme. Nicht für Alfons Lindberg und nicht für den Unternehmenslokus. Die Herren Unternehmer könnten anhalten. Sie sollten ruhig den Arsch zusammenkneifen und dichthalten. Das müßten die Streikenden auch.

Das war natürlich ungeheuer witzig, vereinzelte Lacher kamen auf und andere Einfälle zum Thema Enthaltsamkeit. Aber für Alfons Lindberg kam die Einsicht wie ein Hammerschlag. Er sollte nicht dürfen. Er hatte vier Kinder zu Hause, die satt werden wollten.

Für ihn war das kein Witz.

»*'s is doch bloß 'n Lokus*«, flehte er verzweifelt, er stand auf und maß in der Luft mit den Armen, wie um ihnen zu versichern, daß dieser vollkommen unbedeutende Unternehmenslokus auf keinen Fall mehr als zwei Armlängen breit werden würde. »*Ich hab Kinder zuhaus un ich will 'n Lokus baun*«, fuhr er fort, direkt in das kompakte und mißbilligende Schweigen hinein; die Hände kamen sich nun flehend näher, und der Lokus war in seiner Einbildung auf zwei Fuß zusammengeschrumpft. Nein. Nein. Vereinzelte und mißbilligende Gegenrufe von den anderen, sie hätten selber Kinder, aber der Streik und die Solidarität wären eins und unteilbar. »*Wolln die Sozis 'n Leutn jetz auch noches Scheißen verbietn!*« brüllte er mit immer wütenderer Stimme und fand diesen Ansatzpunkt offenbar richtig und fruchtbar, denn er schob sogleich die Variante nach: »*Jeenfalls find ich dasse Scheißen nix mi'm Strajk ze tun hat!*« Dann holte er tief und erregt Luft und krönte seine Argumentation mit einem kraftvollen »*soll man nich ma mehr in Frien scheißen dürfn!*«

Das war der Tiefpunkt. Ein Chor von Stimmen explodierte in dem engen Raum. In der aufgebrachten Stimmung war die Meinung einhellig, daß Alfons Lindberg die Debatte auf ein unwürdiges Niveau gesenkt hätte. »*Sowas Beschissenes, daß der nix kapiert*«, rief es aus der Tiefe des Saals, »*bringt doch nix mit dem ze reen!*« Aber mitten im Sturm stand Alfons Lindberg mit erregt rotierendem Schaufelblatt von Unterkiefer und schrie: »*man kannen Leutn niches Scheißn verbietn*« und »*un meine Kinder, wassolln die essen?*«, und so wogte der Streit weiter, die ganze Zeit mit dem Thema, ob das Scheißen und der Lokus ein unpolitisches Phänomen wäre, das vom Streik ausgenommen sei.

Plötzlich ergriff Ruben Lindström das Wort. Er war als Siebzehnjähriger unter einem stürzenden Baum eingeklemmt worden und hatte das linke Bein verloren, dann war er Schuhmacher geworden und war versauert und hatte den Mut verloren. Als er fünfundzwanzig war, war er wegen unzüchtigen Verhaltens vor Gericht gekommen, weil er Kindern den Pimmel gezeigt hatte. Dafür hatte er vier Monate im Gefängnis gesessen, war zurückgekommen und hatte weiter Schuhe gemacht, war aber immer verschlossener geworden. Hütet euch vorm Ruben Lindström, sagte Josefina immer zu ihren Jungen, er zeigt kleinen Kindern den Pimmel.

Alle kleinen Kinder fanden das wahnsinnig furchterregend und spannend und machten gern Besorgungen in der Schuhmacherwerkstatt, aber zu ihrer Enttäuschung ohne Resultat, denn nie mehr zeigte Ruben Lindström den Pimmel. Er war zum Erlöser Jesus Christus bekehrt worden, und da zeigte man nicht mehr den Pimmel. Darüber war er bibelkundig geworden und geschickt im Umgang mit dem Wort, dann hörte die Schuhmacherei auf, und er bekam Arbeit als Anreicher an der Säge (jetzt hatte er ein Holzbein, und es hieß, er schwämme hoch und gut, wenn er hineinfiele, weil das Holz im Bein trocken und gesund war), aber nie mehr zeigte er den

Pimmel. Gänzlich unmotiviert und unvermittelt begann er nun, ihnen allen den Text von den Arbeitern im Weinberg auszulegen. Mit denen war es nämlich so (wie im Matthäus-Evangelium geschrieben steht), daß einige am Morgen Arbeit bekamen, andere wiederum erst mitten am Tag, andere wieder gerade vor Feierabend. Aber als alle diese Arbeiter ihren Lohn haben sollten, da zeigte sich, daß sie alle den gleichen Lohn kriegten. Vollen Tageslohn. Da wurden die, die den ganzen Tag geschuftet hatten, sauer und sagten zu dem Weinbauern, daß die, die den ganzen Tag gearbeitet hätten, mehr kriegen sollten als die, die nur eine Stunde gearbeitet hätten. Und daß es nicht richtig wäre, wenn diese einen ganzen Tageslohn kriegten. Aber der Weinbauer fragte sie, ob sie sich nicht geeinigt hätten über den Tageslohn. Das stimmte ja. Und ob der Weinbauer nicht das Recht hätte, dann auch denen einen vollen Tageslohn zu geben, die nur eine Stunde gearbeitet hätten?

Die Stille im Raum war jetzt kompakt, um nicht zu sagen verwirrt. Worauf wollte der Ruben mit'm Pimmel hinaus? Aber Ruben Lindström sah sich feierlich im Kreis um, sammelte Kraft für die Zusammenfassung und fragte: *»Abbe jetz frach ich euch, warum hattn denn de Weinbergarbeiter bloß ne Stunde gearbeit? Warnse faul? Nee, sie krichten keine Arbeit. Se hättn auchn ganzn Tag gearbeitet. Wennse gekonnt hättn. Deshalb krichten se auchn vollen Tageslohn.«*

Und dann, nach einer bedeutungsschwangeren Pause: *»D'Erlöser is jeenfalls der Meinung, daß we solidarisch sein solln.«*

Ein skeptisches und schockiertes Raunen ging durch den Saal. Jetzt sollte man sich verdammt noch mal sogar noch anhören, daß der Erlöser auch Ansichten zum Streik hatte. Viele der Versammelten waren gänzlich uninteressiert daran, welche Auffassung der Erlöser in dieser Frage hatte, und fanden im übrigen, daß der Ruben mit'm Pimmel nicht der rechte Mann sei, um den ideologischen Kurs der Vereinigung zu bestimmen. Eine Weile ging der Streit weiter, jetzt gedämpfter.

Schließlich völliges Schweigen.

Ich glaube, sie hatten auf einmal alle den gleichen Gedanken. Daß das hier nicht nötig war. Daß man nicht durfte. Daß man lieber überlegen sollte. Vielleicht hatte Ruben Lindströms kleine Bibelexegese eine gewisse Bedeutung, wer weiß, der Widerstand nimmt mancherlei Formen an. Aber plötzlich begriffen sie, daß eine Situation entstanden war, wo man nicht, wie ausgehungerte Ratten in einer Grube, sich gegenseitig zerfleischen durfte.

Daß man Respekt voreinander zeigen mußte.

Und da sagte Ebon Eriksson schließlich, mit vollkommen ruhiger, gleichmäßiger und freundlicher Stimme, so als spräche er zu einer Frau, die er respektierte und sehr gern hätte: *»Ja, Alfons, weisse, de kanns wohl machen, wasse wills. Du hasses wohl auch nicht so einfach jetz wo deine Alte unterer Erde is.«*

Und sie nickten alle.

Und danach sahen sie alle Alfons Lindberg an: wie seine Kiefer sich bewegten, der Unterkiefer mahlte und mahlte, wie ein kauendes Pferd; und sie ließen ihn fertig denken und das, was er dachte, zu Ende kauen. Und er stand die ganze Zeit. Sie warteten, ohne etwas zu sagen, freundlich und ohne etwas zu erwarten, aber nicht mehr voller Zorn und Verachtung. Und endlich hatte Alfons Lindberg fertiggedacht und sah sich um und sagte zu ihnen: *»Ja, also den Lokus, den müssn de Herrn Unternehmer sich dann wohl selbs baun. Ich bin solidarisch.«*

Er nickte bekräftigend und setzte sich krachend.

Die meisten hatten wohl geglaubt, er würde die Vereinigung verlassen, die Blockade brechen, an seine Kinder denken. Wer hätte ihm das verdenken können. Es handelte sich schließlich um einen Mann, der Alfons Lindberg hieß und vier Kinder hatte und keine Frau, und dessen Familie zu alledem auch noch aus der Gegend um Piteå kommen sollte. Aber Alfons Lindberg hatte gesagt, daß er solidarisch sein wolle. Allein so ein Wort: woher hatte er das? (Ja, natürlich, vom Ruben mit'm Pimmel.)

167

In dem Schweigen, das eintrat, als er sich gesetzt hatte, wußten sie auf einmal, zum erstenmal, daß sie vielleicht eine Chance haben würden zusammenzuhalten. Hatten sie Menschen wie Alfons Lindberg für sich, wen hatten sie dann gegen sich? Wenn diese für mich sind, wer ist dann wider mich? wie das Bibelwort lautete. Ja, sie würden zusammenhalten können. Komme, was da wolle.

Und vielleicht würden sie diesen ersten Kampf gewinnen können.

Sie schmeckten vorsichtig die Wörter und sahen sich um in dem übervollen kleinen Raum.

Diesen ersten Kampf.

Als die Bewegung kam, war die Bewegung schon da. Man mußte Rücksicht nehmen auf die Menschen, die tatsächlich – also nicht theoretisch – da waren.

Und manchmal konnte man Überraschungen erleben. Alfons Lindberg baute nie einen Lokus für das Unternehmen.

6. Ein Versöhnungsopfer

> »*Du lässest uns fliehen vor unserem Feind,*
> *daß uns berauben, die uns hassen.*
> *Du lässest uns auffressen wie die Schafe*
> *und zerstreuest uns unter die Heiden.*
> *Du verkaufst dein Volk umsonst*
> *und nimmst nichts dafür.*«
>
> *Psalm 44*

1

Ein sehr kalter Februar. Die Waldarbeit fast lahmgelegt, der Schnee zu tief, die Pferde rackerten bis zum Umfallen. Und dann dieser Konflikt.

Aber der Konflikt war nicht isoliert.

Er war klein, das stimmt. Er umfaßte nur ein einziges kleines mittelgroßes Sägewerk zwanzig Kilometer südlich von Skellefteå. Er kann, im Licht der Geschichte betrachtet, keineswegs verglichen werden mit dem ungeheuren Konflikt, der ein halbes Jahr später ausbrechen und der Große Streik genannt werden sollte. Nein, dies war ein kleiner Konflikt. Außerhalb der Grenzen des Kirchspiels wurde er überhaupt nicht zur Kenntnis genommen, die einzige erhaltene Dokumentation ist das von Sekretär Gustav Bergman geführte (in der Regel, die eine oder andere Eintragung wurde von anderen gemacht, aber meistens führte Bergman die Feder) Protokollheft, das später im Besitz der Familie Markström landete. Ich sollte es bei Nicanor lesen. Klein war der Konflikt, aber nicht isoliert und nicht alleinstehend. Er war einer von den unzähligen kleinen Konflikten, die sich wie eine Milchstraße über den Winter 1908/1909 ausbreiteten und den Hintergrund und die Voraussetzung für den Großen Streik bildeten. Es war ein kleiner Alltagskonflikt auf dem schwedischen Arbeitsmarkt: Die Mitglieder des Schwedischen Arbeitgeberverbandes hatten die meisten von ihnen initiiert und gewonnen.

Und würden auch weiterhin gewinnen, wenn nicht etwas geschah, das alle diese kleinen Konflikte dramatisierte und vereinigte. Es waren kleine Nadelstiche, die bezweckten, die Arbeiterbewegung in ihrer Aufbauphase zu schwächen, ihr kleine unbedeutende und langsam blutende Wunden beizubringen, die auf die Dauer lebensgefährlich sein würden.

Es blutete überall, in Hunderten von kleinen Wunden. Sie waren die äußeren Anzeichen dessen, daß hier ein Kampf auf Leben und Tod geführt wurde.

In aller Stille.

In Bureå war die äußere und konkrete Ursache des Konflikts eine befohlene Lohnsenkung von fünfzehn Prozent.

Am 20. Februar erhielt die Arbeitervereinigung von der Gesellschaft eine schriftliche Bestätigung, daß die neuen Lohnbedingungen wirklich ernst gemeint waren. »Der Vorsitzende verlas die neue Preisliste, die eher noch niedriger ausfiel als die vorige, oder 32,5 Öre per 100 Stück Hölzer statt 37 Öre. Und beschloß die Vereinigung einhellig, die neue Preisliste nicht zu ackzeptieren sondern auf der gestrigen Forderung zu bestehen.«

Ganz unten auf der Seite eine kurze Schlußnotiz:

»Wurde vorgeschlagen, den Strajk durch Plackatieren bekanntzumachen. Die Frage wurde bis zur nächsten Versammlung vertagt.«

Den 22. Februar 1909.

»Um 7 Uhr hörten die Vereinigungsmitglieder noch einmal den Beschluß des Kontors. Es wurde nichts aus einer Preislistenanhebung, aber das Kommitee fragte, ob der Verwalter mit einem gewissen Prozentsatz sich dem alten Lohn annähern könnte. Was er ablehnte. Das Kommitee teilte dem Verwalter mit, daß sie sich erkundigt hatten und den Vermittler des Staates anrufen würden. Worauf der Verwalter nicht widersprechen konnte.«

Mitten darin ist außerdem notiert:

»Wurde weiter beschlossen, daß die Vereinigung für das Putzen des Lokals am 23. d. Mon. bezahlt.«

Danach wieder zum Konflikt.

»Weil der Lohnstreit zwischen der Bure-Aktiengesellschaft und der Vereinigung nicht zu einer Entscheidung kommen konnte, beschloß d. Vereing. einstimmig, den Vermittler des Staates hinzuzurufen, und wurden Konrad Bergman und Gustaf Nyberg gewählt, um diesen Beschluß zu bewerkstelligen. Die vertagte Frage wegen Plackatierung wurde behandelt, aber wurde nach einer Weile Disskussion doch abgelehnt.«

Den 26. Februar 1909.

»Drei Rechnungen waren an die Vereinigung geschickt worden, wie der Vors. vortrug. Für Putzen 4,50 für 2 Telefongespräche 1,05 sowie für Brennholz 1 Kr. Die Rechnungen wurden anerkannt und Bezahlung bewilligt.

Wurde vorgeschlagen wie es sich verhält ob ein Gewerkschaftsmitglied das Recht hat zu arbeiten, wo eine unorganisierte Arbeitervereinigung die Arbeit niedergelegt hat. Die Frage wurde bis auf weiteres vertagt.«

Hier wechselt die Handschrift mitten im Paragraphen, und eine etwas weniger geübte und schwer lesbare Schrift setzt ein. »Bericht der Vertrauensmänner: das sie gedacht hatten, das die Säge am Montag Morgen anfangen würde und das die Säge [hier eine kurze unleserliche Passage] Schichten pro Woche, d. h. am Sonntag Abend um 10 Uhr anfangen und das die Arbeit am Sonnabend Abend um 5 enden sollte. Zweitens das die Satzung der Vereinigung folgendermaßen geändert werden soll. 1) das kein unmündiges Mitglied Stimmrecht in der Vereinigung hat 2) das Streitigkeiten zwischen Sägewerkpersonal und der Gesellschaft nicht das Holzplatzpersonal betreffen und umgekehrt 3) daß Strajk nicht ausgerufen werden darf außer das vorher gründliche Verhandlungen mit der Sägewerkverwaltung Bure stattgefunden haben und nicht bevor 2 Drittel der Stimmberechtigten Mitgliederanzahl der Vereinigung dafür gestimmt haben 4) das Mitglieder bei·jeder Gelegenheit unverzüglich Befehlen [eingeschoben mit einem Pfeil und in einer anderen Handschrift ist vor dem Wort *Befehlen* hinzugefügt *rechtmäßigen*] Zurechtweisungen und Anweisungen der Vorgesetzten nachkommen.«

Hier setzt wieder die andere Handschrift ein.

»Wurde beschlossen, unmittelbar mit dem Vermittler zu telefonieren um zu hören, ob er unser Schreiben erhalten hat und ob er mit den Vertretern der Gesellschaft Verbindung aufgenommen hat.«

»Aufruf der Mitglieder wurde vorgenommen und stellte sich heraus, daß mehrere abwesend waren.«

»Aus dem Bericht, den die Vertrauensmänner vom Kontor gegeben hatten, wurde der Punkt Arbeit am Sonntagabend behandelt. Und wurde von der Vereinigung einstimmig beschlossen, vollständig dagegen zu protestieren, sonntagabens die Arbeit aufzunehmen.«

Die letzte Eintragung dieses Tages (den sie vielleicht als dramatisch empfanden und der sehr lang gewesen sein muß) ist indessen eine ganz unkontroversielle Notiz und betrifft eine Auszahlung. Sie nimmt sich in ihrem Kontext mehr wie ein Überbleibsel aus der friedlicheren Gründungszeit der Vereinigung aus. Dort heißt es, ganz lakonisch:

»Die Rechnung von 10 Kr für die Bibeln für die abgehenden Schuljungen wurde anerkannt und Bezahlung bewilligt.«

Den 27. Februar 1909.

»Wurde beschlossen, daß die Vertrauensmänner mit dem Beschluß der Vereinigung zum Kontor gehen sollten näml: sonntagabens nicht die Arbeit aufzunehmen und zu fragen, ob der Arbeitgeber und die Vereinigung gemeinsam den Vermittler des Staates hinzurufen sollten.«

»Bericht der Vertrauensmänner: 1) Der Direktor stimmte zu, den Vermittler des Staates zu rufen 2) wegen der Sonntagabensarbeit würde es am besten sein zu warten, bis der Vermittler kommt.«

Man hat jetzt fast ganz aufgehört, das Protokoll in Paragraphen einzuteilen; es macht eher den Eindruck rasch niedergeschriebener Gedächtnisnotizen als eines Protokolls. Die Rechtschreibung ist konsequenter als vorher, obwohl die Handschriften wechseln.

»Wurde beschlossen, daß Konrad Bergman und Gustav Nyberg mit dem Vermittler telefonieren sollten, um zu hören, wie er es geregelt haben will, wenn er kommt. Die Vereinigung beschloß desgleichen, zu überlegen, inwieweit man die Arbeit in Erwartung des Vermittlers am Montagmorgen aufnehmen sollte.«

Das ist kein falsches Wort: Erwartung statt Warten auf. Es war wohl so, daß Erwartung vorhanden war.

Sie hatten also ein Gefühl von Erwartung. Warum sollten sie angesichts des Vermittlers der Obrigkeit kein Gefühl der Erwartung haben?

Weiter, am selben Tag.

»Auf die Frage, ob es eine Grundlage geben könnte für die Behauptung der Gesellschaft, daß die Hilfssäger den Vorsägern entgegenarbeiteten, so daß deshalb der Tageslohn nicht hochgehn kann, bestätigten die Vorsäger auf das Kräftigste, daß dies nicht der Fall ist, sondern daß die größte Ursache eher wäre 1. daß es glatt unmöglich ist, beim Blocksägen von 8 Zoll-Hölzern noch dazu im Gatter Nr. 2 einen ordentlichen Tageslohn zu erreichen, und auch daß 7 Zoll-Vierkanthölzer im Rahmen Nr. 5 genauso unmöglich sind.«

»Wurde beschlossen, daß die Vereinigung ein Kommitee wählt, das bei den Verhandlungen die Sache der Arbeiter vertreten soll, wenn der Vermittler kommt, falls erforderlich.«

173

2

Dazu kommt die Episode mit der Überreichung der Vase.

Die Familie Markström zeigte zu Beginn und im Verlauf des Konflikts eine erstaunliche Ruhe. Vielleicht hatte der Umzug von Hjoggböle nach Bureå das Seine dazu beigetragen, den geistlichen Druck in Mutter Josefinas wachendem Auge etwas zu lockern, oder wie man es nun ausdrücken will. Sei es aus Rücksicht auf die neuen Nachbarn oder die alten Verwandten bei Petrus Lundgren (wo immerhin die erste Versammlung stattgefunden hatte) – sie trieb ihren Mann nicht zur Arbeit. Er durfte strajken. Doch sie verfolgte die Ereignisse mit Unruhe. Ursprünglich war sie es gewesen, die die Idee mit dem Versöhnungsgeschenk hatte. Sie setzte sie ihrem Mann in den Kopf, der gab sie weiter, so ging das also vor sich.

Niemand weiß jedoch genau, wie es zur Beschlußfassung kam. Es hing damit zusammen, daß der staatliche Vermittler kommen sollte; und weil die Idee in die Welt gesetzt war und wuchs und mehrere gleichzeitig sie für gut befanden, war es schließlich so, daß einer aufstand und sagte, daß es in gewisser Weise gut und richtig wäre, wenn man jetzt in dieser schwierigen Situation guten Willen zeigte. Wenn der Konflikt dann in Verhandlungen überginge, wäre es gut, ihn gezeigt zu haben.

Guten Willen.

Sie schmeckten die Worte und fanden sie gut.

Daß es K. V. Markström war, der dazu ausersehen wurde, als Delegationsleiter das verdammte Geschenk zu überreichen, beruhte indessen mehr auf einem eigentümlichen Zufall. Albin Lindquist hatte sich dafür ausgesprochen, daß eine eher unpolitische und neutrale Person das Geschenk übermitteln sollte, damit nicht diejenigen zu gehen brauchten, die schon den Mißstimmigkeiten ausgesetzt seien. Es ginge darum, meinte er, das Geschenk als eine Geste des guten Willens seitens der gesamten Arbeiterschaft erscheinen zu lassen, nicht nur seitens derer, die den Konflikt eingeleitet hatten. Folglich sollte ein mehr oder weniger außerhalb der Arbeitervereinigung stehender Arbeiter das Geschenk überreichen.

Bei diesen Worten entstand ein langes Schweigen. Alle versuchten sich vorzustellen, wer dieser außenstehende, unpolitische Mann guten Willens eigentlich war. Ein paar blickten daraufhin K. V. Markström an. Sie dachten vermutlich an sein permanentes Bethauslächeln, daß die Herzen so vieler steinharter Prediger erweicht hatte. Und dann kam der Vorschlag.

»Lass'as doch'n Grienmarkström machn«, sagte jemand dumpf aus dem hinteren Teil des Raums.

Er mußte. »Wurde beschlossen, daß K. V. Markström und Konrad Lundström auf Kosten der Arbeitervereinigung dem Direktor als Beweis des guten Willens der Vereinigung eine Vase schenken.«

Und so geschah es.

Josefina nahm die Mitteilung von der Erwählung ihres Ehegatten mit Fassung auf und begann mit gewohnter Entschlossenheit, die praktischen und organisatorischen Details der Expedition in die Hand zu nehmen. Die Vase wurde in Lundgrens Eisenwarenladen erstanden und kostete 11,40. So weit so gut. Sie wurde in einen Schuhkarton gepackt, sorgfältig in Sägespäne gebettet, dann wurde der Karton in ein Weihnachtspapier eingewickelt, das die Feierlichkeiten überlebt hatte, mit einer kräftigen Schnur umwickelt und mit einem schönen Knoten versehen.

Nicanor beurteilte das Arrangement skeptisch. Das sagte er auch: er begriffe nicht, was das Weihnachtspapier dabei sollte, schließlich wäre doch nicht Heiligabend. Er wurde zum Schweigen gebracht. Das Paket sollte ordentlich aussehen, damit man sich nicht zu schämen brauchte. Meinte er etwa, man sollte mit der Vase in den bloßen Händen daherkommen? Dann riß Josefina ihren immer begeisterteren Blick von dem eingewickelten Geschenk los und blickte mit Bestürzung ihren Mann an. Nicht gerade ein überwältigender Anblick. Er hatte den Auftrag wegen seines berühmten Bethauslächelns bekommen, aber das wußte sie ja nicht. Doch in seinem momentanen Aufzug sah er zu erbärmlich aus. Also putzte sie ihn heraus; Nicanor bekam den Auftrag, das Haar des Vaters naß zu kämmen, und das tat er. Dann wurde er in den Sonntagsanzug gesteckt, seine Hände wurden gewaschen (Nicanor sah deutlich, daß Josefina ihre besondere Aufmerksamkeit der rechten Hand widmete, die den Direktor berühren sollte), und zum Abschluß umkreiste Josefina ihn argwöhnisch schnüffelnd.

Nein. Er roch nach absolut nichts. Er war ein ganzer, sauberer, nüchterner und ernsthafter Mann, und sie brauchte sich nicht zu schämen.

Um drei Uhr wollte Konrad Lundström vorbeikommen. Um drei Uhr kam er auch. Da setzte auch K. V. Markström seinen Lederknubbel auf, und sie gingen. Die Zurückbleibenden standen im Küchenfenster und sahen ihnen nach. Nicanor und seine Brüder und Eva-Liisa und Mama. Sie sahen zwei Figuren zwischen den Schneewehen davonstapfen. Eine von ihnen hatte ein Weihnachtsgeschenk unter dem Arm. Und Josefina sagte: »Jetz wolln we fürn Pappa beten wo e' zum Derektor raufsoll. We wolln ze Gott beten fürn Pappa.«

Und so beteten sie für die Delegation.

Nachher erstatteten sie Bericht. Nachdem sie ihren Bericht erstattet hatten, kamen nach einer Zeit immer mehr und vervollständigende Details ans Licht.

Es war Nachmittag, als sie gingen, bald Dämmerung. Sie waren Skärvägen hinuntergegangen und hatten nicht viel gesagt. Markström hatte den Schuhkarton getragen. Beim Kontor angelangt, hatte Konrad Lundström, der nicht in dem Ruf stand, ängstlich zu sein, an die Tür geklopft. Eine Frau, die zum Kontorpersonal gehörte, hatte aufgemacht. Dann kam einer der Kontoristen. Er sah hauptsächlich verwirrt aus und begriff gar nichts. Konrad Lundström führte das Wort.

»Wir wolln mit'm Derektor sprechen«, sagte er. Hinter seinem Rücken feuerte der Delegationskamerad zur Probe ein erstes vorbereitendes Bethauslächeln in Richtung des Kontoristen ab; etwas schmaler und unsicherer als das gewöhnliche, aber irgendwie mußte man ja anfangen.

»Nicht da«, hörte man die Stimme der Frau aus dem Innern des Raums; der Kontorist schien zusammenzuzucken, beherrschte aber seine Irritation gut.

»Dann wolln we mim Verwalter sprechen«, beharrte Konrad Lundström nach einem Augenblick enttäuschten Schweigens. Der Kontorist starrte ihn einige Sekunden lang an, machte abrupt und ohne ein Wort kehrt und verschwand in einem der inneren Räume. Keiner hatte sie hereingebeten, aber Konrad Lundström trat dennoch ein. Sollte man verdammich wie ein Zigeuner vor der Türe stehen, wenn man ein Geschenk überreichen wollte.

Markström folgte ihm nach einem Moment des Zögerns.

Er schloß die Tür hinter sich. Der Raum war glühend heiß geheizt, fand er und begann sofort zu schwitzen. Doch weil Freund Lundström, der vor ihm stand, keine Miene machte abzulegen, wagte er es selbst auch nicht.

Den Lederknubbel hielt er jedoch in der Hand.

Es war ein feines Zimmer, in dem sie standen, es hatte sowohl einen Kachelofen als auch einen Kamin aus Eisen. Zwei braune Schreibpulte standen da. Mitten an der Wand hing ein großes Monumentalgemälde, das Kiefern darstellte, alle noch ungefällt. Alle Türen, die nach innen zu den mehr geheimnisvollen Räumen führten, waren geschlossen.

Markström schwitzte fürchterlich. Unter dem Arm hielt er das Paket, in der Hand den Lederknubbel. Sie konnten nur warten. Das Paket kam ihm auf einmal beinahe schwer vor. Der Verwalter kam durch die linke der beiden Türen herein und riß die Tür so entschlossen auf, daß Markström zusammenzuckte und fast das Paket fallen gelassen hätte.

»Also, worum handelt es sich«, sagte der Verwalter und blickte sie scharf an.

177

Es war unbezweifelbar eine direkte und klare Frage, aber wie sollte man es jetzt anfangen. Der Paketträger selbst hatte ein unbestimmtes Gefühl, daß schließlich er der Ausersehene war, der die Überreichung vornehmen sollte; er zwinkerte nervös, aber hob dann das Geschenk ein Stück in die Höhe, fast in Kopfhöhe, und sah mit einem Lächeln voller selbstredenden Einverständnisses den Verwalter an. Da dieser trotzdem nicht zu verstehen schien, hob er das Paket noch ein bißchen höher und nickte bekräftigend. Konrad Lundström wurde unbehaglich zumute, er schielte schräg zurück auf das, was hinter seinem Rücken geschah, und beschloß daraufhin rasch, die Sache selbst in die Hand zu nehmen.

»Es is so«, sagte er, »daß Bures unabhängige Arbeitervereinigung« (hier berichtigte er sich rasch) »daß die *Arbeiterschaft* von Bure, daß sie wegen den kommenden Verhandlungen, wo der staatliche Vermittler dabeisein soll, dasse also sozesaang gedacht haam ihren guten Willen vermittelst der Überreichung eines Geschenks an die Gesellschaft ...«

K. V. Markström hielt immer noch den Schuhkarton hoch erhoben, als wäre er eine Figur aus der Bibel, die ein Opfer vor den Altar des Höchsten trug. Sein Lächeln war jetzt etwas sicherer. Er lächelte beflissen, aber schwitzte und schwieg. Konrad Lundström hielt einen Augenblick inne und schielte zu seinem Kameraden hinüber. Die Situation begann ihm plötzlich unerhört verrückt vorzukommen. Es lag natürlich an diesem komischen Markström, dem er von Anfang an mißtraut hatte. Aber man konnte ihn ja nicht mitten in der Zeremonie zurechtweisen. Wenn er nur den Schuhkarton nicht so hoch hielte, und nun mit beiden Händen, diese komische Opferlammgeste. Das Ganze war eigentlich ein bißchen peinlich. Aber K. V. Markström war ja schon immer eine ziemlich komische Figur gewesen.

Schließlich brachte er doch die letzten Worte heraus.

»Un hier is das Geschenk, das wir der Gesellschaft überreichen wolln als Zeichen des guten Willens der Arbeitervereinigung.«

Jetzt machte er sich nicht einmal mehr die Mühe, sich zu verbessern. Denn K. V. Markström tat im gleichen Augenblick einen langen, gravitätischen und elchartigen Schritt nach vorn, überreichte das Paket, nickte und lächelte beflissen.

Das Opfer war dargebracht.

Der Verwalter nahm das Paket entgegen. Er war offensichtlich total verwirrt. Weil er nicht richtig wußte, was er tun sollte, öffnete er das Paket. Erst die Schnur, dann das Weihnachtspapier, dann den Deckel. Er nahm die Vase heraus, und ein leichter Schneeschauer von Sägespänen rieselte zu Boden. Instinktiv blickte er unter den Boden der Vase: das Preisschild war noch da.

»Jaja«, sagte er wie zu sich selbst und ohne sich bremsen zu können. »Elf vierzig.«

Sie blickten alle schweigend die Vase an. Sie war aus Glas. Auf der einen Seite war ein Hirsch eingraviert. Er stand mit den Hinterläufen auf dem Boden, hatte aber die Vorderläufe zum Sprung erhoben. Weil keinem von ihnen etwas zu sagen einfiel, betrachteten sie ihn alle drei intensiv und interessiert: betrachteten den Hirsch, der die tastenden Hufe nach etwas ausstreckte, das nicht da war.

3

Als ich Nicanor im März 1972 zum letztenmal sah, gingen wir lange auf dem Sägewerkgelände umher. Es war still und leer, nur an den Gattern, die demontiert wurden, wurde gearbeitet. Es war März, wir saßen beide lange und lauschten der schwindelerregenden Stille; es war sonnig, leichter Wind wehte von Kvarken herüber, endlos weiß die Schneefläche nach Finnland zu.

Stiller, schmerzloser Frieden. Und ich glaubte zu sehen, wie Nicanor nach dem Duft von Sägewerk und Arbeit schnupperte, als jagte er einem verschwindenden Duft von gesägtem Holz nach, der sich nun im Wind verflüchtigte und Geschichte wurde, auf die gleiche Weise, wie er selber vertrocknete und sich all das in Auflösung befand, was sein Leben gewesen war und was bald nicht einmal als ein schwacher Duft von vertrocknetem, zurückgebliebenem Greisenfleisch noch dasein würde.

Aber noch roch es nach Holz. Es war wie früher. Die Flößrinnen waren wie früher. Nur der Duft von Arbeit war bereits ausgedünnt, fast verschwunden. Vier Mann arbeiteten am Zweierrahmen, nächste Woche sollte alles abmontiert sein; so einfach und schmerzlos war es, ein Sägewerk stillzulegen. Plötzlich hatte jemand es aufgekauft und beschlossen, die Rohmateriallieferungen umzudisponieren und steuerliche Umdispositionen vorzunehmen, und so wurde plötzlich der Duft von Mensch ausgedünnt, sehr rasch und schmerzlos. Doch irgend etwas starb.

Nicanor sprach leise, mit seiner leicht gutturalen Stimme, die zu verstehen ich schließlich gelernt hatte, und er sprach davon, wer was besitzt. Hundert Jahre hatte man hier gearbeitet, doch wer besaß jetzt den Duft von gesägtem Holz oder den Duft von Arbeit? Jetzt riß man die Gatter aus der Säge, und wer besaß die Arbeit, die getan worden war, wer besaß Onkel Arons Arbeit oder K. V.s Arbeit oder seine eigene? Schließlich hatte er verstanden, sagte er bedächtig und geduldig, wie es sein sollte. Daß die Arbeit, die man getan hatte, nicht verschwinden dürfte, wenn sie verrichtet war. Sondern daß die Arbeit eines Menschen sozusagen eingehen sollte in das, was er tat. Und deshalb waren es zweihundert Jahre voller Schweiß, die jetzt in diese Säge eingegangen waren, man hatte das in die Säge hineingearbeitet, sogar in den Duft von Holz. Das war nicht verkäuflich. Das konnte man nicht durch steuerliche Umdispositionen erledigen, die Menschen, die hier gearbeitet hatten, waren *eins* geworden mit der Säge, So daß ihre Arbeit noch *da war.* So müßte es sein. Damit man beim nächsten Mal Bescheid wüßte. Damit sie nicht noch einmal bestohlen würden.

Jetzt riß man der Säge das Herz aus. Und der Duft von Holz verflüchtigte sich und wurde zu Geschichte. Und trotzdem besaßen ja, genau besehen, Aron und K. V. und Nicanor und Sanfrid und Konrad Lundström und die anderen, sie besaßen dies alles, eingeschlossen den Duft von Holz und Mensch und Arbeit. Das, was er und Papa und Großvater und die anderen erarbeitet hatten, das dürfte ihnen nicht gestohlen werden können.

An jenem Abend durfte ich sein altes Protokoll ausleihen. Und ich habe es noch immer. Er sagte: »So haben wir angefangen. Und wie es endet, werden wir sehen. Mir bleiben ja nicht mehr viele Jahre. Aber ich erinnere mich«, sagte er, »daß ich geglaubt habe, daß damals alles zu Ende war.«

Obwohl mit diesem Ende ja alles erst seinen Anfang nahm.

Die letzte Protokollaufzeichnung, die den Konflikt betrifft, und die letzte Aufzeichnung über Bures unabhängige Arbeitervereinigung trägt das Datum vom 4. März 1909. Sie lautet in voller Länge:

»§ 1
Die Versammlung wurde v. Vors. um 7 Uhr eröffnet.

§ 2
Der Vors. teilte das Resultat der Verhandlungen im Kontor am 4. d. M. mit. Das Resultat war gleich null. Der Direktor war entschlossen über die Preislisten, die dort ausgelegt waren, nicht im Geringsten hinauszugehen. Und das Kommite konnte auch nicht von den Beschlüssen abgehen, die die Vereinigung getroffen hatte, besonders, weil kein Mittelweg in Frage kam.

§ 3
Wurde vorgeschlagen ob die Vereinigung ihre Thätigkeit fortsetzen soll oder nicht. Und wurde schließlich einhellig beschlossen die Vereinigung unmittelbar aufzulösen, weil sie

nicht glaubte, weiter etwas im Interesse der Arbeiter ausrichten zu können.

§4

Wurde beschlossen, daß Leon Jansson aus der Kasse der Vereinigung Erstattung haben soll für den Tag, an dem er nicht gearbeitet hat um seine Pflicht als Mitglied im Kommite für die Verhandlungen im Kontor zu erfüllen.

§5

Wurde beschlossen, daß die Vertrauensmänner dem Direktor vom Beschluß der Vereinigung Mittheilung geben.

§6

Wurde beschlossen, daß die Vereinigung das Lokal putzen lassen soll und das Geld aus der Kasse der Vereinigung nehmen.

§7

Kam der Vorschlag, was man mit dem Geld machen soll, das in der Kasse übrig bleibt und wurde nach einer Weile Disskussion beschlossen, daß die Kasse der Vereinigung der Krankenkasse zukommen soll, nachdem alle Rechnungen bezahlt sind.

§8

Am Ende dankte d. Vors. den Mitgliedern, die diese letzte Versammlung besucht haben, und sagte nicht zu wissen, ob die Arbeit irgendeinen Nutzen gehabt hat. Auf Vorschlag eines Mitglieds wurde beschlossen, das Mitgliederverzeichnis zu vernichten.«

Sie bezahlten das Putzen, verbrannten die Mitgliederliste, versuchten die mißglückte Geschenkaufwartung bei der Gesellschaft zu vergessen, lösten die Vereinigung auf, und dann war es vorbei.

Zwei Jahre hatte es gedauert. Und wie der Vorsitzende so treffend festgestellt hatte, wußten sie nicht, ob die Arbeit irgendeinen Nutzen gehabt hatte. Der staatliche Vermittler war heraufgekommen und über Nacht geblieben, übernachtet hatte er im Hotel in Skellefteå. Am ersten Tag hatte er sechs Stunden lang den Vorträgen der beiden Parteien zugehört, hatte sich danach korrekt verabschiedet, den Vertretern beider Seiten die Hand geschüttelt und war nach Skellefteå gefahren. Der Direktor hatte ihn, als sie sich die Hand gaben, gebeten, Grüße an Herrn Mehlberg auszurichten, was die Arbeiterrepräsentanten ein wenig entmutigt hatte, weil sie nicht wußten, wer dieser Herr Mehlberg war; plötzlich hatten sie das Gefühl, daß die Bekanntschaft mit diesem rätselhaften Herrn Mehlberg den Schiedsmann etwas näher an die Arbeitgeber heranrückte, so daß er nicht mehr genau in der Mitte stand. Nachdem er in Skellefteå übernachtet hatte, hatte er am folgenden Tag angerufen und über das Telefon einige in vermittelndem Ton gehaltene Worte gesagt sowie den Wunsch des Staates zum Ausdruck gebracht, daß die Parteien im Interesse des Gemeinwohls Mäßigung zeigen und sich einigen sollten.

Dann war er abgereist, und nichts war geschehen. Und er war weg, und nichts war geschehen. Und daraufhin hatte der Direktor erklärt, daß die Gesellschaft sich nun endgültig entschieden habe, nicht von ihrer Position abzuweichen.

Und damit war es zu Ende.

Eine Lebensfrage ersten Ranges.

Als er die Worte ausgesprochen hatte, er wisse nicht, ob die Arbeit »irgendeinen Nutzen gehabt habe«, wurde es merklich still. Zwei Jahre waren vergangen. Viele erinnerten sich recht deutlich jenes Herbstabends, als sie sich an der Treppe des Guttemplerlokals versammelt und eine Resolution angenommen hatten. Sie betraf die Ehre der Arbeit, wie es weit später und in einem anderen Milieu heißen sollte, aber so war es wirklich. Damals hatte es angefangen. »Da unser Ansehen als Arbeiter für uns eine Lebensfrage ersten Ranges darstellt können wir dasselbe nicht der Willkür irgendwelcher Leute preisgeben.« Eigentlich kein schlechter Anfang. Lutherisch oder nicht, puritanisch oder nicht, er rührte an einen wichtigen Punkt. Die Arbeit hatte einen Wert. Sie hatten plötzlich eingesehen: ihre Arbeit hatte einen Wert, und zuerst hatten sie die Definition dieses Werts auf die rein moralische Sphäre eingeschränkt. Ansehen. Ehre. Moral.

Obwohl, wenn man so anfing, war der nächste Schritt nicht weit entfernt. Es war eigentlich ein guter erster Schritt. Wenn man sich klarmachte, daß die eigene Arbeit einen *Wert* hatte, dann konnte man später weitergehen.

Nein, die Arbeit der zwei Jahre war in gewisser Weise von Nutzen gewesen. Und als man in der Versammlung zu dem Punkt kam, wo der Beschluß gefaßt wurde, »dem Direktor vom Beschluß der Vereinigung Mittheilung zu geben«, schien sich die Vereinigung in ihren Reaktionen plötzlich zu spalten. Man faßte den Beschluß ohne Konflikte. Danach wollte man die Person wählen, die dem Direktor die Nachricht überbringen sollte, daß Bures unabhängige Arbeitervereinigung gestorben sei. Jemand schlug Amandus Wikström vor.

Zwei Jahre waren vergangen, seit er die erste Versammlung in Petrus Lundgrens Küche eingeleitet hatte, und etwas war mit ihm geschehen. Er war nicht mehr der mythische Kuhbändiger aus Ljusvattnet, der in der Welt der Legenden die Kühe auf den Hinterbeinen stehen und im Chor »Ein feste Burg ist unser Gott« muhen lassen konnte. Die Geschichte mit den weggespülten Misttonnen lebte zwar weiter, schien aber jetzt von ihm losgelöst zu sein. Er war einer von denen gewesen, die das Rückgrat der Vereinigung gebildet hatten. Und er hatte angefangen über vieles nachzudenken. Als nun jemand vorschlug, daß Amandus Wikström dem Direktor die Botschaft überbringen sollte, reagierte er äußerst überraschend. Er bekam einen ganz ungewöhnlichen und absolut unerklärlichen Wutanfall.

Er stand auf, ohne ums Wort zu bitten, und redete mit lauter Stimme. Er sagte ihnen, daß er zwar einsähe, daß sie alles verloren hätten und daß die Vereinigung aufgelöst werden sollte. Aber das wäre trotzdem nichts, wofür man gezwungen sei, sich zu erniedrigen. »Ich will nich dastehn un mim Lederknubbl inne Han un Kratzfuß machn un mich zum Narren machn.« Das wäre erniedrigend. Und man hätte lernen sollen, daß kein Arbeiter sich erniedrigen dürfte. Sie wären alle gute Arbeiter. Sie hätten sich für nichts zu entschuldigen. Ihre Arbeit hätte einen Wert. Der Direktor würde es schon auch so erfahren. Sie brauchten nicht noch zum Gegner gehen und es ihm erzählen. Er jedenfalls nicht.

Er hatte das mit so lauter Stimme gesagt, daß alle sich verwundert hatten, und dann war er rausgegangen, und viele waren gewissermaßen bestürzt. Aber danach wählte man statt dessen Arvid Lindström, dem Direktor die Nachricht zu überbringen.

Amandus Wikström war hinausgegangen, und Nicanor war ihm nachgeschlichen. Und Nicanor sah, wie er draußen auf der Treppe stehenblieb und um sich blickte. Er dachte wohl an die Versammlung über die Ehre der Arbeit, damals, als er seine Rede gehalten hatte. Das war vor einem halben Jahr gewesen.

Nicanor sah sein Gesicht schräg von der Seite; und zu seinem Erstaunen sah er, daß Amandus Wikström Tränen in den Augen hatte.

Ja, so war es. Amandus Wikström stand auf der Treppe, und Bures unabhängige Arbeitervereinigung war aufgelöst, es war im März 1909. Man hatte sich gefragt, ob die Arbeit von irgendeinem Nutzen gewesen war. Er hatte nicht zum Direktor gehen wollen. Es war vorbei. Und er schämte sich nicht, daß er traurig war.

Der von der Vereinigung gewählte Arvid Lindström hatte dem Direktor am gleichen Abend die Botschaft überbracht.

Der Direktor hatte sich Zeit gelassen, ihn zu empfangen. Und Arvid Lindström hatte also gesagt, daß Bures unabhängige Arbeitervereinigung nun beschlossen habe, sich aufzulösen. Und daß also der Einigkeit zwischen der Gesellschaft und der Arbeiterschaft nichts mehr im Wege stände. Der Konflikt war also ganz vorüber. Der Direktor hatte zugehört und dann Arvid Lindström die Hand gegeben. Es war ein kräftiger Händedruck gewesen, hatte Lindström nachher erzählt, ein Handschlag ohne alle Böswilligkeit, fest und herzlich, wie zwischen Freunden. Und auf seiten des Direktors sei keinerlei Bitterkeit zu bemerken gewesen.

So hatte es geendet: mit einem Handschlag, in dem die Bitterkeit nicht zu bemerken war.

7. Drei Klumpen Butter

»*Kost: Alltagsessen waren Hering, Kartoffeln, Bryta (Knäckebrot und Milch), Blutklöße, Pfannkuchen, selbstgebackenes Brot, hart, aus Gerste und Roggen. Blutklöße und Pfannkuchen waren auch hauptsächlich aus Gerste. Fleisch gab es gelegentlich an Feiertagen. Mehlsuppe. Im Sommer ersetzte frischer Strömling den Hering. Makkaronisuppe: süß. Reisbrei. 1916 betrug der Stundenlohn bei Bure Aktiebolag 30 Öre. Butter 7,75 Kr. das Kilo. Zwei Kilo Butter gleich 51 Arbeitsstunden.*«

Aber alles nahm mit diesem Ende seinen Anfang.

Es gab einmal eine Arbeitervereinigung in Bureå. Sie existierte zwei Jahre, dann ging sie ein. Sie war nicht der LO angeschlossen. In der Tat verlief hier eine wichtige Trennungslinie; Bures unabhängige Arbeitervereinigung war das, was man auf Seiten von LO ein Nähkränzchen nannte. Eine nicht angeschlossene.

Ein Nähkränzchen wurde von den Arbeitgebern toleriert. Erst der Anschluß an die LO machte es gefährlich. Der Kampf war entbrannt um die Frage der Organisation. Das Wichtige war der Kampf gegen die starke Gewerkschaft. Der Kampf gegen die zentral organisierte und zentral gesteuerte Gewerkschaftsbewegung, der sich damals und später in eine so schöne und freiheitliche Rhetorik kleidete. Mit tausend Mündern redete der Feind vom Recht des freien Arbeiters, zu tun, was er wolle, frei zu hungern, frei zu sein von der Bevormundung seiner eigenen diktatorischen Führer, das Recht auf Arbeit bei einer Arbeitsniederlegung zu haben, frei allein zu sein im Kampf, unabhängig von zentraler Leitung, unabhängig von organisatorischen Bindungen.

Und all dies sollte später weiterleben; wenngleich veredelt und poliert, kultiviert und auf höherem Niveau, doch mit erkennbaren Wurzeln: der Angst vor der starken Gewerkschaft.

Bures unabhängige Arbeitervereinigung ging nach zwei Jahren ein. Aber alles nahm mit diesem Ende seinen Anfang.

Am Abend, zwei Tage später, wurde nach Nicanor geschickt. Man wollte, daß er kommen sollte, er allein. Der Überbringer der Botschaft sprach nicht viel, ließ aber nicht locker. Es wäre gewissermaßen wichtig.

Das Wichtige war Onkel Aron Lindström.

Einige der Arbeiter hatten auf Umwegen erfahren, daß Onkel Aron anderthalb Jahre lang regelmäßig zum Verwalter gewandert war und Bericht erstattet hatte über alles, was sich in der Arbeitervereinigung tat. Was Aron erzählt hatte, wußte keiner. Aber er war ja nicht dumm. Er konnte hören, beobachten, erzählen; daß er schielte und schief gewachsen war, schmälerte ja nicht seinen Verstand.

Man hatte es also rausbekommen. Wie, weiß keiner. Vielleicht hatte jemand ihn gesehen und war mißtrauisch geworden. Vielleicht hatte jemand von der Verwaltung die Geschichte unter der Hand laut werden lassen, weil keine Spitzeldienste mehr gebraucht wurden und der Sieg sowieso vollständig war. Letzteres ist wahrscheinlich. Es ist einleuchtend und natürlich, daß man auf diese Weise seine Stärke zeigen wollte. Die bedauernswerten Arbeiter hatten geglaubt, daß zumindest ihre innersten Verteidigungsmauern intakt waren. Aber selbst dort gab es Risse. Es gab sie nicht, die uneinnehmbare Mauer. Aller Mörtel verwitterte. Auch die Mauern innerhalb der Arbeiterschaft. Die wirklich Starken waren die, die allein standen, sagte man überredend. Oder, mit anderen Formulierungen: es gäbe immer selbständige Arbeiter, die sich nicht scheuten, selbst zu denken und die sich nicht den Weisungen der Massen und ihrer diktatorischen Führer unterordneten.

Aron war ein solcher selbständiger Arbeiter.

Auf jeden Fall: es kam heraus, daß der leicht scheeläugige Aron anders geschielt hatte, als man geglaubt hatte. Er hatte alles erzählt; ob es überhaupt irgend etwas zu erzählen gab, war zweifelhaft, aber er hatte auf jeden Fall das Geschäft des Arbeitgebers besorgt. Und spät am Nachmittag hatte den Aron das Schicksal in Gestalt von vier enttäuschten und empörten Arbeitern ereilt. Sie hatten ihn auf den Lokus hinter der Baracke geschleppt. Dort hatten sie ihn ausgefragt. Und nachdem er geantwortet und die Wahrheit gesagt hatte, hatten sie ihn verprügelt.

Er hatte direkt und vollkommen freiwillig alles zugegeben. Keine Drohung war notwendig gewesen. Er hatte gegen den Beschluß vom 18. Februar, Paragraph zehn, verstoßen: »Wurde auch einhellig beschlossen, daß Vereinigungsmitglieder, die beweißbar ertappt werden bei verräterischem Auftreten während des Konflickts oder unnötig mit Unbefugten über die Verhandlungen oder was die Vereinigung betrifft disskutiert haben, nach wiederhergestelltem Frieden boykottiert werden.« Da stand es. Er hatte als Vereinigungsmitglied gegen diesen Paragraphen verstoßen, hatte den Direktor informiert und die Gemeinschaft verraten.

Aron hatte die ganze Zeit vollkommen ruhig dagesessen und nur genickt. »Doch«, hatte er gesagt, »dassis waah. Ich hab mi'm Direktor gesprochn.«

Was er denn dafür bekommen hätte?

»Butterhabbich gekricht.«

Butter??!!!

»Butterhabbich gekricht.«

Sie hatten daraufhin verlangt, Aron sollte beweisen, daß er die Wahrheit sagte. Er hatte genickt und war ihnen vorausgegangen in die Baracke. Dann hatte er ganz ruhig auf die Luke gezeigt. Sechs Mann wohnten in dem Raum. Drei waren Junggesellen, drei waren aus Hjoggböle und hatten Familie, wohnten aber die Woche über hier. Die letzteren kamen immer am Sonntagabend mit dem Rucksack voller Essen zurück, das für die Woche reichen sollte, meistens Blutklöße und Pfannkuchen. Blutkloß und Pfannkuchen war das Standardgericht. Man mußte erst den Schimmel abschälen und versuchen, das Zeug zu kochen und zu braten, bevor man es essen konnte. Da gab es nicht viel zu überlegen. Das Problem war die Baracke. Sie war kalt und feucht, und dann war es zum Beispiel so, daß die Milch immer sauer wurde. Da hatten sie im Flur, wo sie wohnten, den Fußboden aufgesägt und eine Grube gegraben, so daß jeder seinen Essenbehälter hineinstellen konnte. Das kühlte ja. Aber es hatte den Nachteil, daß Wasser in die Grube sickerte; das wurde faulig und fing an zu stinken, wie toter Fuchs. Keiner fand das gut. Aber mit Schimpfen war daran auch nichts zu ändern.

Aron war schnurstracks zu der Luke gegangen und hatte darauf gezeigt, und sie hatten sie geöffnet. Und dann hatte er auf seinen Sack gezeigt und gesagt, da isse drin. Und dort, am Boden des fauligen Lochs, hatte ein Sack gelegen, den sie schon viele Male zuvor gesehen hatten, zwischen den Essenbehältern. Aber jetzt holten sie ihn herauf und öffneten ihn.

Es war nicht zu glauben.

Da waren drei große Klumpen, sorgfältig in Leinen eingewickelt und zusammengeschnürt. Sie öffneten eines der Pakete, und Aron hatte sicher recht, daß es einmal Butter gewesen war. Fragte sich nur, wie lange das schon her war. Es sah eigenartig aus. Es hatte eine Farbe, die noch keiner von ihnen gesehen hatte, und einen Augenblick lang kam es ihnen vor, als betrachteten sie ein seit langem totes Tier, das, überwachsen von wucherndem Grün, seinen ewigen Schlaf schlummerte.

»Da isse Butter«, sagte Aron leise.

Er hatte alles aufgehoben. Es waren drei Pakete zu je zwei Kilo. Das erste hatte er im Herbst 1907 bekommen, vor anderthalb Jahren. Butter war teuer. Es war die Arbeit von vier Wochen, die dort in Klumpen lag und wuchs. Es war einfach nicht zu begreifen. Dann hatten sie lange dagestanden und die Butter angesehen, dann Aron, und ganz langsam hatte sie schließlich der Zorn gepackt. Warum, das konnte nachher keiner von ihnen sagen. Vielleicht war es wirklich Zorn über Arons Verrat. Vielleicht war es etwas anderes: daß er so ruhig und geduldig mit hängenden Händen und schielenden Augen dastand; daß er so bereitwillig alles zugegeben hatte; daß er so bereitwillig dem Direktor berichtet hatte; daß die Butter dort lag in drei so sinnlos stinkenden und wachsenden Klumpen; daß alles so vollkommen sinnlos war.

Sie brachten ihn hinaus und auf den Lokus hinter den Baracken und verprügelten ihn.

Sie setzten ihn auf den Treppenabsatz, wo das kleine, für Kinder gedachte Lokusloch war. Dorthin setzten sie ihn, damit er nicht fallen und sich verletzen sollte, während sie ihn verdroschen. Sie sagten ihm, was er tun sollte, und er nickte ruhig und setzte sich. Dann bekam er, was er vertrug. Ein paarmal fiel er auf die Seite, aber sie richteten ihn wieder auf. Es war eine regelrechte Mißhandlung, doch die, die sie ausführten, wußten, was sie taten, und Aron wußte, was sie taten, und er jammerte nur wenig. Aber es machte keinen Spaß, fanden sie, als sie ihn schlugen. Aron war ein komischer Mensch. Es war, als würde er vollkommen ruhig. Als fände er, daß sie ihm gar nichts täten. Oder daß es seinen Sinn hätte.

Dann hatten sie nach Nicanor geschickt.

Er bot keinen schönen Anblick. Obwohl es im Lokus drinnen dunkel und der Mond durch die offene Tür eine schlechte Fackel war, konnte Nicanor sehen, daß Onkel Arons Gesicht ziemlich übel mitgenommen war. Er blutete noch immer aus der Nase. Es lief. Er hatte bekommen, was er vertrug. Und als Nicanor sich hinunterbeugte und ein übers andere Mal fragte, wie es ihm ginge und was passiert sei, hörte er nur die schweren, schluchzenden Atemzüge eines Mannes, der schlimme Schmerzen hatte und sicher bekommen hatte, was er vertrug. Onkel Aron hatte Blut auf seiner Arbeitsbluse. Das war ja nicht so wild, das konnte man abwaschen. Die Hände hatte er gefaltet und hielt sie so auf den Knien.

»Kannse gehn?« fragte Nicanor. Er hörte selbst, wie seine Stimme zitterte, und es fiel ihm schwer, zu sprechen, weil er so aufgeregt war oder Angst hatte oder traurig war oder was es nun sein mochte. Aber Aron antwortete nicht. Er blinzelte nur mühsam und unsicher zu seinem Neffen auf, der über ihn gebeugt stand: dann beugte er sich langsam zur Seite, hob behutsam den Lokusdeckel von dem kleinen Kinderloch in dem Treppenabsatz, auf dem er saß, und spuckte etwas aus, das Blut sein konnte. Dann legte er den Deckel vorsichtig wieder zurück.

»E' is müde«, sagte mit sachlicher Stimme der Bote, der jetzt hinter ihm stand. »Abbe wennem na Haus hilfs, kanne sich hinleeng.«

Der Mond warf einen blassen Schein herein über den Lokusboden, draußen lag noch eine dünne Schneedecke, es war tagsüber warm und nachts kalt gewesen, und der Schnee war verharscht. Es war eine von diesen Nächten, wo man auf dem Harsch weit hinaus über Burheden gehen und im Mondlicht vollkommen frei sein konnte. Man konnte gehen, wohin man wollte, die Stämme würden schwarz sein und der Mond weiß, und es würde wie am Tag sein, und der Harsch würde tragen. Man würde laufen können, langsam, aber weit.

Plötzlich fing Aron an zu weinen. Er saß drinnen auf der Lokustreppe, und es war, als ob der Schmerz und die Erniedrigung ihn jetzt erst erreichten oder es jetzt erst möglich geworden sei, sie zu fühlen. Er sah erbärmlich aus. Schief und blutig um den Mund saß er da und weinte und konnte nichts sagen.

Jetzt ist es nicht einfach, Aron zu sein, dachte Nicanor. Jetzt geht's ihm dreckig. Der Bote stand hinter seinem Rücken und glotzte: er hatte unterwegs dies und das erzählt, und den Rest konnte sich Nicanor selbst zusammenreimen. Es war unangenehm, ihn da stehen zu haben. Das hier ging ja eigentlich nur die Familie etwas an. Doch dann, auf einmal, dachte Nicanor: es ist egal. Man konnte sich den Deubel darum scheren, daß jemand zusah. Es war notwendig, um Arons willen.

Und um des Ganzen willen.

Und so setzte sich Nicanor ganz still neben Onkel Aron auf die unterste Stufe des Barackenlokus, legte den Arm um seinen Rücken, scherte sich den Deubel um alles, und so weinten und schluchzten die beiden gemeinsam still vor sich hin und sagten gar nichts, und der Schmerz wurde schwächer und schwächer und war schließlich fast auszuhalten und erträglich.

Er schaffte ihn nach Hause.

Am nächsten Abend schrieb er den Brief. Er schrieb mit der Hand, mit einem Bleistift, und adressierte den Brief an die Sozialdemokratische Partei, Geschäftsstelle, Stockholm.

Der Brief hatte folgenden Wortlaut:

»Bure, den 21. März 1909.

Weiterzuleiten an den Agitator Elmblad.

Hoch geehrter Herr Elmblad!

Ich schreibe Ihnen hiermit, um zu fragen, ob Sie im Sommer wieder eine Reise die Küste herauf machen, wenn Sie immer noch agitieren. Ich möchte dann gerne, daß Sie in dem Fall den Weg über das Kirchspiel Bure nehmen, Sie waren einmal hier oben, wenn Sie sich erinnern, obwohl sie hier damals auf den Sozialismus nicht gut zu sprechen waren. Ich war der Junge, der Ihnen geholfen hat, die Plackate für Sie anzubringen. In Bure hat es die zwei letzten Jahre eine ziemlich lebenskräftige unabhängige Arbeitervereinigung gegeben, aber jetzt ist sie vom Arbeitgeber zerschlagen worden. Jetzt wagt keiner hier solche Gedanken zu denken, aber viele tun es trotzdem. Es wäre schon gut mit Agitation hier, weil sonst der Arbeitsgeber die Preisliste allzu tief senkt. Viele Arbeiter sind auch gereizt über die vielen Verläumdungen wegen Faulheit und dergleichen. Mit ein bißchen Agitation würde es wohl nicht lange dauern, bis auch der Burearbeiter seine Furcht vor der roten Farbe überwindet.«

Er schrieb den Brief am späten Abend. Nachdem er ihn beendet hatte, überlegte er lange und fügte dann folgende Zeilen
hinzu, mit denen er den Brief abschloß: »Wenn Genosse Elmblad mir schreiben will, so ist meine Adresse *Nicanor Markström, Oppstoppet, Bure; Västerbotten.*«

Teil 2

1. Hör zu, Rotkopf

»Kurz ist meine Zeit; möge er mich also verschonen, mich in Frieden lassen, daß mir eine flüchtige Freude vergönnt sei.«

1

Mit dem Genossen Elmblad verhielt es sich so, daß er tatsächlich immer noch damit beschäftigt war, die kampflüsternen und revolutionären Massen zu organisieren für den bevorstehenden Kampf, in dem sie mit historischer Notwendigkeit von ihren wankelmütigen und kompromißbereiten Führern verraten werden sollten; oder ungefähr so.

Genauer gesagt: in seinen düstereren Momenten war er felsenfest davon überzeugt, daß es sich genau umgekehrt verhielt. Seine Arbeit war die Organisation, so weit war alles in Ordnung. Im übrigen war das meiste ein einziger hoffnungsloser Scheißhaufen. Wer in diesem verfluchten Königreich interessierte sich eigentlich für die Sache des Sozialismus, dachte er immer wieder. Viele waren es nicht. Auf jeden Fall nicht viele aus der Arbeiterklasse des Königreichs.

Manchmal glaubte er, sie zu hassen. Er wußte, daß er sie haßte. Ihre vollkommene Gleichgültigkeit. Ihre Trägheit. Er hatte manchmal verfluchte Lust, sich hinzustellen und zu sagen, was er wirklich dachte. Er würde ihnen geradewegs ins Gesicht sagen, daß sie, wie sie da waren, verdammt feige Idioten waren, die ihr eigenes Bestes nicht verstanden. Daß er sie nicht mehr ertragen konnte. Daß er sein ganzes Leben geopfert hatte, um diese feigen, kriechenden, widerwärtigen Heuchler, die ihr eigenes Bestes nicht wahrhaben wollten, zu bekehren, zur Sache des Sozialismus zu bekehren. Die schwedische Arbeiterklasse konnte ihn am Arsch lecken. Besonders die Streikbrechernester entlang der norrländischen Küste wünschte er zur Hölle. Sollten sie sich alle ausbeuten lassen von den Ausbeutern, quälen lassen von den Arbeiterschindern, sollten die Kapitalisten sie doch verhungern lassen, sollten sie erfrieren in ihren Bethäusern und in der Hölle wieder auftauen, er gönnte es ihnen von Herzen. Streikbrecherpack und Speichellecker waren sie. Träge, falsche und scheinheilige Kreaturen.

Er hatte große Lust aufzustehen und dies alles offen zu sagen. Aber inzwischen wußte er es besser. In einem Bericht an die Parteiführung hatte er seinem Herzen Luft gemacht, nicht hemmungslos, aber andeutungsweise. Sofort war die Hölle los gewesen. Er hatte postwendend einen langen und eiskalten Brief zurückbekommen, in dem man den Genossen Elmblad um Auskunft bat, ob seine Einstellung zur Arbeiterklasse wirklich so sei, wie es aus dem Bericht hervorginge. Eine derart dünkelhafte und elitäre Einstellung zu den arbeitenden Massen könne nicht akzeptiert werden. Sie hatten eine Erklärung verlangt. Also war er gezwungen gewesen, eine Erklärung zu schreiben: er schwitzte eine ganze Woche darüber und kam noch einmal mit einem blauen Auge davon.

Er hatte also weiterhin das Vertrauen der Führung. Aber er war sich darüber im klaren, daß seine Lage prekär war.

Im Frühjahr 1909 war er achtundvierzig Jahre alt. Sechs Jahre waren vergangen seit jener Nacht, als er auf Burheden gejagt worden war, jener Nacht, in der der Mond schien und er versucht hatte, einen Regenwurm zu essen. Da erreichte ihn über die Parteizentrale ein Brief, unterzeichnet von Frans Nicanor Markström, Oppstoppet, Bure, Västerbotten. Er las ihn mit Verwunderung und voll düsterer Ahnungen.

Die Berichte waren die Hölle. Elmblad schuftete sich damit ab wie ein Tier, trotzdem bekam er sie nie richtig in den Griff. Er hatte das Gefühl, daß seine Episteln berüchtigt waren, daß sie bei der Parteiführung Gelächter und Spott auslösten, aber er schrieb und schrieb und schrieb.

»Bericht an den Parteivorstand über die Agitation in Närke vom 21. bis 30. Juni 1909«, schrieb er in seiner großen, unbeholfenen und ungleichmäßigen Handschrift, in der düstere und riesige Buchstaben in irrationalen Formationen über eingeschüchterten Reihen kleiner hingen. »Brief vom 12. d. M. s. mit Ablehnung meiner Bitte um Ausbezahlung der Agitationsmittel erhalten. Ich muß dem Parteivorstand mitteilen, daß es unbegreiflich ist, zu erfahren, wie man bis zur Blindheit auf das mißglückte Resultat von der letzten vorhergehenden Agitationsreise starrt, über die ich nun Bericht erstatten soll (?). Wenn man abgewartet hätte, wäre das Resultat der Beurteilung vielleicht ein anderes gewesen. Mittwoch u. Donnerstag den 23. und 24. war ich in *Skyttberg* und *Kårbergsbruk*, wo jede Organisation fehlt. Hier herrscht die größte Uneinigkeit zwischen den Arbeitern selbst. Eine Versammlung konnte ich *nicht* zustande bringen aus vielen Ursachen, 1. weil es keinen anderen Grund und Boden gibt als den der Gesellschaft – die Gesellschaft besitzt alles Land u. weil – 2. Regen! und nochmal Regen. Weiter baten viele Arbeiter darum, ich sollte keine Versammlung ansetzen aus dem Grund, daß ihre religiösen Genossen nur dadurch etwas hätten, was sie dem Direcktor erzählen könnten – also wer dahinginge, und am Ende würde es eine systematische Entlassung werden. Weil der Direcktor erklärt hat, daß er nur solche Arbeiter haben will, die die gleichen Interässen hätten *wie er* oder ›zu dem halten, der sie ernährt‹ – wie er sich ausgedrückt hat. Am 24. war ich in *Rönneshyttan* aber dasselbe Resultat wie vorher in *Skyttberg*, ich teilte Flugblätter aus bekam Adrässen und das Versprechen, wiederzukommen. Es gibt dort viele, die anderswo gewesen sind und in der Gewerkschaft waren, so daß es nicht ganz hoffnungslos ist obwohl es mehrere hundert gibt, die *mit Medaljen prozzen* für Sklavendienst. Am 25. war ich in *Nora* und *Gyttorp* aber Gott im Himmel was für Menschen? schwerfällig daß ich die Erbärmlichkeit nicht beschreiben kann. In *Nora* gibt es jedoch eine Schneidergewerkschaft aber das ist alles. Am 27. in *Björneborg* und *Christinehamn* um Versammlungen vorzubereiten, aber habe Antwort aus *Kristinehamn* das sie keine haben wollen und das ich jetzt keine Leute kriege *weil sie mich schon einmal vorher gehört haben.* Aber es muß sich um jemand anders handeln, denn ich bin *nie* da gewesen und sie ...«

Er bekam mit der Zeit das Gefühl, daß er die falschen Berichte schrieb. Der Ton war falsch. Korrekte Wirklichkeit, aber falscher Ton.

Er schrieb die Berichte mit ärgerlicher, mürrischer Handschrift, und es wimmelte von Unterstreichungen, Ausrufezeichen, wütenden Gedankenstrichen und düsteren Fragezeichen. Als hätte sich seine Enttäuschung in die Faust verlagert. Und wenn er geschrieben hatte, pflegte er immer lange dazusitzen und das, was er sich abgequält hatte, anzuglotzen.

Es war so aggressiv.

Was würden sie denken. Vielleicht würden sie bloß denken, daß er verdammt verbittert sei. Und dann glauben, daß er aufgegeben hätte. Und jetzt nur lamentierte. Aber er sagte doch nur, wie es wirklich war. Sie wollten ja nicht hören, wie es wirklich war. Wenn er genau sagte, wie es war, dann war es Verleumdung der Arbeiterklasse. Und dann kam irgendein beschissener Brief, der eiskalt und wohlformuliert feststellte, er hätte »die historischen Voraussetzungen« nicht gesehen und »die existierende Situation verwechselt« mit etwas. Mit dem Möglichen? Nein, daß er aus privaten Erfahrungen allgemeine Schlußfolgerungen zöge.

Was für Episteln. Er wünschte, er könnte selber solche schreiben. Was für verdammte Reden das werden würden. Die Bauerntölpel würden bloß gaffen und die Schnauze halten und nach Hause gehen und sagen, daß da ein richtig gelehrter Kerl gekommen wäre und daß man kein Stück kapierte und daß es deshalb wohl richtig wäre:

Die in Stockholm glaubten offensichtlich, er wäre apathisch geworden und meinte, daß man nichts ändern könnte. Doch so war es ja nicht. Aber wenn diese verfluchten Berichte irgendeinen Sinn haben sollten, dann doch den, daß man sagte, wie es war. Daß man die Wahrheit sagte. Wenn da in Stockholm so ein Schreibtischstratege saß, der das für Schwarzmalerei hielt, dann konnte er ja kommen und selber sehen. Denn wenn es nun einmal so war, daß die schwedische Arbeiterklasse hungerte, arbeitete, litt, genügsam und gottesfürchtig war und beim Gedanken an den Sozialismus Schüttelfrost bekam, dann konnte man doch nur sagen, daß es so war. Was zum Teufel sollte man denn sonst tun?

Allerdings, wenn er etwas genauer nachforschte in seinem Inneren, so waren ihm dieses Land und diese verfluchte Mentalität zutiefst zuwider. Die Arbeiterklasse war nicht die richtige. Falsche Sorte. Falsche Sorte.

Er hatte auch andere Probleme mit der Partei. Etwas peinlichere Probleme. Es ging ums Geld. Einerseits hieß es zwar, daß man leben sollte, wie man lehrte, und er lebte auch nicht gerade in Saus und Braus, doch andererseits war er ein ganz kleines bißchen unachtsam und genauer gesagt nachlässig in Geldangelegenheiten, und manchmal war es, könnte man sagen, schwierig, *im Detail* alle Ausgaben zu belegen, die er ohne Zweifel gehabt hatte.

Gelddinge lagen ihm nicht.

Lagen ihm jedenfalls nicht besonders gut. Und das hatte in Stockholm eine gewisse Irritation hervorgerufen, keine starke, aber eine leichte Irritation, oder etwas stärker als eine leichte Irritation möglicherweise. Daß Gelddinge ihm so wenig lagen. Im großen und ganzen mußte er sich mit Geliehenem durchschlagen, einen Monat im voraus. Naja, ein paar Monate im voraus. Und zu allem Übel hatte man ihn nun in der Angelegenheit angeschrieben und ihn aufgefordert.

Dies oder jenes. Er erinnerte sich nicht so genau. Aber aufgefordert hatten sie ihn, es war unangenehm, und es hatte eine ganze Menge zwischen den Zeilen gestanden. Außerdem hat-

te man ihn gebeten, seine Tätigkeit daselbst abzubrechen und
statt dessen wieder eine Reise die norrländische Küste hinauf
zu machen. Man hatte den Brief von diesem Nicanor Markström mitgeschickt. Und im Begleitbrief Verwunderung zum
Ausdruck gebracht, daß Elmblad nicht auf früheren Reisen
Kontakt aufgenommen habe an Orten, wo der Nährboden so
günstig gewesen sei wie zum Beispiel in Bureå. Wo eine
lebenskräftige Arbeitervereinigung offenbar, dem Brief nach
zu urteilen, lange existiert habe. Ein Nähkränzchen zwar,
nicht der LO angeschlossen! Aber die reife Frucht hätte mit
großer Leichtigkeit gepflückt werden können.

Dies war ein bißchen peinlich für Elmblad, und er wußte
nicht richtig, wie er ihnen das erklären konnte. Aber es
stimmte: er war mehrere Jahre nicht im Kirchspiel Bureå
gewesen. Er hatte sich gedrückt. Warum, wußte er nicht.
Oder er wußte es doch. Es hatte etwas zu tun mit einer Nacht,
in der sie ihn auf Burheden gejagt hatten, in der der Mond
groß und leuchtend gewesen war und er lange, lange an einen
Baum gebunden gestanden hatte.

Und nun las er im Brief dieses Markström. »Ich möchte
dann gerne, daß Sie in dem Fall den Weg über das Kirchspiel
Bure nehmen, Sie waren einmal hier oben, wenn Sie sich erinnern, obwohl sie hier damals auf den Sozialismus nicht gut zu
sprechen waren. Ich war der Junge, der Ihnen geholfen hat,
die Plackate für Sie anzubringen.«

Er erinnerte sich tatsächlich außerordentlich gut an den
Jungen. Ganz deutlich.

An die Västerbottninger erinnerte er sich auch. Er hatte ja
eine nicht geringe Anzahl Agitationsreisen die Küste hinauf
unternommen. Es trifft aber auch zu, daß er sich nach den
Ereignissen in Bure gescheut hat, daselbst zu agitieren. Kein
Zweifel. Aber er kannte die Probleme.

Doch damit war er nicht allein.

Seine Berichte sind schlecht geschrieben, das ist wahr, oft
widersprüchlich, sie drücken häufig eine Einstellung zur

schwedischen Arbeiterklasse aus, die abstoßend oder falsch ist oder beides. Doch mit dieser Einstellung war er nicht allein: sie kann defätistisch oder negativ oder gleichzeitig idealistisch und zynisch scheinen: allein war er damit jedenfalls nicht. Die anderen Agitatoren berichteten über die gleiche Wirklichkeit, wenn auch viele die Teilnehmerzahlen der Versammlungen ein bißchen nach oben frisierten und ihre Sprache im Zaum hielten. Aber es gab Probleme entlang der norrländischen Küste, große Probleme.

Wenn man Elmblad nicht glaubt, kann man zu Janne Persson, Gustav Johansson oder Johan Hallberg gehen. Alle beschrieben sie die gleichen Realitäten. Hallberg faßt in einem Bericht von 1908 die Erfahrungen aus Västerbotten und Norrbotten auf folgende Weise zusammen (hier sind Rechtschreibung usw. normalisiert). »Ich erlaube mir am Schluß einige Worte über die Verhältnisse der Bevölkerung im allgemeinen. Es ist nunmehr hinlänglich bekannt, daß der Zweig der kapitalistischen Ausbeutung, der als Holzwarenindustrie bezeichnet wird, eine furchtbare Verwüstung in den nördlichen Provinzen des Landes herbeigeführt hat, nicht zuletzt in Västerbotten und Norrbotten, wo bereits strengere klimatische Verhältnisse auf ihre Weise dazu beitragen, das Brot der Armen zu verknappen. Im Küstenland, von Umeå an nordwärts, das im allgemeinen fruchtbar und vom zerstörerischen Vorgehen der Waldverwüster weniger verheert ist und wo auch einigermaßen leidliche Kommunikationen in Form von Landstraßen den Verkehr und den Absatz vorhandener Produkte ermöglichen, hat man weniger Veranlassung, von erschütternder Not zu sprechen als in den Waldgebieten, wo das Elend gewöhnlich so groß ist, daß es jeder Beschreibung spottet. Fast keine fahrbaren Wege, meilenweite Abstände bis zu den Nachbarn, die Wälder verwüstet und der Boden in der Hand der Gesellschaften – allein das gibt eine dunkle Vorstellung von der Trübsal der Menschen und ihren Schwierigkeiten, sich ihren Lebensunterhalt zu verschaffen.

Für die Bevölkerung dieser Waldgebiete sind die Arbeitsmöglichkeiten im allgemeinen äußerst begrenzt. Solange es noch in größerem Ausmaß Wälder abzuholzen gab, konnte man ja, wenngleich für unglaubliche Hungerlöhne, Beschäftigung bekommen, aber aufgrund der harten Konkurrenz durch die Bauern des Küstenlandes, die von ihren Höfen Proviant sowohl für die Arbeiter wie für die Zugtiere mitbringen konnten, wurde wie gesagt der Verdienst auf das denkbar niedrigste Maß reduziert. Das betrübliche Los der Gesellschaftspächter will ich nicht zu schildern versuchen. Ich will lediglich das traurige Faktum konstatieren, daß der blutbesudelte Kapitalismus unter dieser unglücklichen Kategorie von Menschen die schrecklichsten Folgen gezeitigt hat, die sich vielerorts in vollständiger physischer wie moralischer Degeneration abzeichnen, deren Krebsgeschwulst lange Jahre beharrlicher Erweckung – und Aufklärungsarbeit – erfordert, um geheilt werden zu können. Aber vor allem sind hier unmittelbare und durchgreifende Reformen vonnöten, wenn nicht eine ganze Volksklasse an Hunger und sozialem Elend vollständig zugrunde gehen soll.

Weil ökonomisch unterdrückte und geistig verkümmerte Menschen somit die große Mehrzahl ausmachen und außerdem die religiöse Zerstörungsarbeit das tiefste Mißtrauen und die größte Verständnislosigkeit gegenüber den belebenden Ideen des Sozialismus erzeugt hat, kann man verstehen, auf welche Schwierigkeiten man bei der Agitationsarbeit stoßen kann. Zieht man dazu in Betracht, daß es vielerorts unmöglich ist, Räumlichkeiten zu beschaffen, weil man nachteilige Folgen seitens der Gesellschaften und ihrer draußen auf dem Land postierten Heiducken befürchtet, dann versteht man die Art von Geduldsprobe, auf die man bei der Arbeit gestellt wird, wie auch den Grund dafür, daß das erwünschte sichtbare Resultat oftmals ausbleibt. (– – –) Von Ende März an wurde die Agitationswirksamkeit in die finstere und zurückgebliebene Gegend von Piteå verlegt, die unbestreitbar den schwärzesten Fleck in Norrbotten darstellt. Ihre in vielen Fällen ökonomisch gutsituierte Bauernbevölkerung ist während einer langen Reihe von Jahren eine wahre Plage sowohl für die ärmere Arbeiterbevölkerung des Ortes wie für die Bevölkerung in den Waldgebieten gewesen, indem ihre reichsbekannte Habgier sie veranlaßt hat, für eine unnatürliche Unterbezahlung den größten Teil der Arbeit in den Sägewerken sowie auch die für die Arbeiter der Waldgebiete so notwendige Wald- und Flößereiarbeit an sich zu reißen, und dies aufgrund der oben angedeuteten Möglichkeiten (?). Aus dieser Gegend lassen sich außerdem mehrere Beispiele anführen, wo die Bauern während des Arbeitskonflikts der Stauer im Sommer ihre Knechte als Streikbrecher in die vom Konflikt betroffenen Gebiete geschickt haben. Infolge der geistigen Zerstörungsarbeit, deren Schwerpunkt in diese Gegenden verlegt worden ist und die von Pastoren und Kolporteuren in brüderlichem Einvernehmen mit der schwarzen Brut namens *Schwed. Volksbund* und *Schwed. Arbeiterbund* planmäßig betrieben wird, ist es gelungen, eine derart fanatische Verbitterung gegen die Arbeiterbewegung zu schüren, daß man in bestimmten Dörfern kaum von regelrechten Handgreiflichkeiten verschont bleibt.«

Allein war Elmblad keineswegs.

2

Mit Elmblad verhielt es sich so, daß er sich leicht Sorgen machte. Es waren Sorgen um die Familie und um die Arbeit und um die schwedische Arbeiterbewegung und weiß der Himmel, um was er sich keine Sorgen machte.

Sein ganzes Leben hatte er für die Sache des Sozialismus geopfert. Sein ganzes Familienleben und seine ganze wirtschaftliche Existenz und seine ganze Gesundheit. Er konnte kaum noch richtig unterscheiden, was Überdruß angesichts seines privaten Lebens war und Überdruß angesichts dieser verfluchten schwedischen Arbeiterklasse und der Gleichgültigkeit, die er sah. Aber irgend etwas war nicht in Ordnung. Die Gesundheit war auch zum Teufel. Die Greisenkrankheit hatte er schon als Vierzigjähriger gekriegt. Das kam davon, daß er immer auf der Straße lag. Lebte man wie ein Zigeuner, ging es einem wie einem Zigeuner. Es war hoffnungslos mit dem Pissen.

Er hatte tatsächlich den Traum gehabt, alle diese Elenden zu retten. Das hatte er. Aber wenn er sie sah, diese Elenden, ihr elendes Leben, ihre elende Mühsal und ihre elende Geduld, wenn er ihren aggressiven Hohn gegenüber denen sah, die ihnen aus dem Elend herauszuhelfen versuchten, dann verzweifelte er und wußte nicht mehr ein noch aus. Er sagte zu sich selbst, daß es Angst war, die er sah. Alle hatten Angst. Daran war nichts auszusetzen. Es war absolut nichts daran auszusetzen, daß man Angst hatte, es gab gute Gründe dafür, daß man Angst hatte. Aber sie gaben ihrer Angst ständig nach. Das war das Widerliche.

Einige leisteten Widerstand. Aber sie waren so wenige.

Es war vielleicht ein wenig anders in den Städten. Aber in den Städten arbeitete er nicht. Und wie sollte man jemals einen Kampf auf dem Arbeitsmarkt gewinnen können, wenn diese verdammten Streikbrecherherde nicht ausgerottet wurden?

Piteå. Västerbotten. Norrbotten. Die Kleinbauern. Die Gottesfurcht. Der ganze Mist.

Elmblads Frau hieß Dagmar.

Sie war großgewachsen, hatte ein Muttermal auf der Backe und war nervös veranlagt. Elmblad hatte sie sehr gern. Warum er das tat, verstand er selber nicht, er sah sie auch nicht so oft, aber das änderte nichts. Manche Beziehungen werden besser davon, daß man sich nicht sieht, andere werden schlechter, das glich sich aus. Er schrieb ihr Briefe, so oft es ging, und erzählte von seinen Erfahrungen als Agitator. Seine Frau Dagmar andererseits interessierte sich überhaupt nicht für seine Agitation, nicht die Spur, aber sie betrachtete seine

Briefe als einen Ausdruck von Freundlichkeit und las sie, immer wieder, bis sie sie praktisch auswendig konnte. Dann verbrannte sie die Briefe und beklagte sich, wenn er nach Hause kam, daß sie keine Briefe bekommen hätte. Als Beweis für seine Schofligkeit konnte sie außerdem weniger gut formulierte Passagen aus den Briefen zitieren, die sie nicht bekommen hatte. Er hielt das ihrer Nervosität zugute.

Sie hielt sich für sehr einsam. Sie hatte vier Kinder, eins davon aus einer früheren Ehe. Sie hatte als Achtzehnjährige geheiratet. Sie war in Vallen, nicht weit von Lövånger, geboren, dort hatte sie geheiratet, und dort war sie Witwe geworden. Dort traf Elmblad sie an einem Sommertag 1896. Er hatte ihr klargemacht, daß es auch außerhalb von Vallen eine Welt gab, was zutraf, was sie aber stets als eine gezielte kleine Boshaftigkeit gegen ihre Heimat auffaßte.

Ihr erster Mann war an einer Lungenentzündung gestorben, die er sich geholt hatte, als das Bethaus in Ersmark brannte. Er hatte das Zeug zum Pastor gehabt, es fiel ihm leicht, zu lernen, und er war ein ernsthafter Christ. Jedenfalls meinten alle, daß er es eines Tages zum Pastor bringen würde, aber dann hatte das Bethaus gebrannt, und er war die ganze Nacht aufgewesen und hatte Wassereimer gereicht und sich eine Erkältung geholt und Lungenentzündung bekommen. Er war wohl zu dünn bekleidet gewesen. Viele hielten ihn für eine Art Märtyrer: das Ganze galt als besonders tragisch, weil er also das Zeug zum Pastor gehabt hatte und sich bei einem Bethausbrand den Tod holte. Während der Trauerzeit sagten viele zu Dagmar, daß sie vielleicht gar nicht so weit davon entfernt gewesen war, Pastorsfrau zu werden.

Es brannte an einem Montag. Am Samstag war er tot. Er hatte immer eine schwache Brust gehabt.

Dagmar war damals einundzwanzig und der Junge zwei. Als ihr Mann starb, wurde sie plötzlich von Mißmut befallen und verlor den Glauben. Die sie kannten, meinten, sie sei bösartig geworden. Es war nach innen geschlagen. Man konnte froh sein, daß es nicht den Verstand angegriffen hatte. Aber wenn es um Glaubensfragen ging oder um andere Dinge der Religion und des Lebenswandels, war Dagmar wie verwandelt: sie schwieg verkniffen und äußerte sich bissig über den Glauben. Dann war Elmblad gekommen; sie war damals schon ein wenig nervös, aber er machte sich nichts daraus, sondern glaubte an Besserung.

Dagmar liebte es, über die Ursachen ihrer Nervosität nachzugrübeln. Sie hatte mehrere durch und durch widersprüchliche Theorien, die ihr alle sehr gefielen. Eine von ihnen lief darauf hinaus, daß ein Onkel ihr das Idiotenmal angehext hatte, als sie schwanger war. Der Onkel hieß Anton und war plemplem, das will sagen wahnsinnig geworden; man hatte ihn an der Küchenbank festgebunden, und da hatte er gesessen und gelallt und mit den Augen gerollt und Psalmen gesungen. Man hatte alle schwangeren Frauen des Dorfs davor gewarnt, dorthin zu gehen, aber weil Dagmar Onkel Anton sehr gern gehabt hatte, hatte sie sich nicht fernhalten können. Er hatte ihr geradewegs ins Herz hineingestarrt, und es war wie ein Feuerstrahl in sie gefahren, und sie hatte zu schluchzen angefangen.

Da mußte es gewesen sein, daß ihre Melancholie ihren Anfang genommen hatte.

Elmblad sagte, das wäre dummes Zeug. Sie stritten sich ständig deswegen. Elmblad behauptete dann stets energisch, was sie sage, sei Aberglaube und eine typische Folge der geistig vermoderten Moral der seltsamen Gegend, in der sie aufgewachsen war. Sie geriet dabei jedesmal in Rage und beschimpfte ihn, bis er es an der Zeit fand, auf den Lokus hinauszugehen und dort sitzen zu bleiben, bis sie sich beruhigt hatte. Das tat sie allerdings selten. Er wünschte immer, daß sie sich aufraffte und zusammennähme, aber er wurde immer wieder enttäuscht.

Auch sie wurde immer wieder enttäuscht.

Sie hatten an vielen Orten gewohnt, weil er aufgrund seiner Arbeit gezwungen war, sich fast über das gesamte Land zu bewegen. Es war ein elendes Leben. Verglichen mit sozialdemokratischen Agitatoren konnten Zigeuner sich glücklich preisen, sie bestimmten immerhin über sich selber. Weil Elmblad in seiner Agitation zwar die Wichtigkeit fester Organisation und Planmäßigkeit hervorhob, aber in seinem Privatleben dabei Schiffbruch erlitt, wurde es eine quälende Angelegenheit für die ganze Familie. Sie mieteten sich ein, wo sie etwas fanden. Richtiger gesagt: Elmblad versuchte für seine Familie ein Dach über dem Kopf zu finden, quartierte Frau und vier Kinder ein, versah sie notdürftig mit Geld und verschwand auf seiner Jagd nach der schwedischen Arbeiterklasse.

Dagmar haßte dieses Leben, und es fiel ihr schwer, ihre Gefühle für sich zu behalten. Ihre Nervosität wechselte mit den Orten, an die sie zogen. Als sie in Lycksele wohnten, war ihre Melancholie nicht so stark. Dann zogen sie nach Västervik, wo sie nervös wurde. Die Nervosität nahm dann langsam in Falköping, Morgongåva und Månkarbo zu, um etwas abzunehmen, als sie nach Bofors zogen. In Hallsberg war sie ganz ruhig. Du fängst an, dich aufzuraffen, sagte Elmblad aufmunternd zu ihr. Du machst dich. Dort bekam sie auch das vierte Kind. Danach zogen sie nach Heffners, wo sie wieder nervös wurde. Tagsüber war die Nervosität am schlimmsten. Dann konnte sie auf dem Bett sitzen wie Hiob auf dem Aschenhaufen und stundenlang weinen.

Sie kam nicht davon los. Es saß ihr wie ein Sandsack im Herzen.

Manchmal las sie Elmblads Briefe, um zu versuchen, ihren Mann zu verstehen und um die Nervosität zu vertreiben. Er schrieb ständig dasselbe. Es ging um Versammlungen, die abgesagt wurden, oder um vier Personen, die die Versammlung besucht hatten, und von denen zwei sehr positiv eingestellt waren, oder um den Polizeikommissar, der gebrüllt und mit Anzeige gedroht hatte, und um Orte, wo man ihn aufgefordert hatte, zur Hölle zu fahren, und dann um einige wenige erfolgreiche Gelegenheiten, wo es ihm geglückt war, Arbeiterkommunen zu gründen, die dann, das war der unausgesprochene Tenor seiner melancholischen und heftigen Briefe, sicher binnen einiger Monate eingehen würden.

Sie konnte die Briefe fast auswendig. Wenn sie sie las, ließ ihre Melancholie ein wenig nach. Insgeheim hegte sie den Verdacht, daß ihr Mann überhaupt nicht zum Agitator geeignet war. Er war zu heftig, außerdem gleichzeitig nett, stark und ängstlich. Je besser sie ihn kennengelernt hatte, um so mehr hatte sie die Achtung vor ihm verloren und um so fester hatte es sie an ihn gebunden. Sie zeigte es, indem sie ständig mit ihm schimpfte. Sie konnte ihre Liebe auf keine andere Weise zeigen, und Elmblad verstand das und nahm es ihr nicht übel.

Wenn er zu Hause war, weinte sie mindestens zwei Stunden jeden Tag über irgend etwas, meistens darüber, daß das Leben so ohne Liebe und voller Tränen sei, und sie beschuldigte ihn oft, die Arbeit eines Agitators nur gewählt zu haben, weil er nicht imstande wäre, mit ihr zusammenzuleben. Das stimmte schon deshalb nicht, sagte Elmblad zu ihr, weil er bereits als Agitator gearbeitet habe, als er sie traf. Daraufhin fing sie an zu weinen, weil er ihr dauernd widersprach und ihre Ansichten nicht respektierte. All das zusammengenommen hätte darauf hindeuten können, daß sie dumm oder boshaft oder niederträchtig war, aber so war es nicht, das Gegenteil war der Fall, und Elmblad wußte das. Er selbst fand, daß er Glück gehabt hatte, als er ihr begegnete. Sie war schwierig, aber er riß sich zusammen und verstand sie. Sie hatte sich nur nicht die Mühe gemacht, die Teile von sich selbst, die nicht zusammenpaßten, auszusortieren. Die meisten Menschen, die er getroffen hatte, hatten das, was unlogisch war und nicht stimmte, aussortiert: und die Teile, die zurückblieben, hatten sie geputzt und poliert, damit das Kantige nicht weh tat. Aber das hatte Dagmar nicht.

Mit einem solchen Menschen zu leben, war mühsam, es brachte viele von Seufzen erfüllte Sitzungen auf dem Lokus mit sich, aber es war doch besser so.

Er hatte immer davon geträumt, mit Menschen leben zu

können, die ihre Menschlichkeit nicht wegpoliert hatten, die vollkommen offen elend waren, und er sah sie als einen solchen Menschen und ertrug sein Kreuz. Allerdings war es schlimmer für die Kinder.

Die Kinder sahen es vielleicht nicht genauso.

Er meinte zu verstehen, obwohl sie ständig behauptete, daß er nichts verstände. Elmblads Ehefrau sah sich nämlich als einen Menschen, dem seine Würde gestohlen wurde. Man stahl ihr die menschliche Würde, sie wurde ihr Stück für Stück genommen. Man schnitt Stücke aus ihr heraus und entwürdigte sie. Zuerst war ihr Mann (der das Zeug zum Pastor hatte) vollkommen unnötigerweise gestorben. Das nahm ein Stück weg. Vier Kinder hatte sie geboren, und mit jedem Kind waren ihre Menschlichkeit und Toleranz und Würde geringer geworden. Das zweite Kind, das sie mit Elmblad bekommen hatte, war ein Idiot geworden. Er war schlitzäugig und konnte noch nicht sprechen und sabbelte dauernd und hatte einen zu großen Kiefer, und sie wußte, wie er als Erwachsener aussehen würde. Auch der kleine Idiot entwürdigte sie. Der Mann entwürdigte sie dadurch, daß er nicht zu Hause war. Sie lernte seine Briefe auswendig und verbrannte sie dann. Ihre Einsamkeit war ziemlich groß, und sie sah keinen Ausweg.

Sie hatte einmal einen Versuch gemacht, sich zu erhängen, aber er war mißglückt. Das war in Morgongåva. Sie hatte danach erwogen, sich einen Liebhaber zu nehmen, einen x-beliebigen Mann, irgendwas, und in Månkarbo kam es auch dazu. Sie wußte kaum noch seinen Namen. Er hatte sich eine Zeitlang auf ihr gewälzt und war dann eingeschlafen, und als er am Morgen ging, hatte er ihr die Hand gegeben und gedankt. Es wäre besser gewesen, wenn er ihr ins Gesicht geschlagen hätte. Aber ihre Nervosität war nicht geringer geworden dadurch, daß sie sich einen vorübergehenden Liebhaber genommen hatte.

Schließlich war ihr der Verdacht gekommen, daß es das übertriebene Gerede vom Sozialismus war, das sie melancholisch machte.

Elmblad hatte sie als einundzwanzigjährige Witwe im Küstenland von Västerbotten gefunden, und er hatte ihr drei Kinder gemacht. Was ihm an ihr gefiel, war ihre Aggressivität, aber es machte ihn traurig, daß diese sich nur nach innen, gegen sie selbst richtete und sie nervös machte. Oder sie richtete sich gegen ihn und äußerte sich als ein ewiges Gezeter. Aber sie besaß Aggressivität, und das mochte er. Es gefiel ihm aus dem gleichen Grund, aus dem er die feigen Arbeitermassen haßte, die ihr eigenes Bestes nicht begriffen, sondern sich fügten. Also fiel beides zusammen. Er dachte oft: das Meiste in meinem Leben fällt zusammen. Es fällt über mir zusammen, aber es bringt mich nicht um. Es tut nur so verdammt weh. Das ist normal.

3

Wenn man dem Schmerz nur seine Zeit ließ, ließ er etwas nach. Elmblad war nämlich bekannt, daß seine Frau ihm untreu gewesen war. Er schob das auf ihre Nervosität und nahm sich vor, die Sache nicht übelzunehmen. Trotzdem spürte er zu seiner größten Überraschung, daß es weh tat.

Es war passiert, als sie entweder in Månkarbo oder in Morgongåva wohnten. Er neigte dazu, auf den erstgenannten Ort zu tippen. Zum Glück ahnte seine Frau nichts davon, daß er Bescheid wußte: es hätte sie nur traurig gemacht und erregt, und er wollte nicht, daß das geschah. Also hatte er die Angelegenheit auf sich beruhen lassen. In so etwas soll man nicht herumgraben. Doch war er Zeuge des Vorfalls gewesen.

Zeuge des Vorfalls gewesen.

Er hatte sich vorgenommen, das Gesehene für immer in sich zu verschließen. Er kapselte es ein, wie ein Sandkorn, tief drinnen in der Kammer seines Herzens: es war schmerzlich und gleichzeitig merkwürdig lockend. Was er gesehen hatte, hatte sich eingebrannt, wie ein Stempeleisen in Tierfleisch, und es stank nach Erniedrigung und Lust zugleich. Aber es war nicht gleichgültig. Manchmal fand er, daß das Leben, die Qual und die Erniedrigung ein und dieselbe Sache wären; das war gut, das war Leben. Es waren Dinge, die dicht beieinander lagen und Kraft geben konnten. Oder verwechselt werden konnten.

Dies alles war ihm sehr unklar. Aber es hing auf verworrene Weise und dennoch offensichtlich damit zusammen, daß er sich als ein schlechter Agitator vorkam, der für eine feige und uninteressierte Arbeiterklasse arbeitete.

Oder auch.

Jedenfalls. Es war so gewesen. Er hatte ein Fahrrad gesehen, das an die Wand gelehnt stand. Da war er unruhig geworden, weil er das Fahrrad nicht kannte. Oder, wenn man es von Anfang an erzählt, er war auf Agitation in Skultuna und Tibro gewesen, vier Wochen von zu Hause fort, und als er eines Morgens früh zurückkam, hatte er das Fahrrad gesehen und war unruhig geworden. Es war also früh am Morgen und Sommer. Und durch das Fenster hatte er sie ohne Schwierigkeiten sehen können. Es war wie ein Gemälde. Durch den Fliegendreck auf dem Fenster des Nebengebäudes, das sie gemietet hatten, sah er das sehr deutliche Bild seiner Ehefrau, die im Bett lag und der Mann daneben.

Sie schliefen. Sie hatte die Hand um sein Glied gehalten, als ob sie es schützen wollte, als fürchtete sie um etwas, das warm und weich und schutzlos war: es war, als hielte sie einen kleinen Frosch in der Hand, und der Frosch hatte keine Angst, sondern schlief. Auch sie hatte geschlafen, offen und schutzlos geborgen wie ein Kind. Und er hatte da draußen vor dem Fenster gestanden an diesem frühen Sommermorgen, um sich herum den betäubenden Chor von Vögeln. Die Sonne noch nicht am Himmel, und er hatte gesehen, wie sie schliefen.

Zuerst war ihm bald dies, bald jenes durch den Kopf gegangen. Aber dann war das Schreien der Vögel so fürchterlich laut und schrill geworden, daß er es nicht mehr aushielt, sondern beschloß, sich ein bißchen zu bewegen. Und er hatte einen kleinen Spaziergang gemacht. Und er hatte an dies und jenes gedacht, aber meistens an sie. Er dachte unentwegt daran, daß er seine Verantwortung für sie vernachlässigt hätte. Ja, es waren mancherlei Gedanken, die so durch seinen Kopf gingen, und allmählich hatten die wild und wahnsinnig schreienden Vögel in Månkarbo oder Morgongåva, im nachhinein war er fast sicher, daß es der erstgenannte Ort war, sich beruhigt. Und er war beinahe erstaunt, als er entdeckte, daß er sich mitten im Wald hingesetzt hatte. So daß er später fast nicht nach Hause fand.

Der Frosch geborgen, schlafend, auch sie geborgen in ihrem Schlaf. Elmblad hätte ihr furchtbar gern selbst diese Geborgenheit geben wollen, verstand aber, daß das schwer war, und war froh, daß sie sie trotzdem irgendwie gefunden hatte.

Der andere hatte sie ihr wohl geben können.

Obwohl es so hell war und die Vögel so lärmten, war Elmblad eingeschlafen. Um zwölf war er aufgewacht, auf der Erde, mitten im Wald, und war irgendwie verwundert gewesen. Er ging nach Hause. Das Fahrrad war weg. Seine Frau hatte an diesem Nachmittag viel geweint und ihm heftig vorgeworfen, keine Briefe geschrieben zu haben, obwohl er vier Wochen fort gewesen wäre. Ich habe geschrieben, hatte er da gesagt. Daraufhin hatte sie noch mehr geweint und gesagt, daß er ihr nicht vertraue. Und so blieb alles beim alten.

Er hatte sie trotzdem gern. Unangenehm waren die Vogelschreie gewesen und daß er sich fast verirrt hatte im Wald und der Schmerz, aber dann hatte er sich am Riemen gerissen. Jetzt hatte er die Angelegenheit vollständig unter Kontrolle.

Die von der Parteiführung für den Agitator Elmblad arrangierte Norrland-Tournee kam wie ein Schock für Elmblad und seine Familie.

Am Morgen, als er fuhr, frühstückten sie zusammen. Sie aßen Bryta. Das hatte sie in ihrem Elternhaus in Vallen gelernt, das brachte sie mit in die Ehe. Bryta war das Normalessen. Sie saßen um den Küchentisch, Dagmar und Elmblad und die vier Kinder, die fünfzehn, neun, sechs (der Idiot) und zwei Jahre alt waren. Keiner sagte besonders viel, außer Dagmar. Zunächst hatten sie sich eine Zeitlang bei den üblichen Fragen aufgehalten, die sie immer vorbrachte, also die Möglichkeit, daß er die Arbeit wechselte und wie gering man ihn in der Parteiführung in Stockholm achtete, daß man es nicht nötig habe, das mitzumachen, und dann abschließend ein paar Bemerkungen über die mangelnde Wertschätzung draußen im Feld. Er wußte, daß sie es nicht böse meinte, sondern nur traurig war. Dann erinnerte sie ihn für einen Moment an die Zeit, als sie in Lycksele gewohnt und er eine anständige Arbeit als Totengräber gehabt hatte. Dem war ja nicht viel entgegenzuhalten, und Elmblad hielt dem auch nicht viel entgegen. Dann war es lange still gewesen, nur der Idiot hatte auf seine etwas bedrückte und verlorene Weise geschnauft, wie ein trauriges kleines Ferkel, und dann wurde es Zeit für Elmblad, aufzubrechen.

Da hatte Dagmar heftig und verzweifelt zu weinen angefangen und zu wiederholten Malen gesagt: »Nimm mich mit, nimm mich mit!« und danach »Ich will nich hierbleim und ich bin so allein!«, und mehrere der Kinder hatten in ihr Weinen eingestimmt, und es war nicht möglich gewesen, sie wieder zu beruhigen. Sie hatten alle sechs um den Küchentisch gesessen, und Dagmar und die Kinder hatten geweint (auch der Idiot), und einen Augenblick war Elmblad zornig geworden (legte mit einem Knall die Gabel auf den Tisch), aber das Weinen hörte nicht auf (auch nicht bei dem Idioten, der zu Elmblad hinkrabbelte und seinen häßlichen kleinen Kopf zwischen dessen Knien vergrub). Das war beinahe das schlimmste, wenn der kleine Idiot weinte, denn er war ja so hilflos, daß man ihm nichts sagen konnte, und auf einmal war Elmblad zumute, als ob er in ihr Weinen einstimmen sollte.

Er sagte jedoch zu seiner Frau, daß er reisen müsse.

Er fragte, ob sie nicht verstände, daß es zum Besten aller sei, wenn er fahre.

Sie sagte: »Nein. Nein.« Er sagte, daß er hinauf *müßte* zu den verdammten Streikbrecherlöchern in Västerbotten, daran sei nichts zu ändern. Sie sagte: »Nein nein nein nein.« Die Kinder weinten. Der kleine Idiot schnaufte und sabbelte seine Hose naß. Elmblad war vollkommen machtlos. Er war froh, daß niemand zusah. Hätte jemand das alles mitangesehen, er hätte glauben müssen, es handle sich um eine Familie von Bekloppten.

Auf einmal sagte sie ganz ruhig: »Hol mich hier weg, oder ich bring mich um.« – »Das tust du nicht«, sagte Elmblad. »Doch«, sagte sie, »das tu ich. Ich bring mich um und die Kinder auch.« Sie saßen alle da und starrten sie an, die Kinder hörten auf zu weinen, und eine lange Zeit war es ganz still. Sie hatten das schon früher einige Male gehört, aber noch nie so entschlossen wie jetzt, deshalb wurde es still. Elmblad wußte nicht, was er zu den Kindern sagen sollte. Aber er dachte, *sie können vielleicht auf sich aufpassen.* Vier Kinder umbringen ist gar nicht so einfach. Sie halten vielleicht zusammen, wenn sich was zusammenbraut. Die älteren.

Er mochte seine Kinder sehr gern.

Während es still war, ging ihm dies und jenes durch den Kopf. Es war ein bißchen verzwickt. Verzwickt ist es, dachte er. Das dachte er immer, wenn er kurz davor war zusammenzubrechen. Es ist ein bißchen verzwickt.

Dann nahm Elmblad Dagmar ganz einfach auf den Schoß. Lang war sie und ziemlich schwer, und plötzlich erinnerte er sich mit schmerzhafter Klarheit des schlafenden, ruhigen, kleinen Froschs, der so geborgen in ihrer Hand gelegen hatte; aber das machte nichts, nein, das verschwand. Er zog sie ganz einfach auf seinen Schoß und begann eine Melodie zu singen, die Kinder hörten auf zu schluchzen, weil sie hören wollten, was er sang, er streichelte ihr die Backe und sang und sang, und schließlich ging auch ihr Schluchzen in ein resigniertes Schweigen über. Er sang ein richtig fröhliches kleines Lied für sie und erreichte es schließlich, daß sie alle ganz ruhig wurden.

So nahm auch dieses Frühstück ein Ende, und der Agitator Elmblad konnte die lange Reise in das finstere Land antreten.

2. Wachsender Garten

1

In Gefle ging er an Bord.

Er lag wie gewöhnlich im Laderaum. Elmblad hatte schon vor langer Zeit gelernt, wie man es machen mußte. Man konnte unter eine Persenning kriechen und auf das Meer und das Schaukeln warten. Wenn es kam, pflegte er sich zu übergeben. So leitete er jedesmal die Fahrten nach Norden ein. Es fing damit an, daß einem schlecht war, es hörte damit auf, daß einem schlecht war. Dazwischen ging es einem gleichmäßig mies.

Soviel über seine Einstellung zu den Norrländern.

An diesem Abend war das Meer sehr ruhig, die Sonne bleiern, dann kam eine bleiche Dämmerung, und er saß lange an Deck und blickte zurück, versteinert wie Lots Weib, den Blick unverwandt auf die entschwindende Küste gerichtet. Er wünschte sich an einen Ort, wo man nicht kaputtzugehen brauchte. Wo das Herz sich nicht immer wie ein Sandsack anfühlte. Er wünschte, ein Tampen wäre zur Küste hinübergeworfen und hielte sie fest. Und nachdem die Dunkelheit gekommen war, blieb er noch lange in der schneidenden und kalten Abendbrise sitzen und versuchte durch das Dunkel hindurchzusehen. Als er schließlich in den Laderaum hinunterging (noch keine Wellen, noch keine Übelkeit), waren sie auf der Höhe von Söderhamn.

In dieser Nacht hatte er einen sehr seltsamen Traum.

Er träumte, daß sie ihn geschnappt hätten. Man hatte ihn entlarvt. Der Bluff war entdeckt. Jetzt kam die Gerichtsverhandlung. Wie das alles zugegangen war, wurde im Traum nie richtig klar, aber er war eingesperrt, und mit ihm die anderen Missetäter.

Die anderen, das waren Janne Persson und Blixt und

Gustav Johansson und Hallberg und all die anderen Agitatoren. Ungefähr zehn. Allerdings war es, als würde Elmblad ein bißchen getrennt gehalten von den anderen, sein Verbrechen war größer. Im Traum fand er das auch gerecht. Keiner trug Handschellen. Sie gingen alle freiwillig zur Gerichtsverhandlung. Dann wurde der Traum wunderlich, und die Logik schwand, und sie waren plötzlich alle auf dem Felsen. Der Felsen war vierkantig und schwarz und lag mitten im Meer. Er war wie ein riesiger Würfel, eine Meile lang und eine Meile breit und eine Meile hoch, schwarz wie Ebenholz, mitten auf dem Felsen saß ein kleiner Frosch und schlief. Sie setzten sich im Kreis nieder und hielten einander an den Händen, um nicht den Mut zu verlieren, es waren Elmblad und Blixt und Hallberg und all die anderen. Da kam ein Vogel aus der Dunkelheit herangeflogen, der Vogel hatte ein weiches, trauriges Gesicht, ein kleines vogelartiges Schweinegesicht, und er setzte sich mitten zwischen sie und schnaufte und zwitscherte eine kleine Melodie und sagte dann mit einem kindlich-idiotischen Jammern, daß sie nun wohl alle begriffen haben müßten, wie sinnlos alles wäre. Und der Vogel wetzte seinen kleinen weichen Schnabel an dem riesigen Felsen und sagte, daß eher der Felsen abgenutzt sein würde von seiner kleinen weichen Schweineschnauze, als daß die Schweden Sozialisten würden. Warum sich also plagen?

Und Elmblad nickte und sagte, daß das stimmte. Und er wäre bereit, seine Strafe anzunehmen.

Da auf einmal verwandelte sich der Felsen, wurde zu Gold und schmolz zusammen zu einer schönen Insel mitten im Meer, und eine Stimme vom Himmel kam zu ihnen und wühlte das Meer auf, und die Wogen schlugen hoch, und die Stimmung war bedrohlich und beklemmend und dicht und spannend wie am Jüngsten Tag. Aber dann trat der Richter auf, es war Branting* höchstpersönlich. Und jetzt war man

---

* Hjalmar Branting (1860–1925), Mitbegründer und Führer der sozialdemokratischen Partei Schwedens (Anm. d. Übers.)

im Versammlungshaus in Enånge. Es saßen wie gewöhnlich fünf Personen im Saal und hörten zu. Und an der Hand hielt Branting Dagmar und den kleinen Idioten. Und der kleine Idiot war gewachsen und einen Kopf größer geworden als alle, und er war rund wie Marzipan, sein Unterkiefer war vorgeschoben, und er flennte ununterbrochen. Dagmar hielt einen zerrissenen Brief in der Hand und sagte: du schreibst nie. Nie nie nie, weil du dir nichts aus mir machst. Dann verlas Branting die Urteilsbegründung. Alle anderen Agitatoren waren jetzt weg; ein scharfer Wind wehte, und er fror, und Branting verlas das Urteil. Er sei aggressiv gewesen, erklärte Branting, und habe das Volk und die Arbeiterklasse gehaßt und die schwedische Arbeiterbewegung verachtet, die Familie vernachlässigt und Probleme mit dem Pissen gehabt und Unsinn über die Bauern geredet und die Situation als hoffnungslos dargestellt und dem kleinen Idioten den Tod gewünscht. Aber die schlimmste Sünde wäre, zu meinen, daß alles hoffnungslos sei. Man dürfe in der gegenwärtigen Situation die Aussichten nicht schwarzmalen. Apathie sei eine Todsünde, wie Negativismus. Er sei ein Schwarzmaler. Und er habe seine Geldangelegenheiten nicht geregelt. Und nicht an seine Frau geschrieben. Er sei feige und ehrlos.

Das war das Urteil.

Im Traum war dann die Gerichtsverhandlung vorüber, sehr schnell und gar nicht überraschend. Er befand sich auf dem Marsch. Alle Agitatoren gingen mit im Zug. Man wollte ins Grab hinabmarschieren, ein Riesengrab, das er selber sehr hastig gegraben hatte mit der gleichen Geschicklichkeit, die er in Lycksele gezeigt hatte. Es war ein riesengroßes Grab. Es war wie überwachsen. Es war, als zöge man in einen langsam wachsenden Garten ein, nein, wie in einen Dschungel. Die Gewächse bewegten sich, waren aber gleichzeitig völlig tot. Es war, als hätte ein tödlicher Platzregen die Welt gepeitscht, und jetzt wuchsen die toten Gewächse immer hastiger. Ein Platzregen voller Tod war es. Nach dem Tod bekamen die Gewächse Leben, die kriechenden Gewächse bedeckten alles, kein Leben war sichtbar, er befand sich im überwachsenen Grab des Lebens, und seine Verwirrung tickte wie eine Uhr in dem wachsenden Garten. Er war eingefangen vom Tod. Und er wußte, daß es seine eigene Schuld war, er hatte keinen Widerstand geleistet. Und deswegen befand er sich jetzt im Garten des Todes, ja im wirklichen Dschungel. Er hörte das Tappen großer brauner Tiere.

Und auf einmal war es vollkommen dunkel, kein Stern war zu sehen und alles war still.

Da faßten Elmblad und Janne Persson und Blixt und Gustav Johansson und Hallberg einander an der Hand. Im Traum konnte er ihre Hände fühlen. Sie stimmten alle ein ziemlich munteres Liedchen an, um einander zu helfen, jetzt, wo es Zeit war, die Schlußrechnung aufzustellen. Elmblad war verurteilt, er hatte gesündigt. Aber die Balance konnte wiederhergestellt werden. Der Vogel wetzte seinen Schnabel an der Klippe im Meer, in alle Ewigkeit würde er das tun, er gab nicht auf, er arbeitete daran, die Gleichgültigkeit zu vernichten.

Und so faßten sie einander an der Hand. Und Elmblad und Janne Persson und Blixt und Gustav Johansson gingen in den wachsenden Garten des Todes hinein, sie waren ziemlich guter Laune, und sie sangen ein munteres kleines Lied füreinander, und so bereiteten sie sich im Traum für den letzten Kampf vor.

Als es Morgen war, war der Traum noch gegenwärtig. Er war nicht abzuschütteln, er war nicht zu verstehen; lange stand Elmblad im Vorschiff und sah zur norrländischen Küste hinüber. Es war der zweite Morgen.

Die Küste war fahl und flach, er hatte sie früher schon gesehen. Eine Holzschute glitt unendlich langsam nach Süden, sie schien vom Licht über das Wasser gehoben zu werden, so daß sie wie in dünner Luft fuhr. Sie sollte nach England. Sie trug eine Last Arbeit, Arbeit von Menschen, und dafür würden einige wenige eine unerhörte Menge Geld bekommen, und die, die gearbeitet hatten, würden wenig oder nichts bekommen. Aber wenn er dies sagte, daß die Schute keine Last trüge, sondern Arbeit, dann würden sie ihn nicht verstehen. Der Traum wollte noch nicht von ihm weichen, deshalb fühlte er sich ganz ruhig und noch nicht erregt oder aggressiv, nein, er befand sich eingehüllt in seine eigene Ruhe.

Er war wieder in Västerbotten.

Wenn man nur fliehen könnte, dachte er, weg von allem. Wenn man alle Menschen mit sich nehmen könnte, die Feigen und die Unterlegenen und die Pfuscher und die Verräter und die Helden und die Aggressiven und die Hungernden, sie auf den Rücken nehmen und fortfliegen. Wie ein Riesenvogel. Und sie in ein Land bringen, das niemand kannte. Eine Insel der Glückseligen. Nicht Amerika. Nicht der Kongo. Nicht der Nordpol. Nein, ein Land, das unbekannt war, wie das Heilige Land, aber ohne Heiligkeit. Der Riesenvogel würde dort landen und Dagmar, die Kinder und den kleinen Idioten mit seiner schnaufenden Schweineschnauze absetzen, und dann würden sie alle zusammen arbeiten. Da würde kein Wehklagen sein und keine Not, alle würden ungehindert pissen können und wagen, zusammen feige zu sein. Niemand würde die Früchte ihrer Arbeit stehlen, keiner würde weinen, keine Krankheiten und keine Feigheit würde es geben, und keinen Schmerz beim Pissen.

Langsam stieg die Küste herauf. Er hatte sie schon früher gesehen. Aber er fühlte ganz deutlich, daß diesmal etwas geschehen mußte, eine Veränderung, eine Entscheidung, wenn er weiter durchhalten sollte.

In Ursviken ging er an Land, und niemand erkannte ihn.

2

Der Junge war den ganzen Weg nach Skellefteå hineingegangen, um ihn abzuholen.

Der Junge war ganz anders, als er ihn in Erinnerung hatte. Er war schlank, hatte aber kräftige Schultern, er war sicher fast sechs Fuß groß, hatte dichtes dunkles Haar und wässerig hellblaue Augen und sah älter aus, als er war. Nichts davon erinnerte Elmblad an das vorige Mal. Der Junge hatte ihm die Hand gegeben, ihm in die Augen gesehen, freundlich und aufmunternd gelächelt, ohne die geringste Spur von Furcht oder Zweifel, hatte seinen Namen gesagt, Nicanor Markström, und gefragt: »Kenn se mich noch?«

Elmblad hatte den Fragenden stumm betrachtet. Der Junge hatte gesagt: »Ich erkenn se wieder, Elmblad. Se ham doch de Würmer im Mund gehabt. Alsse geangelt haam in Bure.«

Mehr wurde nicht gesprochen, aber sie waren gemeinsam aufgebrochen und nach Süden gegangen.

Sie gingen die zwanzig Kilometer von Skellefteå nach Bureå. Gewöhnlich nahm man das Dampfboot den Fluß entlang, hatte der Junge erklärt, aber das war schon weg für heute. Also gingen sie. Sie gingen die Küstenlandstraße nach Süden, Elmblad als erster. Er ging gern als erster. Er verfügte über eine verblüffende Beweglichkeit, der fette schwere Körper glitt geschmeidig den Wegrand entlang. Man sah ihm an, daß er es gewohnt war, lange Strecken zu gehen.

Es war kalt gewesen die letzten vierundzwanzig Stunden. Es ging auf Ende September. Das erste dünne Herbsteis auf den Pfützen splitterte spröde unter ihren Schuhen. Es ging sich leicht. Elmblad trug den Proviantkoffer in der einen Hand, die Tasche in der anderen. Er fühlte sich gelöst und froh.

Hinter sich hörte er die Atemzüge des Jungen. Hier und da kamen von ihm vereinzelte Erklärungen geographischen Charakters; es schien, als wollte er irgendwie das Gespräch in Gang halten. Aber die Auskünfte betrafen nie die Fragen, die für Elmblad wirklich von Gewicht waren.

Und so fragte er schließlich: »Und der große Konflikt? Wie ist es hier oben mit dem großen Konflikt gegangen? Ist hier auch Schluß?«

Nur ein schwaches Murmeln kam als Antwort. Elmblad blieb stehen und sah den Jungen an. Dunkles Haar, wässerige blasse Augen, kein bißchen scheu.

»Damit war nich viel«, sagte der Junge ruhig.

Elmblad mochte den Herbst immer am liebsten. Man konnte sehr klare gelbe und rote Farben sehen und auch, was keine Farbe hatte. Klare Luft. Der Herbst war die Zeit, in der Menschen und Farben am deutlichsten wurden, sich selbst am ähnlichsten. Er liebte es, von sich selbst als von einem sehr deutlichen Menschen zu denken.

In Yttervik machten sie Rast. Sie setzten sich auf einen Stein, und Elmblad trocknete sich den Schweiß von der Stirn und sah sich wohlwollend lächelnd um. Der Junge lächelte zurück. Kleine graue Scheunen, die Heureiter noch nicht hereingeholt. Der Junge kommentierte bedächtig alles, was Elmblad selbst mit eigenen Augen sehen konnte, von dem anderen schwieg er vorläufig. Die Ytterviker waren dafür bekannt, daß sie die Heureiter manchmal den Winter über draußen stehenließen. So? Doch. Aha? Danach kam eine Erklärung, die darauf hinauslief, daß dies ein Ausdruck der speziellen Eigenart der Ytterviker sei. Andere hatten mehr Köpfchen. Die Hjoggböler zum Beispiel. So? Ja, die holten sie im Winter rein. Aha?

Kein Mensch war zu sehen. Wie still plötzlich alles geworden war. So lautlos. Wie öde diese Landschaft wirkte. Kaum Rauch.

»Manchmal fragt man sich«, sagte Elmblad unvermittelt in das Schweigen hinein, »ob das hier wirklich unser Land ist. Manchmal kommt es einem wie das Ausland vor. Wie Afrika. Manchmal fragt man sich, ob wir uns nicht im wildesten Dschungel befinden.«

Der große Konflikt?

Damit sah es so aus, daß er ganz einfach vorbei war. Da gab's nicht viel zu sagen. Das heißt, gleichzeitig war sozusagen das das Problem.

Der Junge war sehr wortkarg und schien bemüht zu sein, das Ganze herunterzuspielen, als sei das, was geschehen war, eine Lappalie. Obwohl er auf eine ziemlich dringliche Weise wortkarg war. Nun ja, über den Konflikt war weiter nichts zu sagen. Der war vorbei.

»Frage ist«, sagte er nach einer ziemlich langen Weile zu Elmblads wanderndem Rücken, »was we jetzt tun solln, un was die tun solln, die keine Arbeit krieg.«

Denn es war so, wie Elmblad langsam zu verstehen begann, daß der große Streik zwar für Bureås Teil vorbei war, daß er eine Episode gewesen war, über die es nicht viel zu sagen gab, daß aber gewisse Probleme aufgetaucht waren und einige unter den Arbeitern jetzt nicht so gut dastanden.

Das war der Kern der Botschaft. Der Rest folgte, nach und nach.

Mit dem großen Streik und Bureå war es so, daß es ganz gut angefangen hatte, aber dann gab es nicht mehr viel zu sagen.

Es hatte damit angefangen, daß der Agitator Gustav Blixt, der in Ursviken stationiert war, herübergekommen war. Er hatte das Gerücht von der unabhängigen Arbeitervereinigung gehört und wie es ihr ergangen war, und er hatte versucht, die Reste zusammenzukratzen. Einige der Arbeiter hatte er in Karl Hedlunds Hof versammelt, wo in größter Heimlichkeit eine Gewerkschaft gebildet wurde. Das war der Anfang dessen, was später die Ortsgruppe 238 der Sägewerkgewerkschaft werden sollte, doch die Vereinigung war inoffiziell, und niemand durfte etwas von ihr wissen. Dann war einige Monate später der große Streik gekommen, und in der ersten Woche war alles gut. Die Streikbeteiligung war so gut wie hundertprozentig. Über sechshundert Arbeiter hatten in Bureå gestreikt. Man hatte Streikposten aufgestellt und versucht, eine Zusammenarbeit mit anderen Sägewerken den Fluß hinauf in die Wege zu leiten. Und einen Streikausschuß hatte man gebildet. Es wurde beschlossen, daß Frans Eriksson, N. A. Eriksson und Aron Häggblom in den Ausschuß sollten. Nach einiger Zeit kam auch noch Konrad Lundström dazu.

Ja, dann war es nicht mehr so gut gegangen. So daß das Ganze sozusagen aufhörte.

»Sozusagen«, fragte Elmblad irritiert, »hat es sozusagen aufgehört, was zum Teufel soll das heißen?«

Es war sozusagen nicht gegangen, sozusagen. Das war doch klar. Das hätte man sich ja beinah ausrechnen können.

Ein Großstreik in Västerbotten ist eine schwierige Sache. Kaum, daß man ihn einplanen kann. Kommt er während der Heuernte oder der Getreideernte oder der Kartoffelernte, kann es funktionieren. Aber in der Zwischenzeit: dann strömen die Streikbrecher aus den Dörfern herein. Arbeitswillig und energisch. Fest im Glauben und fest gewillt, den Faulen zu zeigen, was Arbeit heißt, wenn man sich nicht scheut, anzupacken und sein Bestes zu geben.

Ein Großstreik im August ist dann eine schwierige Sache. Vielleicht nicht ratsam.

Schon nach zwei Wochen konnte die Unternehmensleitung im Skelefteblad sehr sachlich, wenn auch nicht ohne einen Unterton von beherrschtem Stolz, mitteilen, daß man in Bureå mit praktisch unverminderter Kapazität arbeitete. Zwar befanden sich formell sechshundert Mann im Streik. Aber Massen von Arbeitswilligen hatten Zeit und Interesse daran gesetzt, die Situation zu retten. Man bezeichnete es seitens der Unternehmensleitung als erfreulich, daß so unerhört viele Arbeitswillige sich eingefunden hatten, insbesondere weil dadurch die für das Allgemeinwohl nachteiligen Folgen geringer wurden und Schäden für Dritte ausblieben.

Schaden entstand, aufs Ganze gesehen, so gut wie gar keiner.

Die Arbeitswilligen waren aus den Dörfern gekommen. Das konnte man sich ja im voraus ausrechnen. Sie kamen aus Holmsvattnet und Sjöbotten und Östra Fahlmark und Vallen (tatsächlich! obwohl das so ziemlich das weiteste war! aber südlich von Lövånger gab es Typen, die für ein paar Kronen alles machten, selbst dreißig Kilometer laufen!) und Burvik (nein! falsch, nicht so viele, denn die Burviker waren eine Sorte für sich) und Trollåsen und Istermyrliden und Sjön und Östra Hjoggböle und Forsen und Västra Hjoggböle (obwohl die Västerböler etwas weniger ernsthafte Christen waren und drei Kilometer weiter zu gehen hatten, was die Anzahl der Arbeitswilligen verringerte) und so weiter. Weiß der Himmel, ob es irgendein einziges Dorf gab, das nicht dazu beitrug, die Situation zu retten.

Und in Bureå? In Bure, meinte Nicanor, war es so, daß der Zusammenhalt hier und da in Bureå in gewisser Weise abgebröckelt war, als die Leute aus den Dörfern herbeiströmten. Kein Zweifel. Man hatte anfangs versucht, den Strom aufzuhalten, indem man sich unten am Skärvägen versammelt und die Streikbrecher angeschrien und angebrüllt hatte. Aber die hatten nur gelacht. Da war nichts zu machen. Sie kamen mit ihren Essenbehältern in der Hand und Gottes Wort auf den Lippen und sahen die Möglichkeit, sich eine Krone extra zu verdienen. Wie eine Horde grauer Ratten sah man sie hereinströmen. Und allesamt waren sie fleißig und tüchtig und arbeitsam und fest im Glauben. Und die, die nicht fest im Glauben waren, waren so, wie die Bauernsäcke meistens waren: knickerig und knauserig. Und so war der Streik, was Bureå anging, zusammengebrochen, fast bevor er angefangen hatte.

Das war Nicanors Meinung von dem Ganzen. Das war alles, was über den großen Streik zu sagen war. Er konnte als beendet angesehen werden.

Sie waren fast da. Dämmerung, scharfe, reine Luft, Elmblad fragte in die Luft hinaus: »Haben alle aufgegeben?«

Nein, und da lag das eigentliche Problem. Es hatte sich gezeigt, daß einige kampfbereiter waren als andere. Zum Beispiel Konrad Lundström und Karl Nyberg und Amandus Wikström und Per Nyberg (der Bruder von Karl Nyberg) und Aron Häggblom und Frans Eriksson und noch ein paar. Denn die hatten sozusagen alles drangesetzt. Also die hatten was beschlossen. Und das war im Protokoll festgelegt worden, das bei der ersten Versammlung während des Großstreiks geführt wurde. Denn da stand: »§ 8. Wurde die Frage gestellt, ob der Kampf weitergehen soll oder nicht. Einhellig, mit einem massiven ja, wurde beschlossen, den Kampf weiterzuführen und daß wir ebenso gemeinsam, wie wir die Arbeit niedergelegt haben, sie auch wieder aufnehmen wollen, wenn der Kampf vom Landessekretariat abgeblasen wird.«

Dieser Beschluß lag ja vor.

Aber am 25. August hatte der Direktor eine Anordnung herausgehen lassen. Zwar wirke bereits jetzt das Angebot an Arbeitswilligen zufriedenstellend, und man habe Grund zu hoffen, daß die Arbeit gesichert und Schaden für die Allgemeinheit vermieden werden könne. Doch erklärte er sich in der Anordnung bestürzt über die Hartnäckigkeit und Feindseligkeit, die viele Arbeiter, vermutlich von ihren Führern dazu verführt, an den Tag legten. Aber der Direktor wolle nun, »zur Vermeidung von Mißverständnissen«, wie es in der Anordnung hieß, mitteilen, daß die »Mitglieder nach Beendigung des Kampfes nicht in größerem Umfang mit Arbeit rechnen könnten«. In der gleichen Mitteilung gab man eine kurzgefaßte Sachdarstellung, bemerkte, daß man in einem Fall gezwungen gewesen sei, die Polizei herbeizurufen, um die Arbeitswilligen zu schützen, und daß außerdem ein Sabotagefall vorgekommen sei. Jemand hätte in der Nacht ein Wehr geöffnet, um das Holz ins Meer hinaustreiben zu lassen. Nach ein paar Stunden sei die Freveltat jedoch entdeckt und das Holz gerettet worden.

An einem Montagmorgen im September wurden die ersten Listen erstellt.

Die Arbeiter, die sich widerspenstig gezeigt und ihre Arbeit im Stich gelassen hatten, wurden aufgefordert, sich um sieben Uhr beim Sägeeinrichter Gren auf dem Holzplatz einzufinden. Dort mußten sie sich in Reihen aufstellen und erklären, ob sie arbeiten wollten oder nicht. Man trat an einen Tisch, der auf dem Gelände aufgestellt war, und mußte sich dort anmelden. Wenn man seine Bereitschaft erklärt hatte, wurde man seitens der Unternehmensleitung geprüft. Im allgemeinen ließ man Gnade vor Recht ergehen und die Arbeitsunwilligen ihre Arbeit wiederbekommen, allerdings selbstverständlich nach den neuen Lohnpreislisten, die etwas niedriger waren. Ungefähr fünfzig Namen, die besonders eingehend geprüft werden sollten, wurden auf eine spezielle Liste gesetzt. Dazu kamen die rund fünfzehn Arbeiter, die zu diesem Zeitpunkt noch immer streikten.

Deren Zukunft sah ohne Zweifel düster aus, aber das war ja ihre eigene Schuld.

Die zum Tisch von Sägeeinrichter Gren führende Schlange von Arbeitern war lang, und sie sollte noch ein paar Tage lang bleiben. Es waren heikle Beschlüsse zu fassen. Spaß machte es nicht, in der Reihe zu stehen, aber es regnete wenigstens nicht. Während sie in der Schlange standen, entdeckten die Arbeiter mancherlei Gründe, dankbar zu sein. Es regnete nicht, man war gesund, der Magen rebellierte nicht und behielt die Nahrung bei sich, nicht zu starker Wind, und man teilte sich mit vielen in das Elend.

Die endgültige Liste derer, die in der Folgezeit »nicht in größerem Umfang mit Arbeit rechnen« konnten, umfaßte zirka dreißig Namen. Die Liste war insofern korrekt, als sie aufs Ganze gesehen die Arbeiter umfaßte, die während des Konflikts auf irgendeine Weise gewerkschaftlich aktiv gewesen waren, die ihren Unwillen, verantwortungsvoll weiterzuarbeiten wie bisher, am klarsten zu erkennen gegeben hatten. Die Liste war von der Gesellschaft erstellt worden und sorgfältig durchdacht. Da standen Konrad Lundström und Karl Nyberg und Aron Häggblom und Amandus Wikström und Frans Eriksson und all die anderen. Wie zu erwarten gewesen war. Außerdem einer der jüngeren, Nicanor Markström. War auch aufgeführt. Sowie Aron Lindström.

Auf dieser schwarzen Liste.

Sie hatten sich in der Küche bei Aron Häggblom versammelt. Dorthin brachte Nicanor den Agitator Elmblad an jenem späten Septembertag, als der Kampf schon verloren war. Und da saßen sie, an die zehn Arbeiter, die nicht willens gewesen waren aufzugeben, die sich nicht auf den Montagmorgen-Bußgang zu Sägeeinrichter Gren zu begeben dachten. Und die jetzt also definitiv auf der schwarzen Liste festgenagelt waren.

Elmblad ging herum und begrüßte sie alle.

Sie sahen ihn mit freundlichen und aufgehellten Gesichtern an, die ihn deutlich verstehen ließen, daß sie wußten, er würde ihnen helfen können. Er sah, daß sie sich auf ihn verließen. Sie saßen da in Aron Häggbloms Küche und warteten mit dieser unerhörten Ruhe, die so erschreckend sein konnte, saßen mit ruhig gefalteten Händen und erzählten, was geschehen war. Sie ließen nichts fort und legten nichts dazu. Das war auch erschreckend: ihr Mangel an Haß. Doch, etwas ließen sie fort: dann und wann kam ein anerkennendes Wort über den Verwalter Tiblad (oder war es Fiblad), daß er sicher ein anständiger und guter Kerl sei, aber er war ja gezwungen. Er mußte ja entlassen. Und auf die schwarze Liste setzen. Was an und für sich erbärmlich war. Aber. Auf jeden Fall. Jetzt waren sie zu der gemeinsamen Auffassung gekommen, daß sie den Streik solidarisch durchgeführt hatten (richtig) und keinen Verrat begangen hatten (richtig) und deshalb ohne Arbeit waren (auch richtig). Sie hatten sich exakt so verhalten, wie sie sollten. Ihr Ansehen als solidarische Arbeiter war eine Lebensfrage ersten Ranges gewesen, und sie hatten daraus die Konsequenzen gezogen und gestreikt und nun.

Sie vertrauten auf ihn. Er war doch der Sprecher der Partei.

Er kam zwar aus Stockholm, aber er würde ihnen den Weg weisen, den sie jetzt gehen sollten.

Elmblad wußte, wie es ablaufen würde. Er würde an diesem Abend mit großer Sicherheit lange und viel reden, erzählen, wie die *Zusammenhänge* waren, ja, es würde jede Menge Zusammenhänge geben, er würde vom Hintergrund berichten und wie man ihnen den Konflikt aufgezwungen hätte. Soweit kein Problem, sie würden sicher dasitzen und zustimmend nicken. Keine Probleme. Und wenn sie geziemend lange nach seiner Ansprache gewartet und eine Weile mit ihren vertrauensvollen Gesichtern freundlich genickt hätten, ja, dann würde einer fragen, was man jetzt machen sollte. Und wie die, die auf der schwarzen Liste gelandet waren, zurechtkommen sollten. Und überhaupt. Und was er vorzuschlagen hätte, er, der doch immerhin.

Und dann würde er nichts vorzuschlagen haben.

In der Nacht schlief er in Aron Häggbloms Küche. Er lag in der Küchenbank. Es war gekommen, wie er geglaubt hatte. Draußen klare Kälte, weiße Sterne, keine Träume. Der Winter ganz nah.

3. Der Stierhalter

1

Manchmal, wenn er redete, hörte er sich selbst nicht zu. Er kannte ja seine Reden, und die Wörter kamen einfach. Insgeheim hatte er fürchterliche Angst, daß jemand ihm dabei auf die Schliche kommen könnte.

Du bist hohl, Elmblad, würde er zu hören bekommen. Du bist nur eine leere Hülle. Ich glaube dir nicht, Elmblad. Du hörst nicht auf das, was du selber sagst.

Davor hatte er Angst.

Er träumte von einem Dasein, wo ihm alle mißtrauten, ihm nicht für fünf Öre vertrauten, ihm nichts zutrauten, nicht die geringste Achtung vor ihm hatten und trotzdem auf seine Worte hörten und an sie glaubten und handelten.

Du bist ein Scheißkerl, Elmblad, würden sie zu ihm sagen. Allerdings, in der Sache hast du recht. Du bist ein unzuverlässiger, widerlicher Scheißkerl, aber du hast recht.

Das würde eine Art von Freiheit geben. Erleichterung. Das Vertrauen war lebensgefährlich. Es konnte ja zu allem Möglichen gebraucht werden.

2

Im ersten Brief nach Hause an seine Frau schilderte er die großen Erfolge, die er schon jetzt in Västerbotten zu verzeichnen hätte. Er ließ den Brief Optimismus und unüberwindliche Siegesfreude atmen, weil seine Frau sonst traurig werden könnte. Er erzählte, daß er zwei neue Arbeiterkommunen gegründet hätte und daß die Leute hier oben inzwischen einen Sinneswandel durchgemacht hätten. Der große Streik hätte zwar nicht mit einem Sieg geendet, aber er hätte doch eine stimulierende Wirkung gehabt.

Und so weiter.

Kein wahres Wort, kurz gesagt, aber ein in jeder Weise erfreulicher und aufmunternder Brief.

Vier Tage hielt er es in Bureå aus. Dann ertrug er es ganz einfach nicht mehr zu bleiben. Unten am Sägewerk waren die schwarzen Listen in perfekter Ordnung, und die gewerkschaftlich Aktiven waren sämtlich mit absoluter Präzision ausgesperrt. Man hatte das gewerkschaftlich aktive Vieh in einen perfekten Pferch eingeschlossen, wo sie die totale Freiheit hatten, nicht zu arbeiten. Elmblad war nach Skäret hinuntergegangen, um mit jemandem von der Gesellschaft zu sprechen, aber er war nicht einmal hineingelassen worden. Nein, nicht einmal hinausgeworfen. Irgendeine Art untergeordneter Bürovorsteher hatte lediglich gegrinst und den Kopf geschüttelt und freundlich die Tür zugemacht.

Es war nutzlos, zu murren.

Vier Tage hielt er es aus. Er lungerte im Ort herum und kam sich vor wie ein losgerissenes Ruderboot, das ziellos im västerbottnischen Herbst umhertrieb. Er fühlte sich vollkommen nutzlos. Was für einen Sinn hatte eigentlich jemand wie er? Was tat er, was konnte er ausrichten?

Nichts.

Das Ganze war ein einziger sadistischer Scherz. Am Abend des vierten Tages entschloß er sich: nahm am nächsten Morgen seinen Essenbehälter in die Hand und ging die langen zehn Kilometer ins Dorf Burvik. Es lag im Süden, Richtung Lövånger. Am Sonntag Versammlung. Er hatte telefoniert und sollte Hilfe bekommen. Er wußte, daß das Sägewerk am Ort stillgelegt worden war, aber die Arbeiter waren ja noch da: es war die alte, übliche Geschichte. Einige der arbeitslosen

Arbeiter von Burvik hatten bis hinauf nach Furugrund und Ytterstfors Arbeit gesucht und bekommen. Das war sensationell, aber es war ein Fußmarsch von über zwanzig Kilometern.

Als er nach Burvik kam, ging er zuerst durch den ganzen Ort und spürte, daß an den Fenstern geguckt wurde. Das war ein gutes Zeichen. Obwohl es allerdings in diesen Dörfern das Normale war, daß geglotzt wurde und die Türen trotzdem geschlossen blieben.

Er setzte sich auf das Milchpodest und wartete.

Wie still die Welt geworden war.

Auf einmal geht es zu Ende, wird still. Nichts Merkwürdiges dabei. Einmal muß man ja sterben. Erst stirbt man äußerlich, dann innerlich. Wie lange war er schon tot? Es ging vielleicht unmerklich, schmerzlos. Plötzlich war man tot. Man bewegte sich wie früher, aber man war tot.

Von einem der Höfe kam ein Mann. Er ging auf Elmblad zu, gab ihm die Hand und erklärte, daß er bei ihm Nachtquartier bekommen könne.

Er sagte, er heiße Lundgren und sei Stierhalter.

Lundgren aus Burvik war an die fünfzig. Er war ein ruhiger, schweigsamer Mann, der einzige Sohn, der Vater gestorben, seine Mutter hatte (berichtete er sehr korrekt, als sei es wichtig, das vor der Übernachtung klargestellt zu haben) vor einem halben Jahr einen Schlaganfall gehabt und war *anders* geworden. Also verändert im Wesen.

Früher war sie sehr schweigsam gewesen. Ganz anders.

Elmblad war mit ihm gegangen. Lundgren aus Burvik fing sofort an, Grütze zu kochen. Er war nicht gerade gesprächig, und die Unterhaltung ging schleppend. Am Nachmittag kam seine Mutter aus der kleinen Kammer hereingewalzt; sie war sehr klein, auffallend O-beinig, und sie lächelte dem Gast freundlich zu. Sie lud zum Kaffee ein. Sie war früher eine schweigsame Frau gewesen (Lundgren aus Burvik hatte dies jetzt bereits zum zweitenmal erwähnt, es war also offenbar eine wichtige Information), aber jetzt hatte der Schlag sie getroffen (auch zweimal erwähnt), und sie war anders (das konnte der Gast selber konstatieren). Möglicherweise hatte sie in einem voraufgegangenen Leben geschwiegen, aber jetzt hatte der Schlaganfall ihr die Zunge gelöst. Die Worte sprudelten aus ihr heraus, ununterbrochen, als sei ein dunkler, unterirdischer Fluß unter dem Berg des Schweigens hervorgebrochen. Jetzt sprach sie lang und gern mit dem Gast aus Stockholm, und Elmblad kapitulierte sehr schnell. Ihm blieb nichts anderes übrig, als zuzuhören und der Alten beflissen zustimmend zuzunicken.

Es war unmöglich, sie zu unterbrechen. Elmblad versuchte dann und wann ein tastendes kleines Gespräch mit dem Sohn in Gang zu bringen, sah aber bald ein, daß die Mutter kein Erbarmen kannte. Sie redete mit lauter, gellender Stimme, erzählte enthusiastisch und mit frenetischer Entschlossenheit ihre Lebensgeschichte. Zumindest vermutete er das: sie sprach einen fast unbegreiflichen Dialekt und gab die ganze Zeit ein wildes, aufgekratztes Lachen von sich, das eine lückenhafte, aber höchst individuelle Zahnreihe entblößte, deren Zähne gänzlich unbekümmert kreuz und quer durcheinanderstanden. Sie erzählte keifend und ekstatisch, und tosend wie ein Wasserfall bahnte sie sich mit ihrem wahnsinnigen Lachen den Weg durch eine endlos lange Geschichte, die allem Anschein nach unerhört lehrreich und unterhaltend war, die der Sohn indessen mit einem durch und durch düsteren und melancholischen Gesichtsausdruck über sich ergehen ließ.

Der Sohn machte keine Anstalten, sie zu bremsen. Es war ja doch aussichtslos. Elmblad machte zuweilen diskrete Versuche, sie durch stichwortartige Fragen an den Sohn zu unterbrechen, aber vergebens. »*Weißt du, ob es unten nach Lövånger zu Gelbe gibt?*« begann er diskret, aber nein. Nix. Die begeistert juchzende Stimme der Alten übernahm sogleich wieder das Kommando. Sie schien tief in einer unglaublich anregenden und langen Erzählung zu stecken, die von ihrem eigenen Leben handelte; und sie liebte diese Erzählung sehr.

»*Abbe dann war es so*«, legte sie entschlossen und durchdringend los und stieß zur Bekräftigung mit ihren geballten Fäusten gegen Elmblads Knie, »*dann waa's so dasse Alfhild, die nich richtich im Kopp wa, bekloppt ham we gesacht, dasse sich Heu inne Bluse gestoppt hat dasse vorstehn sollte dasse glaum sollten dasse große Titten hat un dann sin we alle na Bygdsiljum gefahn aum Tanz, unne Alfhild wa auch mitgefahn, und da kommt'n Kerl und will mit se tanzn, abbe dä wa so geil dassese gleich anne Titten gepackt hat*«, und bei dieser Erinnerung schien die Alte fast übermannt von nostalgischer Freude, sie begann so zu lachen, daß die krummen Zähne sich fast ineinander verhakten. Dann besann sie sich unter steigender Hysterie und fuhr fort »*abbe als'e anne Titten gepackt hat da fliecht's Heu übern ganzen Tanzboon un we ham gelach, we ham gelach, we ham gelach*...«

Der Sohn saß vollkommen ernst und schweigend da.

Er schaute mit seinem verschlissenen, müden und verbrauchten Gesicht aus dem Fenster. Leichter, dünner Schneefall hatte eingesetzt; es war der erste Schnee in diesem Jahr, und er lag leicht und dünn auf der Erde und auf den Bäumen. An den Birken hing noch das gelbrote Laub. Der Schnee rührte an das tote Laub, leicht wie der Kuß des Todes: es war der kurze, schmerzhafte Augenblick, wo der västerbottnische Herbst am schönsten und am bedrohlichsten war. Morgen würde das Laub fort sein, oder der Schnee, aber noch hingen die Farben und der Tod und der Schnee und die Kälte und das Gelbe zusammen. Schnee auf dem Laub. Ein kurzer Schritt zwischen Leben und Tod.

Der Sohn starrte immer noch mit ausdruckslosem Gesicht hinaus auf die Birke. Elmblad war von der Alten mit Beschlag belegt. Er hatte die Kaffeetasse auf dem Knie, nahm dann und wann kleine hilflose Schlucke: es war Kaffee mit Sahne. Es fiel ihm plötzlich ein, daß man ihm erzählt hatte, in den kleinen Dörfern Västerbottens sei es Sitte, wenn richtig feine Gäste kamen wie der Pastor oder andere hohe Tiere, daß die Frau des Hauses dann heimlich die Kaffeetasse nahm, in die kleine

Kammer hinausging, die Bluse öffnete und die Kaffeesahne direkt aus der Titte molk. Das sollte eine Art Ehrenbeweis sein. Gäste bekamen immer Tittenmilch in die Kaffeetasse. Vermutlich war das reine Verleumdung, aber er ertappte sich dabei, daß er beunruhigt die eingefallenen Brüste der Alten musterte. Nein. Die konnten die Sahne in seiner Tasse wohl nicht produziert haben. Diese Titten waren über die Zeit hinaus.

Die Alte fing plötzlich an zu singen. Und es war, als ob sie nun ernstlich den dunklen Fluß aus dem Inneren ihres Lebens ans Licht strömen ließe; die untersten Quellen brachen auf. Elmblad verstand nicht viel, aber es reichte aus. Das Lied war unglaublich obszön. Sie war jetzt weit vorangekommen in der unfaßbaren Geschichte ihres Lebens und hatte die geheimsten und innersten Räume erreicht: die Dämme gaben nach, die verbotenen Träume brachen sich Bahn, und es war eine Freude und eine Lust, sie kommen zu lassen. Das Lied war teilweise unbegreiflich. Bestimmte Wörter indessen waren verständlich: *Piller* und *Klöten* und ähnliche konnte er unmittelbar identifizieren, aber die eigentliche epische Handlung des Lieds war schwieriger. In großen Zügen lief es darauf hinaus, daß ein geiler Hausierer in einem Stall übernachtet und die Bäuerin mit der Jungkuh verwechselt hatte. Oder so ähnlich. Sie sang mit sittsam und fromm wiegendem Oberkörper, als hätte sie nur zufällig vergessen, den plastischen Ausdruck zu ändern, mit dem sie die Tausende von Kirchenliedern begleitet hatte, die sie in ihrem Leben gesungen hatte. Das Lied war endlos und breit ausmalend, es erreichte seinen Höhepunkt nach einer weiteren Unzahl von Strophen mit makabren und detaillierten Schilderungen darin, daß eine Katze in der Grütze saß und schiß, während der Bauer sich mit seiner Alten vergnügte und so weiter.

Die Alte setzte den Schlußpunkt unter ihre Hymne und klatschte Elmblad beglückt auf den Schenkel. Schluß. Klatsch. Die Küchenuhr tickte einsam durch die Stille der Küche. Wahrhaftig, sie hatte endlich aufgehört, das alte Weib

war verstummt, aber nun sah sie Elmblad mit weit aufgerissenen Augen voller wilder und unkontrollierbarer Freude an.
Als wollte sie von ihrem Zuhörer bekräftigt haben, daß das,
was sie empfand, richtig war, bekräftigt, daß das Dunkle, das
sie vom Grunde ihres Lebens heraufgeholt hatte, wirklich
nicht Exkremente waren, sondern daß diese wahnsinnigen,
halb unbegreifbaren Worte dunkel schimmernde Edelsteine
von unschätzbarem Wert seien.

Ihr Sohn enthielt sich jeden Kommentars und starrte
melancholisch aus dem Fenster. Gelbe Birke. Schnee. Schnee-
laub. Die Uhr maß mit langsamem, ruhigem Ticken die Zeit
aus, die Küche jetzt ganz still. Elmblad wußte nicht, was er
sagen sollte. Er bekam keinerlei Hilfestellung. Die Alte nickte ihm auffordernd zu, als wollte sie auf der Stelle eine Antwort haben, ja, Elmblad mußte antworten, er fühlte es.

»Ja, das war ja lustig und interessant«, sagte er vorsichtig.
Das Lächeln auf dem Gesicht der Alten erlosch langsam. Sie
starrte ihn ernst und betroffen an, und mit wachsender Verwirrung bemerkte Elmblad, daß der Sohn es aufgegeben hatte, gelbe Birken im Schnee zu fixieren und nun ebenfalls verblüfft und mißtrauisch zu ihm herüber sah. Die beiden
starrten Elmblad an, als hätte er etwas ungeheuer Vulgäres
und Ekelhaftes gesagt.

»Wasse nich saang«, sagte die Alte schroff, und darunter
ein Abgrund von Reserviertheit und Kälte. »So!«

»Ja, es war wirklich lustig und ...« begann Elmblad von
neuem, aber diesmal wurde ihm direkt das Wort abgeschnitten.

»Das habbichehört!« Die Alte schrie ihn fast an. »Ich binnich taub!« Sie erhob sich mühsam, gab Elmblad einen letzten, vernichtenden Blick, humpelte rollend durch das Zimmer, verschwand in der kleinen Kammer und schlug die Tür
mit einem harten Knall hinter sich zu.

»Se war wüten'«, sagte der Sohn erklärend. »Se war wüten'
weeng wasse gesacht haam.«

Die Wanduhr tickte. Die Tür blieb geschlossen, die Alte

kam nicht zurück. Der Sohn starrte unverwandt und schweigend aus dem Fenster, auf die gelbe Birke draußen im Schnee. Es war der Augenblick des Schneelaubs, und er wandte den Blick nicht von der Birke.

Elmblad fand nichts zu sagen. Das Ganze war unbegreiflich. Es war durch und durch unbegreiflich.

3

Zehn Zuhörer erschienen zur Versammlung in Burvik. Erst sprach Elmblad eine Stunde über die Sozialdemokraten und die Organisationsversuche, dann trank er eine Tasse Wasser und schloß mit seiner zweiten Rede, der über den Sozialismus und die Gewerkschaftsbewegung. Letztere dauerte anderthalb Stunden.

Hinterher war freie Diskussion.

Nachdem alle gegangen waren, kam Lundgren aus Burvik zu ihm mit einem Stück Papier. Genauer gesagt, es war so, daß die übrigen alle schon gegangen waren, und Elmblad und Lundgren gingen zusammen ein Stück des Wegs. Elmblad hatte vor, am selben Abend nach Bureå zu gehen. Da räusperte Lundgren sich, ein bißchen feierlich, hielt inne wie ein gedankenverlorenes Pferd, steckte die Hand in die Tasche und holte einen Zettel heraus.

»Alle ham se gefunn, dassas gute un orntliche Reen warn«, sagte er freundlich. »Se sin kein Luftikus. Habbich gehört dasse das fandn.«

Elmblad sah ihn schweigend an und wartete.

»Un hier sin de Naam«, sagte Lundgren, »von den die sich denkn könn inne Arbeitervereinigung mitzemachen.«

Der Zettel war aus einem Notizbuch herausgerissen, liniert. Sechs Namen standen darauf. Mit Bleistift geschrieben. Ganz unten stand, als letzter Name, *Erik Lundgren,* und in Klammern dahinter das Wort *Stierhalter.*

Elmblad blickte fragend auf den Zettel; Lundgren schien einen Moment lang ein wenig verlegen, trat unsicher im Matsch von einem Fuß auf den anderen und sagte dann anspruchslos: »Ja ich hatt bloß gedacht, daß man dabeischreim soll, wer schomal'n Vertrauenspostn gehabt hat. Die's gewöhnt sin.«

Er machte eine Pause und sagte dann: »'ch bin zehn Jahr Stierhalter gewesen.«

Elmblad verstand, was das bedeutete. Lundgren war zehn Jahre Stierhalter gewesen. Man hatte Vertrauen zu ihm. Vielleicht hatte er einen zukünftigen gewerkschaftlichen Vertrauensmann vor sich. Und Elmblad konnte nichts anderes tun, als bekräftigend zu nicken, und dann drückte er Erik Lundgren aus Burvik die Hand.

Der Abend war klar und kalt. Er ging in schwachem Mondlicht.

Man hatte Vertrauen zu Erik Lundgren. Wie wird man Stierhalter?

Elmblad hätte sich wohler gefühlt, wenn er Achtung vor sich selbst gehabt hätte. Oder Vertrauen. Aber davon spürte er nichts.

Oder. Nein.

Der Winter immer näher.

4. Saulus auf dem Burberge

1

Der Zusammenbruch kam sehr überraschend, auch für ihn selber.

Er befand sich auf dem Rückweg von einer sehr gelungenen Versammlung in Burvik. Er wollte nach Bureå, es war spät am Abend, Oktober, sehr kalt und sternenklar. Da wurde er plötzlich von Melancholie befallen. Es gefiel ihm, an den Zusammenbruch als an einen Anfall von Melancholie zu denken, weil das Wort sehr schön und ein bißchen fremdartig war und weil es einem im Zusammenhang mit seiner Agitationstätigkeit im Dienst der schwedischen Arbeiterbewegung eigentlich gar nicht in den Sinn kam.

Melancholie hörte sich ungefähr so an wie Apathie, nur rätselhafter. Das gefiel ihm.

Er hatte sich von Lundgren aus Burvik verabschiedet und sich auf den Weg nach Norden, nach Bureå, gemacht. Als er nur noch drei Kilometer südlich der Ortsgrenze von Bure war, passierte es. Genau da kam die Melancholie und lähmte ihn total. Schwacher Mondschein, sternenklar. Nie sah man die Sterne so ungeheuer klar wie hier. Aber nie waren sie auch so schonungslos und stechend und drohend. Er blieb stehen, sah zu den Sternen auf und spürte, daß er pissen mußte. Dann stand er lange, lange, versuchte und konnte nicht, und es war, als ob plötzlich alles zusammenwirkte.

Der ungeheure schwarze Raum mit den eisig drohenden Sternen, die Hoffnungslosigkeit, Dagmar, der kleine Idiot, der Stierhalter von Burvik und dann dies, daß er nicht pissen konnte.

Man wird ein bißchen niedergeschlagen, dachte er. Zweifelsohne. Er steckte ihn weg, ohne gekonnt zu haben. Doch er war außerstande weiterzugehen. Mehrmals strich er sich den Schnurrbart, zog den Gürtel zurecht. Er begriff nicht, wie man so fett werden konnte, bei seiner Lebensweise. Zweifelsohne wird man niedergeschlagen.

Der Weg verlief in einer leichten Rechtskurve an der westlichen Seite des Bergs hinab, er konnte die schwachen Lichter vor Bureå vor sich sehen. Es wurde schlimmer und schlimmer. Er hatte ein Gefühl, als quölle seine Haut auf, als würde er immer dicker, er war wie ein Elefant mit einem Sandsack anstelle des Herzens. Und dann dieser unendliche Raum, er konnte ihn nicht ertragen. Die Sterne so drohend klar, die Hoffnung so weit entfernt, er selber fett und gescheitert. Das hier war die Welt, der er die frohe Botschaft vom Sieg des Sozialismus bringen sollte, aber wer zum Teufel war er selber. Feige und fett. Er konnte kaum ein paar ordentlich formulierte, zusammenhängende Sätze zu Papier bringen. Er hatte nicht Janne Perssons Formulierungsfähigkeit, er redete nicht wie Blixt. Eine Ehefrau, die ... Ja.

Wenn er auch hundert Jahre kämpfte, nie würde er zum Stierhalter ausersehen werden. In Burvik.

Er schluchzte und weinte eine Zeitlang vor sich hin: das tat er immer, wenn es zu schwer wurde, es pflegte zu sein wie beim Onanieren, es half im Augenblick und erleichterte das Herz und die Hoden. Aber jetzt half nichts. Er stand da und rotzte und weinte. Ja, der Agitator Elmblad bot einen komischen und kläglichen Anblick. Der Schnurrbart wurde feucht und der Reif an den Spitzen zerfloß, er trocknete sie ab, aber das half nicht. Er weinte noch eine Strophe, aber nichts half. Er konnte nicht vom Fleck. Der Raum so unendlich. Diese Menschen so rätselhaft. Die Aufgabe so schwierig, der Gegner so unsichtbar, Freunde so wenige. Nicht einmal im wildesten Kongo, dachte er wieder und wieder, unter den Eingeborenen im Dschungel kann die Einsamkeit so groß sein wie unter dieser Sternenkuppel in Västerbotten.

So stand er lange in der fahl leuchtenden Dunkelheit und war vollkommen tot. Es war, als wäre er ein Blatt, und plötzlich hätte sich der Schnee um das Blatt gelegt, und der Baum war tot und alles ein Grab, und dennoch lebte etwas in dem wachsenden Garten. Doch in ihm war völliges Schweigen. Früher war dort mehr gewesen, das glaubte er zumindest. Aber nicht jetzt.

Eine halbe Stunde später begann er, sehr langsam, zu gehen.

Es war nach zwölf, als es bei Markströms in Oppstoppet an der Tür klopfte.

Josefina Markström öffnete. Sie starrte verwundert auf eine eigentümliche, dicke Gestalt, die sie ja schon vorher gesehen hatte, aber sie sah jetzt anders aus. Es war Elmblad. Er murmelte leise etwas, das sie zuerst nicht verstand. Dann wiederholte er es. Er bat darum, übernachten zu dürfen.

Er sagte, er fühle sich nicht richtig wohl. Es war irgend etwas, daß das Herz nicht in Ordnung wäre und sich anfühlte wie ein Sandsack.

Sie begriff sofort, daß es ihm nicht gut ging und er sich erkältet hatte und zog ihn entschlossen in die Diele, damit er sich nicht noch den Tod holte. Sie weckte Nicanor, der Elmblad aus den Kleidern half. Nicanor sah, daß die langen Unterhosen im Schritt braun verschmiert waren, sagte aber nichts. Er bekam eine Felldecke über sich und einen Schlafplatz auf dem Boden.

Da lag er und starrte an die Decke, so fing das Ganze an.

2

Am Morgen kam Eva-Liisa mit der Grütze, aber er wollte nichts essen. Später am Tag versuchten sie es wieder, diesmal mit Zuckerwasser und Finka. Er trank das Zuckerwasser, bedankte sich und blieb liegen.

Er war vollkommen stumm und apathisch, es war kein vernünftiges Wort aus dem Kerl herauszukriegen. Keiner von ihnen konnte ja auch wissen, daß Elmblad beschlossen hatte, daß er bereits tot war, und daß er ein in Schnee eingebettetes Laub war.

Also lag er da.

Am fünften Tag ging Josefina Markström schließlich zu ihm hinauf. Sie zog einen Stuhl heran, setzte sich ans Bett, zog die Felldecke von seinem Gesicht (er lag im allgemeinen so) und fing an zu ihm zu reden. Das will sagen, zuerst sprach sie ein Gebet, eine kurze und sachliche Fürbitte, und dann fragte sie ihn, was los wäre.

Er sagte: »Ich bin krank.«

Sie sagte: »Nix. Se sinnich krank. Das kamman sehn dasse nich krank sin, se sin völlig 'esund und wollnich aufstehn. Abbe Sie sollten sich was schäm, 'n ausgewachsener Kerl, sich rumzetreim wie's Gesindel unnen halben Tag auffe faulen Haut zelieng un nix wie Drückebergerei. Abbe da kamman sehn was ausse Leute wird wenne Sozialissen's Saang krieg. Unwillens ze arbeitn.«

Er drehte sich um und starrte sie empört an. »Ich bin nicht faul«, sagte er. »Ich bin niedergeschlagen.«

»Seit wann'en das?« sagte sie scharf und fixierte ihn streng. »War 'as in Burvik?«

»Nein, auf dem Weg nach Bure«, kam es dumpf von Elmblad, der sich wieder in die Tiefen der Pelzdecke verkrochen hatte.

»Erzähle wie 'as war!« sagte sie mit noch schärferer Stimme und hielt seine Augen mit ihrem unnachgiebig bohrenden Blick fest. »Fangse an un erzähl wie 'as waa!«

»Das geht keinen was an«, kam es brummelnd unter der Decke hervor.

»*Geht kein was an!?*« Josefina zuckte zusammen, als hätte sie einen Schlag ins Gesicht bekommen. Sie beugte sich heftig vor und brüllte Elmblad direkt ins Gesicht. »*Das geht mich was an und jetzt erzähle auffe Stelle sons schlach'ch dir'en Schäädl ein!*« Einige Sekunden lang herrschte gelähmtes Schweigen unter der Decke. Dann rührte sich Elmblads Körper, das Bündel unter der Decke schien zu beben, die Pelzdecke glitt noch ein Stückchen tiefer, der dicke Hals zeichnete sich ab, die zuckenden Augenlider wagten schließlich obenzubleiben, er sah sie an, der Mund bebte leicht, der Blick flackerte. Aber unerweichlich, schonungslos hielt sie ihr richtendes Gesicht über ihn, er entkam ihr nicht, und er probierte es noch einmal, fast flehend: »aber... das... geht doch wohl keinen anderen an als...«

»Erzähle jetzt!« schnitt sie ihm kategorisch das Wort ab, »fangse an!«

Elmblad schluckte. Er sah sie schuldbewußt an, nickte resigniert, ein warmes Lächeln huschte sogleich über Josefinas Gesicht, und sie setzte sich mit zufriedener Miene zurecht.

Sie hatte keine Eile. Er durfte sich Zeit nehmen. Und zum Schluß erzählte er also Josefina Markström, wie er sich gefühlt hatte an jenem Abend, bei dem kurzen Aufenthalt auf dem Burberg, unter den drohenden Sternen, als der Tod sich in seinem Herzen eingenistet hatte.

Sie ließ ihn reden und hörte aufmerksam zu. Als er fertig war, dachte sie eine Weile nach, hatte aber dann ihre Deutung parat. »Se sin zum Erlöser Christus bekehrt«, erklärte sie sachlich, aber sehr bestimmt.

Sie erklärte Elmblad, dessen Augen beim Zuhören immer runder wurden, die Zusammenhänge. Daß man Heide war, bedeutete nicht, daß man verloren war. Wie Saulus auf dem Weg nach Damaskus eine Offenbarung hatte und sich in Paulus verwandelte, war jedermann bekannt. Er hatte dort die Offenbarung, und der Heide wurde bekehrt. Wenn nun Elmblad auf dem Weg von Burvik nach Bure plötzlich von schwarzer Verzweiflung befallen wurde und sich nicht vom Fleck rühren konnte, dann war es aufs neue Gottes Finger, der ihn angerührt hatte. Er hatte den Strahl seiner Gnade auf den Agitator Elmblad geworfen, so daß dieser von der Erkenntnis seiner Sünden wie vom Schlag getroffen war. Und

244

wenn er nun nur nachgab und sich nicht dagegen aufbäumte wie ein störrischer Hengst und gegen das Sündenbewußtsein ankämpfte, dann würde ihm die Gnade zuteil werden.

Und dann war er bekehrt.

Elmblad wand sich unruhig unter der Felldecke. Er unternahm zwischendurch kleine unglückliche Versuche, Josefina bei der Zusammenfassung der Lage zu unterbrechen, aber sie brachte die Erzählung resolut zu Ende. Elmblad konnte nur still daliegen und blinzeln wie eine zerschmetterte Aalquappe; ohne zu widersprechen, ja es war wirklich so, daß Gott durch Josefinas Vermittlung ihm eins auf den Quappenkopf gegeben hatte, und er spürte es.

»Hamse verstann!?« schloß Josefina mit fester Stimme und sah ihn auffordernd an. Er nickte folgsam. Doch.

Es war weiß Gott sicherer so.

»Das war'e *Bekehrung*«, verdeutlichte sie. »Jetz sinse aum rechten Pfad. Das isse Ordnung vonner Gnade. Ers's Ewekkung aum Burberg. Da kricht'e Sünder von Gott eins aufn Quappenkopp dasse geweckt wird. Dann'e Bekehrung.«

Elmblad lag mucksmäuschenstill, um nicht unnötig die Situation zu verschlimmern.

»Elmblad«, sagte sie ernst, »verstehnse wasse jetz tun müssn? Verstehnse das?«

Er sah sie lange Zeit schweigend an, dann schüttelte er ängstlich den Kopf.

»Se solln ihre Sünden bekenn, un ihrn Glaum«, sagte sie in einem Tonfall, der nicht die geringste Möglichkeit eines Widerspruchs offenließ. »Vor allen müssense bekenn.«

Jetzt befand sich Elmblad wirklich in einer Klemme, das spürte er. Er fühlte, wie er unter der Decke zu schwitzen anfing, obwohl es im Raum so kalt war. Die langen Unterhosen klebten auf der Haut, es war auf einmal richtig feucht geworden. Tatsächlich war seine Lage so verzwickt, daß er plötzlich merkte, daß seine Melancholie fast ganz verdrängt worden war. Ja, sie war weg. Er vermißte sie beinah, bei genauerem Nachdenken vermißte er sie sogar sehr, die tiefste

245

und abgründigste Melancholie war ihm entschieden lieber als Josefina Markströms fest umrissene Pläne für seine nächste Zukunft.

»Se bekenn vor allen ihrn Glaum«, wiederholte sie. »Dasse Leute sehn dasses ne Bekehrung waa.«

Elmblad fühlte, wie ihm der Schweiß ausbrach, immer unangenehmer, alles klebte. »Wie?« sagte er verzagt.

»Se gehn zum Aamdmahl«, sagte sie ruhig und bestimmt. »Am Sonntach is Aamdmahl.«

»Abendmahl!!!« schrie er und fuhr hoch. »Nie, verdammich!«

Sie legte ruhig und bestimmt die Hand auf seine Brust und drückte ihn ins Kissen zurück. Sie sagte zunächst nichts, schimpfte ihn nicht einmal aus wegen des Fluchs, aber er konnte ihren Augen ansehen, daß sie ihn mißbilligte, daß sie zwar nicht beabsichtigte, ihn zu kommentieren, aber sich Wiederholung verbat. Das sah er ganz deutlich.

»Übermorng is Aamdmahlsgottsdiens«, sagte sie ruhig. »Dann gehn we allezesamm. D' Nicanor unne Papa un ich unne Jungs.«

Sie prüfte ihr Gedächtnis einen Augenblick und fügte hinzu:

»Un wohl auch noch'e Aron unne Eva-Liisa.«

Einige verwirrte Augenblicke lang war er drauf und dran, zu sagen, daß er nicht konfirmiert wäre und also kein Recht hätte, zum Abendmahl zu gehen, und also leider, leider nicht könnte, aber dann fiel ihm ein, daß das sicher nicht gut aufgenommen werden würde und ein grundlegender taktischer Fehler wäre. Auf unbegreifliche Art und Weise war er ins Hintertreffen geraten, von ihr abhängig geworden, und wenn er zugab, daß er nicht konfirmiert war, würden diese unbegreiflichen Menschen ihn sicher greifen und fesseln und in den Konfirmationsunterricht setzen und ihn in ein Kind verwandeln und – nein.

Nein. Er schwieg. Er durfte die Situation nicht noch schlimmer machen, er konnte sie nur gewähren lassen. Sie blickte ihn unvermindert steinhart auffordernd an, und er fühlte, daß sie auf etwas wartete, ein Zeichen, ein Wort, ein Signal oder so.

Und dann merkte er, zu seiner maßlosen Verwunderung, daß er nickte.

Es war nicht viel. Eine fast unmerkliche Bewegung des Nackens, aber es war ein Nicken, ein bejahendes Nicken. Und Josefina Markström nickte zustimmend zurück, der Kontrakt war geschlossen, aber noch immer saß sie da wie eine Gefängniswärterin, während der Schweiß über seinen Körper floß. Die Melancholie war nun vollständig, vollständig ausradiert, und er vermißte sie sehr. Das hier war viel schlimmer. Ja, es war verzwickt.

»Ich muß pissen«, sagte er mit schwacher, entschuldigender Stimme.

Sie nickte aufmunternd, klopfte mit der Hand auf die Felldecke, ja natürlich, das hatte er verdient. Eine heidnische Seele hatte eins auf den Quappenkopf gekriegt und schickte sich an, gehorsam in den himmlischen Stall zu traben, natürlich durfte er pissen. Sie erhob sich, ging hinaus, kam mit dem Eimer zurück, der auf der Treppe gestanden hatte, stellte ihn in eine Ecke, sah ihn an mit einem nun auf ewig von Wohlwollen erfüllten Lächeln, ging zur Türe und sagte, als sie gerade im Türrahmen stand: »Bleib aufm richtig Kurs jetz, Elmblad. Wer in seim Leem 'n klaren Kurs steuern will, darf auch aufm Pisseimer nich vorbeizieln.« Und dann schloß sie die Tür.

Elmblad ging über den knarrenden Fußboden und dachte: wie viele Male sie das wohl schon gesagt hat. Das hat sie allen ihren Jungen gesagt, und davor hat ihre Mutter das allen ihren Jungen gesagt, und so ist es durch Generationen hindurch gewesen. Und jetzt hat sie mich in die Kinderschar eingereiht.

So stand er denn da über dem Pißeimer und mühte sich ab, ohne große Hoffnung, während der Schweiß auf seinem Körper trocknete und die Unterhosen sich immer klammer anfühlten. Und während er da stand, überdachte er noch einmal das Gesagte. Es wurde immer kälter, aber schließlich dachte er: vielleicht war es doch nicht so wahnsinnig. Klar: er war nicht bekehrt. Aber seine Melancholie war fort, und vielleicht war dies der Weg, den er gehen mußte.

Dieses Norrland war doch das reine Irrenhaus. Man könnte eine neue Taktik probieren. Eine breite Volksfront vielleicht, und die armen Irren an der Nase herumführen. Vielleicht war hier ein kleiner Kompromiß in Reichweite, ein brauchbarer kleiner Kompromiß, ja vielleicht ein großer Kompromiß. Wenn nicht sogar vielleicht ein historischer Kompromiß. Ja, man konnte es versuchen. Es bedeutete ja nichts, besser dies, als daß alles verloren wäre.

Und plötzlich, genau wie ein Zeichen, gänzlich selbstverständlich und ganz und gar natürlich, pißte er. Ein dicker, frischer, natürlicher und vollkommen schmerzfreier gelber Strahl kam aus seinem verwunderten und verdutzten Pimmel, es lief und lief und lief, und er zielte geschickt und korrekt genau in die Mitte des Eimers. Es war, als ob Gott oder Marx oder wer auch immer ihm ein Zeichen gegeben hätte. Lange, lange stand er befreit vor dem Eimer, bis seine Blase völlig leer war. Es war wie ein Wunder. Dann ging er zurück zum Bett, wickelte die Pelzdecke zu einer Rolle, und wie ein Gesundgebeteter nahm er seine Bettdecke, trug sie fort und stellte sie in den Flur. Dann zog er sich an, ging die Treppe hinunter, wo Josefina mit einem Schluck Kaffee und einem Stückchen trockenen Kuchen wartete, und saß dort lange und dachte darüber nach, wie er dies alles überstehen sollte.

Fünf Tage hatte die Krise gedauert. Jetzt galt es, nachzudenken. Am Sonntag war Abendmahl.

3

Was kann man an einem Sonntagmorgen tun? In Västerbotten gab es eine alte Redensart, die die Frage, was man an einem Sonntagmorgen tat, korrekt beantwortete. »*We waschen uns un essn Blöta!*«

Genau das tat man bei Markströms an diesem Sonntagmorgen. Josefina hatte die traurigen Überreste von Elmblads Unterwäsche schon am Tag zuvor eingefordert; sie gewaschen und geflickt, am Sonntag dann Waschen und nachher Versammlung in der Küche, wo man Blöta aß.

Der ganze Clan Markström saß versammelt, plus Elmblad. Josefina umkreiste sie wie ein wachsamer Vogel, eine Mischung aus Glucke und Hühnerhabicht. Sie hatte das schwarze Kleid an und summte düster vor sich hin, während sie jedem einzelnen einen ordentlichen Schlag Blöta austeilte. Sie hatte die Angewohnheit, wenn sie guter Laune war und die Situation auf der geistlichen Ebene ernst (und das war sie an diesem Morgen, weil die ganze Schar, eingeschlossen der bekehrte Elmblad, zum Abendmahl gehen sollte), daß sie dann fröhlich eine richtig finstere Litanei von der ewigen Verdammnis und der Sündenschuld oder so summte. Es ging ihr kurz gesagt ganz ausgezeichnet, und sie hatte ihre kleine Gemeinde vollständig unter Kontrolle.

K. V. Markström selbst, der Familienvater, sah proper und reingewaschen aus, er schien sich ganz auf das Essen zu konzentrieren, freute sich aber offenbar schon darauf, in wenigen Stunden in aller Ruhe dasitzen und aufmunternd einem Bußprediger zulächeln zu können: ein Schimmer von Frieden und Besinnung lag bereits über seinem Gesicht, und er war nicht mehr ansprechbar. Die Söhne waren ebenso wortkarg. Sie hatten sich angewöhnt, an Sonntagvormittagen vor einem Abendmahlsgang nicht zuviel zu sagen, aus schmerzhafter Erfahrung klug geworden. Sagte man das Falsche, sozusagen auf der Schwelle zu der heiligen Mahlzeit, konnte das mißverstanden und schlecht aufgenommen werden, und dann wur-

249

de es ungemütlich und gab Tränen bei Josefina, die der Ansicht war, daß Scherze im Zusammenhang mit dem Abendmahl zu den Todsünden gehörten. Und sie wollten um nichts in der Welt an diesem friedvollen Morgen eine tränenreiche Szene heraufbeschwören. An und für sich gehörte es zum guten Ton, daß man sich dem Altar mit ernsten, rotgeweinten Augen näherte, und die meisten ernsthaften Christen der Gegend nahmen eine Chance zu weinen wahr, wenn sie sich an einem solchen Morgen bot. Aber die Jungen wollten sich ja nicht unnötig blamieren. Also aßen sie und schwiegen.

Auch Aron saß da.

Er war schon um sieben Uhr hereingestapft, in Fellstiefeln, hatte von Josefina Schelte bekommen, war zurückgezockelt in die Baracke, hatte die Schuhe gewechselt und war wiedergekommen.

Zwar war man allein vor Gottes Angesicht, wenn man dort vorn auf den Knien lag, aber die Schuhe waren doch das, was die Gemeinde sah, und Josefina war auch praktisch. Also keine Fellstiefel. Außerdem zu früh für die Jahreszeit.

Es war eine Zeit vergangen seit jener denkwürdigen Nacht, als Onkel Aron auf der Lokustreppe im Mondschein gesessen und geblutet und geweint hatte. Es kam nie richtig die Sprache auf das, was damals geschehen war, jedenfalls nie, wenn die Markströms unter sich waren, aber Aron hatte es stark mitgenommen. Er verschwand für einige Monate nach Piteå, arbeitete dort irgendwo an der Küste, kam zurück und war schweigsamer als je zuvor. Zu Nicanor sagte er, daß er in eine Vereinigung eingetreten sei, die die Freiheit der Arbeit schütze und die Arbeitswilligen gegen Überfälle der Sozialisten schützen sollte. Aber als im August der Streik im Bure-Sägewerk anfing, hatte Aron auch gestreikt, und er war einer der letzten, die die Arbeit wieder aufnahmen. Viele wunderten sich im stillen darüber, auf jeden Fall die, die etwas weiter zurückdenken konnten, als ihre Nasenspitze reichte, und das waren einige.

Und Aron hatte Probleme bekommen.

An den Abenden saß Aron fast immer zu Hause bei den Markströms. Er kam spät, setzte sich still auf die Küchenbank, klemmte den Lederknubbel zwischen die Beine, faltete die Hände, sah mit leerem Blick vor sich hin und hatte nichts Besonderes zu sagen. Es hieß, daß er nie besonders viel zu sagen habe und ziemlich einsam sei. Die Arbeitskollegen an der Säge glaubten zu wissen, daß er nichts anderes täte in seiner Freizeit als zu schlafen und auf dem Scheißhaus zu sitzen und zu wichsen. Sagte man. Aber das letzte stimmte nicht, nicht besonders. Er saß auf Markströms Küchenbank und schwieg. Josefina ging sehr behutsam mit Onkel Aron um, und es machte ihr nichts aus, freundlich mit ihm zusammen zu schweigen, meistens. Nachdem sie ein paar Stunden gemeinsam geschwiegen und aufgewärmte Grütze gegessen hatten, bekam er einen Schluck Kaffee und ein Stück Kandis, und so saß er eine Weile und ging dann nach Hause in die Baracke. Er hatte es wohl nicht immer leicht, Onkel Aron, das sah man schon ein, aber er hatte immerhin wieder angefangen ins Bethaus zu gehen, und vielleicht war er auf dem besten Weg, seine Freude in Gott zu finden. Jedenfalls: an diesem Sonntagmorgen saß er hier und aß Blöta, er hatte die besten Hosen an und den gekauften Schlips um und hatte die Zähne mit der Scheuerbürste geputzt und war direkt schmuck anzusehen.

Mit Onkel Aron war das so, daß er oft zu Eva-Liisa hinsah. Das konnten alle merken. Sie machte sich nicht soviel daraus.

Eva-Liisa war wieder zurück.

Vier Wochen war sie fort gewesen. Es hatte einen Zusammenstoß gegeben zwischen ihr und Josefina. Es war im August zum Knall gekommen. Schuld hatte die Politik. Nicanor und Eva-Liisa waren zu Beginn des großen Konflikts spät eines Nachts nach Hause gekommen, und es hatte böses Blut gegeben, denn Nicanor ließ die Schuhe fallen, die er in der Hand hielt, als er die Außentür schließen wollte. Eva-Liisa huschte lautlos nach oben, aber Nicanor wurde sofort ins Gebet genommen. Es ging miserabel, weil er ein notorisch schlechter

Lügner war, und zum Schluß sagte er zu Josefina, es ginge sie nichts an, wo sie gewesen wären, denn das sei *Politik*.

Das war dermaßen frech, daß es ihr beinah die Sprache verschlug, und vor lauter Verblüffung ließ sie ihn entwischen.

Sie stellte aber fest, daß er klitschnaß war. Am nächsten Tag sprach es sich allgemein herum, daß jemand, mitten während des großen Konflikts, die Wehre geöffnet hatte, so daß das Holz ins Treiben gekommen war. Es war auf Burö zugetrieben, aber dort aufgehalten worden. Josefina zählte eins und eins zusammen und kam auf zwei.

Sie wurde ziemlich wütend.

Nie, nein, nie hatte sie geglaubt, daß eines ihrer Kinder direkte Freveltaten begehen würde, ganz egal, wie man es nannte. Sie berief eine ihrer üblichen Betversammlungen in der Küche ein, aber sowohl Nicanor als auch Eva-Liisa blieben fern (unglaublich!), und Tränen halfen auch nicht. Das war ein harter Schlag für Josefina, und dieser Schlag traf sie schwer, und ein paar Tage lang war sie sehr schweigsam, aber dann plötzlich explodierte sie gegenüber Eva-Liisa und sagte, was sie von Mädchen mit Zigeunerblut hielt, und daß sie sehr wohl begriffe, daß es Eva-Liisa sei, die Nicanor ins Verderben gelockt habe. *Die Pianistentochter!* Da kam es wieder! Und so wurde Eva-Liisa in aller Hast zu Josefinas Schwester geschickt, die in Östra Fahlmark wohnte, wo sie lernen sollte, sich sittsam aufzuführen. Die Leute im Ostdorf waren bekannt für ihre unerhörte Sittenstrenge.

Dort blieb sie vier Wochen. Jetzt war sie zurück. Das Geschehene war nicht vergessen.

Eva-Liisa war nun bald sechzehn, und man sagte von ihr, daß sie sich gut herausgemacht hätte und ein kräftiges Mädchen sei. Das bedeutete im Klartext, daß sie ein hübsches Gesicht hatte, aber ein bißchen rundlich war (»kräftiges Mädchen«). Ihr finnland-schwedischer Akzent hatte sich etwas gegeben, das Västerbottnische hatte sich in ihre Sprache eingeschlichen, und manchmal hörte sich die Mischung ein wenig eigenartig an. Sie arbeitete in diesem Herbst als

252

Dienstmädchen bei Lundströms. Das war die Konditorei; es gab einen Festsaal im Obergeschoß, wo man die Beerdigungsfeiern arrangierte. Meistens hatte sie damit zu tun. Die Beerdigungsfeiern waren die festlichen Höhepunkte in düsteren Wintern, und es hieß, ihre Arbeit sei begehrt, und sie könne sich glücklich schätzen. Es ging so zu, daß die trauernden Angehörigen plus Nachbarn und Freunde sich nach dem Begräbnis zu einem Beisammensein trafen; Kinder durften nicht mit; anfänglich saßen alle eine Weile herum und waren bedrückt. Schwere und Tiefe der Bedrücktheit wechselten indessen, je nachdem, ob der Tote zu Gott heimgegangen oder ein Verlorener gewesen war. Meistens wußte man ja, was in der Leiche gesteckt hatte. Hatte ein guter Kern in der Leiche gesteckt, war also der Verstorbene heimgegangen zu Gott, dann war die Stimmung traurig, aber innig, und man sang die Psalmen in hellem Tonfall. Dann war es eine gute Feier. Schlimmer war es, wenn zum Beispiel ein junger Mensch gestorben war, der nicht als ein Kind Gottes galt. Dann waren die Beerdigungsfeiern fürchterlich, und es wurde sorgenschwer und viel geweint. Manchmal konnten die Eingeladenen nicht sicher wissen, was der Fall war, dann war die Stimmung unsicher. Ein naher Angehöriger oder Bekannter pflegte dann einleitend eine sehr diskrete und rücksichtsvolle Ansprache zu halten, die aber doch andeutete, ob der Tote sich auf dem Weg nach oben oder nach unten befand. Dann mußte man zwischen den Zeilen lesen. Im nachhinein konnte es ein bißchen an akademische Rituale erinnern, wenn jemand zum Beispiel eine Doktorarbeit verteidigt hat und der Professor nachher bei der Feier eine Rede hält und erwähnt, daß die Bewertungskommission zusammengetreten sei, und mit einigen Worten anklingen läßt, ob es zur Dozentenkompetenz gereicht hat oder nicht; durch die Blume gesprochen, mit diskreten Andeutungen.

Wie dem auch sei: Eva-Liisa besorgte bei diesen Beerdigungsfeiern das Leibliche. Sie kleidete sich in die Martha-Rolle, sie machte es gut und war beliebt. Sie ging umher, das schwarze Kleid auf ihren nun fast weltlich üppigen Körper gekleistert, und die bedrückten und trauernden Männer erhoben oft ihre düsteren Blicke und sahen sie lange an. Sie war gar nicht so dumm anzusehen. Das kleine Mädchen, das vor fünf Jahren aus Karelien in Finnland gekommen war, war nun eine Frau geworden. Dunkle, eigentümliche Vogelaugen.

Man sah sie gerne an.

Das rein Leibliche war im übrigen leicht zu organisieren. Jeder Trauernde bekam fünf Stück Kleingebäck und eine große Safranbrezel, die mindestens einen Fuß lang sein mußte. Eva-Liisa ging zunächst herum und verteilte an jeden eine Brezel, dann kam sie mit den Tüten. In die Tüten packte man das Gebäck und die Reste der Brezel und nahm es mit nach Hause für die Kinder. Alle Kinder liebten Beerdigungsbrezel, so daß die meisten Erwachsenen nur ein kleines Stückchen abbissen und den Rest mit nach Hause nahmen.

Wäre es nicht um der tiefen Trauer willen, so hätten alle gewünscht, daß jede Woche Beerdigung sei.

Nicanor dagegen hatte keine Arbeit. Es war eine Schande, aber keiner sagte das. Er war nun fast fünfzehn, hatte gute Anlagen, aber nach dem Konflikt stand er auf der Liste. Er konnte ja Knecht werden, aber der Gedanke mißfiel ihm.

Josefina meinte, daß das Unheil eigentlich an dem Tag angefangen hatte, als er seinen Brief an Elmblad schrieb. Nicht zuletzt der Abschluß des Briefes war unglückselig: sich auf diese Weise *mit seinem ganzen Namen auszuliefern,* war gefährlich. Er war nicht besorgt genug um sich. Solange Nicanor zurückdenken konnte, hatte sie ständig davon geredet, wie wichtig es sei, sich nicht leichtsinnig *auszuliefern.* Nicanor war ihr Lieblingssohn, und sie war besorgt.

Schon in der Hjoggbölezeit hatte sie ihn in die Stalleinfahrt geholt und ernst mit ihm über *Vorsicht* geredet.

In jener Zeit teilten sie mit einem Nachbarn ein Pferd, und Josefina hatte seit ihrer Kindheit Angst vor Pferden und pflegte Nicanor mitzunehmen, um zu halten, wenn sie unter das Pferd gehen mußte. Aber sie gab nie zu, daß sie Angst hatte. Auf jeden Fall, dort pflegte sie stets über Vorsicht zu predigen. Nicanor, du darfs dich nicht überheem. De solls nich glaum dasse was bis. Paß auf dich auf. Bürge für niemanden. Sei besorgt um dein Naam. Sei anständig. Schreib nich'n ganzen Naam wenne an jeman schreibs. Das kann sich rächen. Mancher ist allein dadurch ins Unglück gekommen. Schreib »ein Freund« oder »du weißt, wer« oder erfinde einen Namen, aber nimm dich in acht.

Es war vollkommen manisch bei ihr. Sie hatte die Vorstellung, daß es lebensgefährlich sei, seinen Namen unter einen Brief zu setzen. Dann saß man in der Falle. Es war außerdem ein Zeichen von Hochmut. Un da geht de Ärmse hin un schreib dem Elmblad und schreib sein ganzn Naam un.

Obwohl auch Gottes Hand im Spiel sein mochte.

Jetzt wo Elmblad bekehrt worden war.

Man wusch sich, versammelte sich in der Küche in einem schützenden Ring um den sozialdemokratischen Agitator Elmblad, der nun zum erstenmal in seinem Leben öffentlich seinen Glauben bekennen sollte, und aß Blöta. Früher Morgen. Die Luft wieder warm.

Elmblad war schweigsam.

Er fand, daß er gute Gründe hatte, schweigsam zu sein, und er war ein wenig nervös. Man hatte ihn um halb sechs geweckt, er hatte äußerst sorgfältig Toilette gemacht, sein Anzug war gebügelt, er hatte Blöta gegessen, am Morgengebet teilgenommen, und schon um acht Uhr saß er zusammen mit Josefina, Nicanor, zwei der Jungen, Eva-Liisa und Aron in der überladenen Kutsche. Ein Nachbar aus Bureå, der Familie in Holmsvattnet hatte, hatte Pferd und Wagen leihen dürfen, er kutschierte selbst. Er stand hinten und hatte schlechten Atem und redete viel. Bei Rückenwind bereitete das Atmen also Schwierigkeiten.

»Elmblad«, sagte Josefina mit heller und triumphierender Stimme, in Gedanken hatte sie diese erste siegreiche Etappe Elmblads bereits weit hinter sich gelassen und blickte in die

Zukunft, »Sie solltn vielleicht hinausgehn zu'e Heiden. Sinse doch 'ewöhnt zu preding. Un nach sone Bekehrung issas doch sozesaang möchlich. Sogar sowas.«

Elmblad saß schweigend. Man wollte zur Landgemeindekirche nach Skellefteå fahren. Er hatte gute Gründe, schweigsam zu sein.

Die Fahrt würde fast drei Stunden dauern.

Bis zu seinem Tod sollte Nicanor sich an diese Fahrt erinnern.

Es war eins von den Ereignissen, von denen er äußerst detailliert und konkret erzählen konnte, eine der ersten Geschichten, die ich ihn erzählen hörte, und die merkwürdigste. Das Merkwürdigste war, daß Elmblad sich so verhalten haben sollte, wie er es tat; das klang ganz einfach nicht besonders glaubhaft. Aber es war wahr, verdammich. Als Josefina vom Boden herunterkam und verkündete, daß Elmblad bekehrt sei, wollte Nicanor es zuerst nicht für möglich halten und war empört. Dann sah er ja, an Elmblad selber, daß es nicht richtig stimmte, daß Elmblad log, und da war er erst recht empört. Denn natürlich konnte man es sehen: das schiefe Lächeln, ausweichende Antworten, Schweigen, alles deutete darauf hin, daß Elmblad versucht hatte, sich aus einer Art Klemme zu befreien (aber welcher?) und mit falschen Karten spielte (Kartenspielen war Sünde!) und versuchte, etwas zu tun, das er nicht hätte tun sollen.

Nicanor verstand überhaupt nichts. Nichts an diesem weinenden, fetten, schwitzenden Elmblad erinnerte ihn an den sehr bemerkenswerten Mann, der Regenwürmer im Mund gehabt hatte und auf Burheden an die Kiefer gebunden gewesen war, in jener Nacht, als sie ihn im Mondschein gejagt hatten. Gegenüber diesem Elmblad zog er den ersten vor, ganz entschieden. Je mehr er darüber nachdachte, was hier vor sich ging, um so weniger gefiel es ihm.

Ganz entschieden.

Und plötzlich sagte Aron: »Als 'e Gabriel Annerscha in Långviken gepredich hat, hattense kein Bethaus. Abbe da hatt'e sich aum Stalldach gestellt und gepredich. Abbe vom Reeng isses Dach rutschich gewesen. Un da isse ausgerutsch, alse da stan und gepredich hat. Un da isse in'n Misthaufn gefalln, de dadrunte waa. Un da saße inne Ferdescheiße. Un se ham gelach. Abbe da steht'e auf und klettert wieder rauf, un dann hatte gesach: so geht es den Menschen wennse sich überheem, dann falln se runte in Misthaufn.«

Einen Augenblick Schweigen, dann:

»Abbe 'e ist ja nich im Misthaufn sitzengebliem.«

Es war das zweitemal, daß Onkel Aron diese Geschichte erzählte. Nicanor verstand, daß er etwas zu sagen versuchte. Diesmal handelte es sich vielleicht darum, daß man nicht aufgeben durfte.

Man kann eine ganze Menge denken auf zehn Kilometern. Als Nicanor fertiggedacht hatte, das war auf der Höhe von Trollåsen, beugte er sich zurück, tippte den Mann, der Familie in Homsvattnet und schlechten Atem hatte, an und sagte, er sollte anhalten.

Er stieg vom Wagen und stellte sich auf die Straße. Alle sahen fragend auf Nicanor hinab.

»Ich fahr nich mit«, sagte er.

Josefina sah ihn an wie gelähmt, sagte aber nichts.

»Man soll nich zm Aamdmahl gehn, wemma sich gezwungn fühlt«, sagte er.

Das Pferd zerrte ungeduldig, es war kühl, und der Dampf kam aus seinen Nüstern, es war vollkommen still.

»Ich hab kein gezwung«, sagte Josefina leise, wie zu sich selbst.

»Doch«, sagte Nicanor.

Eisiges Schweigen.

»Wemma nich vorbereit is aufs Aamdmahl un sich gezwung fühlt, dann sommannich gehn«, wiederholte Nicanor.

»Ich hab kein gzwung«, sagte sie wieder.

»Doch«, sagte Nicanor.

Er schaute geradewegs Elmblad an, der den Blick abwandte. Josefina schien aufzuwachen, als hätte sie geschlummert und sich in einem bösen Traum befunden, den sie nicht verdient hatte und der sie rasend machte. Sie wandte sich ihrem Mann zu und fragte rasend: »Zwing ich dich?«

»Nee«, kam es folgsam. Er schien von der ganzen Situation peinlich berührt zu sein, wußte aber nicht, was er daran ändern konnte, also glotzte er in den Wald und versuchte unbeteiligt auszusehen. Josefina fuhr schonungslos fort im Verhör, jetzt waren die Jungen an der Reihe, nein, nein echoten sie ebenso folgsam. Dann Elmblad.

»Na, glaum Sie, daß ich Se an'n Tisch des Herrn zwinge?«

Er sah sie an und wandte den Blick ab. Sie wartete. Sie blickte auf Nicanor, aber auch er schwieg. Es war, als ob ihr Herz mit jeder Sekunde immer tiefer sänke, sie wurde vollkommen starr im Gesicht und wiederholte noch einmal die Frage:

»Habbich jeman gezwung?«

Elmblad legte langsam, tastend und vorsichtig die Hand auf die Seitenlehne der Kutsche, zögerte eine Sekunde, dann kletterte er mühsam hinunter. Nur einen kurzen Moment später folgte Eva-Liisa nach.

»Das hätt man sich ja denken könn«, sagte Josefina mit gänzlich ausdrucksloser Stimme.

Und dann stieg, zur ungeheuren Überraschung aller, auch Onkel Aron aus dem Wagen.

Nichts Bemerkenswertes, und trotzdem war dies der eigentliche Wendepunkt. Es war die erste Geschichte, die Nicanor mir erzählte, im Oktober 1971. Er kam oft auf diesen Wendepunkt zurück. Ich verstand schließlich, daß etwas Bedeutungsvolles und Entscheidendes geschehen war, damals, als er sich entschlossen hatte, vom Wagen zu springen.

Ein Jahr später fuhren wir im Auto an der Stelle vorbei. Es

war auf halber Strecke zwischen Trollåsen und Grubbedal. Auf der linken Seite ein paar Ackerstücke, rechts ein steiler, bewaldeter Buckel, keine Häuser weit und breit.

»Mama war ziemlich traurig, glaub ich«, sagte er.

Sie hatte lange vollkommen still auf dem Wagen gesessen und sie angesehen, als ob sie das endgültige Ausmaß der Katastrophe noch nicht erfaßt hätte. Daß sie Eva-Liisa verloren hatte, spielte vielleicht keine Rolle. Der Fall Aron war unbegreiflich, aber er war immer unbegreiflich gewesen. Er war ein unbegreiflicher Mensch. Elmblad war wohl eine Schlange. Sie hatte sich in ihm getäuscht. Das war alles.

Aber es war Nicanor, ihr geliebter Nicanor, der angefangen hatte. Er hatte den Wagen angehalten und nicht weiter mitfahren wollen.

Sie knöpfte langsam die Strickjacke zu. Sie fror. Sie knöpfte Knopf auf Knopf, und als sie fertig war, wußte sie nicht mehr, was sie tun sollte. Sie sah ein letztes Mal Nicanor an, mit einem Gesicht, das vollkommen starr war vor Angst, sie war eine einzige flehende Frage, aber sie bekam keine Antwort und wußte nicht, ob er die Frage verstanden hatte. Und so nickte sie stumm dem Kutscher mit dem schrecklichen Atem zu. Der schwieg, verstand aber, und der Wagen ruckte an.

Josefina Markström setzte die lange Reise zum Tisch des Herrn fort, aber einsamer jetzt, weil vier Personen einen Entschluß gefaßt hatten, den sie nicht verstand und nicht verstehen wollte. Das letzte, was sie von ihr sahen, war ihr starres und beleidigtes Gesicht, verbissen und schweigend. Der Wagen ruckte an, und sie blickte sich nicht um.

Vier Personen gingen die zehn Kilometer zurück nach Bureå.

Es wurde geguckt, als sie kamen.

4

Schon am selben Abend kamen Josefina und die anderen zurück.

Sie hatten nicht, wie es geplant gewesen war, in Bonnstan in Skellefteå übernachtet. Josefinas Augen waren blutunterlaufen, und sie ahnten, daß sie viel geweint hatte. Sie behielt das schwarze Kleid auch am Montag an, keiner wagte zu fragen, warum.

Am Montagmorgen kam Elmblad in die Küche hinunter und sagte beinahe entschuldigend, daß er am gleichen Tag fort wollte. Josefina schien sich angesichts dieser Mitteilung nicht gerade zu Tode zu grämen, und sie gab ihm einen kurzen Blick, der von reinem, schwarzem, unzweideutigem und offenem Haß erfüllt war. Aber sie sagte nichts.

Das Folgende wurde schlimmer. Elmblad machte eine kurze Pause und kam dann auf das eigentliche Problem zu sprechen. Es wäre nämlich so: Nicanor und er seien übereingekommen, daß Nicanor ihn auf eine kürzere Agitationsreise ins Landesinnere begleiten solle.

Als Helfer.

Sie starrte ihn an, vollkommen stumm und gelähmt. Dann wandte sie sich abrupt um, ging in die kleine Kammer und schloß die Tür hinter sich.

Erst am späten Abend kam sie wieder zum Vorschein.

»Es tut weh, wemman ein Kind an den Teufel verliert«, sagte sie in den Raum hinein, zu denen, die da saßen. Das war alles, was sie sagte. Am gleichen Abend kochte sie einen Blutkloß, packte ihn in einen Rucksack, legte ein viertel Kilo gesalzene Butter dazu und stellte den Rucksack in den Vorraum. Das war die Verpflegung. Am Morgen, als sie aufbrechen wollten, kam sie mit dem Rucksack und gab ihn Nicanor. Elmblad versuchte sich zu verabschieden und ihr die Hand zu geben, aber sie weigerte sich, ihn anzusehen. Plötzlich schien sie sich jedoch eines Besseren zu besinnen und fragte Elmblad: »Mööng se Blutkloß?«

260

Dankbar, daß sie zu ihm sprach, sagte er: »Doch, ja, das mag ich sehr gern.«

Sie blickte ihn einen kurzen Augenblick an, wandte sich dann an Nicanor und sagte, als wäre Elmblad gar nicht vorhanden:

»Wenne den Sozialiss da leid wirs«, sagte sie schneidend, »dann lech ihm sein Blutkloß aufs Eis, wos dünn is.«

Sie schlug die Vordertür mit einem Knall zu. Sie konnten gehen. Sie gingen landeinwärts. Auf Hjoggböle zu.

5. Der Dorfschmied

Sie wollten landeinwärts in die Gegend von Burträsk, und
dahin gingen sie. Das war das finsterste Loch in dem finsteren Land: die geheimnisumwitterte und total zurückgebliebene Gegend um den See Burträsk herum. Das war keine Verleumdung, hieß es in den näher zur Küste hin gelegenen
Dörfern. Es war die brutale Wahrheit, denn jedermann wußte, daß Burträsker nicht richtig abgenabelt waren.

Als sie nach Sjön, Hjoggböle, kamen, in das erste der vier
Dörfer, die um Hjoggböleträsket gruppiert waren, übernach-
teten sie beim Dorfschmied.

Er hieß Per Valfrid Enquist und lebte außerdem von Fuchs-
jagd und Köhlerei, ein finsterer, frühzeitig glatzköpfiger
Mann, der oft Geschichten erzählte. Das war mein Großvater, obwohl das eigentlich nicht hierhin gehört. Er ließ sie
in dem kleinen Raum links von der Schmiede übernachten.

Zu der Zeit war die Straße zwischen Hjoggböle und Sjöbotten noch nicht angelegt, und diejenigen, die im Sägewerk
arbeiteten, hatten enorme Schwierigkeiten zu überwinden,
um zur Arbeit und zurück zu kommen. Jeden Tag zu pendeln
war unmöglich, wer im Sägewerk arbeitete, blieb die Woche
über in Bure. Die meisten bestellten trotzdem ihr Stück
Ackerland und versorgten die Kühe und fällten im Winter
Holz. Mein Vater, der zum Zeitpunkt der Durchreise Elmblads und Nicanor Markströms erst sechs Jahre alt war, fing
in den zwanziger Jahren bei der Gesellschaft zu arbeiten an,
meistens als Stauer, und die ersten Jahre seines Arbeitslebens
verbrachte er in der Schmiede.

In der Familienmythologie ist Elmblads Besuch nur eine
bizarre Anekdote.

Großvater war eine freundliche Seele und in so jungen Jahren noch nicht in dem gleichen grandiosen Ausmaß der Religion anheimgefallen wie der Rest meiner Familie. Er wurde jedoch noch rechtzeitig vor dem Sterbebett bekehrt und trug so seinen Teil dazu bei, daß der Totenschmaus zu einer stillen, beinah heiteren Angelegenheit wurde. Ich war selber dabei und freute mich dessen, daß er heimgegangen war in höhere Gefilde. Großvater jedenfalls hatte sich des Agitators und seines Handlangers erbarmt (er kannte Nicanor ja als kleiner Kerl, bevor er nach Bureå gezogen war), hatte sie zu Dickmilch mit Preiselbeersaft eingeladen und nach der Marschrichtung gefragt.

Zu seinem Schrecken hörte er, daß sie in die Burträsk-Gegend ziehen und vom Sozialismus reden wollten. Vielleicht der Stockholmer, seinetwegen, aber Nicanor Markström! Großvater war ernstlich und tief besorgt, nicht zuletzt, weil er ja wußte, wie die Burträsker waren, und er setzte umsichtig zu einer furchteinflößenden Beschreibung der Risiken an. Aber Elmblad war nicht sonderlich interessiert, sondern fragte hauptsächlich, wie es mit dem politischen Bewußtsein in Sjön bestellt sei. Großvater hatte ihn damit beruhigt, daß alles in Ordnung sei. Hier waren alle arm und anständig und plagten sich im Schweiße ihres Angesichts, er selbst schoß ab und zu einen Fuchs und hielt es mit der Folkparti. Nein, die Freisinnigen hieß es wohl damals. Die Freisinnigen. Komischerweise hatte Elmblad dabei nicht so erfreut ausgesehen, sondern finster gebrummt, daß die Freisinnigen ein Pfropfen im Arsch der Arbeiterbewegung seien (unglaublich ungerecht!) und daß die Scheiße leichter rauskäme, wenn man diesen Pfropfen entferne. Und Großvater hatte es lustig und interessant gefunden, einen Stockholmer das sagen zu hören, aber seine Meinung nicht geändert. Und so hatte eins das andere ergeben. Und wäre nicht meine Großmutter ein so guter Mensch gewesen, der mit starker Hand über die Moral der Familie wachte, dann hätte P. V. sicher am Ende Elmblad noch einen kleinen Schnaps aufgetischt.

Die kleine Metapher vom Liberalismus sollte Großvater bis an sein Lebensende in intensiver Erinnerung behalten. Elmblad hatte gesagt, daß die Freisinnigen ein Pfropfen im Arsch der Arbeiterbewegung wären. Solange der Pfropfen drinsaß, blieb einem ja erspart, einen Teil der Scheiße zu sehen. Aber so konnte es nicht bis in alle Ewigkeit weitergehen. Je schneller der Pfropfen rauskam, um so besser.

Das würde wie eine Erleichterung sein, hatte Elmblad im Brustton der Überzeugung erklärt. Eine solche Ansicht war in der Skellefteå-Gegend, wo gewisse Freisinnige als Interpreten und Sprecher der Arbeiterbewegung agierten, nicht besonders gangbar, aber ein bißchen frischer Analhumor verfehlte nie seine aufheiternde Wirkung, und Elmblad kam richtig gut in Stimmung, als er sah, wie die Verkündigung ankam, und sang als Zugabe die Internationale. Das war das erste Mal in der Geschichte des Dorfs, daß sie gesungen wurde, und auch das letzte Mal, hätte ich beinah geschrieben.

Auf jeden Fall, Elmblad und sein junger Helfer durften in dem kleinen Raum neben der Schmiede übernachten, und am nächsten Morgen zogen sie weiter. Großvater ging mit ihnen den Pfad durch den Wald nach Västra Hjoggböle, hinunter zum See. Es war einige Tage ziemlich warm gewesen, und das Eis lag nur noch in spröden Resten an den Uferrändern; Großvater ruderte sie über den See. Er hatte das Boot selbst gebaut. Er nahm also den Agitator und den Jungen zu sich ins Boot (hat man den Teufel ins Boot geholt, muß man ihn an Land rudern) und setzte sie auf der anderen Seite ab, in der Nähe von Lillhalsen.

Sie hatten im Boot gesessen und kalten Blutkloß mit Butter gegessen. Den Blutkloß hatten sie aus ihrem Rucksack geholt. Elmblad hatte kräftig zugelangt. Sie hatten Großvater auch etwas angeboten, aber er hatte abgelehnt, und weil sie ihn, zu seiner Bestürzung, nicht weiter nötigten, blieb es dabei.

Kein Schimmel auf dem Blutkloß. Er setzte sie in der Nähe von Lillhalsen an Land und ruderte zurück. Frischer kalter Blutkloß und Butter war eigentlich sein Lieblingsessen.

Einen Monat später wurde in Östra Hjoggböle Hauskatechese gehalten; für Großvaters Teil war es der Epilog zu der
kleinen Anekdote. Irgend jemand hatte offenbar geklatscht,
und der Propst erkundigte sich eingehend, was die beiden
Freunde gesagt und getan hätten, und Großvater erzählte
wohl bereitwillig alles, möglicherweise mit Ausnahme dessen, daß der Liberalismus ein Pfropfen im Arsch der Arbeiterbewegung wäre. Nachdem er Bericht erstattet hatte, wurde ihm eine freundliche, aber sehr ernste Ermahnung zuteil,
achtsam zu sein und es sich gut zu überlegen, bevor er Nachtquartier gab.

Und im Dorf hieß es, daß Großvater eine Aufforderung zu
etwas bekommen hatte. Vielleicht war es sogar eine Rüge. So
viele Jahre später neige ich vielleicht dazu, diese vollkommen
pointenlose Familienanekdote in meiner Erinnerung über-
zubewerten. Mit jedem Jahr etwas absonderlicher. Eine Rüge
vom Propst, weil man Nachtquartier gewährt hat!

Aber Per Valfrid Enquist verbarg und bewegte tief in seinem Herzen, was er gesehen und gehört hatte, und manchmal
erzählte er die Geschichte, wie die zwei Agitatoren im kleinen Raum neben der Schmiede geschlafen hatten, wie er sie
über den See gerudert, aber nichts vom Blutkloß abgekriegt
hatte.

Und daß er sie gewarnt hatte vor dem, was kommen würde.

Denn später erfuhr man ja, was passiert war drüben in Burträsk.

Aber die Burträsker waren ja nicht richtig abgenabelt.

Sie stiegen bei Lillhalsen an Land und gingen genau nach
Westen, den Bach entlang. Nach einem Kilometer kamen sie
auf die Burträskstraße. Die nahmen sie in Richtung Südwe-
sten. Nun waren Nicanor Markström und sein Wegweiser im
Klassenkampf tatsächlich in Feindesland.

6. Hammel

1

Tief drinnen im Dunkeln war der Schmerz zuerst sehr klein, ein weicher kleiner glühender Punkt, der langsam wuchs und anschwoll und das Dunkel weniger dunkel machte, dann wieder sank und wieder hochkam, vor und zurück, und dann kamen die Geräusche, schwache, blökende Laute, Geprassel wie von trockenem Gras, undeutliche Körper, die sich bewegten, beinah weich wollig, der Schmerz noch immer mitten in seinem Kopf, mitten im Mund, jetzt sehr scharf, klar, sachlich.

Er rollte herum, den Mund geöffnet, stöhnte. Es tat weh. Es tat weh im Mund.

Er versuchte sich vorzustellen, daß es ein Alptraum wäre, aber dazu tat es zu weh, es war vollkommen wirklich. Er lag in einer Art Raum. Gestalten bewegten sich um ihn herum in der Dunkelheit, er streckte die Hand aus, war es Wolle? Der blökende Laut, Schafe, ein Schafverschlag, er rollte sich herum, und der Schmerz im Mund noch immer unbarmherzig. Schräg dort oben ein etwas helleres Dunkel. Fenster, verschmutzt. Plötzlich bewegten sich die Schafe hysterisch und erschreckt im Kreis, er versuchte sich aufzurichten und fühlte mit der Hand einen Körper neben sich. Tastete; er wußte augenblicklich, wer es war.

Elmblad. War er tot? Er erinnerte sich auf einmal an das, was geschehen war, bis zu einem bestimmten Punkt.

Die Schafe blökten jetzt herzzerreißend und schienen sich in der Ecke des Verschlags in einem desperaten Haufen zusammenzudrücken. Er sah jetzt besser. Es brannte noch immer mit unverminderter Heftigkeit in seinem Mund, er strich mit der Hand über den Mund und fühlte eine dicke, klebrige, getrocknete Schicht von etwas, das Blut sein mußte. Elmblad rührte sich mit einem leisen Wimmern, ja, er lebte, das Blöken der Schafe sank, die Konturen etwas deutlicher, aber der Mund brannte weiter mit einer klaren, hartnäckigen Flamme.

Es roch nach Stall. Er hatte geblutet.

Von weit her kam das Geräusch einer Tür, die zuschlug. Es schien jemand zu kommen. Schritte draußen, eine Tür, die geöffnet wurde, Licht. Der Hereingekommene hatte eine Petroleumlampe in der Hand. Die Schafe standen jetzt vollkommen still und fixierten die Lichtquelle.

Nicanor sah mit einem einzigen Blick, wo er sich befand.

Es war ein Schafverschlag, vielleicht drei Meter lang, Halme auf dem Boden. Elmblad lag mit dem Kopf fast in der Mitte des Verschlags, das eine Bein an der Bretterwand nach oben gedreht; er lag auf dem Bauch und hatte das Gesicht abgewandt. Die eine Hand fuhr planlos im Kreis umher, als suchte er nach etwas, das er verloren hatte. Es waren vier Schafe im Verschlag. Vier Schafe, zwei Menschen.

»Wie isses?« fragte eine Männerstimme, die hinter der Lampe hervorkam: der Mann fast noch nicht sichtbar. Das einzige Resultat war, daß die Schafe von neuem unruhig wurden, zu blöken anfingen, im Kreis liefen.

Nicanor sah auf seine Hände hinunter. Viel Blut. Getrocknet. Beschmutzt auch, vielleicht hatte er sich mit Schafsdreck beschmiert. Klumpen am Ärmel. Und der Schmerz im Mund noch immer unverändert brennend. Er bewegte die Hand vorsichtig an die Lippen, strich darüber. Das war es nicht. Die Lippen waren heil. Sie taten nicht weh.

Er fing plötzlich an zu schluchzen.

»Hier«, sagte eine Männerstimme in beinah freundlichem Tonfall. »Hier is was ze essn.«

Aus dem Dunkel kamen Teile eines Körpers, ein Arm, ein Kopf. Der Arm hatte eine Hand, und die Hand stellte etwas hin. Eine Literkanne mit Milch. Knäckebrot. Er stellte es neben Elmblad. Die Schafe wieder ruhig.

»Schlimm, dasses so ausgehn mußte«, sagte die Männerstimme freundlich. »Dasses son Unglück geem mußte.«

Nicanor weinte nur. Alles kam ihm so furchtbar erniedrigend vor, und er wollte nicht, daß jemand freundlich zu ihm war, er wollte nicht essen, es tat so furchtbar weh im Mund, und er erinnerte sich mehr und mehr, er wollte nicht, daß ihn jemand sah, tot wollte er sein, und der Mann mit der Petroleumlampe sollte verschwinden und ihn in der Dunkelheit allein lassen.

»Wie heiß du?« fragte der Mann mit der Laterne.

Nicanor versuchte sein Schluchzen zu dämpfen, ja, es ging, er atmete ruhiger und versuchte zu sprechen, zuerst einmal, dann noch einmal.

»Nicchhh«, begann er. »Nihhh...Masch...mmm.«

Der Mann mit der Laterne wartete, ganz ruhig. Die Schafe blökten leise, nun standen sie still. Es brannte in Nicanors Mund. Und dann versuchte er noch einmal, seinen Namen zu sagen.

2

Sie waren bei Lillhalsen an Land gegangen, hatten sich später in südwestlicher Richtung nach Burträsk gewandt und sich Zeit gelassen, waren an Sidbergsliden und Renfors vorbeispaziert, hatten gegen Mittag Blutkloß mit Butter gegessen und waren am Nachmittag nach Lappvattnet gekommen, einem ansehnlichen Dorf, das hübsch auf einer Anhöhe am anderen Ufer des Sees lag. Dort bekamen sie Erlaubnis, in einem leeren Sommerstall zu schlafen. Da verbrachten sie die Nacht, und in derselben Nacht kam der Winter.

Der Winter kam um elf Uhr abends, vollständig überraschend. Es war, als hätte der Schneesturm irgendwo draußen über dem Bottnischen Meer gelegen und gewartet und wäre dann wütend geworden und hätte nicht mehr warten wollen und wäre über das Küstenland hergefallen, spät abends, als niemand ihn erwartet hatte und sich verteidigen konnte. Nicanor wachte mitten in der Nacht auf und hörte den Sturm, schlief aber wieder ein unter seiner Felldecke: aber am Morgen, als alle Kleinbauern von Lappvattnet die Kühe in den Ställen füttern wollten, waren die Hofplätze weiße, treibende Meere und die Brunnenschwengel weiß auf einer Seite, und der Schnee trieb und trieb. Es war nicht kalt, aber es stürmte und schneite wie entfesselt. Es schneite unaufhörlich den ganzen Tag und die folgende Nacht und den nächsten Morgen, und erst gegen Mittag am nächsten Tag wurde es plötzlich vollkommen still und ruhig, die Temperatur fiel, und das Küstenland von Västerbotten war mit einem Schlage in den Winter eingetreten.

Es würde einen ganzen Tag dauern, sich aus der meterhohen Isolation herauszupflügen, das wußten alle. Die Pferde versagten in dem hartgefrorenen Schnee, gaben auf, schnaubten heißen Schaum. Ein ganzer Meter Schnee in zwei Tagen. Es würde ein schwerer Winter in der Waldarbeit werden, das begriffen alle.

Elmblad beschloß, einen administrativen Ruhetag einzulegen, weil sie sowieso dazu gezwungen waren. Sie hatten noch reichlich Blutkloß. In Lappvattnet widmete Elmblad also einen ganzen Tag der Abfassung eines schriftlichen Reiseberichts und verfaßte außerdem ein gesondertes Schreiben an die Parteiführung mit der Bitte um Kassenaufbesserung.

Seite auf Seite füllte er mit seiner kräftigen, ungleichmäßigen, fast unleserlichen Handschrift. »Nach den reich besuchten Versammlungen in *Burvik* reiste ich in die Sägewerkgemeinde *Bure*, woselbst zwei Versammlungen abgehalten wurden. Der Zuspruch war gut und die Stimmung ebenso, und in kürzester Zeit sollte es möglich sein, daselbst zu ...«, und er schloß in gleichmäßigen Abständen die Augen, legte wild entschlossen die Stirn in Falten und versuchte sich vorzustellen, wie es sein *sollte*.

Nicanor blickte ihm über die Schulter und las seinen Erguß

mit einer gewissen Verwunderung. Er hatte doch die Wirklichkeit gesehen. Er erkannte sie in Elmblads eher poetisch utopistischem Bericht nicht richtig wieder. Nicanor setzte sich an den Tisch und beobachtete Elmblad lange und schweigend. Es kamen noch zehn Minuten voller Stöhnen, Bleistiftkauen und Augenzukneifen. Schließlich irritierte ihn offenbar Nicanors ständiges Starren, deshalb legte er den Bleistift hin.

»Was guckst du so?« sagte Elmblad mißmutig.

»'s is nich waah«, sagte Nicanor ruhig, doch mit einem stark kritischen Unterton, den Elmblad vorher noch nicht gehört hatte.

»Was ist nicht wahr?«

»Se ham ja geloong«, verdeutlichte Nicanor. »Se ham ja ga keine Versammlung gehab in Bure und da sin übehaup keine Leute gekomm.«

Elmblad untersuchte lange die Bleistiftspitze, bevor er antwortete.

»Das verstehst du nicht«, sagte er schließlich. »Man muß sie ermutigen. Wenn ich schreibe, wie es ist, dann kommt kein Geld aus Stockholm, dann sind sie ...«

Er hielt einen Moment inne, um zu sehen, ob seine Argumente Wirkung zeigten. Das taten sie nicht.

»Früher habe ich immer geschrieben, wie es war«, fuhr er fort. »Das hat ihnen nicht gefallen.«

Immer noch dasselbe mißbilligende Schweigen.

»'s is auf jeen Fall nich waah«, sagte Nicanor.

Nicanor hieß er nach seinem Großvater. Es war ein Familienname. Die Familie stammte aus Vallen, Robertsfors und Västra Hjoggböle, und in fast jeder Generation hatte einer Nicanor geheißen. Auf der mütterlichen Seite kamen alle in der Familie aus der Lövånger-Gegend. Aus Burträsk hatte in Hunderten von Jahren keiner eingeheiratet. Es war dort nicht Sitte, daß man nach außerhalb heiratete. Renbergsvattnet, wenn es hoch kam, weiter nicht.

Es war ihm auf den Magen geschlagen.

270

Als er auf dem Weg zur Landgemeindekirche Skellefteå auf dem Wagen gesessen und sich entschieden hatte, als er vom Wagen stieg, um umzukehren, da hatte er gefühlt, daß es richtig war, wenn auch schwer. Er wollte nicht mehr weiter mit. Er war erwachsen. Er faßte den Beschluß allein. Aber dann hatte er Josefinas Gesicht gesehen, und da war ihm innerlich ganz kalt geworden. Er hatte sie verzweifelt gemacht. Und er wußte so genau warum. Sie hatte den Sohn verloren, den sie am meisten liebte, für immer. Ja, wenn die himmlischen Posaunen einmal erschallen würden, dann würde ihre Trennung ewig sein, sie würde mit den Seligen vereint sein, während ihr geliebter Nicanor in der Schmalzpfanne schmoren würde, als wäre er ein Stück hartes Knäckebrot in einer Finka, und nie würden sie zusammen sein können in der Himmelskirche. Und diese Einsicht war ihr so plötzlich gekommen, daß sie versäumt hatte, ihr Gesicht zu verschanzen, es war aufgerissen, von nackter Angst erfüllt, das Kinn hatte gebebt, und sie hatte sich nicht in der Gewalt gehabt.

Das war beinah das Schrecklichste. Mama hatte sich nicht beherrschen können. Nachher hatte sie sich sicher beherrscht und das übliche Quantum geweint. Also nachdem der Wagen weitergefahren war.

Er hatte einen Entschluß gefaßt und es fast im selben Moment bereut. Und er dachte: in alle ewigen Ewigkeiten werde ich das zu sühnen haben.

Ihm war eiskalt geworden in der Magengegend. Und obwohl er nun seit drei Tagen versucht hatte, den Eisklumpen im Magen fortzukriegen, saß er immer noch da, und jedesmal, wenn er Elmblad ansah, war es, als ob jemand in seinem Inneren fragte: hab ich recht getan?

Es war unerhört irritierend. Er war sich nicht sicher, daß er sich auf der richtigen Seite befand. Daß das Opfer den Schmerz wert gewesen war. Was das nun für ein Verbündeter war, den er da bekommen hatte. Natürlich war dieser Elmblad ein guter Kerl. Obwohl er Stockholmer war. Aber irgendwas war komisch. Mit Leuten, die logen.

Elmblad hatte in Bureå keine Versammlung abgehalten.

Elmblad fragte wieder: »Woran denkst du, Nicanor?«

Später, in der Dunkelheit der zweiten Sturmnacht in Lappvattnet, hörte Elmblad Nicanors Stimme, die von der anderen
Seite des Raums kam, aus dem tiefsten Dunkel und wie im
Traum, die Stimme fast ein Flüstern, während der Schneesturm durch die Schornsteinklappe heulte: »Man darf nich
lüüng, Elmblad. Dasis Sünde. Se müssn immer'e Waaheit
saang wiese is. Sons geh'ch nich mehr mit.«

3

Der Schmerz im Mund sehr groß, anschwellend, er konnte
nicht einmal seinen Namen sagen. Der Mann mit der Lampe
beugte sich vor, betrachtete eingehend Nicanors Gesicht,
streckte die Hand vor, öffnete Nicanors Mund. Das Licht
flackerte, kam wieder zur Ruhe. Der Mann murmelte etwas,
es war nicht zu verstehen. Dann schloß er Nicanors Mund
wieder.

Elmblad hatte sich auf den Rücken gerollt, versuchte sich
aufzusetzen.

Der Mann mit der Lampe sagte: »Dasses son Unglück
geem muß.«

Sie waren am 18. Dezember 1909 nach Burträsk gekommen, es war klirrender Winter. Am Nachmittag ging Nicanor
herum und schlug die kleinen gelben Plakate an. Er fühlte
sich alles andere als wohl. Dies war ein ziemlich großes Dorf,
aber es schien dennoch sehr still zu sein. Die Schneewehen
schon beiseite geschaufelt und sehr säuberlich. Er fand, daß
sehr viel geguckt wurde.

Knirschen unter den Schuhen.

Er war felsenfest davon überzeugt, daß hinter den Gardi-
nen geguckt wurde.

Die ganze Situation hatte etwas Beklemmendes. Auf dem Plakat, das er anschlug, stand der Text, an den er sich von jener ersten Begegnung mit Elmblad so gut erinnerte; es war das gleiche Plakat, das er am Holzplatz in Bure angebracht hatte am Tag vor jener Nacht, als Elmblad im Mondschein an die Kiefer gebunden gewesen war. Das gleiche Plakat. Nur die Ortsbezeichnung war geändert. Als hätte die Zeit stillgestanden. Er tat jetzt, sechs Jahre später, genau dasselbe wie damals. Elmblad würde genau die gleiche Ansprache halten. Die Situation würde genau die gleiche sein. Nichts würde verändert sein.

Als er das Plakat an die Tafel des Guttemplerordens neben der Kirche heftete, sah er, daß nur fünfzig Meter entfernt drei Männer standen. Sie sprachen nicht miteinander.

Knirschen unter den Füßen. Er meinte, daß das Knirschen unter seinen Schuhen meilenweit zu hören sein müßte. Er war ganz sicher, daß geguckt wurde. Er fühlte es im Rücken.

Um sieben Uhr Versammlung.

Zwanzig Personen.

Sie saßen im Versammlungsraum der Guttempler, ganz hinten, auf den drei letzten Bankreihen zusammengedrückt. Elmblad hatte anfangs versucht, sie dazu zu bewegen, weiter nach vorn zu kommen, aber es kam nur ein schwaches Gemurmel, keiner rührte sich vom Fleck. Nicanor hatte sich ganz vorn hingesetzt, weit an die Seite. Die Leute gefielen ihm nicht. Die drei Männer, die ihn bei der Guttempler-Tafel beobachtet hatten, waren da. Außerdem zwei kleine Jungen und zehn Männer in den Sechzigern. Fünf Halbwüchsige. Machte zusammen zwanzig. Nicht schlecht.

Aber auch nicht gut.

Nicanor hatte Elmblad vor Beginn der Versammlung mit gesenkter Stimme gewarnt, es nicht zu weit zu treiben. Burträsker mußte man mit Vorsicht behandeln. Es hatte sich bei Nicanor so angehört, als seien die zwanzig eine ziemlich repräsentative Ansammlung von Burträskern, doch Elmblad hatte sich mittlerweile an die schrecklichen Geschichten über die Leute hier gewöhnt und kümmerte sich nicht darum. Er wußte ja bereits, dank unzähliger Zeugenaussagen, daß die Burträsker stechende Augen hatten, sich mit einem zähen, unheimlichen, knienden Gang fortbewegten, wie die Affen im Lesebuch der Volksschule, daß sie grausam aussahen und einen absonderlichen Dialekt sprachen, den die rechtschaffenen Bewohner des Kirchspiels Bure kaum verstehen konnten. Sie sagten *äch* anstelle von *ich*, damit fing es an, hatten eine einfältig blökende Art zu reden und brachten ehrlichen Besuchern aus anderen Kirchspielen feindseliges Schweigen entgegen.

Elmblad ging ein Stück den Mittelgang hinab und leitete die Versammlung ein.

Es war kalt im Raum, aber ganz hinten brannte tapfer ein Kamin. »Ich sehe ein«, begann Elmblad, »daß ihr da unten sitzt, nicht weil ihr Angst vor mir oder vor der Sache des Sozialismus habt, sondern weil es am Kamin warm ist.«

Keiner lachte.

»Ja Genossen«, versuchte Elmblad aufs neue, Leben in die Versammlung zu bringen, »wenn ihr nicht zu mir herkommen wollt, dann muß ich zu euch hinkommen!« Er feuerte ein warmes Lächeln auf sie ab; es segelte durch den Raum, prallte gegen ihre steinhart ernsten Gesichter und fiel so tot zu Boden wie ein Schmetterling im Schneesturm.

Er fragte sich im stillen, ob sie überhaupt verstanden, was er zu ihnen sagte. Das sagte er ihnen.

Das war ja nun spaßig und unterhaltend, aber keine Bewegung. Keine Antwort. Es war sehr unangenehm, das Ganze. Er kam plötzlich auf den Gedanken, wie schön es wäre, zu Hause zu sitzen und Dagmar weinen zu hören, daß er sich nichts aus ihr mache, und sie schimpfen zu hören, weil er keine Briefe schrieb, und der kleine Idiot würde fröhlich auf seinen Knien herumrutschen, und der Sabbel würde aus seiner freundlichen, verwirrten kleinen Schnauze tropfen. Das würde besser sein, doch.

Er nahm Anlauf und begann seine Rede.

Es war das Übliche. Es ging um die Organisationsversuche der Sozialdemokratie und die Erfahrungen aus der Arbeit und die Notwendigkeit des Sozialismus und die Rücksichtslosigkeit der Arbeitskäufer. Er fixierte starr die zwanzig Zuhörer. Sie hatten ganz ernste Gesichter, allesamt, Eisengesichter mit Eisenkiefern. Die Kiefer regten sich ab und zu, mahlend, wie bei wiederkäuenden Kühen, vermutlich verschoben sie ihre Prieme von rechts nach links.

So darf ich nicht denken, ging es ihm durch den Kopf. Das sind doch Genossen, Arbeiter. Das sind doch die, für die ich arbeite. Wir zusammen sollen doch die Organisation aufbauen.

Während er sprach, bewegte er sich langsam im Mittelgang auf sie zu. Es war so trist, alleine vorn am Rednerpult zu stehen, er bewegte sich also den Mittelgang hinunter. Unmerklich wanderte er vorwärts, wie ein Hirte, der sich vorsichtig seiner Schafherde nähert, um sie nicht zu erschrecken.

Es dauerte einige Minuten. Aber schließlich stand er direkt vor ihnen.

Da erhob einer von ihnen, ein älterer Mann von vielleicht siebzig Jahren mit einem zerfurchten, schweren, eingefallenen und auf irgendeine eigentümliche Weise pferdeähnlichen Gesicht (er würde es nie vergessen), da erhob einer von ihnen seine Hand, zeigte auf das Rednerpult und sagte mit lauter, mäkelnder und feindseliger Stimme, die nicht den geringsten Spielraum für Einwände ließ: »Du hassefällichsavorn zeschtehn!«

»Was?« sagte Elmblad verwirrt.

»*Du hassefällichsavorn zeschtehn*«, wiederholte der Mann mit der Hartnäckigkeit eines Idioten und zeigte unerschütterlich auf das Rednerpult.

Elmblad wandte sich um, blickte unsicher zu Nicanor hinüber. Aber der Junge schien den Einwand nicht gehört zu haben, er saß in der ersten Bank und kehrte ihnen allen den Rücken zu. »Kannst du übersetzen, Nicanor?«

Nicanor wandte sich langsam und lustlos um und sagte: »E' sacht dasse sich davorn hinstelln solln. Dasse da stehn *solln*.«

Einige der Männer nickten beifällig. Es war kein Funke von Leben in ihren Gesichtern. Was bedeutete das eigentlich? »Du hassefällichs?«

Es hörte sich an wie ein Kommando. Das war es auch. Vermutlich. Zwanzig stumme Burträsker betrachteten den Agitator ausdruckslos. Das Unbehagen schlug ihm auf den Darm. Er drehte sich um, ging zum Rednerpult und blickte über die entfernte Versammlung.

»Wollt ihr, daß ich hier stehen soll?« rief er ihnen mit übertriebener lauter Stimme zu. »Könnt ihr mich denn hören?«

Von den Zuhörern kam ein dumpfes, mißbilligendes Gemurmel. Drei von ihnen erhoben sich, und es sah so aus, als seien sie empört über irgend etwas. Die Tür knallte auf, als sie gingen, eine Wolke weißen Dampfes quoll in den Vorraum hinaus, die Tür schlug mit einem Krachen zu.

»Wollt ihr denn nicht, daß ich hier stehe«, rief er ihnen nach, »ich stell mich hin, wo ihr wollt, was wollt ihr eigentlich?«

Zwei weitere Zuhörer standen auf und gingen. Elmblad ließ ihnen Zeit, sich aus den Bänken zu drängen, die Tür knallte wieder. Zuerst drei, dann zwei. Noch fünfzehn übrig. Dabei hatte es noch nicht einmal angefangen. Es war kaum zu leugnen, daß diese Kundgebung auf eine nicht hundertprozentig gelungene Art und Weise anfing.

Er raffte sich auf. Er räusperte sich.

»Genossen«, begann er.

Da ging noch einer.

4

Er hatte es den ganzen Tag gefühlt. Er spürte es im Rückgrat. Er hatte versucht, Elmblad klarzumachen, daß irgend etwas nicht stimmte, daß etwas passieren würde, aber nein. Der dicke, dumme Elmblad machte einfach weiter. Und er spürte es so deutlich im Rücken, daß es beinah weh tat, es war, als wollte er die ganze Zeit rückwärts gehen, um den Rücken frei zu haben, aber da mußte er sich ja doch umdrehen. Während der Versammlung war es ruhig (Elmblad hatte den kürzeren seiner Vorträge gehalten, der von der Sozialdemokratie handelte und anderthalb Stunden dauerte), und als es zu Ende war, saßen noch fünf Mann da. Und Nicanor hatte es recht beruhigend gefunden, daß es nicht mehr waren. Und draußen im Vorraum war ein dicker Eispanzer auf der Schwelle. Und er und Elmblad waren nach der Versammlung über den Hof zum Lokus gegangen.

Da gab es kein Licht.

Als erstes hatte Nicanor routinemäßig mit der Hand die Lokusbank befühlt, und es war wie gewöhnlich. Vorbeigepißt. So daß ein beinah dezimeterdicker Eisrand sich um das Loch herum gebildet hatte. Er hörte Elmblad neben sich ächzen und wollte selber scheißen, aber sich nicht setzen.

Nie im Leem setz ich mich auf Burträskpisse, dachte er. Weiß ma nie wassassein kann.

In dem Moment kamen die Geräusche von draußen. Schritte im Dunkeln, viele Schritte. Flüstern. Er spürte, wie er vollkommen kalt wurde. Scheiße, dachte er.

Scheiße, Scheiße, Scheiße. Lieber Gott, helf uns weil jetz sinse da. Un jetz gibs Kloppe.

Ein harter Schlag gegen die Tür, verstreutes Lachen, noch ein schwerer Schlag gegen die Tür. Dann Stille. Er hörte, wie Elmblad sehr, sehr schnell den Pimmel verstaute und zuknöpfte. Ja du, dachte Nicanor. Jetzt knöppse am bestn zu, weil jetz sin de Burträsker da draußen un jetz gibs Kloppe.

Es hörte sich an, als ob man einen Stock gegen die Tür stieß. Aber sie versuchten nicht hereinzukommen. Versuchten sie, die Tür zu versperren? So daß sie gezwungen wären, die ganze Nacht hier zu sitzen?

»Jetz gibs Kloppe«, sagte er leise zu Elmblad.

Sie schienen hart zu arbeiten da draußen. Scharren, Geräusche von Holz gegen Holz, gelegentliches Lachen. Es schienen viele zu sein. Vielleicht fünf, sechs Mann, oder vielleicht war es auch nur das bedrohliche Dunkel, das alles verdoppelte. Nicanor stand ganz still. Elmblad bewegte sich unruhig neben ihm, wie ein dicker und verängstigter Bär.

Er ging zur Tür und probierte. Nicanor versuchte ihn zu hindern, aber das war sowieso sinnlos. Die Tür war blockiert.

»Laßt uns raus«, rief Elmblad mit angestrengt harter Stimme. Es klang nicht besonders überzeugend.

Keine Antwort. Nur vereinzeltes Lachen.

»Wir erfrieren hier drinnen!« schrie Elmblad aufgebracht, »laßt uns raus verdammtnochmal!«

Keine Antwort. Schweigen.

Nicanor setzte sich auf die Bank. Er fühlte den gefrorenen Pißrand unter dem Hintern, aber er scherte sich nicht darum. Jetz könnwer de Nacht auffe Burträskpisse sitzen, dachte er. Da friern we woll kaputt. Un am Morng simmer mitte Burträskpisse zesammgefrorn un sin tot un da müssense mich loshackn un dann ab inne Hölle. Lieber Gott. Un dann gehts rund im Satan seine Bratpfanne wiene Speckschwarte. Unnas brennt und beiß in alle ewing Ewichkeiten. Warum binnich vom Waang gestieng.

Im gleichen Augenblick hörte er einen gewaltigen Krach. Es war Elmblad, der den Ellenbogen durch das kleine Lokusfenster über der Tür gestoßen hatte. Die Glasstücke prasselten; dann ein Augenblick absolut verblüfften, verwirrten Schweigens. Ein Fluch wurde ausgestoßen, dann Schritte, die im Schnee knirschten, die Stimmen immer erregter.

»E' hatt'e Scheibe eingeschlaang«, sagte eine empörte, vorwurfsvolle Stimme vor der Tür. »Isse verrückt geworn?«

Neues Krachen. Holz gegen Holz. Die Angreifer waren auf dem Weg ins Innere, und plötzlich sahen die beiden ein, daß es vielleicht doch besser gewesen wäre, die Nacht dort drinnen zu verbringen. Dann die Tür auf. Nicanor sah den weißen Schnee und die Silhouetten, die hereindrängten. Und dann ging es los.

Nachher dachte Nicanor immer: natürlich hätten wir keinen Widerstand leisten dürfen. Es war sinnlos. Dann wäre es auch nicht passiert. Aber im Dunkel ging alles so wirr durcheinander, die dunklen Schatten kamen so schnell und warfen sich über sie, Nicanor fiel nach hinten, prallte zurück und schlug in Panik um sich, und nach dem Gebrüll in dem engen Lokus zu urteilen, waren die Panik und die Wut bei allen gleich groß.

»Hautse aufn Quappenkopp!« brüllte eine Stimme ganz nah bei ihm, für eine Sekunde wurde Nicanor ganz steif vor Erstaunen. Sagte man das auch in Burträsk? Dann war es ja fast wie zu Hause? Aber im selben Moment erhielt er einen harten Schlag schräg vor die Kehle, ihm blieb die Luft weg, und er sackte zusammen.

Man griff sie an den Beinen und schleppte sie hinaus.

5

Sehr scharfes Licht.

Elmblad hatten sie auf eine Bank gesetzt. Er hatte aus einem Nasenloch geblutet und aus dem anderen lief Rotz, den er sich nicht abgewischt hatte. Er sah erbärmlich aus und glotzte vor sich hin wie ein Idiot.

Fünf Männer. Drei von ihnen erkannte Nicanor sofort. Sie hatten dagestanden und ihm zugesehen, als er den Anschlag anbrachte, und hatten nicht miteinander geredet. Schon da hatte er geahnt, daß etwas im Busch war. Jetzt *wußte* er es.

Merkwürdigerweise verspürte er keine Angst. Sie hatten ihn in eine Ecke auf den Fußboden geworfen, und dort saß er, und zuerst hatten sie lange nur mit Elmblad geredet. Aber Elmblad ging es einfach nur dreckig. Und ein paarmal hatte er geflucht. Und zwischendurch geschnauft. Und ein paarmal hatte er gebettelt, daß sie ihn gehen lassen sollten.

Elmblad zuzuhören machte keinen Spaß. Das Verhör hatte auch nichts Brauchbares erbracht. Die Fragen waren so komisch. Man verstand kaum, was sie sagten. Jedenfalls Elmblad verstand nicht.

Dann fingen sie an, sich für Nicanor zu interessieren.

»Un wie heiß du?« sagte ein schiefschultriger Teufel und beugte sich über Nicanor, so daß der Scheißgestank aus seinem Mund Nicanors Gesicht einhüllte wie verfaulte Fettwatte.

»Wie heiß'e un wo komme her un was bisse fürn Sausack?« Es klang wie eine magische Formel, Nicanor versuchte den Atem anzuhalten, oh lieber Herr Jesus wennich jetzt nur aufm Waang säß, ode sonswo, besser auffe gefrorene Burträskpisse aum Scheißhaus zesitzn, alles wäre besser, und der Mann immer dichter an Nicanor heran und wiederholte *»Wie heiß'e un wo komme her un was bisse fürn Sausack?«*

Nicanor sah das Gesicht ganz nah. Und hier fing es an, in einer verwirrten, wahnwitzigen Panik, die er nicht unter Kontrolle hatte. Er räusperte sich, ohne irgend etwas dabei zu denken und spuckte dem Mann mitten ins Gesicht. Es kam eine ordentliche Schliere, sie hing über der Nase und dem Mund des Mannes und auf der einen Backe, und einen Augenblick war es vollkommen still im Raum; ein verdutztes, fast bewunderndes, dann immer zornigeres Schweigen.

Der Mann wischte sich plump mit dem Ärmel über das Gesicht.

»Spuckstu«, sagte er fast verdutzt beleidigt.

»E' spuckt«, echote einer der anderen.

»Abbe...«

»E' spuckt«, wiederholte der Mann, jetzt lauter, und versuchte den Schleim vom Ärmel zu wischen.

Sie gafften alle Nicanor an. Und zum erstenmal, aber viel zu spät, sah Nicanor sie nicht als Burträsker, sondern als gewöhnliche Arbeiter. Sie hatten nichts Geheimnisvolles an sich. Nichts Drohendes. Nichts Burträskartiges, gar nichts. Fünf Arbeiter aus denn Kirchspiel Burträsk, und dann Elmblad und er, im selben Raum, inbegriffen in etwas, das ein Kampf auf Leben und Tod zu werden schien.

Und dann hörte er, wie Elmblad anfing zu lachen. Es war das falsche Lachen, der falsche Moment, falsch falsch falsch. Da explodierte es.

Im Traum sollte es sehr viel später wiederkommen, Jahr auf Jahr, wenn auch abgemildert und nicht so schmerzhaft; im Traum sollte es dennoch fürchterlich sein und zugleich ein bißchen erniedrigend, und er konnte nie jemandem erzählen, was genau passiert war. Aber sie hatten ihn hochgezerrt, daß er stand, und ihm wütend ins Gesicht geschrien (Elmblads Lachen mußte lange verstummt sein), und er hatte in Panik gerungen und um sich geschlagen, und sie hatten ihn angebrüllt, und er hatte versucht sich loszureißen, aber einer hatte ihn fest im Griff, und Nicanor hatte dem anderen mit aller Kraft das Knie zwischen die Beine gerammt.

Ein Brüllen. Jetzt war es ernst geworden.

Der, der das Knie genau in die Eier gekriegt hatte, krümmte sich in einem vollkommen weißen, konzentrierten Schmerz, mit den Augen wie wahnsinnig immerfort Nicanors Gesicht fixierend, die anderen brüllten wie außer sich. Elmblad war aufgestanden und bewegte sich durch den Raum, bekam aber plötzlich einen kräftigen Schlag genau auf den Mund und setzte sich plump auf den Hintern, mitten auf den Fußboden. Zwei Männer hielten Nicanor von hinten.

Der Mann, der das Knie genau in die Eier gekriegt hatte, erhob sich mühsam. Er stöhnte immer noch, konnte aber sprechen.

»Hasse'ne Kastrierzang' da«, sagte er zu einem der anderen.

»De Bock kastriern we.«

Nicanor erstarrte.

»Los, hol'e Zange raus, Artur«, zischte der Mann.

Nicanor fing plötzlich an zu brüllen. Es kam völlig überraschend, auch für ihn selber, er hatte nur noch fürchterliche Angst. Er wußte, wovon sie redeten. Er hatte gesehen, wie man es mit den Lämmern machte. Den Hammeln. Es ging so reibungslos, so einfach, den Sack fortzuschneiden, und eine Kastrierzange hatte er gesehen. Und einmal, das letztemal daß er freiwillig zusah, hatte er die Augen des Tiers gesehen, gerade als sie schnitten, die Augen und die Zunge, die langsam immer weiter herauskam, als wollte es mit der äußersten Zungenspitze an etwas rühren, das sehr weit weg lag. Nie nie nie hatte er das wieder sehen wollen.

Er versuchte, um sich zu treten, um freizukommen, aber die hielten ihn jetzt eisern.

»Jaja Freunchen«, sagte der Mann. »Ers'e große Schnauze und jetz ganz klein.«

Nicanor schrie aus Leibeskräften, hemmungslos; in seinem Hinterkopf hatte er den Gedanken, daß jemand ihn hören würde, zu Hilfe käme, daß jemand die Tür aufbrechen und ihn retten würde: er brüllte unkontrolliert und wie wild, und Elmblad saß mit weit gespreizten Beinen auf dem Fußboden und blickte mit vollkommen leeren, unverstehenden, dummen, entsetzten Augen Nicanor an, als wollte er ihn anflehen, zu erklären oder wenigstens mit diesem fürchterlichen Brüllen aufzuhören.

»Schnauze«, schrie einer der Männer, die ihn hielten, »Schnauze! Hörsse auf ze brüllen!«

Aber Nicanor hörte nicht auf, und plötzlich war es, als ob die Panik sich ausbreitete. Das unbeherrscht hysterische Brüllen wollte kein Ende nehmen, es schwoll und schwoll und wurde nur noch durchdringender; jemand versuchte Nicanors Mund zuzuhalten, aber ohne Erfolg, er schrie und tobte wie ein Kalb, stampfte und schrie, und die Männer sahen einen Moment ratlos einander an, als hätten sie etwas in Gang gesetzt, das außer Kontrolle geraten war, und von dem sie sich weit weg wünschten. Der Mann, der das Knie zwischen die Beine bekommen hatte, hatte sich beruhigt, schnaubte aber noch immer vor Wut, aber er konnte nichts sagen, solange dieser besinnungslos brüllende Bursche nicht aufhörte.

Was genau danach geschah, bekam er nie zu wissen. Aber jedenfalls quetschte sich eine Hand in seinen Mund, griff seine Zunge, das Gebrüll wurde zu Gestöhn gedämpft, die Hand hielt die Zunge, und jemand hielt seinen Kopf, und die Zungenspitze aus dem Mund, außerhalb der Zahnreihen, die Gesichter ganz dicht um ihn, er sollte sich an die Hand erinnern, das Gebrüll jetzt unartikuliert und fast erstickt, sie zwangen seine Kiefer auseinander, der Schmerz, der kam, die Gesichter nun ganz nah, der übelriechende Atemhauch wie verfaulte Fettwatte in seinem Gesicht, mit einem schwach ranzigen Geruch wie nach vergammeltem Hering, Augen ganz nahe, sie gruben in seinem Mund, um ihn still zu kriegen, und da kam der Schlag.

Jemand schlug ihn mit Wucht direkt unters Kinn. Die Zunge war draußen, und die Zähne gruben sich glatt und unwiderruflich in die Zungenspitze. Sie gingen zwei Zentimeter hinter der Zungenspitze hinein und schnitten sie fast ganz ab.

Sie ließen ihn sofort los. Er setzte sich schwer auf den Fußboden, fiel zurück auf den einen Ellenbogen, tastete vorsichtig mit der Hand zum Mund. Die Zungenspitze hing lose, ein Fleischklumpen, der nur noch von einem dünnen Fetzen gehalten wurde, das Blut spritzte ruhig und beherrscht aus seinem Mund, und er konnte den Mund nicht schließen.

»Jesus Christus«, sagte jemand leise.

Es war vollkommen still im Raum.

»D'Zunge is ab«, sagte einer.

Nicanor schnaufte, es hörte sich an wie ein Tier, er versuchte an den hängenden Fleischklumpen zu rühren, aber es tat so entsetzlich weh, daß er nicht konnte. Undeutlich sah er Gestalten sich vor ihm bewegen. Jemand beugte sich vor, ein Paar Augen ganz dicht vor ihm, eine Stimme.

»Seine Zunge is abgegang. Se is ab.«

Da trat einer der Männer vor, hob Nicanors Kopf an, betrachtete einen Moment bekümmert den nun total blutverschmierten Mund, tastete nach dem Messer, das im Gürtel steckte, griff die hängende Zungenspitze und schnitt rasch und behende den kleinen Zipfel durch, an dem die Zunge noch hing. Es tat nicht weh, nicht mehr als vorher; der Mann richtete sich auf, blickte mit bekümmerter Miene auf das Fleischstückchen in seiner Hand. Der Junge saß noch auf dem Fußboden, starrte verzweifelt auf den Mann, brüllte und stöhnte noch immer, aber zunehmend gutturaler und tiefer.

Die ganze Vorderseite war blutig. Es sah nicht schön aus. Im übrigen war es völlig still im Raum; der Junge saß da und stierte sie an und stöhnte wie ein Tier. Es war kein angenehmer Anblick.

Nach der Stille im Raum zu urteilen, fand keiner, daß das Ganze besonders erheiternd war.

»'n Verkünder des Worts wirse nie«, sagte der Mann und warf die Zunge in eine Ecke. »Abbe desweeng kannse trotzdem 'n orntlicher Kerl wern.«

Die Augen des Jungen hingen noch immer unverwandt an ihnen. Es war etwas Beharrliches in seinem Blick. Als wüßte er nicht, was geschehen war, oder als bäte und bettelte er, daß es ungeschehen sein sollte; die Augen bettelten und bettelten, daß es nicht geschehen wäre, aber es war geschehen.

»Das mim Kastriern wa doch bloß 'n Scherz«, sagte einer der Männer entschuldigend. »Wenne nich so geschrien hätts, hätts nich son Unglück'egeem mitte Zunge. 's wa ja'n reines Unglück.«

»De hat orntlich Mumm inne Knochn de Jung«, fügte ein anderer hinzu. Es war der, der das Knie zwischen die Beine bekommen hatte, er hatte sich inzwischen erholt und nahm verlegen eine Prise.

»Geb dem Jung 'n Schnaps«, fügte er beinah freundlich hinzu.

»Er trinkt nicht«, kam es plötzlich von Elmblad, der immer noch mitten auf dem Fußboden saß.

»Dann wirs jetz Zeit. Sons hört'e nie auf ze bluten.«

Einer ging hinaus, blieb eine Zeitlang fort. Nicanor lag auf dem Fußboden, auf der Seite. Die Augen geschlossen. Er wollte nicht, daß sie ihn ansahen. Er wollte, daß es dunkel wäre. Dann hörte er, wie die Tür aufging, leise Stimmen, jemand kam zu ihm heran. Hielt seinen Kopf.

Wie der Hammel, dachte er.

Dann spürte er, wie jemand versuchte, ihm eine Flüssigkeit zwischen die Lippen zu gießen: er öffnete willenlos den Mund, es brannte bestialisch, er stöhnte auf, aber er schluckte. Es war wie ein Feuerspeer. Er schluckte weiter, das Feuer wurde heißer und breitete sich aus, nicht mehr nur schmerzhaft, es wuchs und füllte ihn aus, und er schluckte und schluckte und schluckte, und die Stimmen wurden weicher und freundlicher und wärmer, und vorsichtig öffnete er die Augen für das, was er nicht hatte sehen wollen.

6

Die Saiten waren an das Haus gespannt, das Haus war ein Resonanzkörper, und er befand sich mitten in diesem Körper, das andere Ende der Saiten weit draußen im Sternenmeer, und die Himmelsharfe dröhnte und dröhnte. Im Traum war die Melodie der Himmelsharfe ohrenbetäubend und erschreckend, nicht sanft, dumpf und feierlich, wie er sie aus den Wintern in Hjoggböle kannte, sondern schneidend, dünner und drohend scharf. Dann wurde die Melodie so scharf und durchdringend, daß es schmerzte, sie ging direkt durch seinen Kopf hindurch, und niemand war da, der ihm helfen konnte. Tief drinnen im Dunkeln war der Schmerz ein weicher, glühender Punkt, der wuchs und anschwoll, die Melodie der Himmelsharfe wich zurück, und zum Schluß war nur der Schmerz noch da, scharf, klar und sehr sachlich.

Er rollte herum, hörte die Geräusche der Schafe.

Ein Mann kam mit einer Lampe.

Die Schafe blökten verhalten, jetzt nicht mehr in Panik. Der Mann hatte sich neben Nicanor gesetzt; sein Gesicht war noch immer fast unsichtbar, eine Silhouette gegen das Licht, aber seine Stimme war ruhig und freundlich, und in dem ganzen Elend war es gut, daß er sich Zeit ließ. Es war nur die

Sache mit der Lampe. Nicanor wollte, daß ihn niemand sähe. Daß nichts, absolut nichts das Dunkel aufreißen sollte, daß er sich darin verkriechen könnte wie ein Kalb im Kuhleib, vollkommen schwarz; es würde weich und warm sein, und der Kuhleib würde wie das Innere einer Felldecke sein. Niemand würde ihn sehen. Und nichts wäre geschehen, und der Traum würde weitergehen.

»Dasses son Unglück geem mußte«, sagte der Mann wieder.

Nicanor erinnerte sich auch deutlich an etwas anderes: er hatte sich erbrochen. Es war auf die Kleider gegangen.

Wahrscheinlich der Schnaps. Als er versuchte, seinen Namen zu sagen, war es ziemlich schlecht gegangen. Es war ja überhaupt nicht gegangen. Und Elmblad hatte sich aufgesetzt und mit leerem Blick auf Nicanor gestarrt, schweigend. Nur die Lämmer und Schafe hatten sich unruhig bewegt und blökten in der einen Ecke, und dann hatte Elmblad gesagt *Nicanor!* und war verstummt, weil das alles war, was es zu sagen gab.

»We müssn weeng Hilfe telfeniern«, sagte der Mann ganz sachlich.

Früher Morgen. Das Licht in immer hellerem Grau durch das verschmutzte Fenster. Es roch. Die Agitationsreise in das Innere von Västerbotten war fürs erste abgebrochen.

Sie hielten ihn jeder an einem Arm, gingen hinaus auf den Hofplatz. Grau über dem See, man konnte die andere Seite nicht sehen. Keine Farben. Es nieselte. Die Landschaft ganz flach, keine Farben, der Wind jagte die Kälte in sie hinein, durchdringend, sehr tief. Der Brunnenschwengel. Freigeschaufelter Weg. Der See, weiß und dann grau, wo die Konturen verschwanden.

Sie hielten ihn jeder an einem Arm, das Blut vorne war eingetrocknet, aber es fiel ihm schwer, zu gehen. Er ging langsam, von den anderen gestützt, hielt den Mund halb geöffnet.

Hatte aufgehört zu stöhnen, aber atmete schwer, häßlich, wie ein Tier. Und dachte, gut, daß man sich daran gewöhnen kann, daß es weh tut, es wird nicht schlimmer, nichts kann schlimmer sein, als es gerade jetzt ist.

Ein Verkünder des Wortes wirst du nie, hatte der Mann gesagt. Nein, das war wohl so. Und ein Verkünder des Sozialismus auch nicht. So war es wohl auch. Aber es gab ja wohl anderes. Und alles war wohl besser als der Tod. Und tot war er ja nicht.

Er zitterte am ganzen Körper, atmete mit offenem Mund und dachte: ich bin nicht tot. Ich lebe. Ich lebe. Lebe lebe lebe.

Das Skellefteblad brachte drei Tage später eine Notiz über den Vorfall. Die Notiz ist sehr kurzgefaßt. Es sei in Burträsk zu einem Streit gekommen, als einige Arbeiter mit dem Sägewerkagitator Elmblad diskutieren wollten. Er habe große Töne gespuckt und daraufhin habe man ihm die Leviten lesen wollen. Dabei sei es zu einem Gerangel gekommen. Im Verlauf der Schlägerei sei einem sechzehnjährigen Burschen die Zungenspitze abgebissen worden. Der junge Mann sei dem Agitator in verschiedenen Dingen zur Hand gegangen, habe nun aber eine spürbare Lektion erteilt bekommen.

Die Notiz ist in scherzhaftem Ton gehalten. Keine Namen, nur Elmblads.

Er durfte fürs erste auf der Küchenbank liegen. Sie telefonierten um Hilfe. Aber er dachte die ganze Zeit, daß der Tod ja schlimmer wäre. Ich lebe ja noch. Lebe. Lebe.

Minus sechzehn Grad. Graue Kälte. Der Winter endlich da.

7. Der Schlitten

1

Am gleichen Abend wurde nach Josefina Markström geschickt, sie sollte zu Lundströms kommen. Jemand verlangte sie am Telefon. Die Stimme in der Hörmuschel war weit entfernt, es knisterte stark, aber was die Stimme sagte, war leicht zu begreifen. Josefina lauschte, ohne ein Wort zu sagen. Als die Stimme ihre Botschaft ausgerichtet hatte, trat einen Augenblick lang wartendes Schweigen ein, dann begann die Stimme zu rufen »Hallo! Hallo! Issa jemand?«, und Josefina antwortete mit einem kurzen *»jaja«*.

Dem Jungen war sozusagen ein Unglück zugestoßen. Aber es war nichts Tödliches.

Auf dem Weg zurück nach Oppstoppet ging sie sehr schnell und weinte nicht. Als sie nach Hause kam, fing sie sofort an, Heringe auszunehmen, hörte aber nach ein paar Minuten auf und setzte sich hin und weinte. Dann hörte sie damit auf. Sie beschloß sogleich, den Jungen selber zu holen.

Sie hatte immer gehofft, daß er Pastor werden würde. Das zu hoffen, war kühn, ja beinah vermessen, doch tief in ihrem Inneren hegte sie den heimlichen Traum, daß etwas, was ein Stück von ihr war, sich einmal erheben, ausbrechen, nicht dableiben sollte. Es mußte Nicanor sein. Er war immer anders gewesen.

Der Mann war beim Holzfällen in Gummark. Sie mußte es selbst in die Hand nehmen. Sie lieh Pferd und Schlitten; zog sich ordentlich an, rollte zwei Felldecken zusammen, legte sie auf die Ladefläche und fuhr los. Es war fast dunkel, als sie fertig war. Dann kam der Mond, und sie fand leicht den Weg.

Dies hier war das Land ihrer Kindheit. Warum sollte sie nicht den Weg finden. Es gab nichts, was sie schrecken konnte, alles war ihr wohlvertraut.

Eine Fahrt durch eine Landschaft, die sie kannte. Es war ja der übliche Weg, über Sjöbotten und Sjön und Forsen und Västra Hjoggböle und dann hinüber nach Burträsk, die vertraute Landschaft obgleich diesmal unter Schnee, und klares Mondlicht.

Das Pferd, Josefina und Mondlicht.

Mehr weiß ich nicht, außer dem Weg, den sie nahm. So ist es immer mit der Geschichte. Wir müssen die Lücken ausfüllen. Sonst wird alles vollkommen unbegreiflich. Und es war ja so, daß hauptsächlich das eine ihr durch den Kopf ging, wieder und wieder und wieder, das, was Nicanor zugestoßen war; und irgendwann genau *da* muß es gewesen sein, daß sie versuchte, sich einzureden, daß auch das Schlimmste und Entsetzlichste einen Sinn hat. Nicht nur Eiseskälte und Hoffnungslosigkeit in ihr.

Die Summe ihres Lebens war nicht einfach gleich Null, der Sinn lag nicht nur jenseits des Todes, es nützte etwas, Widerstand zu leisten. Wenngleich der Widerstand viele Formen annimmt.

Als ich Nicanor das letzte Mal traf, im Herbst 1972, hatte er eine Frage gestellt, die ich zunächst nicht einmal begriff. Später habe ich verstanden, wie die Frage lautete, ich versuche die Antwort zusammenzustückeln.

Was ihn selbst anbetraf, gab er wenig Hilfe; er fand vielleicht nicht, daß er so interessant wäre. Josefina war etwas anderes. Ich bekam sie nie zu sehen, aus dem einfachen Grund, weil sie 1911 in Porto Lucena im Süden Brasiliens starb. Aber ich habe Fotos von ihr gesehen, immerhin etwas, wenn auch recht uninteressant. Nicanor beschrieb sie immer als unerhört stark, aber in allem, was er von ihr erzählte, erscheint sie als eine Verliererin. Es war wohl so, daß auch ihr Widerstand mancherlei Formen annahm.

Die Landschaft, in der sie aufgewachsen ist, gibt es ja noch; auch das immerhin etwas. Und an jenem Abend, im Winter 1909, im fahlen Mondlicht und in der Kälte, an jenem Abend muß das Bild, wie sie auf dem vorderen Teil des Schlittengefährts hinter einem behäbig zottelnden und melancholisch schnaubenden Pferd saß, ungefähr so ausgesehen haben wie heute.

Man kann es immer mit der Arbeitshypothese versuchen, daß die Landschaft gewisse Zeichen hinterlassen hat, geheimnisvolle Signale, als Interpretationshilfe. Ich bin ja in der gleichen Landschaft aufgewachsen, beinah hätte ich gesagt, im gleichen Dorf: aber das stimmt vielleicht nicht ganz. Ein Dorf ist nicht mehr das gleiche nach einem halben Jahrhundert. Und ein Dorf kann viele Gesichter haben.

Vierzig Jahre entfernt, es könnten vierzig Lichtjahre sein. Da wird die Melodie der Himmelsharfe zu dem schwachen Echo von einem seit langem erloschenen Stern. Oder zu einem vagen und undeutlichen Lockruf durch das Eis hindurch. So ist es mit der Geschichte. Wir müssen die Lücken ausfüllen. Genaugenommen ist es ja dies, was die Geschichte ausmacht.

Vierzig Jahre nach Josefinas nächtlicher Schlittenfahrt über Sjön und Hjoggböle nach Burträsk, vierzig Lichtjahre später hatten die Konflikte sich den besten Anzug angezogen und benahmen sich gepflegt, der Aufruhr war eingestellt, und es war fast unmöglich zu sehen, wohin er hätte führen können. Genauer gesagt: sowohl der Konflikt als auch der Widerstand hatte andere Formen angenommen.

Die gleiche Landschaft, andere Formen.

Josefina Markström, geborene Lindström, stammte aus Västra Hjoggböle. Aus religionssoziologischer Sicht war das Dorf in den vierziger Jahren höchst interessant, eindeutig aufgeteilt in eine weltliche Hälfte und eine geistliche. Josefina, Jahrgang 1870, wuchs auf in dem Teil, der einmal der weltliche werden sollte (ich vermute, daß es damals anders war), und ich (sechzig Jahre später) in dem geistlichen. Der weltliche Teil erlangte Berühmtheit durch seinen erstklassigen Fußball, der geistliche wegen seiner massiven Frömmigkeit. Wie wünschte ich mir, daß es umgekehrt gewesen wäre. In dem geistlichen Teil, der am jüngsten Tag emporgehoben und auf die Lämmerseite neben Jesus Christus gesetzt werden würde, um von dort mit finsterer Genugtuung die verlorenen Sportnarren auf der Seite der Böcke zu betrachten und damit endlich entschädigt zu werden für die Freuden, die ihm in diesem Leben vorenthalten worden waren, dort wuchs ich auf. Die Religiosität dort war tief, ernst und aufrichtig, es gab keine weltlichen Freuden (wenngleich ich bei genauem Nachzählen zweiundvierzig Cousins und Cousinen habe), keinen Sport, die Abstinenz war total, es gab eine Blaukreuzlervereinigung mit einer Kinderabteilung (»Heer der Hoffnung«). Wenn an einem Feiertag einmal kein Prediger zur Stelle war, pflegte ein innig gläubiger Nachbar mit kraftvoll einschläfernder Stimme einige Stunden lang aus Rosenius vorzulesen. Es war genau wie »Die Leute auf Hemsö«, nur langweiliger und öfter, und nie wurden zwei Seiten auf einmal umgeblättert.

Aber Josefina Markström war nicht hier aufgewachsen. Das war drei Kilometer entfernt, westlich des Sees, und dieser Teil von Hjoggböle erlangte in den vierziger Jahren in großen Teilen des oberen Norrlands lokalen Weltruhm wegen seiner Fußballmannschaft.

Sie hieß Komet und trug ihre Spiele *auch an Sonntagen* aus. Sie hatte ihre eigentliche Glanzzeit in den Jahren nach dem Zweiten Weltkrieg und war auf eigenem Platz fast unschlagbar. Das lag teilweise am Spielfeld, also dem Heimacker. Er war nur siebzig Meter lang, sehr schmal, hatte eine Scheune als Umkleideraum an der einen Schmalseite (dies war, bevor sich das sogenannte Norrlandfenster im Fußball öffnete, und man brauchte die Gastmannschaften noch nicht zu hofieren), und seine Rasendecke war rätselhaft und deshalb interessant.

Das beruhte auf einer effektiven natürlichen Planierung, auf kontrollierter Bearbeitung, mit rationell verteilten Grasbuckeln und klug verlegten, eingesunkenen Entwässerungsrohren, die einfältige Gäste ein übers andere Mal zu aufsehenerregenden Irrtümern zwangen. Die Mannschaft verfügte über eine Anzahl profilierter Spielerpersönlichkeiten; ein aufrechter und starker Mittelläufer, der gut im Kopfball war, ein schneller, tückischer und schwarzhaariger Außenstürmer mit markanten O-Beinen sowie ein Bruderpaar in der Verteidigung: sie waren eisenhart, außerordentlich langsam, verfügten aber über einen satten Schuß. Die Mannschaft hatte ein unglaublich loyales Heimpublikum, das außerdem auf eine sprachlich bemerkenswerte Weise lautstark und enthusiastisch war, was Gäste stets unsicher machte. Man brüllte Befehle, Ratschläge und Anweisungen direkt moralisierenden Charakters, immer im Dialekt. Wenn die Deckung schlief, stiegen die Rufe *Geh andeimannran Mänsch!* aufgeregt zum Himmel. Gewisse taktische Ratschläge setzten gute Ortskenntnisse voraus. *Geb flach na norn!* bedeutete zum Beispiel, daß man einen Flachpaß nach Norden schlagen sollte; es war also wichtig, daß man die Himmelsrichtungen kannte.

Dies alles wären Kuriositäten, wenn da nicht auch gewisse andere Züge ins Bild gekommen wären: ich komme gleich darauf. Nach dem Zweiten Weltkrieg war Komet die erste Mannschaft im nördlichen Schweden, die die Idee des Trainingslagers einführte. Das passierte irgendwann um 1950 und wurde mit so unerbittlicher Logik und in dermaßen disziplinierter Form durchgeführt, daß es ein enormes Aufsehen erregte. Man hatte im Jahr zuvor die Meisterschaft in der fünften Division des Bezirks Nordschweden Mitte gewonnen, war aufgestiegen, und nun war Frühjahr und Spielpause. Die Mannschaft war arm, aber es wurde ein Trainingslager beschlossen. Ein Trainingslager sollte abgelegen sein, in totaler Einsamkeit, abgeschirmt vor allen Versuchungen, das wußte man ja. Man beschloß daher, es mitten in den Ort zu legen.

Auf einer Hauptversammlung in Frederikssons Café wurde beschlossen, das Trainingslager ins Folkets Hus* mitten in den Ort zu legen.

Es war im März. Die ganze Mannschaft, einschließlich Betreuer und Reservespieler, fand sich an einem Sonntag ein. Eine Menge Leute hatten sich versammelt, hauptsächlich Kinder. Die Spieler kamen mit Matratzen und Bettdecken und stiegen die Holztreppe hinauf, die Kinder davor in verwundert, aber ehrfürchtig gaffenden Scharen. Dann wurde die Tür geschlossen, und danach wurde kein Unbefugter hereingelassen. Keine Verlobte, keine Ehefrau, keine Kinder. Niemand wußte genau, was sich im Lager abspielte, aber Kinder, die zu den Fenstern hochgeklettert waren und durch die Gardinenritzen hineingesehen hatten, behaupteten, Schatten gesehen zu haben, die sich bewegt hätten. Es waren die Sportidole der Gegend, die sich in ein gewisses sportliches Örtchen eingeschlossen hatten, zu dem Angehörige nicht zugelassen waren.

Zweimal täglich kam die Mannschaft heraus. Vormittags Schneedauerlauf (man lief in einem schweigenden Trupp hinaus durch den Ort) und nachmittags vor der Dämmerung Schneefußball. Die Kinder hingen die ganze Zeit vor den Fenstern und versuchten mit den Fingernägeln die Eisblumen wegzukratzen. Sie sahen meistens Schatten. Einen Tag war Schneesturm, da wurde behauptet, sie hätten das Nachmittagstraining im Freien abgeblasen und statt dessen zwischen Orgel und Estrade auf zwei Tore gespielt. Aber niemand war sicher. Es war etwas Geheimnisvolles, das sich da abspielte in diesem *Trainingslager,* wie es in der Lokalpresse genannt wurde. Vielleicht war eine neue Zeit angebrochen für den Ort.

Eine Lokalzeitung erhielt jedoch die Erlaubnis, das Trainingslager im Bild zu dokumentieren. Auf dem Bild konnte

---

* Haus des Volkes: Name der Versammlungslokale der schwedischen Arbeiterbewegung (Anm. d. Übers.)

man ernsthafte Männer aus dem Küstenland von Västerbotten sehen, wie sie im großen Saal auf dem Fußboden ausgebreitet lagen. Kein Kartenspiel war zu sehen. Weit hinten, fast verschluckt vom Halbdunkel, schien ein Spieler halb im Liegen die Hand ein wenig zu erheben, wie zu einem Gruß aus dem Inneren der vierziger Jahre.

Das Pferd, Josefina und Mondlicht. Mehr weiß niemand, außer dem Weg, den sie nahm. Es ist immer so mit der Geschichte. Wir müssen die Lücken ausfüllen.

Die zweite Hälfte der sehr denkwürdigen Geschichte handelt vom Niedergang der Komet-Mannschaft. Die Glanzzeit stellte neue Forderungen, das sahen alle ein. Also dieses Trainingslager durchgeführt mit asketischer und konsequenter Logik. Die neue Zeit stellte auch Forderungen, was das Spielfeld anbelangte. Der alte Siebzigmeteracker mit seinen listigen Grasbuckeln, die so oft den Tormännern der Gastmannschaften die Hosen heruntergezogen hatten (ich gebe zu, das ist ein schlechtes Bild, aber ich *empfinde* es als wahr), der wurde auf die Dauer unakzeptabel. Man schrieb daher ein Gesuch an die Kommune um Zuschüsse für einen neuen Platz. Ein Nachbar von uns, ein in der geistlichen Hälfte wohnhafter und tiefernst gläubiger Kleinbauer, wurde bei dieser Nachricht vom heiligen Zorn gepackt. Er beschloß, einen groß angelegten Aufruhr gegen den Antichrist in Gang zu setzen. Koste es, was es wolle, furchtsam war er nicht. Seit der Geschichte mit dem Trainingslager war er der felsenfesten Überzeugung, daß dies ein Werk des Teufels sei. Der Fanatismus war zu weit gegangen: fünfzehn junge Männer eine Woche lang mitten im Ort zu isolieren, und sie durften nicht mit ihren Angehörigen reden, un bloß schwizzn un balltretn. Selber war er ein wortkarger, aber sympathischer Mann in den Fünfzigern, der zehn Töchter hatte, von denen ich zeitweilig in mindestens zwei verliebt war (im Heer der Hoffnung sang ich zusammen mit ihnen die zweite Stimme in »Still ruht der See«). Dieser ernsthaft gläubige Christ brachte

also im Gemeinderat einen Antrag ein, daß sämtliche Fuß-
ballplätze des Kirchspiels umgepflügt und mit Hafer
bepflanzt werden sollten. Es gäbe, meinte er bei der Antrag-
stellung, nützlichere Dinge zu tun, als Fußball zu spielen.

Der Konflikt kam nun an die Oberfläche. Der Antrag
weckte im weltlichen Teil des Dorfes unvorstellbare Verbitterung. Man entschloß sich zum offenen Kampf. In kurzer
Zeit sammelte man eine unfaßbar große Geldsumme, kaufte
ein Waldstück in der unmittelbaren Nähe meines innig gläubigen Nachbarn im geistlichen Teil des Dorfes, so nah, daß
jedes Aufspringen des Balls zu hören sein würde, rodete es
und legte dort den neuen Fußballplatz an.

Den Hafer sollte er in den Arsch gestopft bekommen,
meinte man.

Einen schlechteren Platz hätte man nicht finden können.
Die Schacht- und Planierungsarbeiten wurden enorm müh-
selig, das Geld reichte nicht mehr zu einem Rasen, der Wald-
und Sandboden wurde nie richtig einladend: dahin waren die
listig ausgestreuten Grasbuckel des Heimackers, dahin waren
die clever eingesunkenen Drainagerinnen, dahin war das im
besten Sinne *Persönliche* des alten schönen Heimackers.
Außerdem, und das war das Wichtigste, lag der Platz nicht in
Västra Hjoggböle, sondern in dem hochgeistlichen Sjön. Es
war nicht leicht, umgeben von so kompakter Religiosität guten Fußball zu spielen, und es war ein weiter Weg mit dem
Rad zu jedem Training. Der Witz des Ganzen, das diabolisch
Listige darin, die Anlage direkt neben dem Hof des Haferbauern anzusiedeln, wurde mit den Jahren immer mehr ver-
wässert, war schließlich kaum noch existent. Am Schluß war
der ursprüngliche Konflikt vergessen. Der Fußball siechte
dahin, Komet sank langsam durch das Ligasystem wie Sonne
durch Meeresnebel.

Gott hatte am Ende gerechte Rache genommen.

Der Mann, der auf dem Foto in der Lokalzeitung aus dem
Inneren von Folkets Hus winkt, und der Haferbauer. Sie hät-

ten etwas gemeinsam haben können. Es ist da. Hätte da sein können.

Es erinnert ein bißchen an die Art und Weise, wie Onkel Aron starb.

Später Abend, Mondschein, und Josefina Markström passiert den Ort.

Vierzig Jahre, was heißt das. Es ist klar, daß ihre Welt auch die meine war. Es waren Menschen wie sie, die die Voraussetzungen schufen. Ich sah es nur nicht. Und sie sah nicht das Ende der Geschichte, nicht die Mannschaft von Komet, nicht den Haferbauern, nicht Fredrikssons Café, nicht mich.

Der, dessen Hoffnung zunichte gemacht worden ist, wird das Leben hassen. Ist das wahr? Der, dessen Hoffnung zunichte gemacht worden ist, wird den hassen, der sie zunichte gemacht hat. Ist das wahr? Es sollte so sein, vielleicht.

Bei Forsen bog sie nach links ab.

Bald fange ich an, sie zu sehen.

Seit jenem Märztag 1973, als Nicanor starb und als ich noch glaubte, daß ich ein Buch schreiben wollte über ihn und sein Leben, ist das Merkwürdige eingetreten, daß er langsam, fast unmerklich aus meinem Blickfeld gerückt ist und die anderen um ihn herum mit kleinen anspruchslosen, unmerklichen västerbottnischen Schritten hervorgetreten sind, bis ich nur noch sie sehe und nicht mehr ihn. Und das ist genau das, was er wollte. Es hatte den Anschein, als ob er sich die Geschichte vorgestellt hätte als etwas, das sich, *unabhängig* von seiner Person, bei den anderen abspielte: eine wahrhaft lutherische und demütige Einstellung. Und als ob es nur möglich wäre, die *große* Bewegungsrichtung bei uns allen zu verstehen, wenn man den Blick vom Zentrum abwandte und die kleinen, unmerklichen, verlegenen, diskreten, verdeckten und widerwilligen Richtungsänderungen bei *den anderen* sah, denen, die nicht vorgaben, die Richtung zu ändern, aber es trotzdem taten. So könnte man die Geschichte zeichnen und wie ein phantasieloser Buchhalter sorgfältig alle diese Frommen, Ergebenen, nicht so Vollkommenen, Machtlosen und Ausgestoßenen registrieren, die sich ergeben zu ihren Unterdrückern bekannten und empört verneinten, daß sie Opfer waren.

Natürlich empfanden sie Zorn. Natürlich besaßen sie eine unerhörte Stärke. Natürlich kam dies zum Vorschein.

Aber wie?

Sehr kalt, und Mondlicht.

Sie ließ das Pferd laufen, zurrte die Zügel an der Deichsel fest. Es gab ja nur einen Weg. Sie hatte am Telefon erfahren, was geschehen war: die Stimme weit weg, und es knisterte, aber es war zu verstehen. Ich hoffe, daß sie sich nicht voll der verzeihenden Liebe Christi fühlte. Ich hoffe, daß sie dachte: bald kommt auch mir der Zorn. Und geschieht das, was hat es dann für einen Sinn.

Oder: wassollas alls. Wasso'ichtun.

2

Nicanor lag noch immer auf der Küchenbank, als sie kam. Er schlief. Er hielt den Mund geöffnet, als wagte er nicht, ihn zu schließen, der Schmerzen wegen, und der offene Mund gab ihm ein kindliches, unerhört junges Aussehen. Im Schlaf zitterten noch die Augenlider, kleine verhaltene Zuckungen, als ob er Angst hätte und nicht wagte aufzuwachen.

Sie hatte beinah vergessen, daß er immer noch ein Kind war. Es war ja noch gar nicht lange her, genaugenommen. Die Augenlider zitterten, er träumte vielleicht.

Sie setzte sich vorsichtig auf einen Stuhl und sah ihn an. Nicanor war nicht allein in der Küche, die anderen hatten sich an den Küchentisch gesetzt. Aber sie kümmerte sich nicht um sie. Da saß der Mann, der mit der Laterne gekommen war, und da saß Elmblad, aber was hatte sie mit ihnen zu schaffen. Der Junge hielt den Mund geöffnet, und sie begann zu denken, wie sie wußte, daß sie denken sollte; still in ihrem Inneren sprach sie die Verse aus dem Matthäus-Evangelium: So dich dein Auge ärgert, reiß es aus und wirfs von dir. Es ist besser, daß du einäugig zum Leben eingehest, denn daß du zwei Augen habest und werdest in das höllische Feuer geworfen. So aber deine Hand oder dein Fuß dich ärgert, so haue ihn ab und wirf ihn von dir. Es ist besser, daß du zum Leben lahm oder als ein Krüppel eingehst, denn daß du zwei Hände oder zwei Füße habest und werdest in das ewige Feuer geworfen. Sie dachte die Verse ganz auswendig, aber es war nicht richtig. Und so dachte sie sie noch einmal von vorn, aber es blieb falsch. Und so dachte sie denn, daß Gott gerecht ist und daß trotz allem kein großer Schaden geschehen war, aber was half das.

Das einzige, was sie empfinden konnte, war Zorn. Und sie dachte, ganz ohne Liebe, daß dies nicht gerecht war. Er war doch noch ein Junge. Und nun war ihm die Zunge abgeschnitten worden, vielleicht würde er nie mehr sprechen können. Wer hatte diese Strafe bestimmt? Und warum?

Es war nicht gerecht.

Sie nahm das blaue Taschentuch und strich ihm vorsichtig über die Stirn. Sofort schlug er die Augen auf und sah sie an. Im Nu war er wach. Und sie strich ihm über die Stirn und das Haar, wieder und wieder, als wäre er ein Pferd. Und nichts sagte sie, aber sie saß lange da und streichelte ihn, und er schloß schließlich die Lippen, und sie trocknete ihm das Gesicht und den Mund und den Hals, und die ganze Zeit sah Nicanor zu ihr auf, aber er konnte nichts sagen, denn es war, als schämte er sich. Er wußte nicht, warum.

Ganz still in der Küche. So saß sie lange und trocknete ihn ab, als wollte sie ihn wieder in ein Kind verwandeln, und schließlich war alles Blut aus seinem Gesicht fort, und er sah beinah aus wie immer. Ausgenommen die Augen. Die Augen sahen *anders* aus, etwas war mit ihnen geschehen seit der

Abreise nach Burträsk. Sie waren ein wenig dunkler, ein wenig anders.

»Jetz bring ich den Jung na Haus«, sagte sie ins Zimmer hinein.

Sie ging herum und gab die Hand und dankte denen, die dem Jungen geholfen hatten. Sie war ganz wie gewöhnlich, beinah. Als sie zu Elmblad kam, war es, als zögerte sie einen Augenblick: sie betrachtete ihn, sah die Wunde über dem Auge, die geschwollene Oberlippe, die wässerig blutunterlaufenen Augen, sah, wie er geniert oder erschrocken (es war unmöglich zu bestimmen, was von beidem) in der Küche umherblickte und ihrem Blick auswich.

Dann streckte sie die Hand aus, es dauerte ein paar Sekunden, bis er es merkte. Dann sah er es.

Sie fühlte, daß seine Handfläche feucht war. Ihre eigene war vollkommen trocken.

»'ch fah derekt«, sagte sie.

Lesen wir noch einmal den Klemensnäsbrief.

Herr Direktor
O. V. Wahlberg!
Skellefteå!

Da die neue Sägeanleitung es mit sich gebracht hat, daß die Verschnittmenge sich im Vergleich zur alten Anleitung erhöht hat, und dadurch unser Verdienst proportional im Vergleich zu den vorhergehenden Jahren abgenommen hat, erlauben wir uns respektvoll die Anfrage, ob nicht ein Ausgleich vorgenommen werden könnte, um dieser Lohnverminderung vorzubeugen? Und wären wir sehr dankbar für ein Entgegenkommen in dieser Angelegenheit und auf eine Art und Weise, die Sie selbst für gut befinden.

Indem wir gleichzeitig unsere Dankbarkeit bezeugen für die wahrhaft humane Behandlung, die uns stets von Ihrer Seite zuteilgeworden ist, zeichnen wir mit aufrichtiger Hochachtung.

Klemensnäs im Mai 1894

Zuerst sieht man nur die Unterwürfigkeit, die tief verwurzelte Vorsicht, den kriecherischen Ton. Dann fängt man langsam an, das Andere zu erkennen. Es nimmt seine Zeit, den Widerstand zu erkennen. Aber er ist da. Er ist die ganze Zeit da, eingebettet wie in Eis, er nimmt unterschiedliche Formen an, sieht nicht aus wie Widerstand.

Aber das Wichtige ist ja, daß die Küste sich hebt.

Sie wickelte ihn in die Felldecke ein, und er rollte sich neben ihr auf der Ladefläche zusammen. Sie selber saß mit gespreizten Beinen, die Füße auf dem Vorderschlitten, und legte den Arm um ihn. Zwei Uhr am Morgen, noch mondhell.

3

Aber wenn eine Verzweiflung richtig tief ist, ist sie ganz still. Sie ist nicht vermessen, sie bläht sich nicht auf.

Sie bewegt sich im Kreis, langsam, mahlend, und läßt nicht nach.

Als sie *Lappvattnet* erreichten, war der Mond fort, und der Schnee war plötzlich weniger hell. Auch als sie durch *Lappvattnet* fuhren, war ihre Verzweiflung still, sehr ruhig, und bewegte sich mahlend, unaufhörlich im Kreis. Sie hatte immer geglaubt, daß die Gerechten einst ihren Lohn empfangen sollten, daß die Ungerechtigkeit immer aufgewogen würde, daß am Ende ein ewiger Richter Ziffernreihen und Zahlen addieren und eine abschließende Bilanz aufstellen würde, wo die Ziffernreihen der Armen und Ausgebeuteten und Elenden, die bis dahin so kurz und so betrüblich karg gewesen waren, *gerecht* behandelt würden. Denn tief in ihrem Herzen hatte sie geglaubt, daß der Tod ein Plus hinter die letzte Zahl setzen würde, und für die Elenden würde dann eine sehr große Zahl herauskommen, vielleicht eine dreistellige Zahl wie damals, als ihr Mann beim Holzfällen in Glomers gewesen war und mit einer dreistelligen Zahl im Kas-

300

senbuch nach Hause kam, und alles war einem auf einmal *verändert* vorgekommen. In *Renbergsvattnet* mahlte es weiter, jetzt lag ein etwas kälterer Ton über dem Schnee, sie gab dem Pferd aus dem Heusack zu fressen, Nicanor murmelte etwas Gutturales aus der Tiefe der Felldecke, sie beugte sich über ihn, ganz nah; er hielt die Augen geschlossen, schlief aber nicht. Er wollte sicher Wasser? Sie nahm eine Handvoll Schnee und gab sie ihm; vorsichtig drückte er die Lippen gegen den Schnee. Er fing an zu schmelzen. Noch hielt er die Augen geschlossen. Sie ging um den Kopf des Pferdes herum und kontrollierte mechanisch die Deichsel. Es mahlte immer noch, unaufhaltsam rotierend, in ihrem Kopf. Es ließ nicht locker. Denn wenn es nun keinen abschließenden automatischen Ausgleich gab, wenn der Tod nicht die große dreistellige Zahl zusammenaddierte, dann war es ja so, daß den Gerechten, die gearbeitet und gerackert und sich abgeschunden hatten und sich nich auffe Landstraßn rumtriem un wie'e Zigeuner lebten ode so, dann geschah denen *Unrecht*. Dann gab es kein großes Pluszeichen, das Der Tod hieß, das alles addierte, und dann gab es keine ausgleichende Gerechtigkeit.

Es mahlte und mahlte.

Sie hatte in seinen Mund geschaut, was sie gesehen hatte, war schrecklich. Ein wunder, geschwollener Stumpf. Es war schlimmer, als sie es sich hatte vorstellen können. Er war doch noch so jung. Er war doch nur ein Kind. Wenn es jemand anderen getroffen hätte.

Aber er war doch nur'n Jung.

In *Västra Hjoggböle* bog sie nicht nach rechts ab. Das Pferd zögerte einige Sekunden, sie trieb es ungeduldig an und zerrte irritiert am linken Zügel. Ins Krankenhaus sollte der Junge.

Auf den Fotografien ist sie sehr groß, ernst und zeigt einen fast drohenden Gesichtsausdruck. Es gibt zwei Fotografien von ihr. Auf beiden steht sie. Auf beiden legt sie die Hand auf die Schulter ihres Mannes, er sitzt auf einem Stuhl, es wirkt, als hielte sie ihn in einem festen, väterlichen Griff.

Sie war wie ein Vater für uns, sagte Nicanor einmal.

Der große Streik? Was Josefina Markström betrifft, erinnert sich keiner an irgend etwas Besonderes. Sie mißbilligte ihn, natürlich. Sie meinte, daß jeder seine Pflicht erfüllen müsse. Doch eine kritische Äußerung von ihr über die Unternehmensleitung: das waa nich recht. Was war nicht recht? Den Lohn zu senken um fünfundzwanzig Prozent. Da erfüllte der Arbeitgeber nicht seine Pflicht. Aber der eine soll säen, der andere soll ernten, fügte sie rätselhaft hinzu.

Das war aus dem Johannes-Evangelium.

Kritisch? Doch, es war kritisch. Sie schien zu meinen, daß man die bekämpfen sollte, die nicht ihre Pflicht taten. Man sollte sie nicht akzeptieren. Man sollte etwas gegen sie unternehmen.

Während des großen Streiks hatte sie die gesamte Familie in die Preiselbeeren kommandiert. Wie viele hundert Liter sie gepflückt hatten, wußten sie nicht. Aber es war harte Arbeit. Wenn jemand verstohlen eine Pause auf einem Baumstumpf machte, um den Rücken auszuruhen, hatte er sogleich Josefina über sich. Nicanor erinnerte sich an den großen Streik als an eine der härtesten Zeiten, die er erlebt hatte. Ständig schmerzender Rücken. Ständige Hetze. Josefina war fest entschlossen, zu zeigen, daß die Markströms zumindest keine Faulpelze waren.

Der Widerstand nimmt mancherlei Formen an.

In *Långviken* ließ sie das Pferd anhalten. Dort bekam es Futter, und sie rieb es sehr sorgfältig mit trockenem Heu ab. Sie rieb es von oben bis unten ab, Stück für Stück, bis es vollkommen trocken war.

Es war wichtig, daß das Pferd sich nicht den Tod holte.

Die letzten Stunden sprach sie ununterbrochen zu Nicanor. Sie sprach ruhig, ohne Erregung, ohne den leisesten Unterton von Zorn. Was sie sagte, war von geringerer Bedeutung. Es hing nicht richtig zusammen, fand Nicanor, aber es war schön, ihre Stimme zu hören. Sie erzählte dies und das aus ihrem Leben. Wie sie bei ihrem Onkel gewesen war und

Sumpfgras gemäht hatte. Wie Lindströms in Västerböl einmal Blaubeerwein gemacht hatten, er hatte ein halbes Jahr gegärt, und dann hatten alle Lindströmkinder probieren dürfen und sich aufgeführt, als hätten sie den Veitstanz bekommen. Und wie ein Todeslicht von der Flaggenstangenspitze geleuchtet hatte in der Nacht, bevor ihr Großvater starb.

Er lag die ganze Zeit mit geschlossenen Augen. Sie hatte seinen Kopf in ihren Schoß gelegt. Er atmete gegen ihre Lederweste, hielt die Augen geschlossen und hörte zu. Gegen Morgen veränderte sich ihr Reden. Sie schwieg nun lange Zeit zwischendurch, aber in dem, was sie sagte, war ein immer klarerer Zusammenhang.

Sie sagte, ohne ihn überhaupt anzusehen, so wäre das eben, daß man manchmal einen Schlag versetzt bekäme. Es wäre so, wie wenn man im Winter Aalquappen knüppelte. Das wüßte er ja. Man bekam einen Schlag, aber nichts war hoffnungslos. Manchmal war es, als ob man sterben müßte. Aber wenn man einen aufn Quappenkopp gekriegt hatte, dann gab es doch immer Auswege.

Das wollte sie ihm gesagt haben. Sie schwieg, als warte sie auf Antwort. Aber er atmete nur mit geschlossenen Augen und halboffenem Mund in ihre Lederweste.

Nichts war aussichtslos, hörte er sie aufs neue sagen. Es war wie ein Flüstern, wie zu dem Pferd da vorne gesprochen.

Im Morgengrauen tauchten im Norden die winzigen Lichter von Skellefteå auf. Bald waren sie da. Es war eine lange Nacht auf dem Schlitten gewesen. Von Bureå war sie über Sjöbotten und Hjoggböle und Lappvattnet nach Burträsk gefahren, hatte den Jungen geholt, war umgekehrt und hatte ihn zum Krankenhaus in Skellefteå gebracht, wo man ihn behandelte, die Zunge nähte und ihn ausruhen ließ. Zwei Zentimeter der Zunge waren ab. Er erbrach sich ein paarmal. Und sie blieb zwei Tage in der Stadt und fuhr Nicanor endlich nach Hause. Als sie nach Hause kam, war alles wie vorher, obwohl etwas geschehen war, das vielleicht sogar noch furchtbarer war, aber das konnte sie höchstens erahnen. Dort

303

wurde ihr erzählt, daß Onkel Aron, der zuerst auf die schwarze Liste gesetzt, danach zwei Wochen in Gnaden wieder aufgenommen worden war und dann wieder gehen mußte, daß er nun endgültig auch aus der Baracke geworfen worden war. Er war am gleichen Tag, einen Schlitten ziehend, zu Markströms gekommen und hatte dort ein Bett auf dem Dachboden bekommen. Und etwas war danach geschehen.

So war es. Aber es dauerte bis zum März 1910, bevor Josefina erfuhr, was geschehen war.

Sie hatte den letzten Kilometer nach Skellefteå hinein den Arm immer fester um Nicanor geschlungen. Und die ganze Zeit redete sie laut, als hätte sie den Verstand verloren. Aber das hatte sie nicht. Die kleinen Lichter von Skellefteå stachen Löcher in die Dunkelheit, unmittelbar vor der Morgendämmerung war es am dunkelsten, das Pferd ging. Noch drei Tage bis Weihnachten. Und sie redete und redete, obwohl Nicanor die Augen schloß und so tat, als schliefe er.

Weil, flüsterte sie in sein schlafendes Gesicht, während das Pferd langsam den Berg hinunter auf Skellefteå zutrabte, an diesem eiskalten Dezembermorgen, weil 'as is en Unterschied zwischen den Menschen, die vorne aufm Schlitten fahn dürfn und den armen Schluckern, die bloß hintn aufm Schlitten sitzn dürfn. Weil die vorne aufm Schlittn die könn lenkn un aufpassn könnse. Abbe hintn die, die könn bloß mitfahn.

Desweeng issas 'n Unterschied. Abbe die hintn aufm Schlittn die wern ungeduldich un rufn dasse na vorn klettern wolln unne Zügel selbs nehm, un eines Tages gib das 'n Gedränge da vorne aufm Schlittn, und es wird Temult geem und großen Schrecken.

So issas mit den, die aufm Schlittn fahn.

8. Der Steinsack

1

Es war Anna-Lena Wikström, die angelaufen kam in ihren lächerlichen, viel zu großen Klamotten und mit triumphierender, gellender und lüstern erregter Stimme schrie *»Se ham'n Aron gefunn! Se ham 'n Aron gefunn!«* Und Josefina gab ihr ein Stück Kuchen und was zum Lutschen und sagte, sie solle verschwinden.

Er war nach zwei Monaten an die Oberfläche getrieben. Die Lederriemen am Rucksack waren vom Wasser zerfressen, und er war hochgetrieben wie ein weißer, aufgeblasener und stinkender Ballon. Damit war es aus mit den Mutmaßungen über Onkel Aron.

Eigentlich hatte es während des großen Konflikts angefangen.

In der Baracke hatten sie angefangen, ihn Judas zu nennen. *Dahintn kommt 'e Judas un macht 'ne Schlappe,* hieß es, wenn er mit seinem schiefen, geduckten Gang auf dem Weg vom Holzplatz zur Einsamkeit der Baracke dahinschlich. Er hatte nämlich eine etwas vorstehende, fast demonstrativ herabhängende Unterlippe, und als man erst einmal begonnen hatte zu bemerken, daß er *'ne große Schlappe* hatte, wurde es eine Redensart. *Dahintn kommt 'e Judas un macht 'ne Schlappe und hatt'e Butter verlorn die'e vom Derekter gekrich hat.* Man hatte nämlich nicht vergessen, was während des kleinen Konflikts geschehen war, der dem großen Konflikt vorausging. Man hatte auch die drei großen Klumpen Butter nicht vergessen, die man gefunden hatte, überwachsen von frisch wucherndem Schimmel, eingehüllt in diesen warmen Pelz,

305

diesen ekzemähnlichen grauen Flausch, so daß die Butter-
klumpen wie drei kleine Lämmer ausgesehen hatten. Der
Judas hatte seine Arbeitskameraden an das Unternehmen verkauft und die Butter verloren. Es war eine wahnsinnig komische Geschichte, und kein Wunder, daß die große Schlappe
vom Aron Lindström runterhing wie eine traurige Fahne an
einem windstillen Tag.

Aber als der große Streik begonnen hatte und an einem
Augusttag 1909 alles vollkommen still gewesen war im Sägewerk und die Arbeit ruhte, da hatte die Gesellschaft für diesen Aron mit der hängenden Schlappe und den schielenden
Augen und der schiefen Schulter keinerlei Verwendung
gehabt, denn nichts ist so unbrauchbar wie ein Judas nach
dem Verrat; ist der Verrat einmal begangen, kann er nie mehr
ausradiert werden. Er hatte gestreikt wie alle anderen. Und
trotzdem hatte er dieses *hasse jetz'e Butter verlorn Judas?*
während der Streiktage gehört, und die Hänseleien trafen ihn
tief und fraßen sich ein. Man sagte später von Aron, alle hätten gesehen, daß er wunderlich geworden sei. Aber als er
wunderlich wurde, sagte keiner etwas.

Er fing an, schlecht zu schlafen, wachte mitten in der
Nacht auf und wälzte sich im Bett, und in seinem Schädel
rotierte es wie ein Mühlstein. Aron war vielleicht kein
großer Denker. Aber er war nicht dumm. Und er kam nicht
von dem hartnäckigen Gedanken los, daß ihm ein *Unrecht*
widerfahren war, daß man ihn falsch beurteilt hatte, daß er
kein Judas war, daß das, was er getan hatte, notwendig gewesen war. So fuhr er im Mai 1909 nach Piteå und verdingte
sich in einem Streikbrecherkommando, später kam er
zurück, und kurz nachdem er zurückgekommen war, fing
der große Streik an.

Er war einer von denen, die am längsten aushielten.

Doch das zählte nicht richtig. Denn mit dem, der einmal
einen Verrat begangen hat, ist es so, daß nichts den Verrat wieder auslöschen kann, nichts, vor allen Dingen nicht in ihm
selber. Und also wurde er weiter nachts um ein Uhr wach,

starrte an die Decke und horchte auf das Schnarchen der Kameraden. Und er kam nicht los davon.

Onkel Aron bekam im Sommer 1909 ein Butterfaß.

Es war aus Wacholderholz, hatte einen frischen säuerlichen herben Duft, wie von einer sehr trockenen, sonnigen Heide mit Wacholderbüschen, die stark nach Freiheit und Sommer riecht. Ich weiß, wie es riecht, mein Großvater hat mir selber eins gemacht, und der helle, süße Duft sitzt noch immer darin, es ist wie ein schwacher Lockruf von Küstenland, Holz, Freiheit. In den Boden hatte er mit einem Brenneisen P. V. E. eingebrannt.

Ein solches Faß hatte Aron bekommen, wenn auch nicht von P. V E. angefertigt. Das Butterfaß war ein Geschenk.

Das war so zugegangen, daß eines Samstags abends, zwei Wochen vor dem großen Konflikt, eine kleine Delegation zu Aron in die Baracke kam. Die Delegation tat sehr geheimnisvoll, und einer von ihnen sagte *na hier sitzte also Aron,* und Aron hatte genickt, weil er diese Tatsache schlecht leugnen konnte. Daraufhin hatte ein anderer freundlich gefragt: *Weiß 'e we hattn 'edach dasse aum Scheißhaus sitz un am wichsen wärs,* und darauf war nicht viel zu erwidern. Aber die Delegation fand diese Bemerkung äußerst lustig, und ein verhaltenes Gekicher brach aus, das sich zu fast unverhohlener Munterkeit steigerte, als derselbe Scherzbold die Frage nachschob *we ham gehört dasse mit Frollein Rechts velob bis?* Aber Aron hatte nur mit seinem eigenwillig schielenden Auge auf den Fußboden gestarrt und still die Hände auf den Knien gefaltet, als säße er in einer Betstunde, und weil keinem mehr ein anderer Witz einfiel, zur Einleitung, kamen sie also schließlich zu ihrem Anliegen.

Also zu folgendem. Daß eine Anzahl Arbeiter fände, daß es jammerschade sei, wenn der Aron gezwungen wäre, die Butter in Papier eingewickelt da unten im Keller liegen zu haben. Und daß der Direktor rein unglücklich sein würde, wenn er erführe, daß die Butter verdarb. Und deshalb hätte man beschlossen, dem Aron ein Butterfaß zu verehren.

307

Als Zeichen der Dankbarkeit.

Der Mann, der das Butterfaß trug, trat einen Schritt vor und hielt es ihm hin. Es war ziemlich klein, für höchstens zwei Kilo Butter. Aber es war gut gearbeitet. Aron saß auf dem Bett, er war barfuß. Er starrte regungslos und völlig verwirrt das Butterfaß an und wußte nichts zu sagen.

»Nächsmal wenne Butter vom Kontor krichs«, sagte der Delegationsleiter boshaft und lachte frei heraus, »dann hassen prima Butterfaß zum reintun.«

Und dann hatte Onkel Aron das Butterfaß wirklich angenommen. Er hatte die Hand ausgestreckt, das Butterfaß genommen, es umgedreht, als hätte er unter dem Boden des Butterfasses irgendeine aufgeklebte Nachricht erwartet, hatte es noch einmal umgedreht und angestarrt. Die Delegation beobachtete ihn voller Spannung und wartete auf eine Reaktion.

Onkel Aron hatte ein Geschenk bekommen. Und langsam, als entstiege er einem Traum, war er aufgewacht.

»'n Butterfaß«, sagte er tonlos, und fragend blickte er von einem zum anderen, »sollich 'n Butterfaß krieg?«

Sie nickten alle eifrig.

»Weil bald is woll wieder soweit, dasse mehr Butter vom Derekter holn kanns«, fügte ein Delegationsmitglied anspruchslos hinzu.

»'s gib woll neue Komflikte«, ergänzte ein anderer.

»Un die wissn doch, wo se ihrn Judas haam«, beschloß ein dritter die umfassende Analyse.

Onkel Aron stellte das Butterfaß vorsichtig aufs Bett. Einen Augenblick sah er ratlos von einem zum anderen, mit einem Gesichtsausdruck, als habe er Angst oder wolle um Verzeihung bitten oder wolle um etwas anderes bitten, wisse aber nicht, um was. Dann stand er ganz einfach auf und dankte ihnen der Reihe nach. Onkel Aron hatte sich tatsächlich bedankt. Erst gab er dem, der das Butterfaß überreicht hatte, die Hand und sagte »*Vielen Dank*«. Und dann dem nächsten. Und dem nächsten. Und dem nächsten.

308

Es war ein kräftiger Händedruck, und er sagte danke, aber er sah ihnen nicht in die Augen. Und es wurde vollkommen still im Raum. Und weil es nichts mehr zu sagen gab, zog die Delegation wieder ab.

So war das, als Onkel Aron das Butterfaß bekam.

2

Aron war einer der letzten, die nach dem großen Konflikt die Arbeit wieder aufnahmen.

An dem Morgen, als Sägeeinrichter Gren die endgültige Registrierung des gewerkschaftlich irregeführten Viehs vornahm, das nun zum Gehorsam und in die Zucht und Strenge des Herrn zurückgeführt worden war, stand Aron als Vorletzter in der Schlange, trat an den Tisch und erklärte, daß er nun nach der Beendigung des großen Konflikts gewillt sei, die Arbeit wieder aufzunehmen. Und an diesem frühen Septembermorgen lag die Sonne noch ein Stück unterhalb des Horizonts draußen auf dem Bottnischen Meer, es dampfte frisch aus allen Mündern, die Blätter der Bäume leuchteten wie frisch geerntete Möhren, und für Onkel Aron wäre alles in bester Ordnung gewesen, wenn er nicht so nervös gewesen wäre.

Am Schluß waren nur noch zwei Mann übrig.

Der eine war Onkel Aron. Der andere Albin Renström aus Yttervik. Albin Renström war dafür bekannt, daß er der Arbeit nicht gerade hinterherlief. Er war ziemlich faul, galt als ein bißchen bekloppt und war in Yttervik der natürliche Trottel, wie es ihn in jedem Dorf gab: ohne Trottel waren västerbottnische Dörfer nicht richtig komplett. Sein enormer Kautabakkonsum war weit über die Dorfgrenzen hinaus berühmt. Er knallte sich gewaltige Prieme rein, die wie verlorene Hühnereier hinter der Lippe hingen. Berühmt ist die Geschichte, als einmal eine Bande junger Bengel ihn zum ungefähr fünfhundertstenmal fragte, wie das eigentlich mit der *Verlobten* sei, von der er immer behauptete, sie in Risliden zu haben. Gab es sie überhaupt? Doch, beteuerte er eifrig, er war jeden Monat da und vögelte. Oft zweimal im Monat. Man war ewig auf der Achse, aber was tut man nicht alles fürs Vögeln. Aber, bohrten die Bengel weiter, wie machse das eintlich Albin wenne deine Verlobte küssen wills? Hasse nich de ganze Zeit en Priem im Mund?

Er hatte sich daraufhin besonnen, ein Weilchen nachgedacht, und dann hatte sich ein helles, fast einsichtiges Lächeln über sein Gesicht ausgebreitet, und er hatte gesagt: *Ich parier!*

Ein richtiger Sägewerkarbeiter war er nicht. Er nahm dann und wann eine Arbeit an und war ansonsten meistens in Yttervik und arbeitete als Knecht. Richtig beliebt war er bei seiner Umgebung eigentlich nicht. Er furzte abscheulich, und man sagte, daß es schlecht für die wachsende Saat wäre, weil die Regenwürmer bis in eine Tiefe von siebzig Zentimetern starben, wo er einen fahren gelassen hätte. Und als also Sägeeinrichter Gren an diesem frühen Septembermorgen den Blick auf die zwei letzten in der Reihe richtete, hätte es nicht schwerfallen dürfen, festzustellen, daß Aron, der getreue Verräter, der Butterliebhaber, der Plankenträger und der Mann mit dem vertrauensvollen Schielen, daß er eindeutig qualifiziert sein müßte für die Aufnahme in die Ansammlung von Zuverlässigen, die der Gnade teilhaftig wurden, bei der Bure-Gesellschaft zu arbeiten. In jedem Fall eher als Albin Renström aus Yttervik.

»Also du bisses, Aron«, sagte Sägeeinrichter Gren langsam und nachdenklich und nickte bedächtig, »also du.«

»Jao«, kommentierte Aron mit leicht verlegener Miene.

»Wasse nich sachs«, erwiderte der Sägeeinrichter mit einer Spur von Kritik in der Stimme.

Aron schwieg betreten und wußte nicht, was er antworten sollte.

»Ja, nu issas so«, fuhr Sägeeinrichter Gren fort und schaute in seine Papiere. »Also.«

»Also«, echote Onkel Aron mit schwacher Stimme.

»Jaja, du sachses.«

Danach wurde nicht mehr viel gesagt. Albin Renström hatte dabeigestanden, war von einem Bein auf das andere getreten, hatte einen kleinen Furz gelassen, wie es seine Gewohnheit war, wenn er unentschlossen war und nicht wußte, was er tun sollte. Und Aron hatte in die andere Richtung geglotzt, also auf seine Schuhe, und Sägeeinrichter Gren hatte in seinen Papieren geblättert und geblättert und kurze Notizen gemacht und dann und wann aufgesehen und sein mißtrauisches und abweisendes »*Ja also! Ja also!*« gesagt, und dann hatte er Aron gefragt, warum er sich während des großen Konflikts arbeitsunwillig gezeigt hätte, wo er doch vorher derartige Töne nie habe verlauten lassen. Und Aron hatte nichts zu erklären oder zu sagen.

Nichts.

Und schließlich hatte Sägeeinrichter Gren langsam, nachdenklich und sehr präzise einen Namen auf die Liste geschrieben. Dann hatte er aufgesehen und zu dem beharrlich auf der Stelle tretenden Mann aus Yttervik gesagt: »*Ja also Renström, geht klaa, de kanns anfang ze arbeitn*«, und dann hatte er auf eine andere Liste einen anderen Namen geschrieben, zu Onkel Aron hochgesehen und mit seiner *schwedischen* Stimme und auf *Schwedisch,* damit Aron verstehen sollte, daß jetzt nicht der Sägeeinrichter Gren, sondern die beschlußfassende Obrigkeit sprach, er hatte aufgesehen und gesagt: »*Nun also, es verhält sich eben so, daß nicht jedermann mit Arbeit rechnen kann.*«

Und dann hatte Sägeeinrichter Gren eine Pause gemacht und sich im Ohr gepult. Und Albin Renström aus Yttervik hatte interessiert Onkel Aron betrachtet. Und dann hatte der Sägeeinrichter Gren hinzugefügt: »*Die besonders Arbeitsunwilligen nicht in größerem Umfang mit Arbeit können rechnen.*«

Aron wartete. Als glaubte er, daß dies nur eine Einleitung wäre, und daß Sägeeinrichter Gren schließlich strahlend und mit einem Grinsen zu Onkel Aron sagen würde, natürlich, er hätte der Gesellschaft so große Dienste erwiesen, daß er *vor allen anderen* in Frage käme.

Aber es kam keine Fortsetzung.

Onkel Aron war in die Liste der Unzuverlässigen eingetragen worden. Denn das sind die Regeln des Verrats, daß er nicht ausgelöscht werden kann, man bekommt keinen Dank, und auf der Butter wächst Schimmel und im Herzen die Unruhe, und Onkel Aron ging rückwärts von dem Tisch fort, drehte sich um und trabte von dannen, schiefe Schulter, hängende Arme. Er ging zuerst langsam, dann immer schneller.

So war das, als Onkel Aron auf die schwarze Liste kam. Es war einfach. Man brauchte nur einen Namen aufzuschreiben. Und der Butterjudas hatte nun sein Erstgeburtsrecht verkauft und Verrat begangen und das Geld verloren, und das verbreitete sich, und es war ein erbärmlicher Anblick, ihn zu sehen. Aber vor allem komisch.

Eine Woche später war Elmblad nach Bureå gekommen.

Onkel Aron wußte kaum, wie es dazu gekommen war.

Zuerst war er ein anständiger Arbeiter, den alle respektierten, zwar scheeläugig und schief und ohne besonderes Glück bei Frauen, aber dennoch ein Mensch, über den nicht gelacht wurde. Und dann plötzlich, wie wenn man eine Münze wendet, war seine Ehre ausgelöscht. Sie war nicht mehr da. Das Problem war, daß er nicht begriff, wie das zugegangen war. Es war, als sei er durch *die Situation* in das Ganze hineingeraten. Er hatte lediglich so weitergemacht, wie er es gelernt hatte, war vor sich hin getrottet wie früher, und dann waren die, die mit ihm getrottet waren, in andere Richtungen getrottet, und er war allein. Es war etwas Komisches, auf einmal ein Verräter zu sein. Wenn man glaubte, nur getan zu haben, was man immer getan hatte. Es fiel ihm schwer, sich daran zu gewöhnen.

Sehr viel später sollten alle, die ihn gekannt hatten, sagen, daß sie ja gesehen hätten, wie er wunderlich geworden wäre, daß man es ihm angesehen hätte und daß man immer so einen Verdacht gehabt hätte. Aber keiner hatte *verstanden,* daß er sich grenzenlos einsam fühlte und daß nicht einmal der Erlöser Jesus Christus den Butterjudas hätte retten können.

Drei Wochen später suchte er erneut Arbeit und bekam welche. Sie sagten, daß ihnen Leute fehlten und daß er vorübergehend arbeiten könne. Wenn er sich ordentlich führte. Und so war er wieder bei den anderen auf dem Holzplatz. Es war am Anfang des Winters, aber das Sägen sollte bald eingestellt werden, und eines Morgens hieß es, daß er nicht mehr zu kommen brauche.

Nur die festen Arbeiter sollten sich einfinden.

Immer noch fand er nachts keinen Schlaf. Er grübelte darüber nach, wie das Ganze gekommen war. Und manchmal streckte er die Hand aus und zog in der Dunkelheit das Butterfaß zu sich heran: und süß, lockend und geheimnisvoll stieg aus dem Inneren des leeren Butterfasses ein Duft von Wacholderholz, Befreiung, Möglichkeiten auf, ein Lockruf, der ihn vage an eine Zeit erinnerte, als er geglaubt hatte, daß alles möglich sei und das Leben auch für Aron Lindström Verwendung haben würde. Oft lag er lange im Dunkeln, umgeben von allen Geräuschen der Baracke, und ließ den Geruch in sich einströmen und sich von ihm erfüllen.

Onkel Aron war auf dem Weg in einen Traum. Der Traum handelte davon, frei zu werden von der Schande, nicht gequält werden zu müssen, sich nicht schämen zu müssen. Etwas *ordentlich* zu tun. Und im Dunkel der Nacht stieg aus dem süßen, frischen, eigentümlichen Inneren des Butterfasses ein geheimnisvoll flüsternder Ruf auf. Mit geschlossenen Augen, die Hände um das glatt polierte Holz des Fasses gelegt, begann Onkel Aron immer aufmerksamer dem zu lauschen, was der Duft anzudeuten versuchte.

Das war, daß auch die Verräter eine selige Möglichkeit hatten, *von neuem anzufangen.* Oder den Respekt zurückzugewinnen. In einem leeren Dunkel lag er da, ließ sich erfüllen von einem süßen, frischen Duft, dem Duft, der aus Onkel Arons Butterfaß aufstieg.

3

Nachher sagten manche, daß es nie passiert wäre, wenn Josefina zu Hause gewesen wäre.

Doch das stimmt nicht. Was geschehen ist, ist geschehen. Und nichts kann man anderen in die Schuhe schieben.

Man war zu Aron gekommen und hatte zu ihm gesagt, daß es für diesmal vorbei sei mit der Arbeit. Und daß mehr nicht zur Debatte stände. Ungefähr so hatten sie sich ausgedrückt. Und er hatte verwirrt versucht, Auskunft zu bekommen, wann denn zu erwarten wäre, daß er wieder aktuell würde, aber da hatten sie ihm gesagt, das würde sich schon regeln.

Würde sich schon regeln?

Zuerst konnte er keine Auskunft bekommen. Aber dann hatte der Verwalter ihn hereingelassen und zunächst keine Zeit gehabt, etwas zu sagen, ihn dann jedoch in scharfem Ton aufgeklärt, daß es zwecklos sei, wenn er in Zukunft noch auf Arbeit rechnete. Denn wenn ein Arbeiter sich unwillig zeigte zu arbeiten, wenn es wirklich nötig war, dann konnte er es ebensogut auch sonst bleiben lassen.

Das war eine klare Auskunft. Und Onkel Aron wurde aufgefordert, unverzüglich aus der Baracke auszuziehen, denn die Schlafplätze würden dringend benötigt.

Damit war es vorbei.

Er packte die Arbeitsbluse, die Buxen, vier Paar lange Unterhosen, andere Unterwäsche (ungewaschen), das Gesangbuch, das Butterfaß, die Dose mit Angelhaken, zwei Paar Filzstiefel, ein Paar Stiefel, die Lederhandschuhe, die wollenen

Fausthandschuhe, die Wanduhr, die er bekommen hatte, als Onkel August gestorben war, zwei Löffel, ein Messer, drei Gabeln, fünf Schnürsenkel für Stiefel, die Rentierfelldecke, das Werghemd, das er von Josefina bekommen hatte, er packte das alles auf den Schlitten, setzte den Lederknubbel auf, griff nach dem Seil und ging.

Er sollte nie wieder in die Baracke zurückkehren.

Er wußte praktisch nicht, wohin. Die letzte Möglichkeit war, zu Markströms zu gehen. Eigentlich wollte er das nicht. Also ging er trotzdem dorthin. Gegen vier Uhr am Nachmittag kam er an, und Eva-Liisa war allein zu Hause. Er zog den Schlitten in den Vorraum, fegte den Schnee hinaus, den er mit hereingebracht hatte, zog die Handschuhe aus und nahm den Lederknubbel ab, ließ seine Habe unausgepackt auf dem Schlitten, setzte sich in die Küche und starrte auf den Fußboden. Eva-Liisa merkte, daß er sehr aufgeregt war, und kochte Kaffee. Während sie am Herd stand, erzählte sie, was Josefina gesagt hatte, bevor sie das Pferd anschirrte, um Nicanor zu holen. Die Geschichte war unvollständig, aber klar in ihren Umrissen.

De Burträsker hattn 'm Nicanor de Zunge abgeschnittn.

So saß er lange da in der Küche, in der Mitte der Bank, und starrte ins Nichts, während es dunkel wurde und der Abendwind zunahm und es im Schornstein pfiff und heulte. Eva-Liisa betrachtete ihn eingehend, sagte aber nichts mehr, weil sie sah, daß etwas mit ihm nicht in Ordnung war. Papa und die Jungen waren beim Holzfällen in Glomers, Josefina hatte aus Skellefteå angerufen und sagen lassen, daß sie bleiben würde, bis sie Bescheid bekäme, was mit Nicanor passieren sollte, Onkel Aron war rausgeworfen worden und saß auf der Bank und starrte auf den Fußboden, draußen stürmte es, und übermorgen war Weihnachten. Es machte keinen Spaß, daran zu denken.

Auf eine Weise hatte Eva-Liisa ihn immer gemocht. Sie konnte vieles an der Markströmschen Familie nicht ausstehen: ihren Zusammenhalt, ihren Hochmut. Nein, nicht

Hochmut, aber *Härte* vielleicht. Sie waren wie eine geschlossene Festung: eine Handvoll bitterarmer, aber steinharter Menschen, die sich hinter festungsartigen Mauern verschanzten. Man kam nicht hinein. Nur Aron fiel aus dem Rahmen. Er war nicht ganz so *gut* wie die anderen, er war ein richtig halbwegs schlechter Mensch, häßlich anzusehen, schielend und mit einer hängenden Unterlippe, die düster zitterte, wenn er aufgeregt wurde, er war nicht besonders fromm und nicht besonders erfolgreich, aber wenn er redete, hatte er eine freundliche Stimme. Er hatte sie nie ausgeschimpft, sondern blickte immer nett auf und nickte danke, wenn sie Kaffee einschenkte. Er hatte wohl nicht immer *das Rechte* getan, aber es gab so viele, die das Rechte taten, daß es schön war, wenn einer davon abwich. Und einmal hatte Eva-Liisa zu ihm gesagt, fast scharf, daß er nicht oben und unten zugleich einlegen sollte, wenn er Kautabak nahm, denn dann liefe ihm doch nur der Tabaksaft aus den Mundecken; und er hatte zu ihr aufgesehen mit einem Blick wie von einer angeschossenen Elchkuh, und danach legte er nie mehr doppelt ein, wenn sie dabei war.

In gewisser Weise mochte sie ihn. Es hatte schon angefangen an dem Tag, nachdem Josefina in der Küche die große Fürbitte für sie gehalten hatte. In der Nacht hatte sie von Nicanor Kandiszucker bekommen. Am Tag danach hatte Aron eine Wundertüte zu fünf Öre für sie mitgebracht.

Nicanor hatte wohl etwas erzählt. Ihn hatte sie auch sehr gern. Aber mit Aron war es anders. Er war so ein schlechter Mensch, daß alle über ihn lachten. Das war ungerecht. Und als Onkel Aron diesen langen Nachmittag hindurch sich beharrlich weigerte, die Küchenbank zu verlassen und nur auf den Fußboden hinabstarrte und einsilbig wiederholte, daß er aus der Baracke geflogen sei und daß er nur wollte, daß sie ihn ein Weilchen hier in der Wärme sitzen lassen sollte, ein klitzekleines Weilchen, bis er warm geworden sei, und als er nur immer weiter saß und schwieg und schwieg, da machte sie sich wirklich Sorgen um Onkel Aron.

Es war der Tag nach Josefinas langer Fahrt nach Burträsk. Alles geschah auf einmal. Es hing vielleicht zusammen. Oder man hatte es auch nur aufgespart. Es aufgeschoben. Das war auch möglich.

Sie erwachte davon, daß er weinte.

Zuerst waren die Geräusche so winzig, daß sie kaum herüberreichten über den Dachboden, und sie lag still im Dunkeln und lauschte und dachte, daß es wohl die Mäuse wären. Sie hatten den Dachboden winterfest gemacht, so daß man das ganze Jahr über dort schlafen konnte. Eva-Liisa lag wie gewöhnlich hinter dem Verschlag, und Onkel Aron hatte sich in Nicanors Bett legen dürfen. Er hatte den ganzen Abend mit gefalteten Händen dagesessen, auf den Fußboden gestarrt und die Küchenbank nicht verlassen wollen. Dann wurde es Schlafenszeit, und sie kommandierte ihn nach oben. Er verschwand, ohne ihr in die Augen zu sehen und ohne den Schlitten im Vorraum abzuladen. Eine halbe Stunde später hatte Eva-Liisa sich schlafen gelegt, da war kein Laut zu hören gewesen, und sie war eingeschlafen. Dann waren die Geräusche direkt in ihren Schlaf gedrungen, und plötzlich war sie hellwach und lauschte aufmerksam.

Nein. Es waren nicht die Mäuse. Mit Onkel Aron war etwas nicht in Ordnung. Er war wunderlich geworden.

Sie setzte sich im Bett auf.

Die Geräusche waren ganz deutlich. Sie waren nicht mißzuverstehen. Es hörte sich schrecklich an. Sie kamen von einem Mann in mittleren Jahren, der ein bißchen schielte und eine schiefe Schulter hatte und in dem Ruf stand, ein Judas zu sein, und er hatte offenbar die Beherrschung verloren und angefangen zu weinen oder zu stöhnen oder versucht, seine Verzweiflung zu verbergen, indem er sich die Felldecke über den Kopf gezogen hatte. Ihr wurde ganz kalt.

Der Dachboden ein schwarzer Ozean, es stöhnte aus dem Dunkel. Dann ein Atemzug, ein Augenblick angestrengter Stille, als versuche jemand, den Atem anzuhalten, um sich nicht zu verraten. Dann ein Husten oder etwas Ähnliches, eine gedämpfte Explosion. Dann wieder Stille, dann ein Laut, der nicht zu deuten war.

Sie stand auf, die bloßen Füße auf dem Holzfußboden.

Sie hatte nie Angst gehabt vor der Dunkelheit in Västerbotten. In Karelien hatte sie im Dunkeln immer Angst gehabt, daran erinnerte sie sich, dort war das Dunkel dichter und geheimnisvoller und voller Unsicherheit. Aber so war es hier nicht. Hier war die Dunkelheit immer ein wenig durchscheinend, dünn, wie die Magermilch. Aber dies hier, daß Onkel Aron dort lag und vor sich hin weinte und wunderlich geworden war, das machte ihr Angst. Sie ging mit kleinen tastenden Schritten über den Fußboden. Als sie sich seinem Bett näherte, hörte sie, daß er sich umdrehte, versuchte, sich zu beherrschen.

»Onkel Aron«, flüsterte sie ungezielt in das Dunkel hinein.

Keine Antwort.

»Onkel Aron«, flüsterte sie noch einmal, »gehts dir nich gut?« Sie stand regungslos und wartete. Es war totenstill, dann ein langer heiserer Atemzug, dann wieder Stille. Onkel Aron hält den Atem an, dachte sie.

Er will nicht, daß ich ihn hören soll.

Sie war im Begriff, sich umzudrehen und zurückzugehen, aber da sah sie im Dunkel einen weißeren Fleck, der ein Gesicht sein mußte. Er hatte sich ihr zugewandt und sah sie an. Er lag auf dem Rücken, die Beine angezogen und zur Seite geknickt, das Gesicht ihr zugewandt.

»Ischon gut«, kam es gutural aus dem Dunkel.

»Is schon gut?« wiederholte sie mechanisch, ohne eigentlich zu wissen, was sie sagte.

Keine Antwort.

»Du weins doch nich, Onkel Aron?« sagte sie nach einer Weile.

Dann setzte sie sich auf die Bettkante und streckte die Hand nach seinem Gesicht aus. Zuerst zuckte er zusammen, als hätte er einen Schlag erwartet. Es sah eigenartig aus, beinah komisch. Wovor sollte er Angst haben? Sie strich ihm mit der Hand über die Wange. Es war, wie sie geglaubt hatte. Die Wangen waren naß, es war, wie sie geglaubt hatte.

Onkel Aron hatte die Beherrschung verloren. Er war wunderlich geworden.

Sie legte sich neben ihn und strich ihm über die Stirn, als sei er krank und hätte hohes Fieber. Aber sie sagte nichts. Zuerst schien er sich zu genieren oder ängstlich zu sein, aber dann wurde er ganz still und weinte eine Weile leise vor sich hin, und ohne sich zu schämen. Eva-Liisa hatte merkwürdigerweise keine Angst mehr, weil er wie ein Kind war und weil das Dunkel nun alle Geheimnisse preisgegeben hatte. Dieser häßliche, schielende Onkel mit den schlechten Zähnen und dem Kautabakgestank und den berüchtigten beschissenen Unterhosen, deretwegen Josefina ihn immer ausschimpfte, er hatte gezeigt, daß er wirklich geweint hatte und traurig war und die Beherrschung verloren hatte. Sie fuhr fort, über seine Stirn zu streichen und war plötzlich froh, daß kein anderer zu Hause war.

Sie war nicht sicher, daß die anderen Onkel Aron hätten helfen können, nun wo er wunderlich und traurig geworden war. Aber sie würde es schaffen. Das wußte sie.

Onkel Aron sagte die ganze Zeit fast nichts. Er lag nur ganz still da, und sie hielt die Hand auf seiner Stirn. Nur einmal kamen ein paar Worte von ihm, und im selben Moment, als er den Mund geöffnet hatte, roch sie den üblen Dunst, der aus seinem Mund strömte: den altbekannten, die Mischung aus Kautabak und buttergelben Zähnen, das, was sie am wenigsten ertragen konnte.

»'ch glaub 'ch habmich unmöglich 'emach«, sagte er. »Se mache sich lustich übe mich.«

»Aber nein«, sagte sie tröstend.

»Alle machense sich lustich übe mich«, sagte er.

Sie wartete, aber es kam keine Fortsetzung. Sie fand, daß das, was er gesagt hatte, ein bißchen lächerlich klang, sagte es aber nicht. Sie begriff plötzlich, daß er wirklich ein Kind war, und unklar und dennoch intensiv verstand sie, daß man ihm sehr weh getan hatte, daß etwas in ihm aus dem Gleichgewicht geraten war und daß seine ein wenig unbegreiflichen und kindlichen und lächerlichen Weinkrämpfe notwendig gewesen waren. »De muß nich traurich sein, Onkel Aron«, sagte sie in ihrem weichen, singenden Finnlandschwedisch. »De krichs doch sicher woanders Arbeit.«

Sie fühlte, wie er heftig mit dem Kopf schüttelte.

»Das isses ja nich«, sagte er.

»Es wird schon gut werden«, wiederholte sie.

Da nahm er seine Hand und hielt sie an ihre Wange. Und sie fühlte, daß er seinen Kopf umwandte und sie ansah.

Er hatte die häßlichsten Hände, die sie kannte, aber in diesem Moment empfand sie eine Art Frieden darin, daß er sie berührte.

Sie hätte nie geglaubt, daß er das wagen würde. Sie lag vollkommen still und sah zur Decke hinauf und dachte, Onkel Aron wagt es, mich an die Backe zu fassen. Es mußte etwas Schreckliches in ihm passiert sein, etwas, das ihn fast kaputtgemacht hatte. Sie hatte ja gesehen, daß er sie manchmal ansah, aber das bedeutete nichts, weil Onkel Aron ja ein oller Kerl war, häßlich und schief überall. Natürlich war es ein bißchen schade um ihn. Er war nie verheiratet gewesen, und nachdem dies bei dem Streik passiert war, war es immer einsamer um ihn geworden. Er konnte einem leid tun, dachte sie. Er war kein Butterjudas, wie sie hinter ihm herschrien. Er war einfach zu gutmütig. Er konnte sich nicht wehren.

Er strich ihr vorsichtig über die Wange, und sie dachte: das darf er wohl. Die Hand war schwer und rauh, wie Sandpapier. Es war vollkommen totenstill auf dem Dachboden, keine Telefondrähte waren am Haus befestigt, und eigentlich hatte sie den eigentümlich singenden Ton vermißt, den sie von Hjoggböle her kannte und den Nicanor die Himmelsharfe genannt hatte: es war erschreckend und schön und traurig und wahnsinnig gewesen, es war genau wie alles hier oben in Västerbotten. Hier konnte man mitten in der Küchenwärme zu Tode frieren, wenn man nicht aufpaßte. Es konnte einem vollkommen starr werden in der Brust, leer und öde und wahnsinnig und einsam, es war, als ob man zu Eis wurde.

Und dann saß man am Ende in den Räumen aus Eis und legte ein Puzzle aus Eisstücken und konnte nicht weinen. Es war wie im Märchen von der Schneekönigin. Manchmal betete sie zu Gott, daß es ihr nicht so ergehen sollte.

Es war ganz, ganz still. Und in dem Moment griff Onkel Aron mit der Hand um Eva-Liisas Brust und hielt sie fest und nahm die Hand nicht weg.

Sie wurde starr, als ob eine Brechstange durch ihren Körper gegangen sei.

Sie wurde vollständig kalt.

Er hielt ihre Brust, als wäre es ein kalter Blutkloß. Sie versuchte zuerst, sich selbst einzureden, daß er nur aus Versehen da angefaßt hätte, aber das konnte nicht sein, denn er hielt sie entschlossen und hart fest, und sie hielt den Atem an, und es war so still, daß das Haus knackte. Zwar war es vorgekommen, daß einer der Jungen sie angefaßt hatte, im Vorbeigehen, aber sie war es trotzdem nicht gewöhnt. Es tat weh. Und plötzlich war es nicht mehr der arme Onkel Aron, der neben ihr lag und flennte wie ein Kind und dem es dreckig ging. Sondern es war ein Tier, das schwer und erregt atmete und Hände hatte, und sie konnte sein Gesicht nicht sehen. Die andere Hand bewegte sich auch, er zog ihr Hemd hoch. Er berührte ihren Bauch. Sie versuchte sich loszumachen, aber plötzlich saß sie fest in seinen Händen, sie waren über ihr, und er keuchte schwer, und der Gestank seines Mundes war jetzt ganz nah. Es war, als ob er schluchzte. Ja, er weinte und stank. Sie konnte nicht richtig verstehen, was er zu sagen versuchte.

Auf einmal hatte sie entsetzliche Angst.

Er preßte seinen Unterleib gegen ihre linke Hüfte, ruckartig und mechanisch, er schlug mit unregelmäßigen, harten, gefühllosen Stößen mit dem Unterleib gegen ihre Hüfte, als glaubte er, daß dort eine Öffnung wäre, daß es so vor sich gehen sollte, seine Hand umklammerte noch immer ihre eine Brust, und er stieß stöhnend Worte aus, die sich anhörten wie *»Eva-Liisa de bisso... 's isso... daafich 'n klein bißchen 'n Piller reinsteckn... du bisso lieb... du... daafich...«*, und er ruckte und stieß immer wieder mechanisch und stumm gegen ihre Hüfte und wiederholte *»daafich 'n Piller reinsteckn... lieb du... bisso lieb...«*, und sie sagte sehr laut *»Onkel Onkel Onkel«* und dann sehr scharf *»laß los jetz laß los«*, und er keuchte seinen Gestank in ihr Ohr *»lieb du lieb du daafich 'n Piller reinsteckn«*, und nun rangen sie sehr hart miteinander, und er hielt sie mit den Armen wie in einem Schraubstock, während sein Unterleib panisch und stumm gegen ihre Hüfte stieß und stieß und stieß, *»daafich 'n Piller reinsteckn, bisso lieb du daafich 'n Piller reinsteckn, daafich 'n Piller reinsteckn«*.

Er keuchte schwer, und sie wollte anfangen zu schreien, aber das Haus war ja leer. Sie spürte den schweren Kautabakatem auf ihrem Gesicht, er versuchte seinen Mund auf den ihren zu pressen, hielt den Kopf fest, fand zuerst ihre Lippen nicht, aber dann ging es. Er preßte die große Schlappe auf sie, es war naß, das einzige, was sie fühlte, war, daß Speichel aus seinem Mund gepreßt wurde, als hätte er ihn nicht länger bei sich behalten können, und er floß nun über sie. Er bog sie zurück, fuhr mit dem Arm zwischen ihre Beine, drehte und bog sie, und sie konnte fühlen, wie sein Glied nun aus den Wollunterhosen hervorstak und steif und ungestüm gegen ihren Magen hackte. Und die ganze Zeit murmelte er mechanisch und verzweifelt *»lieb du, lieb du daafich 'n Piller reintun, daafich 'n Piller reintun bisse lieb du«*. Sie war kurz davor, sich zu erbrechen und schlug wild auf seinen Körper ein, kam aber nicht heran, er preßte ihre Arme fest und tastete mit dem nassen, weinenden, stinkenden Mund über ihr ganzes Gesicht und murmelte *»lieb du lieb du«* und stieß mit dem Unterleib und dem, was er in seinen murmelnden stöhnenden Bitten den Piller nannte.

Und da gab sie plötzlich auf.

Sie lag vollkommen still, ihre Arme schlaff, der Körper willenlos. Er wälzte sich auf sie und schließlich in sie hinein, schluchzte fast schreiend und war auf einmal tief in ihr. Sie lag vollkommen regungslos und spürte, wie Onkel Arons Glied sie aufriß und tief in sie hineingetrieben wurde. Er tat vier, fünf kräftige Stöße, dann fühlte sie, wie sein Körper sich in einem Krampf zusammenzog. Es tat die ganze Zeit weh. Sie lag ganz still.

Sie wußte hinterher nicht, was das Schlimmste gewesen war.

Vielleicht, daß sie Onkel Aron nicht dazu kriegen konnte, mit dem Weinen aufzuhören. Obwohl, eigentlich war es kein Weinen, eher ein Schnaufen, ein Stöhnen, als wäre er ein unglückliches Schwein und läge an ihrer Seite und könnte sich nicht mehr fassen und grunzte und schnaufte und könnte nicht sprechen.

Eva-Liisa lag immer noch auf dem Rücken. Sie wollte sich nicht rühren. Onkel Aron lag zusammengekrümmt neben ihr.

Der ganze Raum schwieg nun. Der Wind eisig und stumm, das einzige, was sie hören mußte, waren die Geräusche von Onkel Aron. Sie dachte, ich kann nie mehr hier auf dem Boden schlafen. Es wird zu entsetzlich. Es wird nie mehr richtig still hier, ich werde es immer hören. Wie soll ich hier schlafen können.

Onkel Aron war wunderlich geworden, und ein Unglück war geschehen. Und es war schlimm für sie, und für Onkel Aron war es vielleicht richtig schlimm. Er hörte sich jetzt sehr, sehr eigenartig an.

Nach einer Weile wurde es still. Dann streckte er die Faust aus und versuchte ihr Gesicht zu berühren, sehr vorsichtig, wie um Verzeihung bittend oder um sich zu vergewissern, daß sie da war und lebte, aber sie rührte sich nicht und sagte nichts, und da zog er die Hand zurück. Er machte ein paar Versuche, zu ihr zu sprechen, aber sie sagte nur schwach *»ja* *ja«* und dann *»es tut ein bißchen weh«,* und als er noch einmal einen Versuch machte, ihre Wange zu berühren und sagte *»de muß enschulding«,* wandte sie nur den Kopf ab, nicht viel, aber genug.

So lagen sie danach lange, lange still im Bett; Onkel Arons Schluchzen ließ bald nach, der Schweiß trocknete, es wurde kalt. Eva-Liisa fühlte, wie es lief. Es war klebrig an den Beinen. Sie fror. Sie wollte nicht die Felldecke über sich ziehen. Sie wollte sich nicht rühren.

Als die Morgendämmerung kam, ging sie zurück zu ihrem Bett. Sehr kalt. Der Dachboden wie ein Eismeer. Sie fror. Aron war eingeschlafen; zusammengekrümmt in einer Ecke, mit offenem Mund. Eigentlich wollte sie ihn nicht ansehen. Vielleicht dröhnte irgendwo sehr laut die Melodie der Telefondrähte wie ein brüllender Chor von Himmelsstimmen, aber sie war eingehüllt in eine dünne Eishaut, und keine Rufe drangen zu ihr hinein.

Jetzt ist Winter, dachte sie. Und Nicanor. Und Onkel Aron ohne Arbeit. Und nun passiert das hier. Was soll ich tun.

4

Am 16. März entschloß sie sich. Sie bat darum, mit Josefina sprechen zu dürfen.

Sie gingen in die kleine Kammer und blieben lange dort.

Als sie wieder herauskamen, sah man, daß sie beide geweint hatten, aber Josefina sagte nichts. Sie blieb zwei Tage stumm, und keiner wagte, ihr in die Augen zu sehen. Am dritten Tag nahm sie Gesangbuch, Bibel und die Ausgabe von Rosenius, die sie besaßen, und ging spät am Abend hinauf zu Onkel Aron. Er lag im Bett und starrte an die Decke.

Sie setzte sich auf die Bettkante und sah ihn an.

»Du weißt, warum ich komme«, sagte sie schließlich.

Es hörte sich feierlich und sonderbar an, weil sie Hoch-schwedisch sprach, und er sah sie an.

»D' Eva-Liisa krich 'n Kind«, sagte sie dann sehr still.

Sie sah, daß er gehört hatte.

»Se hat's erzählt«, fuhr sie fort. »Issas waah?«

Eine kurze Weile verging, dann nickte er.

»Herr Jesus Christus«, sagte sie mit derselben leisen, ton-losen, fahlen Stimme. »Möge unser Herr Jesus Christus jeden bewahren, der eins von diesen unseren Geringsten verführt. Daß nicht ein Mühlstein um seinen Hals gelegt und er ver-senkt werde in das tiefste Meer.«

Er setzte sich auf, die Füße auf den Holzfußboden. Er war barfuß. Sie sah, daß seine Unterhosen an den Knien Löcher hatten, und einen Augenblick befiel sie ein schlechtes Gewis-sen, weil sie nicht besser nach dem einzigen Bruder sah, den sie hatte und den sie so gern hatte. Denn das tat sie. Sie hatte Aron immer gern gehabt und immer mit ihm geschimpft, weil er so war, wie er war. Sie wurde sich jedoch selbst nie klar dar-über, wie er war, aber sie hatte ihn trotzdem sehr lieb und schimpfte ständig. Das gehörte zusammen. Er hatte irgend etwas an sich, einen Fehler, den sie scharf mißbilligte und der bewirkte, daß sie ihn sehr liebte, obwohl lieben nicht das Wort war, das sie selber benutzt hätte. Vielleicht war es sein Schielen. Vielleicht waren es die häßlichen Hände oder der schiefe Rücken.

»Wassoichtun«, sagte er tonlos in den Raum hinein.

Sie legte vorsichtig den Arm um seine Schulter und fühlte, daß er zitterte. Vielleicht war es die Kälte. Er hatte eine Fra-ge gestellt, und sie wußte keine Antwort, also las sie ein Stück aus der Bibel. Sie schlug auf gut Glück auf. Es war die Erzäh-lung, wie Jesus die Krämer aus dem Tempel trieb. Das sagte ihr nichts, es half nicht, es war völlig stumm, gab keine Ant-wort. So saß sie lange schweigend neben ihrem Bruder, den Arm um seine Schulter gelegt, und sie hatte keine Antwort, und es gab nichts zu sagen.

Er zitterte die ganze Zeit. Es war sicher die Kälte. Sie

wünschte, es wäre Sommer und man hätte hinausgehen können in den Wald, dann hätte Aron nicht zu zittern brauchen,
und die Luft wäre warm gewesen, und sie hätte auf alle Fragen Antwort gewußt.

Schließlich hatte er einen Entschluß gefaßt.

Es war neun Uhr am Abend; er nahm den Rucksack und
ging mit der Petroleumlampe in der Hand in den Kartoffel-
keller und schloß die Luke hinter sich. Sie sahen ihn verschwinden, aber begriffen nicht, was er vorhatte und ließen
ihn gewähren. Als er unten war, stellte er die Lampe auf den
Boden und fing an zu suchen. Der Keller hatte Erdwände,
Waldboden, und so tief hinunter war der Boden nicht gefroren. Er wußte, wonach er suchen mußte. Er grub methodisch
mit den Händen, und bald kam ein Stein zum Vorschein, groß
wie zwei Blutklöße; er legte ihn sofort in den Rucksack. Er
grub weiter, fand noch drei Steine, einen so groß wie ein Hüh-
nerei, zwei längliche, aber schmale, wie eine etwas größere
Webspule. Der fünfte Stein war einen Fuß lang; als er ihn aus
der Erdwand herausgegraben hatte, saß er eine Weile und
betrachtete ihn.

Der allein würde schwer genug sein.

Dann kam hauptsächlich Erde. Er grub noch eine Zeitlang,
fand aber nichts. Um richtig sicher zu sein, füllte er noch zehn
Hände voll Sand in den Rucksack und legte an die zwanzig
Kartoffeln obendrauf. Die Kartoffeln hatten angefangen,
Keime zu treiben, er entfernte die wurmartigen Keime, rieb
die Erde ab und legte die Kartoffeln einzeln in den Rucksack.

Das mußte genügen.

Er schulterte den Rucksack und stieg aus dem Keller nach
oben. Sie sahen ihn an, als er durch die Küche ging; aber keiner begriff etwas. Auf der Außentreppe blieb er einen
Moment stehen und holte Luft; das Herz schlug heftig, und
einen Augenblick dachte er, noch einmal hineinzugehen, um
etwas zu sagen, nur eine kleine Bemerkung über das Wetter
oder so, denn er hatte sie nicht angesehen in der Küche, und

plötzlich erinnerte er sich nicht mehr richtig, wie sie aussahen, aber dann sah er ein, daß das keinen Sinn hatte, und ging hinaus in den Schuppen.

Die Brechstange stand, wo sie immer stand.

Dann begab sich Onkel Aron auf seine lange Wanderung.

Er ging genau nach Osten, zwischen Björkgrund und Yxgrund. Genau in der Mitte sollte es sein. Das wußte er.

Das war die richtige Stelle.

Der Weg dorthin dauerte eine halbe Stunde, und während dieser Zeit ging ihm eine ganze Menge durch den Kopf. Ein kräftiger Wind wehte, es war sehr kalt, und das Dunkel war ziemlich dicht, keine Sterne, aber der Schnee leuchtete. Der Rucksack und die Brechstange zusammen waren eine schwere Last, und er schwitzte sehr, aber es kam ihm nicht in den Sinn, daran zu denken, denn er war unsagbar einsam in sich selbst, und keine Einsamkeit ist so gewaltig und so unerbittlich wie die eines Verlorenen auf seinem letzten Marsch in die Verdammnis, in jener Landschaft, die Västerbotten heißt. Als er angekommen war, schwitzte er stark, stieß die Brechstange in den Schnee und setzte den Rucksack ab. Auf dem Eis lag eine dezimeterdicke Harschschicht, darüber noch eine Schicht Neuschnee; mit den Füßen schob er den Schnee im Umkreis von einem halben Meter zur Seite, nahm die Brechstange und machte sich an die Arbeit.

Nach einer halben Stunde hatte er ein halbellenbreites und ebenso tiefes Loch gehackt, aber es kam kein Wasser. Eine Viertelstunde später kam das erste Wasser von unten durchgesickert.

Kurz danach stieß er die Stange hindurch.

Er hatte sich die ganze Zeit vorgesehen und schräg von der Seite gehackt und den Schaft ordentlich festgehalten, aber trotzdem wurde er überrascht. Die Stange ging mit enormer Wucht hindurch, er konnte sie nicht festhalten, und sie verschwand in der Tiefe.

Er stand da und starrte dumpf und schwer atmend auf das

Loch. Die Brechstange weg. Das Ganze hatte fast eine Stunde gedauert.

Er versuchte den Rest mit den Schuhen durchzutreten, aber das war aussichtslos. Dann nahm er das Messer, zog die Handschuhe aus und wühlte mit der Hand im Schneematsch, hackte wie besessen um das Loch herum, das in der Mitte war, aber es wurden nur kleine Splitter, und nach fünf Minuten war die Hand wie abgestorben. Er setzte sich hin und weinte eine Weile, aber was half das.

Wenn er auch die ganze Nacht weitermachte, würde das Loch nicht groß genug werden.

Es gab nur eine Möglichkeit.

Er schulterte den Rucksack, zog die Handschuhe an und kehrte um.

Es war gegen Mitternacht, als Aron Lindström bei Lundströms klopfte. Lundströms Jüngster war aus dem Bett getappt und hatte die Tür geöffnet. Draußen stand Aron. Er hatte einen Rucksack auf dem Rücken, war ganz weiß um die Nase und auf der einen Wange, hatte Eis an einem Bein bis zum Knie hinauf und sah komisch aus. Er hatte gebeten, die Brechstange leihen zu dürfen. Und weil Lundströms Jüngster nicht richtig begriff, was los war und noch halb im Schlaf war und nicht fand, daß das etwas war, worum man extra fragte, hatte er nur genickt und gesagt, wo die Brechstange stand. Und Aron hatte auf der Stelle kehrtgemacht und sie geholt. Weil es kalt war, hatte Lundströms Jüngster die Haustür sofort wieder zugemacht, damit die Wärme nicht nach draußen wich, und hatte sich wieder hingelegt, und am nächsten Morgen hatte er es erzählt.

Aron hatte Lundströms Brechstange geholt und war den gleichen Weg zurückgegangen. Hinunter zum Meer und genau nach Osten zwischen Björkgrund und Yxgrund. Der Schnee war immer noch sehr weiß und das Dunkel eiskalt, und er suchte lange, gab aber schließlich auf, denn der Schnee trieb, und die Spuren waren verweht. Er fand das Loch nicht mehr.

Er blieb stehen, stieß die Brechstange in den Schnee, setzte den Rucksack ab und begann ein neues Loch zu machen.

Er war nun sehr erschöpft. Er setzte sich ein paarmal nach hinten, fiel zur Seite, rappelte sich wieder auf. Einmal war er drauf und dran, sich einfach hinzusetzen und den Dingen ihren Lauf zu lassen, aber weil er nun einmal beschlossen hatte, wie es sein sollte und daß er es richtig machen wollte, arbeitete er weiter. Das eine Bein war schon lange gefühllos geworden, aber das spielte ja keine Rolle. Er würde es ja nicht mehr brauchen, und solange er sich darauf stützen konnte, damit das Hacken voranging, war es gut. Solange war alles gut. Das Wasser begann durchzusickern, und jetzt ging er behutsam zu Werke, er hackte das Loch eine gute Elle breit an der Seiten aus und wartete mit dem Boden des Lochs. Dann zog er die Handschuhe aus, um die Brechstange besser im Griff zu haben, klopfte vorsichtig die letzte Eisschicht heraus, machte das Loch rund und schön, wischte den Schneematsch und das Eiswasser fort. Ein klares, schönes Loch.

Er stieß die Brechstange in den Schnee und schöpfte Atem. Jetzt war es geschafft. Jetzt konnte er in die ewige Verdammnis gehen.

Im Osten sah er ein etwas helleres Dunkel, als ob die Morgendämmerung sich in einem grauen Schneesack direkt unter dem Horizont versteckte. Es wehte kräftig aus Osten, der Schnee leuchtete zwar, doch in dem grauen Nachtdunkel wurden alle Einzelheiten ausgewischt. Keine Lichter aus Westen, aber er sah das Festland als einen dunkleren Rand gegen das fast Dunkle. Der Wind raschelte schwach. Er zog die Riemen am Rucksack fest, nahm den Lederknubbel ab, legte ihn in den Schnee neben das Loch, die Handschuhe daneben, holte ein paarmal tief Luft. Das Wasser im Loch war schwarz, hob und senkte sich klirrend, auf und nieder, auf und nieder. Ganz unmerklich, ein langsam steigendes und sinkendes Wasserauge. Nun mußte er hinunter. Er hatte immer Angst gehabt vor Wasser, Angst zu ertrinken. Zu

329

ersticken. Das schwarze Eiswasser hob und senkte sich langsam, es atmete. Tief dort hinunter mußte er sinken, und ersticken. So mußte es sein.

Er blickte in das schwarze Wasserloch und tat einen Schritt geradewegs in das Dunkel hinab.

Es sagte Schwapp, und er saß in der Mitte fest. Die Hüften waren durchgekommen, aber der Rucksack war zu groß. Er war hängengeblieben.

Er wartete einen Augenblick regungslos, bis das Geraschel des treibenden Schnees sein Atemholen übertönte. Dann zappelte er eine Weile unentschlossen mit den Beinen, versuchte sich tiefer ins Loch hineinzuzwängen, aber es ging nicht. Der Rucksack war eindeutig im Weg. Jetzt schwang er wild mit dem Oberkörper vor und zurück, stöhnte laut, aber es half nichts.

Er kam nicht hinunter.

Nun fühlte er zum erstenmal auch das Eiswasser, wie kalt es war. Zuerst hatten die Kleider es abgehalten, aber nun drang es langsam hindurch. Am rechten Bein, das immer noch gefühllos und erfroren war, spürte er ja nichts, aber im übrigen war es, als ob eine Eishand langsam die Beine und den Unterleib umklammerte. Er begriff, daß er nun nicht mehr viel Zeit hatte, bäumte sich in Panik vor und zurück, kratzte mit den Händen im Schnee, ohne einen Halt zu finden, wand sich und stemmte sich hoch. Es ging ein Stück nach oben. Das Hinterteil kam über die Eiskante, dann folgte der Rest. Er rollte sich herum, erhob sich, fiel hin, war schließlich ganz oben.

Sein Atem war jetzt sehr laut, wie ein gedämpftes Brüllen. Er mußte hinunter. Er mußte den Steinrucksack tragen. Einen Augenblick dachte er daran, den Rucksack herunterzureißen und sich in das Wasserloch gleiten zu lassen, aber sofort wußte er, daß das falsch war, es mußte ordentlich gemacht werden, es mußte gemacht werden, *wie es gemacht werden mußte*. Es war unerhört wichtig. Er schlenkerte ratlos mit dem Kopf, wie ein Tier, ging im Kreis; doch, die Brechstange lag noch da. Er bückte sich, fiel, bekam sie aber zu fassen. Er

330

packte sie mit den bloßen Händen. Sie waren jetzt vollständig gefühllos, er hielt die Hände so fest und entschlossen um die Brechstange, wie er konnte, spürte, wie sie festfroren. Dann hackte er los.

Er mußte das Loch verbreitern, für den Rucksack.

Als er das nächste Mal in den schwarzen Brunnen hinabstieg, war es nahe daran. Er fiel ein Stückchen tiefer, aber der Rucksack hing immer noch fest. Nun hing er länger da, schnaufend wie ein Schwein, schlug unbeholfen und verwirrt mit den Händen in den Schnee um das Loch herum. Es wurde rot. Einen Augenblick dachte er daran, aufzugeben, aber plötzlich lag er wieder oben auf dem Eis. Die Brechstange lag ganz nah bei seinem Gesicht. Er sah, wie seine Handflächen bluteten, und ganz dicht neben seinem Gesicht sah er den Schaft der Stange, Hautfetzen, die am Eisen festgeklebt waren, nicht nur Haut, auch kleine Fleischklumpen.

Er wußte, daß er nie wieder Eis hacken würde und daß es jetzt sehr schnell gehen mußte.

Er mußte den Steinsack mithaben.

Mit der linken Hand riß er, noch im Liegen, verzweifelt an einem der Lederriemen. Der Rucksack löste sich ein wenig, er rutschte herum, riß ihn los. Es mußten die Kartoffeln sein. Die Kartoffeln mußten geopfert werden, die Steine waren sicher schwer genug. Seine Hände waren jetzt dumpf, zwei blutige Klumpen, die nicht gehorchten. Er riß mit den Zähnen an den Rucksackschnüren, und plötzlich gingen sie auf.

Er bekam fast alle Kartoffeln heraus. Er nahm die meisten mit dem Mund, wie ein Hund.

Als er schließlich den Rucksack wieder aufgesetzt hatte, war eine Zeit vergangen. Es war jetzt sehr rot um das schwarze Loch herum. Er konnte nicht mehr auf den Beinen stehen, aber der Rucksack saß endlich, wie er sollte, er war jetzt kleiner, aber immer noch schwer genug, um ihn auf die richtige Weise in die ewige Verdammnis hinabzuziehen.

Jetzt, endlich. Mit seinen letzten Kräften.

Er konnte nur noch auf den Knien rutschen. Es war keine

Zeit mehr für eventuelle Rituale oder Blicke hinüber zu eventuellen Lichtern vom Bureland oder für Gebete und Nachdenken; weil er merkte, daß es nur noch wenige Minuten dauern würde, bis er das Bewußtsein verlieren und dort oben auf dem Eis wegdämmern würde, durfte er jetzt nicht aufgeben. Er mußte zu dem Loch hinrutschen, so schnell es ging. Beide Beine waren gefühllos, die Hände auch, aber er konnte sich mit ihnen vorwärtsschieben.

Es ging. Das schwarze Eiswasser atmete noch immer da unten und wartete auf ihn.

Unmittelbar, bevor er sich den letzten Schubs gab, bekam er Angst, daß er mit den Füßen an der Eiskante hängenbleiben würde: er mußte mit beiden Knien auf einmal hinein und dann so aufrecht wie möglich sinken. Er drückte sich mit den Blutstumpen seiner beiden Hände ab und rutschte mit den Knien zuerst hinein.

Er sank hinab, blieb einige Sekunden lang erneut mit dem Rucksack hängen, ruckte, und kam frei. Er glitt in das Eisloch hinab, und das Wasser schlug über seinem Kopf zusammen. Der Steinsack zog ihn, er hielt die Augen weit aufgerissen in das Dunkel, öffnete den Mund und stieß in einem triumphierenden stummen Brüllen die Luft aus, und so sank Onkel Aron am Ende hinunter in das schwarze, schwindelnde Loch, in das tiefste Dunkel des Meeres.

Gegen Morgen flaute der Wind ab, und von Osten wälzte sich grauer Nebel über das Bureland. Der treibende Schnee überdeckte einen Teil des roten, die Brechstange war jetzt auch nicht mehr zu sehen. Nur die Kartoffeln ragten wie kleine verwirrende dunkle Flecken auf. Am Nachmittag zogen zwei Gruppen von Skiläufern auf das Eis hinaus, sie schienen nach etwas zu suchen. Die eine Gruppe verschwand nach Norden auf die Mündung von Oxviken zu, die andere Gruppe bewegte sich hinaus, dann zum Yxgrund hinüber.

Es war die zweite Gruppe, die die Spuren fand. Danach war es einfach. Eine halbe Stunde vor der Dämmerung erreichten sie das Loch.

Die Kartoffeln waren noch immer sichtbar, aber das Loch war wieder zugefroren. Nach einer Weile fand man die Brechstange. Man öffnete das Loch wieder, aber es war nichts zu sehen, und man hatte kein Suchgerät mit. Man diskutierte lange darüber, was geschehen war, maß das Loch und deckte die Blutflecken mit Neuschnee zu. Es waren achtzehn Kartoffeln: einen Moment zögerte man, was man damit machen sollte, aber dann sammelte man sie ein und nahm sie mit.

Die Brechstange gehörte ja Egon Lundström und mußte wieder abgeliefert werden.

Es war dunkel, als sie zurückkamen. Der älteste der Skiläufer ging zu Josefina Markström und berichtete, was es zu berichten gab. Er lieferte die Kartoffeln ab, achtzehn Stück, in einem alten Sack. Josefina sagte die ganze Zeit nichts, wirkte vollkommen durcheinander. Als er gegangen war, begann sie die achtzehn Kartoffeln in einem großen Topf zu kochen, aber man sah ihr deutlich an, daß sie durcheinander war und nicht richtig wußte, was sie tat. Als die Kartoffeln gekocht waren, schien sie wach geworden zu sein und schüttete die gargekochten Kartoffeln in den Abfalleimer und trug sie hinaus. Es war das erste und einzige Mal, daß sie sahen, wie Josefina Essen verkommen ließ.

5

Es war Anna-Lena Wikström, die mit der Nachricht kam, daß sie Onkel Aron gefunden hatten, und keiner mochte sie. Es hieß allgemein, daß mit allen Wikströms irgend etwas nicht stimmte. So hatten die Wikströms zum Beispiel die Angewohnheit, die Lokusspäne mehrmals zu benutzen. Papier gab es ja nicht, und so verwendete man Kleinholzspäne, um sich auf dem Lokus abzuwischen. Das war das Normale. Aber während gewöhnliche Menschen die Späne wegwarfen, wenn sie benutzt worden waren, pflegten die

Wikströms die Lokusspäne zurückzulegen und denselben Span noch einmal zu verwenden. Wenn man bei ihnen auf den Lokus ging, konnte es einem passieren, daß nur gebrauchte Lokusspäne in der Kiste lagen.

Das war nur ein Beispiel. Und deswegen befiel Josefina ein sonderbares, doppeltes Gefühl von Widerwillen und Trauer, als sie ihr ein Stück Kuchen und was zum Lutschen in die Hand drückte und sie bat zu verschwinden. Genauer gesagt: sie sagte Nicanor, daß er es tun sollte. Selber ging sie zur Wanduhr, öffnete sie, nahm den Schlüssel hervor, schraubte die Uhr auf, hielt das Pendel an, legte den Schlüssel zurück und schloß die Uhrtür: die streng ritualisierte und sehr präzise kleine Symbolhandlung verkündete, daß es jetzt festgestellt und endgültig war, daß Onkel Arons Herz aufgehört hatte zu schlagen und daß er zu den Dahingeschiedenen zählte.

Als Nicanor zum Wehr hinunterkam, war die Leiche schon aus dem Wasser gezogen und niedergelegt worden, und die Leichengaffer standen im Kreis um Onkel Aron und hielten sich die Nasen zu und tuschelten erregt. Er hätte ihnen ins Gesicht schlagen mögen. Plötzlich hatte er ein ungeheuer starkes Gefühl, daß Onkel Aron *verteidigt* werden müßte: daß diese schweineartige und ballonähnliche Leiche in all ihrer stinkenden Fäulnis so hilflos war, daß sie beschützt werden mußte, daß noch Zeit und Möglichkeit war, *Verantwortung* für Onkel Aron zu übernehmen. Die blauweißen, zerfetzten Hände waren wie ein Hammerschlag in Nicanors Magen: er starrte sie an und erinnerte sich.

Onkel Aron hatte einen Entschluß gefaßt. Und er hatte diesen Entschluß mit einer wahnwitzigen, zielbewußten Logik durchgeführt, die weit über Nicanors Begriffsvermögen hinausging. Wenn diese unglaubliche, zielbewußte Entschlossenheit gebraucht worden wäre zu etwas, das. Etwas, das.

Aber so waren die Verhältnisse ja nicht.

Plötzlich war es, als ob eine Zeile, ein Satz aus einem Märchen, das er einmal gelesen hatte, in einen Winkel hinter seiner Stirn fiel, sich einnistete und großwuchs und nicht locker ließ: er starrte auf Onkel Arons Hände und seinen aufgequollenen Körper und flüsterte sehr leise, so daß keiner es hören konnte, aber so, daß er selber sich versicherte, daß dies das einzige war, was es jetzt zu sagen gab: »*Es gibt immer noch etwas Besseres als den Tod.*«

Und es war, als könne er wieder atmen.

Er machte kehrt und rannte. Kein Zögern in seinen Bewegungen.

Zuerst war es Eva-Liisa. Sie durfte das nicht sehen. Nicht das hier, nicht so, wie es jetzt aussah. Sie darf nicht. Und deswegen rannte er Skärvägen hinauf, traf sie unterwegs und hielt sie auf, als sie in ihrem grünen Mantel, den wachsenden Bauch vorgestreckt, angelaufen kam.

Er hielt sie fest, sie schluchzte und wollte nicht festgehalten werden, sie wollte sehen. Dann fielen sie hin. Sie standen auf. Da riß sie sich los, aber er fing sie wieder ein und sagte mit beinah verständlicher Stimme »nein«, und dann undeutlicher ... »*u ollsch nisch.*« Das reichte fast. Eigentlich jedoch hatte er ganz ruhig mit ihr zum Wehr hinuntergehen, ihr Onkel Aron zeigen, sie ein bißchen weinen lassen und zu ihr sagen wollen: Eva-Liisa, *es gibt immer noch etwas Besseres als den Tod.*

Aber das ging nun nicht. Und statt dessen gingen sie zusammen nach Hause. Und nachdem sie eine Zeitlang gegangen waren, sagte sie zu ihm: »Dich haben sie kaputtgeschnitten. Mir ist das hier passiert. Onkel Aron ist tot. Die, die arbeiten wollen, dürfen nicht. Ich will hier nicht mehr bleiben.«

Nicanor hielt ihre Hand. Sie gingen nach Hause. So war das, als Onkel Aron gefunden wurde.

Epilog
1910

(Ausgangspunkte)

»Hör zu, Rotkopf«, sagte der Esel, »du schreist dich heiser
für die, die dir den Kopf abhacken wollen. Mach dich lieber
mit uns auf den Weg, dann werden wir Stadtmusikanten in
Bremen. Es gibt immer noch etwas Besseres als den Tod.«

Elmblads Brief. Er war von Burträsk nach Kiruna gereist,
er war an das Ende des Wegs gekommen, das wußte er. Aus
Kiruna schrieb er an Nicanor, er schrieb vom Ende des Wegs,
und von den Wegen, die über dieses Ende hinausführten. Viele, schrieb er, waren nach dem Norbergstreik in die Gruben
von Norbotten gekommen, sie waren arbeitslos und standen
auf schwarzen Listen und hatten geglaubt, in Kiruna die letzte Möglichkeit zu haben, und hatten sie ergriffen. Dann war
der große Streik gekommen. Und nach dem Konflikt waren
Hunderte von Männern erneut auf den schwarzen Listen, sie
lagen in armseligen Erdlöchern oder in ihren Hütten aus
Schwellen und Dynamitkisten, zusammen mit ihren Famili-
en: sie waren an einer Endstation angekommen, und plötzlich
sagte man ihnen, daß sie weitergehen müßten. Wohin geht
man, wenn man ans Ende des Wegs gekommen ist? Man geht
weiter.

Dem Brief an Nicanor legte Elmblad zwei Zeitungsaus-
schnitte bei. Einen Korrespondentenbericht aus Brasilien,
abgedruckt in »Kiirunatidningen Norrskensflamman«. Elmblad hatte zwei Abschnitte mit Bleistift unterstrichen. »Bei
aller Agitation gegen unsere Emigrationsgedanken kam doch
die Wahrheit zum Vorschein, daß wir nicht mehr zu verlieren
hätten als unser Leben. Aber da die meisten von uns mehrere
Jahre in Kiruna gewesen sind und die Zeit uns überzeugt hat,
daß das oberste Streben der Unternehmensleitung gegenüber

den Arbeitern darauf hinausläuft, so schnell wie möglich Leben und Arbeitskraft aus den Arbeitern herauszupressen und sie dann abzuschieben – so meinten wir, nichts zu verlieren zu haben. Wenn wir erfolgreich wären, so hätten wir nicht bloß uns selber gerettet, sondern auch die von unseren Genossen, die eingesehen haben, daß ihr Leben in jeder Hinsicht von geringem Wert ist, solange sie in Kiruna sind!« – – –»Denke oft, daß wenn alle, die auf den schwarzen Listen der Arbeitgebervereinigung stehen, hierherzukommen versuchten, und außer denen noch einmal so an die zehntausend, sowohl Vereinigungsfreunde als auch Genossenschaftler, daß dann die Arbeitgebervereinigung rasch klein beigeben würde. Es würde auch ein Spaß sein, wenn einige hundert Gelbe angefordert werden müßten, um im Fjäll von Kiruna zu stehen.«

Gegen Ende des Briefs stellt Elmblad eine Frage. Er erwähnt auch zum erstenmal den Namen seiner Frau: Dagmar.

Arons Beerdigung. Josefina hatte während der ganzen Zeremonie den steinernen, beleidigten Gesichtsausdruck, der Trauer und Verbitterung zugleich beinhaltete; nasser Schneeregen fiel, und der Pastor sprach in feierlichem, leidendem Tonfall von dem furchtbaren Schicksal dessen, der Hand an sich selbst legt, und von der Trauer, die der Selbstmörder seinen Angehörigen verursacht. Sie biß die Lippen zusammen und verschloß sich, und plötzlich bekam Nicanor Angst, daß sie hingehen und dem dämlichen Pastor mitten ins Gesicht schlagen würde. Aber natürlich würde Josefina Markström so etwas nie tun. Es war einer der allerletzten nassen, matschigen Schneefälle des Winters an diesem Nachmittag, und der Pastor schlug das Gesangbuch mit einem Klaps zu, endlich war es vorbei. Nur die Familie war anwesend. Als sie nach Hause gingen, wußten sie alle, daß geguckt wurde. Als Onkel Aron beerdigt wurde, war die ganze Familie zur Stelle.

Thesleff. Der Brief kam am 25. April 1910, und Eva-Liisa las ihn für alle laut vor. Sie saßen in der Küche. Es war der merkwürdigste Brief, den sie je gelesen hatten, so merkwürdige Wörter. Colonia Finlandesa. Buenos Aires. Tango. An jenem Nachmittag machten Eva-Liisa und Josefina einen langen Spaziergang über Burheden: die Wege schon stellenweise frei von Schnee. Sie kamen nach Einbruch der Dämmerung zurück. An dem Abend entschlossen sie sich.

»Hör zu, Rotkopf«, sagte der Esel, »du schreist dich heiser für die, die dir den Kopf abhacken wollen. Mach dich lieber mit uns zusammen auf den Weg. Es gibt immer noch etwas Besseres als den Tod.«

Die Bahnstation in Bastuträsk. Josefina wollte das Fenster öffnen, um ein letztes Mal zu spüren, wie es roch, aber das Fenster saß fest.

Signal.

1972–1978

Inhalt

Prolog 1903

Der Mann mit den Würmern 7

Teil 1

1. Die Himmelsharfe 57
2. Daß nicht die Saat der Sünde 82
3. Ein lächelnder Mann 103
4. Eine Lebensfrage ersten Ranges 127
5. Alfons Lindbergs Lokus 159
6. Ein Versöhnungsopfer 169
7. Drei Klumpen Butter 187

Teil 2

1. Hör zu, Rotkopf 197
2. Wachsender Garten 217
3. Der Stierhalter 231
4. Saulus auf dem Burberge 240
5. Der Dorfschmied 262
6. Hammel 266
7. Der Schlitten 288
8. Der Steinsack 305

Epilog 1910

(Ausgangspunkte) 339

Per Olov Enquist
Der Besuch des Leibarztes
Roman
Aus dem Schwedischen
von Wolfgang Butt
Band 15404

Zwei Jahrzehnte vor Ausbruch der französischen Revolution kommt der Arzt und Aufklärer Struensee aus Altona an den Hof des dänischen Königs Christian VII. Ein kleinwüchsiger, kindlicher, kranker König, der mit der dreizehnjährigen englischen Prinzessin Caroline Mathilde verheiratet wurde, die weinte, als sie nach Dänemark reiste. »Die Königin ist einsam, nehmen Sie sich ihrer an!« befiehlt der König seinem Leibarzt. Und die drei werden Figuren in einer unaufhaltsamen und bewegenden Tragödie.

»Ein einzigartiges Buch ... atemberaubend spannend
... ein ungemein frivoler erotischer Roman.
›Der Besuch des Leibarztes‹ liest sich
wie großes Kino, im Ohr der Klang
einer großen Oper.«
Hajo Steinert, Focus

»... ein leidenschaftlicher Roman über Macht und
Politik ... Ein Buch, das man nicht mehr
aus der Hand legen möchte.«
Max Eipp, Stern

Fischer Taschenbuch Verlag

fi 15404 / 1

Per Olov Enquist
Die Kartenzeichner
Roman
Aus dem Schwedischen von Wolfgang Butt
Band 15405

Als Kind, so erinnert sich Per Olov Enquist, verbrachte
er lange Abende damit, Karten zu zeichnen – von seiner
schwedischen Heimat ebenso wie von phantastischen Län-
dern. Auch die Literatur ist für ihn ein System aus Zeichen,
das Reales genauso abzubilden vermag wie Imaginäres.
›Die Kartenzeichner‹ – eine poetische Landvermessung der
eigenen Biographie und des 20. Jahrhunderts in Worten –
ermöglichen einen persönlichen Zugang zum Denken,
Schreiben und der Welt dieses bedeutenden schwedischen
Autors, dessen einzigartiger Roman ›Der Besuch des Leibarztes‹ ein großer Publikumserfolg wurde.

»›Die Kartenzeichner‹ sind ein Buch
von europäischem Rang.«
Heinrich Vormweg

Fischer Taschenbuch Verlag

fi 15405 / 1

Erik Fosnes Hansen
Momente der Geborgenheit
Roman
Aus dem Norwegischen von Hinrich Schmidt-Henkel
Band 14719

Jedes Leben ist eine Sammlung von Geschichten und Zufällen, die auf unvorhersehbare Weise einem Prinzip gehorchen. Davon erzählt der neue Roman von Erik Fosnes Hansen in einem weitgefächerten Panorama aus Zeit und Raum. Der Leser wird aus einem Norwegen unserer Tage auf eine schwedische Insel um die Wende zum 20. Jahrhundert und dann nach Italien in die Frührenaissance versetzt. Geheimnisvolle Lebensgeschichten – wundersam erzählt.

»Das ist selten, daß ein Erzähler uns durch soviele
Welten und Jahrhunderte führt, es ist wie in
Tausendundeiner Nacht ein wirkliches Leseabenteuer,
breit, geduldig, ausschweifend, opulent.«
Elke Heidenreich

Fischer Taschenbuch Verlag

fi 14719 / 1

Lars Gustafsson
Die Tennisspieler
Erzählung
Aus dem Schwedischen von Verena Reichel
Band 15648

Jeden Morgen radelt Gastprofessor Gustafsson auf seiner Zehngang-Italo-Vega zum Tenniscourt, um danach an der Universität in Austin, Texas, sein Seminar zur Ideengeschichte des 19. Jahrhunderts abzuhalten. Als ihm ein Doktorand eine brisante These zur Strindberg-Forschung liefert, läßt er das dazugehörige Beweismaterial auf den Zentralcomputer der Luftraumüberwachung in Texas programmieren. Der daraufhin zusammenbricht ...

Diese und andere Tragikomödien aus einem glücklichen Campus-Sommer, machen den Charme der Geschichte aus, die wie eine zarte Sommerwolke am Auge des Lesers vorüberzieht.

Fischer Taschenbuch Verlag

John Berger
Spiel mir ein Lied
Geschichten von der Liebe
Aus dem Englischen von Jörg Trobitius
Band 14647

Sechs Liebesgeschichten, die John Berger meisterhaft zu einem Porträt ländlichen Lebens zusammensetzt. Dabei ist seine Sprache bildhaft und spontan wie die der Menschen, von deren Dasein er ebenso unsentimental wie ergreifend erzählt.

Fischer Taschenbuch Verlag

John Berger
**Mann und Frau, unter einem
Pflaumenbaum stehend**
Aus dem Englischen von Jörg Trobitius
Band 14296

Mit Worten schreibt John Berger Bilder und zeichnet Porträts von Freunden und Unbekannten. Diese 29 Texte sind präzise Momentaufnahmen, in denen die Erinnerung ihre Spuren hinterlassen hat.

»Sie erhalten ihren Impuls durch ein Nachdenken darüber,
was Sein und Schein, Leben und Tod bedeuten.«
Der Tagesspiegel

Fischer Taschenbuch Verlag

fi 14296 / 1

John Berger
SauErde
Geschichten vom Lande
Aus dem Englischen von Jörg Trobitius
Band 14295

Seit Jahren lebt John Berger mit seiner Familie unter den französischen Bauern eines kleinen Dorfes in den Bergen Savoyens. Karg, streng und einfach mutet diese archaische Welt am Rande unserer heutigen Zivilisation an, und sie ist unwiderruflich zum Sterben verurteilt. Dennoch überlebt sie Tag für Tag, getragen von Langmut und Tradition, aber auch von der Gewohnheit, die Existenz durch die Arbeit der eigenen Hände zu sichern und zu erhalten. Bergers Liebe zu den Bauern hat ihre Wurzeln in der Erkenntnis dieses Widerspruchs. Und er hat eine besondere Fähigkeit, diese Einsicht erzählend zu vermitteln. Seine knappe, die bäuerliche Denk- und Empfindungsweise widerspiegelnde Sprache läßt den Lesenden unmittelbar teilhaben an den kleinen Geschichten des täglichen Lebens. Mit seinen so einfachen wie bewegenden Erzählungen hält John Berger die Erinnerung an eine Lebensform wach, für die es in der modernen Welt keinen Raum mehr gibt.

Fischer Taschenbuch Verlag

fi 1412 / 1

»*Per Olov Enquists kühnster Roman.*«

Karl-Markus Gauß, Neue Zürcher Zeitung

Die Geschichte der schwedischen Pfingstbewegung: Lewi Petrus, der Gründer, und Sven Lidmann, der Verkünder, Schriftsteller und Dichter der Gemeinschaft, könnten unterschiedlicher nicht sein. Und doch erschaffen beide eine der größten Glaubensbewegungen des 20. Jahrhunderts. Ein Roman über Freundschaft, Leidenschaft, Macht und Machtmissbrauch.

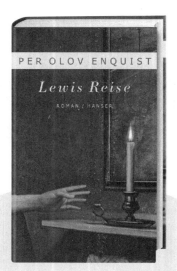

Aus dem Schwedischen von Wolfgang Butt
576 Seiten. Gebunden

www.hanser.de
HANSER